JN328704

元島石盛

# 大空の人柱

〈風防ガラスの中で―〉

元就出版社

東京陸軍航空学校の受験前、郷里の写真館で、昭和13年10月頃から11月頃、兄・元島清徳

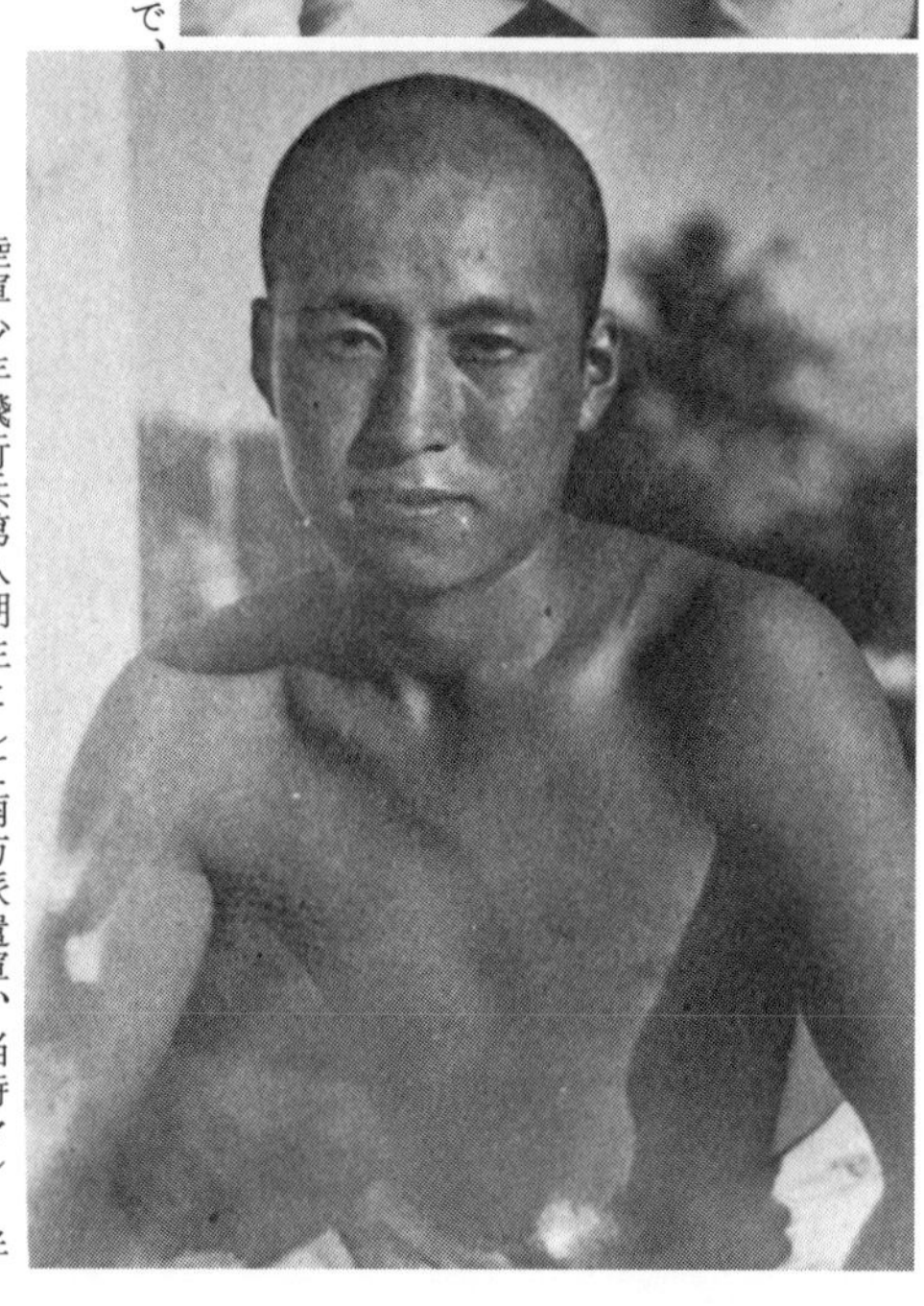

陸軍少年飛行兵第八期生として南方派遣軍、当時マレー半島のクアラルンプール飛行場にいた頃か? 兄・元島清徳

昭和18年、宇都宮陸軍飛行学校第４中隊第４班の見田義雄君

B－29撃墜第１号となった見田義雄飛行兵。昭和18年６月頃か？

見田義雄飛行兵(左)と元島石盛飛行兵。市内の写真館で撮影

昭和17年９月23日、外地南方の兄・元島清徳

東京陸軍航空学校に入校した昭和16年 4 月10日、兄清徳が訪ねてきた

姉ムメ。われわれ兄弟は千恵子姉さんと呼んでいた

# 大空の人柱〈風防ガラスの中で―〉

――目次

# 第一部――大空の人柱〈風防ガラスの中で―〉

# 一

夢を見ていました。不思議な夢でした。

それは、ずっと以前から、わたしの心の奥底に、ひそかに意識していた、大変大切なものでした。しかし、それは、望んでも、適えられない、幻のような願いでした。

それが、実現されるとは、もう今では考えてもいませんでした。

それを実行するには、わたしは、あまりにも年老いて、年を取り過ぎてしまいました。

遠い日のまだ年若い頃なら、それを実現できたかも知れません。しかし、その若い頃には、そんなこと——自分の運命について、強く意識して先のことなど、知りたい……とは思ってもみませんでした。若さとは、そう言うものなのです。時には、不安や絶望感にとらわれることがあっても、その時どきに、それなりに、何とか困難を克服して、まがりなりにも、生きることに、力を尽くしたように感じられます。

どうせ、この世は、望んでも、最後は無に帰するのですから。それでも、自分なりに誇りを忘れずに、生きてきたつもりです。

ずっと、心の中にあるものは、報われないものと考えながらも、ただひたすらに、それを実現しようと――生きてきました。

それは、わたしの人生であり、どうしても果たさなければならないと、思いつめたこともありました。わたしは、人生のなかばで、道を踏み誤ってしまいました。今更、そのことを悔いても、この道を踏み変えることは、もうできません。道半ばで、道を違った方向に歩みだしてしまったのです。

その人生を石工か、木彫の彫り師になっていれば、それほどに苦しまずに、開かれるものがあったかも知れません。

わたしの心の底にあるものは、遠い遠い日に、別れてしまった、その親しかった友のことでした。その友は、若くして死んでしまいました。数え年十九歳の秋でした。

その友に、若かったわたしは、非道な言葉を告げて別れてしまいました。

悲しい別れでした。

わたしにとって、その別れは絶望的な悲壮な決別でした。同じ志を持って、同じような気持ちを持って、奮闘努力した友でした。

その友と、別れる時が来てしまいました。

いかにせん、それは、われわれの定めだったのです。

それは、暗い星のない夜のことでした。

そして、わたしは、その夜の別れの言葉を最後に、彼とは言葉も交わさずに、数日の後に、そのまま、先に、その学校の校門から、死の旅へ向かって歩み去りました。

われわれ先発組は一足先に、九州の熊本へ——そしてそこに十日も留まらずして、門司港に向かい、輸送船に乗って、南方の比島へ向かいました。

もう別れた友のことは、頭から消えていました。——

あれから、長い長い年月が流れました。

わたしは、その後数十年して、彼の最後を知りました。ひどいショックを受けました。ふとしたことから知り合った、その後輩から、彼のことをいろいろ尋ねられて、教えられたのでした。その後輩の人は秋田市に住んでいる下沢昭和さんでした。——それから、年月は容赦なく流れ去ってしまいました。その心優しかった後輩も病に倒れて、淋しく死にました。——

今、わたしは、年老いて、夢を見ていました。死んだ友への悲しい悔いが、わたしに夢を見せてくれたのでしょう。

いきなり、わたしは、地上からかなり離れた、高い木の上にいました。どうして、そこまで攀じ登ったのか？　はっきり分かりません。とにかく、高い高い木の上にいました。

高さは、地上から五、六十メートルはある——

大木の途中で、直径二十センチメートルは、あるだろう——その大木に両手両足をからませて、じっとしていたのです。

そこは、その木の枝別れした、直ぐそばでした。わたしは、その枝別れした所を見に来たのです。その木の枝別れの部分が、もうすっかり枯れてしまって、木の芽は出ていないと——思っていたのでした。

ところが、登って見ると枝分かれした木には、新しい芽が、直径十五センチメートル位の幹のあちこちについて、ようやく親指大の大きい芽が若葉になろうとするところでした。

その木の芽をわたしは、ずっと気にしながら、確かめたいと思いつつ、いつしか時を過ごしてしまいました。

しかし、もうそれを確かめるのは、不可能だ！　と、思いながら諦めていたのです。

偶然、わたしは夢の中で、その枝別れの部分の幹に芽吹いているのを、はっきりとこの目で見届けました。嬉しかった。ホッとしました。ちゃんと、その木は生きていたのです。

「あの木の枝は、枯れていなかった……よかった……よかった！　ありがとう——」

わたしは、感激していました。

「大丈夫だ！」と、思いました。

わたしは、巧みに大木の幹に手足をからんで、地上を見て、ずいぶん高い所にいることを知りました。

それでも、ちっとも怖いとは思いませんでした。地上は砂地か、黒い土なのか、草も生えていて、広いどこかのグラウンドの隅のように思われました。

そこがどこなのか？　わたしには、見覚えはありません。そして、今わたしが抱きついている大木が、何の木か、わたしは知らないのです。

夢は、その大木の途中にいる自分の姿のまま、とつぜん、覚めてしまいました。

わたしが、どんな服を着て、どんな姿をしているのか……若いのか、年老いていたのか？それすら、もう思い描くことはできません。ただ心の中に、「よかった！」と、呟いていました。

夢の中でも、わたしは、少しもびくびくしていないことだけは、わかりました。救われた思いがしました。

自分の運命を知ることが、できたような、ほっとした、安堵感が心に残りました。

わたしは、これから歩み出さねばなりません。――

ペンを持ちかえました。

## 二

むかしむかし、ずっと遠い日に、わたしが別れた友の名は見田義雄君でした。

彼は神戸出身の男だったのです。わたしは、彼の出身地も何も知りませんでした。

彼がわたしに親しみを覚えていることに、最初から気付いていましたが、二人は班が別だったので、区隊で行動する時には、常に一緒になって顔を合わせていました。

彼に興味を持つようになったのは、飛行学校の第一中隊の陸軍生徒時代に外部の栃木県の県立中学校から、国語と数学の教師が派遣されて、われわれがその授業を受けていました。その数学の授業の最中のことでした。

その教師が三角関数の授業を始めた頃でした。ある日、見田が、その数学の三角関数の授業の時に、指名されて、黒板の前に立って、白墨を持って、描かれた三角形の、説明をしたのです。わたしは、びっくりしました。

あんなにおとなしい目立たない行動をしている彼が落ち着いて、その三角関数を解き始めたのです。――一つの角の大きさによって定まる関数―その線の説明を、わたしはほとんど理解できませんでした。――サイン（正弦 sine）、コサイン（余弦 co-sine）、タンゼント（正接 tangent）、コタンゼント（余接 co-tangent）……その頃から、班の違う見田義雄君と急速に仲良くなったのでした。

それから、同じ区隊で行動する時は、いつもわたしの方から近づいて話しかけて……行動するようになりました。そして、われわれは昭和十七年十一月三十日に生徒課程を修了して、晴れて陸軍少年飛行兵第十二期生として、十二月一日飛行兵（上等兵）の星三つを襟と肩章に付けたのでした。仲間の百三名全員が、第四中隊の兵舎に移りました。――

そこから、グライダーの訓練が始まったのでした。初歩のプライマリー（primary）から、次のセカンドリー（secondary）に変わり……

宇都宮陸軍飛行学校第四中隊（四班）時代の見田君

天皇陛下の行幸記念碑の前で前田君が

　この天皇陛下の行幸記念碑は、昭和十七年四月、われわれが宇都宮陸軍飛行学校の第一中隊の陸軍生徒時代に、天皇陛下が行幸されて、大東亜戦争の初期に、南方のスマトラ島のバレンバン飛行場に、日本陸軍の落下傘部隊が空中降下して華々しい戦果をあげた作戦の状況を再現し、飛行場近くに、落下傘部隊の兵士たちが、九七重爆撃機の編隊を組んで、空中降下演習を実施した際に、直接天皇陛下が観覧された時を、記念した碑！　だったと思います。

練習機の尾部に立って前田喜義飛行兵（三班）が撮ってくれる

昭和十八年四月に入ると、飛行機の練習機の操縦訓練に入りました。

見田とは別々の組の飛行訓練でしたが……見田は、わたしが訓練が終わって兵舎に帰ると、「オイ、モト、どうだった⁉」と、いつも、そう言って尋ねるのでした。

「おれはなかなか、うまくいかん……へたをすると、オレ、ケッチン組になる……」と、わたしは答えながら、見田の結果を伺っていました。われわれが難関を突破するのはその頃でした。

それは、単独飛行でした。そろそろ他の組から単独飛行が出始めたのです。──一番早いのは、飛行機に乗り始めてから、飛行回数十六回目でした。

それは初めての、その練習機の単独飛行の記録だったらしい。──下沢昭和さんから聞きました。十二期生は単独飛行が早かったらしい──。見田もわたしも、少し焦り始めました。恐ろしいのはケッチン（欠沈？）と言う、操縦不適の水戸送りでした。

見田もわたしも、間もなく間前後して単独飛行を許されました。

飛行訓練を受けたわれわれの仲間は、東京陸軍航空学校を卒業する時に、適性検査によって、操縦と決定した者ばかりだったのです。

昭和十七年四月一日に、偵察操縦士として陸軍少年飛行兵第十二期生の陸軍生徒となって、ここに入校して、いろいろ教育を受けたのでした。それから一年を経過して、われわれの仲間から、ケッチン組が決定したのでした。

百三名の全員が緊張して、恐れながら、その発表を待ったのでした。

人間は、いつかは誰かと別れる日が来るのです。とうとうその日がやって来ました。

その中に、気の毒なことに、一緒に東京陸軍航空学校時代に、第二中隊の三班にいた、石元廣司君と竹川憲二君がいたのです。

同情しました。大変気の毒に思いました。

一年間同じ寝室で寝起きし、同じ自習室で学んで来た彼等が、水戸陸軍飛行学校送りになったのでした。でも選別は、仕方のないわれわれの定めだったのです。――

彼ら十七名は、それから数日して、宇都宮の学校の門を出て、清原台の道を、肩を落として、静かに立ち去って行きました。

その十七名は、それから、水戸の学校で、今度は、飛行機の機上通信と機上射手の訓練に入るのでした。

彼らの姿を、われわれ残された仲間八十六名で、校門の外の道路に並んで見送りました。

昭和17年12月から、昭和18年４月頃の石元廣司飛行兵。昭和20年１月29日、スマトラ島南西海面の英艦隊に突入、戦死。

淋しそうな笑顔を見せて別れた十七名の多くは、若い命を紅顔のまま残して、戦死してしまいました。あの時の別れが、永遠の別れとなってしまいました。

「ご無事で。達者でなァ。元気でなァ……」それだけが、口にできる言葉でした。

# 東京陸軍航空学校主要建物要図

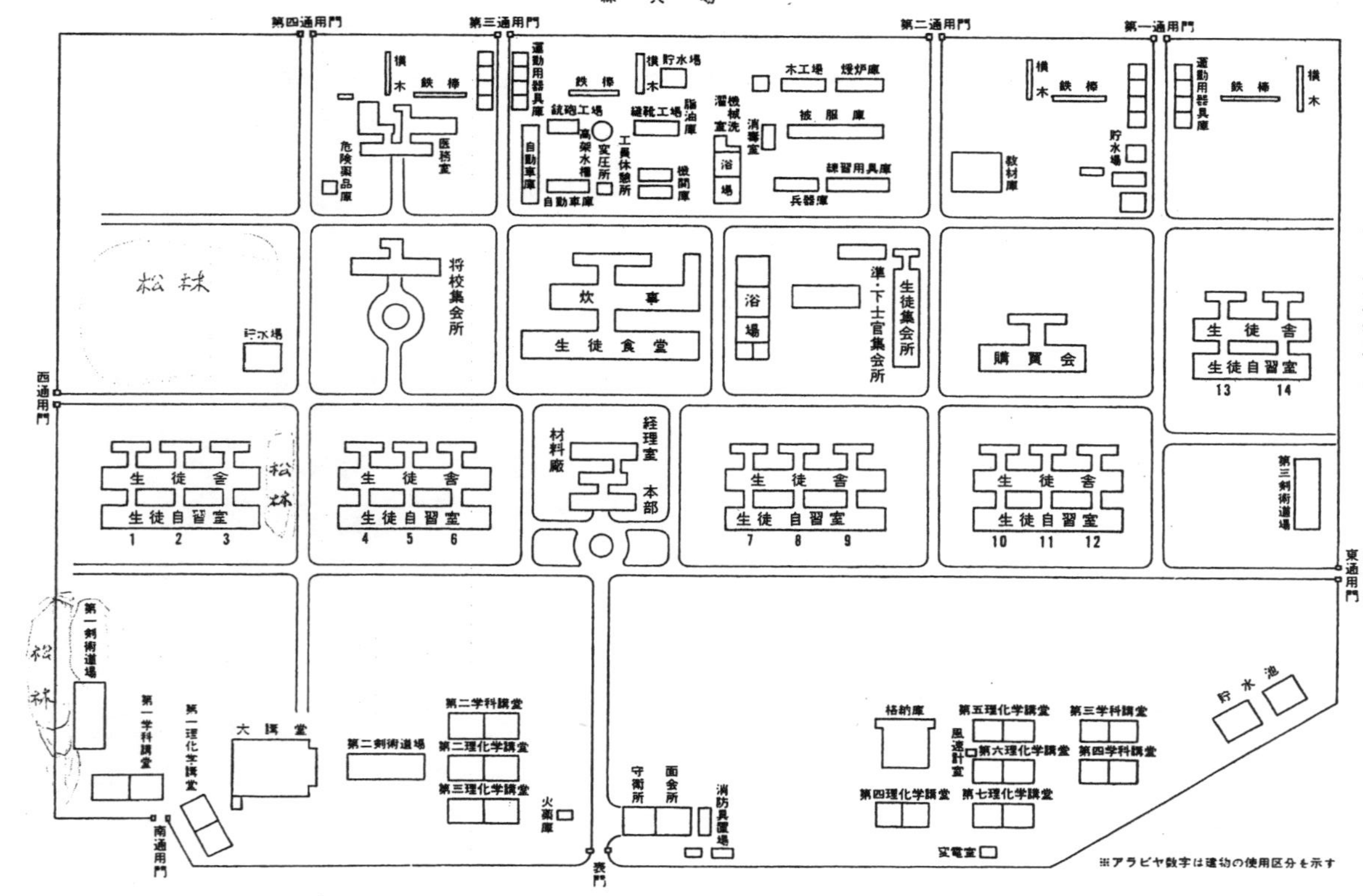

私が東京陸軍航空学校に入校した昭和16年４月10日、所沢陸軍航空整備学校に在学中の兄清徳が訪ねて来て、辞典を渡してくれた日でした。「英和辞典」と「和英辞典」のコンサイスと「詳解漢和辞典」そして「物理学」の分厚い参考書でした。わざわざ二中隊の私の自習室の見える場所で

その日の兄清徳。同じ場所の３中隊の隣にあった松林で

第二中隊　中隊長　巽大尉

第二区隊　区隊長　伊藤中尉

第三班　班長　森永軍曹・佐野軍曹

| | | | | |
|---|---|---|---|---|
| 1 | 畑宗五郎 | (通) | 三重県 | × |
| 2 | 西村慶一 | (整) | 京都府 | × |
| 3 | 竹下　實 | (整) | 鹿児島県 | ○ |
| 4 | 工藤　保 | (宇) | 東京都 | ★ |
| 5 | 川原正水 | (整) | 広島県 | × |
| 6 | 合志至誠 | (整) | 熊本県 | ○ |
| 7 | 廣瀬秀夫 | (熊) | 香川県 | ★ |
| 8 | 香月視義 | (通) | 静岡県 | ○ |
| 9 | 森田　剛 | (整) | 岡山県 | ○ |
| 10 | 井上　博 | (整) | 山口県 | ○ |
| 11 | 松尾昌晴 | (整) | 長崎県 | ★ |
| 12 | 竹川慶二 | (宇水) | 香川県 | ★ |
| 13 | 嶋田外茂之 | (通) | 島根県 | ? |
| 14 | 石元廣司 | (宇水) | 広島県 | ★ |
| 15 | 岩森重治 | (通) | 和歌山県 | × |
| 16 | 大野由夫 | (太) | 長崎県 | × |
| 17 | 村上和雄 | (整) | 鹿児島県 | ○ |
| 18 | 沼田喜一 | (整) | 茨城県 | ○ |
| 19 | 渡邊一郎 | (太) | 岡山県 | ★ |
| 20 | 三木武吉 | (太) | 愛媛県 | ★ |
| 21 | 阿久根利治 | (通) | 鹿児島県 | ○ |
| 22 | 丸岡高興 | (太) | 大分県 | ○ |
| 23 | 元島石盛 | (宇) | 鹿児島県 | ○ |

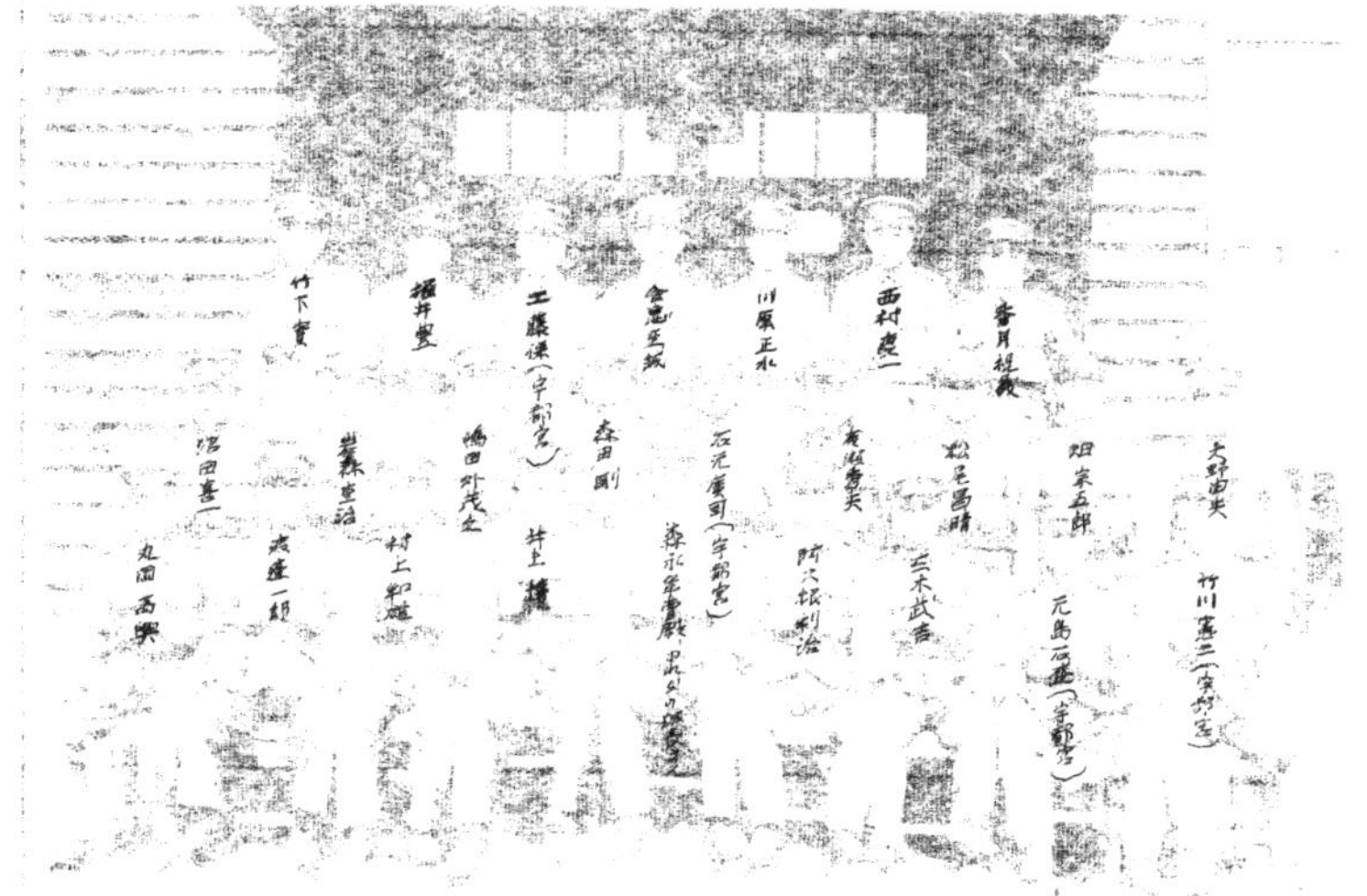


上段左から２人目の堀井豊陸軍生徒（福井県）は胸部疾患のために、昭和16年７月頃、村山療養所に入院後、清瀬療養所に転院――

われわれが昭和十六年四月十日、東京陸軍航空学校に入校した時、第二中隊の三班の班長さんは（27頁の写真）前列におられる森永軍曹さんでした。森永班長さんは、途中七月頃に何故か、何処かに転属されました。そして、新しく（31頁の写真）のように、長身の佐野保夫軍曹さんが来られて班長殿にかわりました。

われわれはよく夕方になると、号令調声と軍歌を、班長さんと一緒に声高く歌いました。班長さんは、ほとんどわれわれと一緒に行動されていろいろと面倒をみて、指導されました。われわれ三班の者は、二人の心の優しい班長さんに恵まれて、元気に成長していました。われわれ三班四班の者は伊藤中尉どのと言われる、少し年長の区隊長で、この伊藤中尉さんもおとなしい、中隊一の物静かな心の優しい人で、そしてその三班の二人の班長さんは、どちらも中隊一の思い遣りのある人でした。あの厳しい軍隊時代に——。

東京陸軍航空学校校歌　作詞　百瀬　一（陸軍教授）

一　皇軍(こうぐん)の　若人我等(わかうどわれら)
天翔(あまか)ける　猛(たけ)き鷲(わし)の子(こ)
集(つど)ひて此処(ここ)に　御旨畏(おむねかし)こみ
励(はげ)むを見(み)ずや

二　皇軍(こうぐん)の　若人我等(わかうどわれら)
征(ゆ)くところ　操縦通信(そうじゅうつうしん)
整備(せいび)の三技(さんぎ)　相研(あいみが)きてぞ
華(はな)と咲(さ)くべき

三　皇軍(こうぐん)の　若人我等(わかうどわれら)
仰(あお)ぎ見(み)よ　厳(げん)たり富嶽(ふがく)
武蔵曠野(むさしこうや)の　久遠(くおん)の光(ひかり)
力協(ちからあわ)せて

註・この校歌の出だしの歌詞を、なぜか、わたしは「東航(とうこう)」のと、ずっと思い違いして、思い浮かべていました。「東航」とは、東京陸軍航空学校だったから——

その日は、日曜日だった。昭和十六年九月二十三日、突然、兄清徳が面会に来ました。故郷の仲間の本村重雄君を連れて、やって来た。

彼は中野の高等無線学校に在籍していた。何処で連絡を取ったのか？ 珍しく一緒にやってきました。一緒に写真を撮る――と兄は言って、同期の吉井―（七中隊）の、彼を呼んで来い―と。その時に写した写真、これが本村君の永遠の別れになるとは……？ 彼は軍属として南方に向かう輸送船で戦死―でした。

昭和16年９月23日、兄が面会に来て

佐野保夫軍曹

この写真は、佐野保夫班長さんから、学校を卒業する前頃、頂いたものでした。

その佐野保夫さんは、現在静岡県富士市水戸島元町七―五に健在です。

わたしたち二人は、今も文通しています。佐野さんからのお手紙で――私が二中隊時代のある日の夕暮れ時に、兵舎の裏の物乾場（物干し場）で、一人しくしく泣いていた……、理由は分かりませんが、そのことを、今もよく覚えています――と、何回も便りを頂きました。

その日、わたしの兄清徳が、突然、夕暮れに面会にやって来て、「戦地に行く……南方――だ！」と伝えて、別れて行った後だったかも知れません。

あれは、昭和十六年十一月頃、所沢の陸軍航空整備学校少年飛行兵第八期生（東京陸軍航空学校第三期生として昭和十四年四月入校～十五年三月同校卒業）を卒業して、故郷に帰る途中

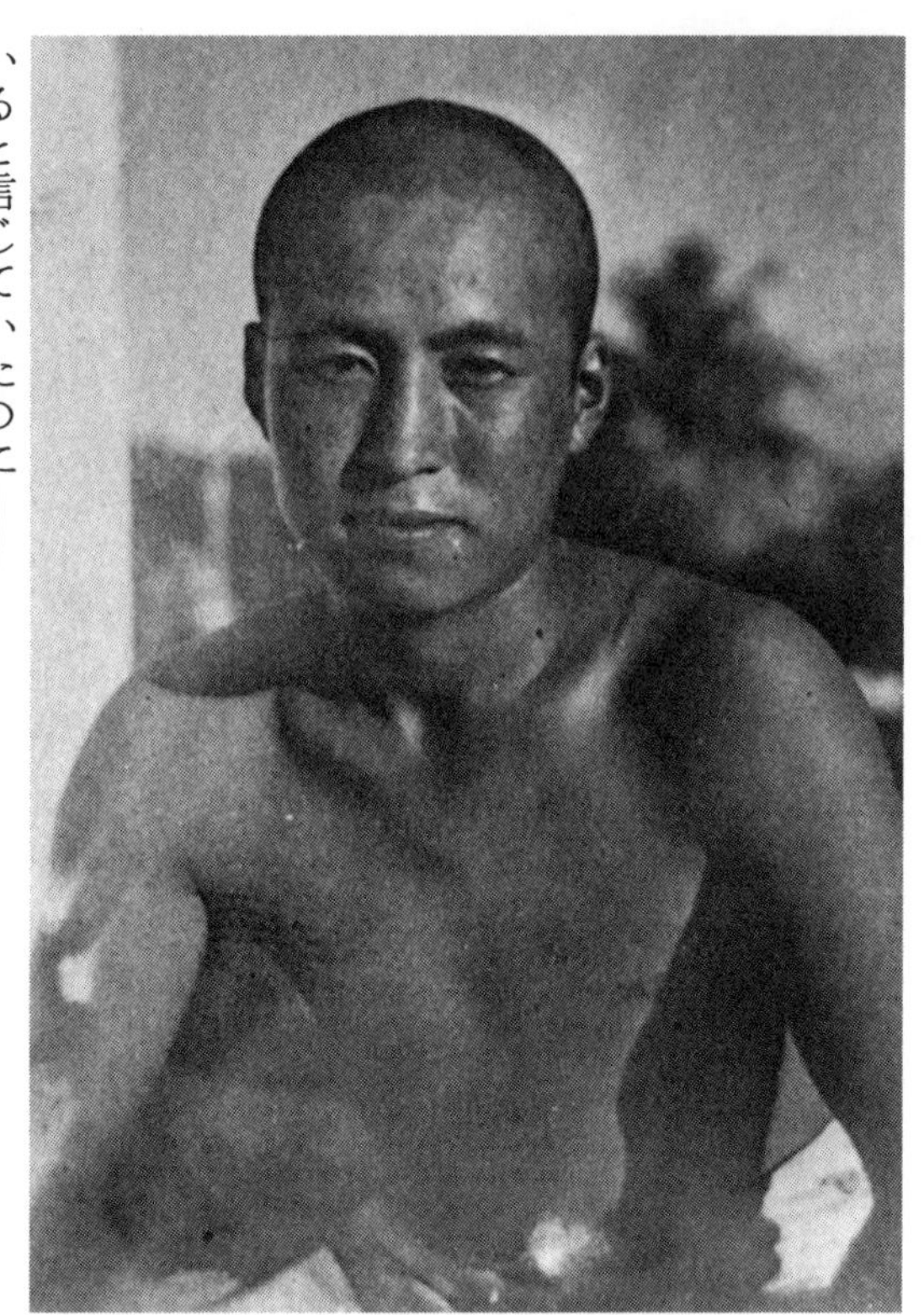
昭和17年、南方にいた頃の兄清徳

に、慌（あわ）ただしく立ち寄って——別れて行ったその日だったかも知れません。

それ以来、一度も会えず、兄清徳は、南方のニューギニアのトル河周辺で戦死した——と。わたしが復員して、消息を問い合わせた末——昭和二十二年になって、やっと公報が届きました。兄は戦死していました。復員を待ちこがれて、生きていると信じていたのに——

昭和十九年六月八日、戦死の公報でした。六月八日のその頃、われわれの同期生の少年飛行兵第十二期生大池重雄君（東航六—二）が、昭和十九年六月二日、ニューギニア島トル河河畔で戦死。恐らく兄清徳も同じ部隊の第十七戦隊にいた——と思われます。多分、食糧はつき、餓死した——と、思われます。

わたし元島石盛の昭和16年10月頃から17年２月頃か？　東京陸軍航空学校第二中隊の陸軍生徒時代の、ある日の日曜日に、冬服のラシャの三種の軍服姿で

その兄清徳は、わたしが宇都宮陸軍飛行学校の第一中隊の陸軍生徒時代、昭和十七年の四月か五月頃、一度戦死した――と、郷里の先輩の少年飛行兵第九期生、整備の人、小園――さんから、兄さんが戦死された――と、ハガキが届きました。その後、新聞の切り抜きが、郷里の姉から送られて来て――〃戦友の屍を越えて〃――の活字で。戦死した――と言う兄が生きていることを知りました。――そして、軍神加藤建夫少将の壮烈な戦死を知りました。

東航２中隊３班の仲間。上級学校が決定した頃、
一部の戦友たちと日曜日、集会所の前庭で

佐野保夫さんは、よほど東京陸軍航空学校時代のわたしのことが、印象に強かったのでしょう……佐野軍曹さんも飛行隊にいて、双発の軽爆撃機に同乗していた時――ある日の夜間飛行か、薄暮飛行の演習の飛行機に同乗することになっていて、ピスト（戦闘司令所、空中勤務者が待機している場所）の黒板に佐野……と名を書かれて、搭乗する直前に、ある曹長の人がピストにやって来たため、突然命令が変更になって――命拾いをした――と、手紙には書いてありました――代わりに同乗した曹長の人と操縦員は、暮れ染めた夜空へ向かって、飛行機は離陸滑走中に、事故が発生した。飛行機は火を噴いて――そのまま二人の人が、殉職してしまった――その佐野保夫さんの身代わりになって死んだ人のために、自分の家の仏壇の中の奥に観音様の仏像を、そっと納めてある――と、殉職された、その人のことを、何度も手紙に書いてありました。――

おとなしい無口の少年だった東京出身の工藤保君。われわれ四人、工藤、石元、竹川、元島は、晴れて操縦偵察機の宇都宮に入校した。肩章のワクに、コバルト色の空色を付けている？　から宇都宮の陸軍生徒時代かも知れない。昭和20年4月16日、沖縄方面の索敵飛行で戦死。

南方の何処にいたのか。兄清徳

それから、一年以上経過して――みんな、みんな、次々に戦死しました。――みんな、仲間は静かに立ち去って行きました。何も語ることもなく、顔に微笑を浮かべて、「達者でな！」そう言って別れた友――。別れを惜しみながらも、誰も涙を見せませんでした。みんな戦場に行って戦う戦友たちでした。いつ死んでしまうかも、わからない運命の若人（わこうど）たちでした。まだ数え年の十八か十九だというのに、もうみんな一人前の大人の勇士になっていたのでした。

戦い終わって、六十数年になってみると、彼らのことを知る人は、ほとんどいなくなってしまいました。彼らのことを忘れずに今も鮮明に記憶しているのは、もうわたし一人になってしまったのかも知れません。

しかしわたしが今語っているのは、夢物語では決してありません。彼らはみんな、かつて、わたしのそばにいて一緒に起居（ききょ）を共にし、一緒に軍人の生活をして生きていたのです。その真実を、どう伝えたらよいのか？

昭和17年９月23日、外地南方での兄清徳

# 宇都宮陸軍飛行学校少飛12期生陸軍生徒隊第一中隊（入校昭17・4・1）

第一中隊中隊長　小泉中尉　第一区隊長　斉藤中尉

第一班内務班長　田辺曹長

| No. | 東航 | 氏名 | 分科 | 教育飛行隊 | 部隊 | 戦死者　殉職者 |
|---|---|---|---|---|---|---|
| 1 | 4-2 | 佐藤洋夫 | 司偵 | 110岐阜 | 38戦隊 | 昭19・5・9北海道帯広飛行場で訓練中殉職　青森市出身 |
| 2 | 4-2 | 川口俊彦 | 戦闘 | 106台中 | | |
| 3 | 1-3 | 山際末吉 | 重爆 | 116ジャワー | 第1挺進戦隊 | 昭20・5・7比島レイテ作戦遂行中バクテンで戦死　新潟市出身 |
| 4 | 7-1 | 沢田訓治 | 重爆 | 116ジャワー | 58戦隊 | 昭19・7・30スマトラ島より昭南島に移動中ペナン島附近で戦死　栃木県宇都宮市出身 |
| 5 | 1-7 | 石田耕生 | 軍偵 | 103比島リパルソン | 7錬飛 | |
| 6 | 3-2 | 熱田稔夫 | 司偵 | 110岐阜 | 振武隊 | 昭20・5・14福岡より発進、沖縄へ特攻で出撃戦死　倉敷市出身 |
| 7 | 4-2 | 宮増栄二 | 軽爆 | 104八日市 | 52中隊 | |
| 8 | 6-5 | 山口正男 | 戦技 | 水戸飛 | 133中部部隊 | |
| 9 | 5-1 | 松江秀隆 | 軽爆 | 104八日市 | 74戦隊 | 昭19・12・14セレベス島ピンラン西方150km海上方面で戦死　兵庫県出身 |
| 10 | 3-7 | 大江為一 | 戦技 | 水戸飛 | 65戦隊 | |
| 11 | 6-6 | 筧　千字 | 軽爆 | 104八日市 | 8戦隊 | |
| 12 | 5-4 | 斉藤富男 | 軍偵 | 103比島リパルソン | 83戦隊 | |
| 13 | 6-8 | 金丸清興 | 重爆 | 116ジャワー | 七生皇楯隊 | 昭20・1・29スマトラ島クルート南方海面の特攻で戦死　宮崎市出身 |

| No. | 東航 | 氏名 | 分科 | 教育飛行隊 | 部隊 | 戦死者 殉職者 |
|---|---|---|---|---|---|---|
| 14 | 4-2 | 筒井秀市 | 戦闘 | 106 台中 | 4 戦隊 | |
| 15 | 2-6 | 湯山他示男 | 司偵 | 110 岐阜 | 28 戦隊 | |
| 16 | 2-5 | 角田好穂 | 軍偵 | 103 比島リパ ルソン | 12 教飛 | 昭20・3・30比島ルソン島イロイロ島附近で戦死 名古屋市出身 |
| 17 | 1-4 | 宮田忠明 | 司偵 | 110 岐阜 | 81 中隊 | |
| 18 | 1-1 | 甲斐五郎 | 軽爆 | 104 八日市 | 8 戦隊 | |
| 19 | 3-2 | 成松良明 | 戦闘 | 106 台中 | 53 戦隊 | 昭19・8・13埼玉県豊岡町で戦死 鹿児島県出身 |
| 20 | 3-1 | 高山邦夫 | 戦技 | 水戸飛 | 29669 部隊 | |
| 21 | 7-2 | 長野守次 | 戦技 | 水戸飛 | 第一野補飛 | |

第一中隊中隊長　小泉中尉　第一区隊長　斎藤中尉

第二班内務班長　田原曹長　桑田軍曹

| No. | 東航 | 氏名 | 分科 | 教育飛行隊 | 部隊 | 戦死者 殉職者 |
|---|---|---|---|---|---|---|
| 1 | 3-6 | 下川信夫 | 戦技 | 水戸飛 | 第一野補飛 | |
| 2 | 3-3 | 原子　勲 | 軽爆 | 104 八日市 | 8 戦隊 | |
| 3 | 7-7 | 中島豊蔵 | 戦闘 | 106 台中 | 48 振武隊 | 昭20・6・3知覧より発進沖縄の艦船に突入、戦死 惟神隊 豊船市出身 |
| 4 | 4-3 | 江草三雄 | 軍偵 | 110 岐阜 | 83 戦隊 | |
| 5 | 4-7 | 笠原達夫 | 重爆 | 116 ジャワー | 60 戦隊 | 昭19・12・19比島ルソン島空輸中バシー海峡で戦死 東京都出身 |
| 6 | 3-7 | 根岸辰也 | 軽爆 | 104 八日市 | 108 戦隊 | |
| 7 | 5-2 | 石川高明 | 戦技 | 水戸飛 | 義烈空挺隊 | 昭20・5・24沖縄の挺身攻撃で戦死 茨城県出身 |
| 8 | 3-8 | 橋本弘三 | 戦闘 | 106 台中 | 13 戦隊 | 昭19・12・13比島ネグロス島東方海面ズマゲテで戦死 佐賀県出身 |

| No. | 東航 | 氏名 | 分科 | 教育飛行隊 | 部隊 | 戦死者 殉職者 |
|---|---|---|---|---|---|---|
| 9 | 6- | 杉本眞太治 | 戦闘 | 10 台中 | 4 振武隊 | 昭2・6・3知覧発進沖縄の艦船群に突入戦死 京都府亀岡市出身 |
| 10 | 2-1 | 後藤三郎 | 軽爆 | 104 八日市 | 108 戦隊 | 昭20・1・21台北上空で敵機と交戦、戦死 鎌ヶ谷市出身 |
| 11 | 2-6 | 塚原義信 | 軍偵 | 103 比島リパルソン | 83 戦隊 | 昭20・3・22北ボルネオ島ミリ上空で空戦、戦死 鹿児島市出身 |
| 12 | 6-2 | 馬場栄一 | 戦技 | 水戸飛 | 28 錬飛 | |
| 13 | 1-6 | 馬場虎丸 | 戦技 | 水戸飛 | 7 戦隊 | |
| 14 | 7-8 | 来住野正一 | 重爆 | 116 ジャワー | 12 戦隊 | 昭20・8・24仏領印度支那海上空の空戦で戦死 あきる野市出身 |
| 15 | 5-1 | 保科好道 | 軍偵 | 103 比島リパルソン | 83 戦隊 | |
| 16 | 1-7 | 長瀬武男 | 軽爆 | 104 八日市 | 第一野補飛 | |
| 17 | 2-3 | 石元廣司 | 戦技 | 水戸飛 | 七生皇楯隊 | 昭20・1・29スマトラ島南西海面の英艦船に突入、戦死 東京都府中市出身 |
| 18 | 6-8 | 渡部徳次 | 司偵 | 110 岐阜 | | |
| 19 | 5-5 | 作間三郎 | 司偵 | 110 岐阜 | 38 戦隊 | |
| 20 | 1-2 | 小倉義夫 | 戦闘 | 106 台中 | 13 戦隊 | 昭20・12・7比島セブ島ボゴ方面で戦死 北海道旭川市出身 |

第一中隊中隊長　小泉中尉　第一区隊長　斎藤中尉

第三班内務班長　藤田軍曹

| No. | 東航 | 氏名 | 分科 | 教育飛行隊 | 部隊 | 戦死者 殉職者 |
|---|---|---|---|---|---|---|
| 1 | 5-6 | 佐藤喜美雄 | 戦技 | 水戸飛 | | |
| 2 | 1-2 | 嘉海竜雄 | 司偵 | 110 岐阜 | 2 戦隊 | |

| 番号 | | 氏名 | | | | 備考 |
|---|---|---|---|---|---|---|
| 3 | 1-4 | 愛須成男 | 軍偵 | 103 比島リパ ルソン | 43教飛 | |
| 4 | 2-3 | 工藤 保 | 司偵 | 110 岐阜 | 2戦隊 | 昭20・4・16沖縄方面の索敵(さく)飛行で戦死　東京都出身 |
| 5 | 3-2 | 宮武郁人 | 戦闘 | 106 台中 | 7練飛 | |
| 6 | 7-2 | 本家 武 | 戦闘 | 106 台中 | 13戦隊 | |
| 7 | 3-2 | 林 稔 | 戦闘 | 106 台中 | 244戦隊 | 昭19・8・6埼玉県越ヶ谷飛行場で殉職　長野県出身 |
| 8 | 2-8 | 山口正則 | 戦闘 | 106 台中 | 13戦隊 | |
| 9 | 3-4 | 山形光正 | 司偵 | 110 岐阜 | 81中隊 | 昭20・3・22満州鞍山で戦死　宇部市出身 |
| 10 | 4-5 | 八代俊彦 | 軽爆 | 104 八日市 | 8戦隊 | 昭20・8・28仏印プノンペン飛行場で訓練中、戦死　岐阜県出身 |
| 11 | 5-7 | 大河原正治 | 軍偵 | 103 比島リパ ルソン | 83戦隊 | |
| 12 | 7-6 | 竹内 昇 | 司偵 | 110 岐阜 | 28戦隊 | |
| 13 | 6-5 | 宮本錫洪 | 司偵 | 110 岐阜 | 2戦隊 | 昭20・1・3比島ルソン島クラークで戦死　朝鮮半島出身 |
| 14 | 4-2 | 前田喜義 | 司偵 | 110 岐阜 | 10戦隊 | |
| 15 | 7-4 | 石井恒次 | 重爆 | 116 ジャワー | 12戦隊 | 昭20・1・9モロタイ島キラ岬南方約15kmの海上上空で戦死　千葉県船橋市出身 |
| 16 | 2-5 | 飯野経廣 | 軍偵 | 103 比島リパ ルソン | 7錬飛 44教飛 | |
| 17 | 1-6 | 大下喜平 | 軍偵 | 103 比島リパ ルソン | 103教飛 | |
| 18 | 6-6 | 赤尾 亨 | 軍偵 | 103 比島リパ ルソン | 83戦隊 | |
| 19 | 1-6 | 山下鷹士 | 戦闘 | 106 台中 | 24戦隊 | 昭19・6・16ニューギニア島ソロンで戦死　大阪市出身 |

第一中隊中隊長　小泉中尉　第二区隊長　真船少尉

第四班内務班長　奥村曹長

| No. | 東航 | 氏名 | 分科 | 教育飛行隊 | 部隊 | 戦死者　殉職者 |
|---|---|---|---|---|---|---|
| 1 | 7-1 | 西尾尚男 | 重爆 | 116ジャワー | 58戦隊 | |
| 2 | 1-6 | 貞金省三 | 戦闘 | 106台中 | 13戦隊 | 昭19・12・14比島パナイ島沖の空戦で戦死　広島市出身 |
| 3 | 3-1 | 俵　吉運 | 戦技 | 水戸飛 | 七生皇楯隊 | 昭20・1・29スマトラ島南西海面の英機動部艦に突入、戦死　行橋市出身 |
| 4 | 2-4 | 山脇茂美 | 重爆 | 116ジャワー | 58戦隊 | 昭19・7・30スマトラ西より昭南島に移動中、ペナン島上空で戦死　長崎県出身 |
| 5 | 3-5 | 永東福造 | 司偵 | 110岐阜 | 岐阜 | 昭19・1・29岐阜西飛行場で訓練中琵壁湖上で殉職　岐阜県出身 |
| 6 | 2-8 | 高木　明 | 戦闘 | 106台中 | | |
| 7 | 1-8 | 伴　弘 | 軍偵 | 103比島リパ ルソン | 43中隊 | |
| 8 | 5-5 | 鈴木正男 | 司偵 | 110岐阜 | 106戦隊 | 昭19・12・18比島ミンドロ島サンホセ上空で戦死　東京都出身 |
| 9 | 3-5 | 中瀬　喬 | 司偵 | 110岐阜 | 38戦隊 | |
| 10 | 6-6 | 川畑富男 | 軍偵 | 103比島リパ ルソン | | |
| 11 | 7-5 | 塚本庄一郎 | 戦闘 | 106台中 | 51戦隊 | |
| 12 | 2-2 | 川口定則 | 司偵 | 110岐阜 | 106戦隊 | 昭19・12・17比島ルソン島カロカン東方で戦死　千葉県茂原市出身 |

| No. | 東航 氏名 | 分科 | 教育飛行隊 | 部隊 | 戦死者 殉職者 |
|---|---|---|---|---|---|
| 13 | 6-2 坂田道男 | 軍偵 | 103 比島リパ ルソン | 34 教飛 | |
| 14 | 2-4 長田良作 | 軍偵 | 103 比島リパ ルソン | 43 教飛 | 昭19・7・19比島ルソン島カバナツアン飛行場で戦死　横浜市出身 |
| 15 | 5-3 水川湛司 | 戦技 | 水戸飛 | 第一挺進集団 | |
| 16 | 3-1 伊藤　昇 | 軍偵 | 103 比島リパ ルソン | 師団司令部 | |
| 17 | 2-3 竹川憲二 | 戦技 | 水戸飛 | 110 戦隊 | 昭19・12・7サイパン島攻撃で戦死　香川県出身 |
| 18 | 4-6 見田義雄 | 戦闘 | 106 台中 | 47 戦隊震天制空隊 | 昭19・11・24千葉県銚子市上空でB29に体当り戦死　兵庫県神戸市出身 |
| 19 | 1-3 鶴丸晴雄 | 戦闘 | 106 台中 | 246 戦隊 | 昭20・7・9大阪上空のB29迎撃戦で戦死　鹿児島県出身 |
| 20 | 7-1 永田一雄 | 戦闘 | 106 台中 | 105 戦隊 | 昭20・4・3石垣島を発進、沖縄本島残波岬南方海面の艦船群に突入、戦死　鹿児島県出身 |
| 21 | 4-3 金子甲子男 | 軍偵 | 103 比島リパ ルソン | 12 教飛 | 昭20・7・3マレー半島アロルスター飛行場で払暁飛行訓練中殉職　栃木県出身 |

第一中隊中隊長　小泉中尉　第二区隊長　真船少尉

第五班内務班長　窪田曹長　西軍曹　伊藤伍長

| No. | 東航 氏名 | 分科 | 教育飛行隊 | 部隊 | 戦死者 殉職者 |
|---|---|---|---|---|---|
| 1 | 1-1 山崎昌三 | 戦闘 | 106 台中 | 47 戦隊 | 昭20・6・21沖縄へ直掩で都城発進、帰投中グラマンと交戦戦死　高知県出身 |
| 2 | 5-2 渡辺三郎 | 司偵 | 110 岐阜 | 28 戦隊 | 昭20・4・7帝都防空で迎撃、茨城県鹿島郡方面で戦死　常滑市出身 |
| 3 | 7-5 堀　保範 | 司偵 | 110 岐阜 | 38 戦隊 | |
| 4 | -3 小貫修身 | 戦闘 | 106 台中 | 47 戦隊 | 昭19・10・19比島ネグロス島シライ発進、タクロバ |

| | | | | | |
|---|---|---|---|---|---|
| | | | | | ン攻撃で戦死　茨城県出身 |
| 5 | 3-2 桜井太郎 | 戦闘 | 106 台中 | 20 戦隊 | |
| 6 | 3-8 稗田増次 | 重爆 | 116 ジャワー | 58 戦隊 | |
| 7 | 6-4 三谷清之 | 戦技 | 水戸飛 | 31 中隊 | 昭20・1・19比島ルソン島サンホセ北方10kmで戦死　丸亀市出身 |
| 8 | 7-7 小池敏夫 | 軍偵 | 103 比島リパルソン | 103 教飛 | 昭19・10・23比島ミンダナオ島上空で戦死　富士市出身 |
| 9 | 2-1 小俣　博 | 戦技 | 水戸飛 | 52 中隊 | 昭20・1・3比島ミンドロ島サンホセで戦死　東京都出身 |
| 10 | 7-4 松浦　靖 | 司偵 | 110 岐阜 | 2 戦隊 | 昭20・4・29沖縄西北方海上の艦船群に突入、戦死　茨城県出身 |
| 11 | 2-1 小二田　博 | 戦闘 | 106 台中 | 17 戦隊 | 昭19・11・10比島レイテ島上空で戦死　栃木県宇都宮市出身 |
| 12 | 4-6 大久保栄治 | 軽爆 | 104 八日市 | 8 戦隊 | |
| 13 | 3-4 本田外志雄 | 軍偵 | 103 比島リパルソン | 117 教飛 | |
| 14 | 4-1 宗宮亮平 | 軍偵 | 104 八日市 | 66 戦隊 | 昭20・6・6万世基地より沖縄の特攻に出撃戦死　岐阜県出身 |
| 15 | 5-8 中久保栄三 | 重爆 | 116 ジャワー | 第一野補飛 | |
| 16 | 1-2 善本政美 | 司偵 | 110 岐阜 | 81 中隊 | |
| 17 | 3-4 日高康治 | 戦闘 | 106 台中 | 56 戦隊 | |
| 18 | 2-5 福元幸夫 | 戦闘 | 106 台中 | 244 戦隊 | 昭19・11・24千葉県九十九里浜沖でB29と交戦、戦死　鹿児島県出身 |
| 19 | 2-3 元島石盛 | 軍偵 | 比島リパルソン | 7 錬飛 44 教飛 | |
| 20 | 3-7 国房靖夫 | 戦技 | 水戸飛 | 第一野補飛 | |
| 21 | 1-4 樋上久士 | 戦闘 | 106 台中 | 246 戦隊 | |

## 宇都宮陸軍飛行学校校歌

作詞　土井晩翠
作曲　東京音楽学校
編曲　斎藤高順

一
金枝玉葉畏くも
　努めて範を示されし
我が学園の光栄を
　偲びて健児一斉に
飛行の術を錬り磨く
　飛行の術を錬り磨く

二
南に筑波　北に那須
　関東平野只中に
飛行学校厳として
　育み育つ空軍に
やがて参加の勇士らを

やがて参加の勇士らを

三

国に仇なす敵あらば
微塵になさん戦力の
涵養常に怠らず
心身共に金鉄の
堅きが如く錬り鍛う
堅きが如く錬り鍛う

四

世界歴史に比類なき
時代に立ちて青春の
血汐の脈の高鳴りに
空飛ぶ勇士報国の
一念燃えて火に似たり
一念燃えて火に似たり

五

閃電颶風のあたり
渦まく雲霧劈きて

狂う戦火の只中に
　鴻毛軽き身を飛ばし
祖国の為に振うべし
　祖国の為に振うべし

六　此処に育ちて決然と
　アジア民族十億の
真先に立ちて邪を砕き
　正を興さん堂々の
一機当千決死団
　一機当千決死団

註・わたしは、この宇都宮陸軍飛行学校のこの校歌を、もう失念していました。歌詞を思い出して、口にすることもなく、覚えていなかったのです。あの有名な『荒城の月』の作詞家、土井晩翠先生だったとは――その校歌を歌ったのか、思い出せないのです。歳をとってボケたから？

宇都宮時代に、われわれは、夕食後の自由時間に、いろいろな軍歌を歌っていたのに――、この校歌だけは、忘れ。われわれがよく歌ったのは、六十四戦隊歌の、あの――「エンジン音轟々と、隼は征く　空の果――」でした。

校歌を忘れたのは、卒業前に、わたしが「飛行日誌」と「日誌」にいろいろ書いたから――このおぼろげな思い出を、呼び起こして、ここに表現するしか、わたしには、われわれの仲間の真実と存在を伝える方法はないのです。誰も信じようとしないでしょうが――彼らは、遠い日に、みんな生きていたのです。

わたしは、苦しみに出会ったら、いつもふと彼らのことを思い出していました。彼らに、なぜ、どうして、生きることを伝えなかったのか……と。

われわれ百三名の仲間は、ここに来て、もう一年が過ぎていたのです。

東航の二中隊三班から四人、宇都宮にやって来た、その中の二人の仲間、石元廣司君と竹川憲二君が消えてから、工藤保君とわたしの二人だけは、運よくパイロットの道を続けていました。

竹川も石元も、十七年の十二月から、寒気の中でグライダーの初級プライマリー（primary）と次のセカンドリー（secondry）の操縦をみっちりやっていた仲間でした。――

そうして、月日は流れ、暑い夏の日も終わりに近く、われわれの飛行訓練は、全員八十六名、無事に終わろうとしていました。

「特殊飛行」のあらゆる飛行機の操縦技術を、われわれは身につけて、やがて、単独飛行の三角航法が始まり、二百万分の一の航空地図を携え、黄色い練習機に、ただ一人飛び乗って、風防ガラスを前に。座席に坐って落下傘を縛帯に装着して、バンドをしっかり締める――そして離陸して、群馬県の高崎の観音様の上空に達すると、上空で左に旋回して羅針盤の方位を東南の方へ針を決める。そこから、利根川沿いの上空、千二百メートルの高度を保ちながら、航空地図を時々見て、周辺の大きな都市を、ちらッちらッと眺めて飛行を続けました。

初めての単独飛行の航法で、航空地図をしっかり確認して、絶えずまわりを注意しながら、警戒し――方位の百十度のあたりだったか？　飛びつづけていました。

銚子の九十九里海岸を上空から初めて見て、犬吠埼の近くの白い燈台を発見しながら、その上空を、何も考えずに左の方向に旋回して、宇都宮の学校の飛行場に、無事帰って来た。そのまま降下して場周に入って、着陸して三角航法は一度だけで終わりました。

その時、見田義雄君がわたしの誕生日の前日、十一月二十四日の日に、後日、その千葉県の銚子上空で、敵のアメリカ軍の超重爆撃機のB-29に体当たりするとは、夢にも思ってもいませんでした。

明るくて、真面目で、絶えず笑顔を見せて、語りかけて来た彼が、わたしより先に死ぬとは

――その三角航法の単独飛行の後、見田は、

「一緒に編隊飛行を組んで、もう一度、あの高崎の観音様の上空と、銚子の犬吠埼の近くの燈台の上空まで、飛んでみたかったなア……」と。

なぜか？　彼は、そう呟(つぶや)いていました。

見田義雄飛行兵

見田義雄君

## 遠別離

一　ほど遠からぬ　旅だにも
　　袂別つは　憂きものを
　　千重の波路を　へだつべき
　　きょうの別れを　いかにせん

二　われもますらお　いたずらに
　　袖はぬらさじ　さはいえど
　　いざ勇ましく　行けや君
　　行きて勤めよ　国のため

この歌を、わたしが、宇都宮陸軍飛行学校の夜の自習時間の演芸会の時、仲間の前で歌ったのを見田はよく覚えていて、二人で外出して、八幡山公園に登って、公園の片隅の芝生の土手に坐って、話していた時、「おい、あの遠別離の歌を歌え……歌ってくれ」と、彼は言った
—

## 三

わたしは、突然、暗い闇の中に引き摺り込まれて行くような不安を感じて、思わず、アイオイシンゴ先生の右手首に、わたしの力のない手で、しっかりと、しがみついていました。――その瞬間、わたしは自分の身体の部分に落下傘を装着していないことに気付きました。

ハッとしました。

このまま、手を離してしまうと、オレはどっと、ここから落ちてしまうぞ！……

「危ない！　この手をはなすな……、離すと、そのまま、奈落の底、暗い闇の中に、落ちてしまう――アブナイ……」必死になって、わたしは、先生の手にしがみつきました。

すると、わたしの右手の甲の親指と人先指の付け根のあたりに激しい痛みが走った。

――それは若い女医さんのシイナ先生が、一心になって、わたしの神経を刺激しようとして、何か鋭い針のような、先のとがった物で、ひどい力を加えて圧しているのでした。

でも、その様子は、わたしには、見ることも、知ることも、できませんでした。

なぜならば、わたしの鼻には酸素吸入の管が入れられて、固定され。そして、わたしの右手と右首には、輸血用のチューブと点滴用のチューブが、しっかり挿入されていて、少しでも顔を動かすと、ブザアが――鳴り出すのです。

びくッとする。頭がちょっと動いただけで、いきなり発信音がひびくのでした。

時どきアイオイ先生は、わたしの下瞼をひらいて、わたしの瞳の瞳孔を覗いておられるのが、ぼんやりと、わたしの記憶に残っています。――なにか、慌ただしい気配がする――。

いろんな先生方の顔が、見える……

アイオイ先生、サイトウ先生、シイナ先生……それらの眼が、わたしの顔に注がれていることを、わたしは知りました。何か――

〈どうも、オレは、アブナイらしい……。ここにいるみなさんが、オレのことを、心配しておられるのだ！　しっかりしないと、みんなにショックをあたえるんだ……〉

「元気をだすんだ。しっかり、するんだ！」と、わたしは自分に言いきかせる。力はない。時どき、かすかな声がする。聞こえる。静かだ。

「輸血は、これで――四回……五回……」

わたしは、輸血を受けていることを知りました。血圧がどんどん下がっているらしい――

「どうも、オレは、アブナイ……重篤になっているらしい。ここで死んではいけない。みんなに迷惑をかける――一所懸命に――つくしてもらっているのに、オレが……」

頭の上の左側にモニターがあって、容態を刻々と告げているらしい――

左手の親指の先には、モニターに信号を送る黒い器具のような物が、爪の付け根に付けられている。

辺りは静かだった。ここはＩＣＵらしい。集中治療室らしい。

アイオイ先生が見えて、またわたしの下瞼を開いて、そっと瞳を覗かれる。――無言のまま。

わたしの頭の中はからっぽだった。何も考えられない。ただ周辺の様子がぼんやり浮かんで見えた。——

今日、四月七日は、わたしの市立海浜病院の予約日であった。

わたしは、やっとこの日を迎えていた。

もう全身の力をなくして、立ち上がって一歩も歩けなくなっていた。

死ぬかも知れない——死ぬ。と思われた。

時間になって、わたしは弟に救急車を呼んでくれるように——頼んだ。

家を出る前に、「おれは、何もしなかったなァ。何も残せなかった……すまなかった——別れの水杯(みずさかずき)だけはして行こう——」と、わたしは弟に言った。しかし、弟は、それに応じてくれなかった。——電話をかけ、救急車が来る間、積み重ねられた部屋の中の本を見ても、もう何も感じなかった。

死が近づいている——と思った。

未練は何もなかった。

ただくたびれてしまって、何も考える力はなかった——これから、どうなるのか？

もう運を天に任せるほか、何もなかった。弟はいろいろ——準備している。

やがて、救急車の方々が、四人現われて、わたしは担架に乗せられて、ドアから外に運び出されて、階段を少しずつ降りて行った——

それから、救急車に乗せられて、病院に運ばれた——

——もうわたしは、何日も食事を取ろうとして、箸を持って、物を食べようとすると、眼の前に並べられた食べ物を見るだけで、胸がおかしくなった。吐きそうな気がしてくる——弟に、「直ぐ洗面器を持ってきてくれ……」と、頼む。——

そして、少し食べ物を口にすると、もう、直ぐに洗面器に吐く……まだほんの少し物を口にしただけで、胸がつかえてしまう——

こんなことを毎日、朝、昼、晩の食事のたびに、醜態を演じてしまう——どうにもならない。毎日毎日、昼も夜も、眠れない日がつづいていた——

「こんなになるまで、どうして、早く連れてこなかったの！……、もう手おくれです——」

と、アイオイ先生は言われた——

わたしは、「もう少しだ！　我慢するんだ……病院の予約の日まで……もうしばらくすれば——病院に行けるんだ——」

予約の日は、四月七日、午前十一時……それまでは——

だんだん病状がおかしくなっている。弟は「ココアがいい……」と言って、何回もすすめる。飲むと吐く……

「はいても、いいから、ノンで……」と、ジュースを作ったりして、飲ませようとする。しかし、もう何を見ても、口に、できなくなっていた。アイスクリームを、ヨーグルトを、牛乳を――何を食べても、飲んでも、だんだん吐いてしまう。――もう小便にも行けない状態で尿瓶を使っていたのに、尿も便も、次第に垂れ流しになって、不始末をしてしまう。

「すまない」と思う。でも、どうしようもなかった。――まだ一週間前には、小便に立って、ふらふらしながらも、用便はしていたのだが、もう、どうにも、動けない状態になって、一日、便も出ない日がつづいてしまう。便秘の薬を飲む……、すると、下痢をしてしまう。物を食べられないのに、下痢をして、布団を汚してしまう。

「きたない――だらしがない――」と思う。それでも、動けないので、垂れ流しになってしまう。

「おしめ」を思いついて、弟が買い求めてきたのは、病院の予約日の三日前だった。

やっと、その「おしめ」を、大人になって、初めて、その「おしめ」を付けてもらう――

「おしめ」を付けても――便がでる――その大便の始末を、弟が、何も言わずに、始末して、新しい物に取り変えてくれる――そして、尻をきれいにお湯を使って、拭き取ってくれる。

わたしは、黙って、それを見て、「申し訳ない。すまない……」と、小声で言う――

だんだん手足も細くなって、歩くのも、あぶない状態になっていた。

「病院の予約の日まで、もう少しです——歩くようにしないと——歩けないと、病院には行けない……歩かないと——」叱られる。

弟はしきりにすすめるのに、もう気力もない。力がでない。布団から起きだそうとしても、もう動けない。どうしても、動けない。

「どうしても、少しだけでも、動いて歩かないと、階段が降りられない……だから、歩く練習をしないと……」弟は言う——

そして、とうとう病院の予約の日が——

四月七日になっていた。

もう本も新聞も読まない。ラジオの音も、聞いていなかった。音はしていても、耳には何の音も伝わらない。ただ右の耳の中に、寒い冬でも、なぜか、コオロギの虫の鳴き声が、昼も夜も絶えずひびいていた。そのコオロギは、美しいきれいな澄んだ声のエンマコオロギで、数多くの虫の声が鳴きつづけている。

おかしい政治家たちの理性を欠いた奇妙な騒ぎも、わたしの心から離れてしまい、へんなバカげた芝居にも、腹を立てることはなくなっていた。無責任な奴ばかり——「国民の、コクミンの、コクミンのために——」と、国会で大きい顔をして、気取って喋っても——わたしは、もう何も感じない。——

だんだん死が近づいている。感じがしていた。……どうしようもなかった。

「死」は、どこからか、やってくる。

でも、その足音も、わからない——

この病院に、救急車で運ばれてから、どれくらいたったのだろう……周りは静かだった。いつの間にか、夜がやってきたらしい。

弟が面会時間に顔を見せる。——今日の朝、弟は救急車を呼んで、慌ただしくこの病院に付添ってやって来た。——あれからどうしたのか？　変わった様子はないらしい——下血は続いていた。弟は笑顔を見せて、わたしの手を握った。——いつの間にか、危機は脱したらしい。わたしは「ＩＣＵ」の部屋にいる。「ここは——、二十年前に、この病院が新しく出来た直後に、わたしが心筋梗塞で入っていた。あのＩＣＵの部屋ですよ。ここは」と、弟は言う。その時は、心筋梗塞で、何の知識もなく、危機状態で……左冠状動脈の左前下行枝と回旋子をやられて、四十二日間入院していた——その時は、危機状態が長く続いていた。いつも左胸が……、遠い日であった。

——あの遠い日、午前中、ゆっくり風呂に入って、丹念に頭を洗い、全身も念入りに擦って、きれいに洗い——。昼食を取り始めた時、いきなり、胸が激しく詰まり、息ができなくなっていた。外は寒い、十一月十八日の日曜日だった。とつぜん急激に胸が詰まって、きゅっと、胸が圧迫されて、息が、呼吸が思うようにできなくなって、……だんだん、呼吸が苦しく喘ぎ始めた。どうしたのか？　わからない——だんだんひどくなってくる……パクパク……口をあけて、喘いでいた。――

その状態は、まるで、池の鯉が、突然、水面に顔を現わし、パクパク、パクパク……やりだした。その時そっくりに、思われてくる。――

「いけないな、息が、息が思うように、つけない……これは、危ないかも知れない？　どうもおかしい、酸素が、酸素が……ああ、ああ……くるしい……これは、どうなっているんだ！　ムネが、胸が苦しい――」

パクパク……パクパク……パァーク、パァーク――次第に、もがきだしていた――その時の鯉の死が、脳裏に浮かんだ……鯉は次々に死んだ。遠く離れた、福岡に住んでいる。姉の家の池のことが、わたしの今の状態に似ている。と、思った。緋鯉は、あッと言う間に七匹、八匹と、次々に水の中から、全身を痙攣させたように浮き上がってきた――手の施しようもなかった。あの時は、池の掃除をして、きれいに池の底までタワシを使って、擦って……洗い流し、水を全部入れ変えて、緋鯉が気持ちよさそうに、泳いでいるのを――見た。

それが、あれから、間もなくして、池の鯉は全滅した。かなり成長して、体長は二十センチメートルから二十五センチメートルもある見事な鯉だった。弟と二人で一時間以上かけて、きれいにしてやったばかりだった。タライの中に水を入れ、塩を入れ、青い薬まで注いで、エアポンプで昼も夜も一日中、池の水を還流していた――。いろいろ手を尽くしたのに、十三、四匹いた鯉は、どれも死んでしまった――。わたしは、あの時、救急車で運ばれてから、この病院に、直ぐに転送されて、命拾いをしたのだった。――

あの時、弟と二人で池の中に入って、慌(あわ)てて鯉を救い上げ、タライに移し……二人で、それらの鯉を見つめていた。そして、死んだ鯉は、穴を掘(ほ)って、木の根元に全部葬(ほうむ)ってやった。かわいそうなことをした。その後も、何回も同じようにして、鯉をいろいろ葬(ほうむ)った。

——あの時、わたしは、この病院で手厚い看護を受けて、命を助けて頂いた——その時の先生のヒライアキラ先生もムラキ先生も、もうここにはおられない。わたしがここの集中治療室にいる間、ヒライ先生は、「——もう直ぐ、一般病室に移れます……向こうの部屋は、ここよりも寒いですから……少し厚着をして……」と、いろいろ慰められました。

「いい先生でした……」いろいろと心配して、たびたび病室にやって来られて、勇気づけて頂いた——そして、今、わたしは同じＩＣＵで、アイオイ先生、シイナ先生、サイトウ先生方(がた)に、見守られて、生きつづけている——

## 四

ふと、鶴田浩二という、亡くなった人を思い出す——そして、その歌を……

「傷だらけの人生」　　藤田まさと作詩
　　　　　　　　　　　鶴田浩二　歌

一、
古い奴だと　お思いでしょうが
　古い奴こそ　新しい物を欲しがる
もんで　ございます
どこに　新しい物がございましょう
　生まれた土地は　荒れ放題
今の世の中は　右も左も
　真っ暗闇じゃ　ござんせんか

㈡、
何から何まで　真っ暗闇よ
　筋が通らぬ　ことばかり
右を向いても　左を見ても
　バカとアホウに　からみあい
どこに　男の夢がある

——

三、
何んだかんだと
　お説教じみたことを
申して参りましたが

そう言う　わたくしも
日蔭育ちの　ひねくれ者
おてんとさまに　背中を向けて歩く
ハッハッハッハッハ
バカな人間で　ございます

㊂、
真っぴらごめんと　大手を振って
歩きたいけど　歩けない
いやだ　いやだ　いやです
おてんとさまよ
ひかげ育ちの　泣きどころ
明る過ぎます　おいらには

——

何から何まで　真っ暗闇よ
筋が通らぬ　ことばかり
右を向いても　左を見ても

バカとアホウの　からみあい
　どこに男の夢がある

――

ああ、あの鶴田浩二の懐かしい声がする――

いったい、この国は、どうなっているんだろう……？　戦争は、遠い遠い、むかし、むかし、今から六十年以上も前の、あの悲惨な戦争の、後始末もしないで。その尻拭いもしないで……戦争は終わった。もう疾っくに終わりました――と、政府は平然と言う。

まるで念仏のように称える。何が終わったのだ！　嘘をつけ！　新しい国、美しい国……何が新しい。何が美しい。……へんな、おかしい、ことばかり言う。たしかに生活保護者は、沢山いる――国民の最低限の生活、文化……保障する。と唱えている。国民のほんの一部は、保護されている――ところが巷には、この冬の寒空の中にホームレス（Home-less）（家のない、飼い主のない――と辞書にある）――は、この寒さの中に飢え、病み疲れて、苦しみながら、小さい小さい小屋に、ダンボールの中で、孤独で、息を潜めて、かろうじて生きている。

――あの遠い日の戦争のニューギニアの戦線やビルマ国境を越えたインパール作戦で、飢えに苦しんで死んだ日本軍の兵士のように、今もこの国の中で、飢えて路頭に迷って、ひっそりと生きている人間がいる――その人たちは、かつて人並みに働き、家族に仕送りをして、働いていた人たちだったが、その家族にも見捨てられ、行政にも、国にも助けてもらえず、見捨てられて、生きている。誰もそれを助けようともしない。救おうともしない――行政は、何をしている！　どこを見ているんだ！　この寒空の中の彼らを、住み家を壊し撤去し追い出している。まるで、「早く死ね！」と言うように。――おまけに、その行政の代わりに、能なしの中学生やならず者が、その貧しいホームレスの人たちの小屋を襲い、金を奪い、人殺しまでする――そのアホウどもにも、親もあり兄弟も家もあるだろうに……「なんということをする。このバカもん、ハジを知れ……」日本人なら、人間らしくちゃんとしろ――どうせ、お前らの行く末じゃないか!?――ああ、ハッハッハ……疲れた！　バカげている。こんなグチなど、何の役にたつ……ホームレスのことを思うと。――この美しい国？　の国民は、みんなそっぽを向いて、恐れ、こわがって、さっと走って逃げる。

「キタナイ」と、呟いている。

　この国に生まれ、日本人として、かつては、ちゃんと生活していた人たち。れっきとした日本人である。ふとしたことから職を失い、病に倒れ、家を失い、一文なしになって、何処かのほんの片隅に、雨露をしのいで、ひっそりと生きているのに、この国の奴らは、その家を奪い、その場所から追い出している。「どけ、どけ、そこを、どけ……」何処かで聞いた、遠い昔の人たちの声だ！

　いつも、「コクミン、コクミン、国民のために――国民のために……」と言う人たちは、いったい、どこを向いて、何をしているんだ！　ホームレスの人たちも、広島、長崎の原子爆弾による被害者の傷害者、災害者の人たちでさえ、救えない。助けられない、この国の何処が美しい……山や川か？

　みんな日本人ですよ。忘れちゃいけない国民を！　――そんな、惨めなかわいそうな日本人――国民が生きていることを、オッサンたち、忘れちゃいけないよ！　この国には、金持ちだけが生きているんじゃありません。こっそり金儲けする人間ばかりじゃない。貧乏人もいるんですよ。よく見て、よく知って欲しい――

　哀れな日本人がいても――何の補償もしない、救いの手も差し出そうとしない。それが「国是」なら、どう仕様もありませんね。

　ホームレスの人たちも、原爆の被害者たちも、彼らはゴミではありません。決して邪魔物でもありません。日本政府が、知らぬふりをして放置し、切り捨てたものでしょう。

　政治家も役人も、何をしている――この世には、うまい物ばかりが転がっているんじゃありません――

「国益国益、コクエキだけが……」

　それは、いったい、何なのだ！　おかしい、へんだ！　この国は――

　まだまだあるぞ。あの有名な公害は、どうした？　会社も国も補償をしようとしない。その会社は、かつては国策のために国が統轄していた筈でしょう――恐ろしいその公害で、今も苦しみ踠き、悶えている人びとがいる――どうして、それを、救わないのだ！　どうして、ほったらかしにする……行政にも政府にも、心がないのか？　考える力がないのか！　わからない。この国は、分からないことばかり……右を向いても、左も向いても――

国民の中に、もがき苦しみながら死んで行く人もいると言うのに、それを救えない。それを知ってか知らずか、カネも治療費も生活費の面倒も見られない。彼らはどいつもこいつも税金をパクパクむさぼる。この国の貧しい哀れな人々を忘れてしまった――どこに美しいものがある。右を向いても左を向いても、おかしいことばかり――どこもかしこも、談合ばかり。どうせ、この世は金だから、欲にくらんだ奴ばかり。どこに男の夢がある。筋の通らぬことばかり。

右を向いても左を見ても　馬鹿と阿呆のからみあい。今の世の中は、右も左も、真っ暗闇じゃござんせんか――やりたい放題、したい放題、どこに規則があるのやら――

何から何まで　真っ暗闇よ
筋が通らぬ　ことばかり
右を向いても　左を見ても
バカとアホウの　からみあい
どこに　男の夢がある

——

ああ、鶴田浩二の声がする——

——おかしな芝居じみた、この国の総理大臣のために死んだのではありません。

沢山の警護人を従えて、礼服を着て、格好をつけて、大手を振って、みんなに騒がれて、格好をつけて、自分一人で喜んで、靖国神社にお参りをする——

「ジュンチャン、ジュンチャン……」と、黄色い女の子たちの声に送られて、いかにも偉い……と、自分を誇っているように、わざわざ、その大祭日を狙って、行動する——あれは、何なのか？

昔のシナやチョウセン人を見下して、——いた。

かつてのわれわれ日本人のように——

今もおかしいことをする。男たちが多い——

恥ずかしい！　かつての日本軍が、戦争に負けて、みんな、ひどい目に合ったことも知らず。

あの戦争で、アメリカ軍のB‐29の超重爆撃機が、広島と長崎に、原子爆弾を落とし——多くの日本人が死んだ——そして、今も尚、その原子爆弾の放射能のために、多くの人が苦しみ悩み……自分の死を恐れていると、言うのに、この国の政治家は何をしている——それらの悲惨な人びとを、助けようともしない。救おうともしない。そんな日本の何処に、美しいものがあるのだろう——

戦争のために、哀れな人生を生きなければならなかった、多くの人に、「早く死ね！」と、言う。自分たちの仲間の政治家たちを、自分の意見に反対する。——と言う理由で、まるで、かつての有名な政治家でさえも、ハエを窓の外に捨てるように、ハエの羽根をもぎ取って、動けないようにして、箸を持って、人間を、同僚を、ほうり出してしまった——

あげくの果は、選挙資金を絶って、「刺客」と、言う。むかしむかしの武士たちのように、へんな人間を、選挙に送る——

いったい、この国は、どうなっているんだろう。アメリカ、アメリカの大統領のために。日米同盟のために。国益のために。アメリカ合衆国の一部になって——この美しい国は、……それも、「国民のために……コクミンのために……」と、どの男も口にする。私利私欲のために、どんなに、非難されても、何も考えない——無責任な人間が多過ぎる。

　生まれた土地は、荒れ放題
　　今の世の中は、右も左も　真っ暗闇じゃ
　　　ござんせんか

東京都のチーフ（Chief）もおかしいぞ——税金を何と思っているんだ——それがあの小説家か?!　思いあがっている。少し偉くなり過ぎじゃござんせんか——ジャブジャブ無駄金を使って——私利私欲がありすぎる——返せばいい——謝ればいい……野党のみなさん、頑張って——不正は徹底的にあばいて欲しい——そうでないと、死んだ人々がかわいそうだ——東京空襲の犠牲者はどうした……

# 五

われわれ宇都宮陸軍飛行学校の少年飛行兵第十二期生百三名が昭和十八年四月に入って、飛行機の練習機の操縦教育を受けていた頃、同じ組には五人の仲間がいました。

その中に石元廣司君と国房靖夫君がいました。二人ともおとなしい、真面目な紅顔の少年でした。

その練習機の練習飛行訓練の四月の半ば過ぎた頃、残念ながら、石元飛行兵と国房飛行兵は五班の寝室からいなくなりました。

そしてわれわれ八十六名は、単独飛行から特殊飛行に入り——錐揉みの飛行練習の時に、私は失敗してしまいました——

その日、滑走路を離陸して、高度を取り、特殊飛行に移り始めた「錐揉み始め！」—わたしは緊張し、教えられた通り、右に翼を傾け、操縦桿をぐいと右の股の方に引いて、右足の踏み棒を強く蹴った……しかし、飛行機はさっと失速しない—ただ右の方に旋回をした。

——錐揉みは見事に失敗でした。—滑走路に着陸して、飛行機から降りて、松本助教さんに、報告すると、珍しく助教さんは笑顔を見せて、「こら、お前は錐揉みにも入れない……ハッハッハ……錐揉みはな、飛行機乗りの一番ヘタクソの人間がやるんだ。お前は、その錐揉みさえやれない——どうしてだ。錐揉みは飛行機の失速状態だぞ—危ない時……——」と言って、軍曹殿に笑われました。

――そして次の日、わたしは、思い切って、操縦桿と足の踏み棒を、エッ！……蹴って、錐揉みに入った……くるくる廻る機体を、さッと元に戻し――成功した。

ああ、前の日、わたしが恐れたのは、左手のレバーを絞る時、しぼり過ぎないように開いて――操縦桿と踏み桿を荒く操作しなかったからである。――それは飛行機は落ちる、墜落する、操縦桿の索は、突然きれる――そのことを、先輩の十期生の箕輪飛行兵と少飛第二期生の大先輩の――塚田少尉殿、教官として同乗し、飛行訓練飛行中に墜落して、二人とも殉死してしまいました。――

その後の葬儀で、塚田少尉の若い奥さんが、泣きながら一中隊の兵舎のそばの砂利道を――その道は、われわれ同期生が、必ず駆け足で通るごつごつの砂利道でした――そこを、打ちひしがれ――泣きくずれるようにして、ひとびとに連れられ――歩いているのを、わたしは見たのです。――毎日、朝昼晩われわれが食堂に向かって、駆け足で通う、歩き憎い路でした。われわれは、学校内では、全ての行動が駆け足を原則とし、単独行動は許されず、一歩、舎前に出ると、二人以上隊列を組んで、中の一人が誰でも指揮をして引率するのが慣わしでした。

――その砂利道を喪服の着物姿の婦人が草履をはいて歩く哀れな姿は、心に強く刻まれて残りました――　〝飛行機乗りには、娘はやーれーぬ、やれぬ娘がね、行きたがる……ダンチョネ――〟われわれがそこで覚えた歌でした――

飛行機の操縦索は、あの頑丈そうな鋼鉄を組み合わせた、その綱が、手足で荒い舵を使うと、とつぜん、ぷつりと切れるらしい——

そのことは、わたしの心に操縦術の教訓として、その時、深く強く刻み込まれたのでした。

——その事故死の後、その事故機は、格納庫のそばの飛行場への入口の、左手の拳銃の実弾射的場の、土手の塚の上に、長い間、無残な残骸が雨ざらし日ざらしのまま、黄色い姿を残していました——無情でした。——

## 六

——

今でも、あの夜のことは心の奥底に消えずに、まだ昨日のことのように、思い浮かんで、刻み込まれています。

志とは、自分の意思の通りには、ならないものです。そう思います——

わたしたちは、若かったのです。

みんなみんな、おとなしい、物静かな少年たちでした。誇り高い男たちでした。

どうして、あんな勇敢な行動ができたのか？　今では、信じられません。

みんな、国のため、大君のために、勇ましく戦って死んだんです。総理大臣のために、仲間たちは、みんな死んだのではありません。

後列右端の飛行帽の国房靖夫、その左隣の石元廣司飛行兵の二人が水戸陸軍飛行学校へ向かって立ち去った

宇都宮陸軍飛行学校第４中隊の戦友。左から元島石盛、宗宮亮平飛行兵、松本軍曹殿・助教さん、渡部飛行兵、樋上飛行兵

第４中隊第２班小倉義夫飛行兵。北海道旭川出身。昭和19年12月７日、比島セブ島ボゴ方面で戦死

４中隊５班の元島石盛

見田義雄飛行兵。昭和19年11月24日、帝都防空のため成増飛行場を離陸して千葉県銚子上空で、B－29に体当たり。B－29撃墜第１号となった。左は昭和18年６月頃か？　右は昭和18年６月から７月頃？

宇都宮陸軍飛行学校第４中隊の飛行(演習)訓練時代の元島石盛。昭和18年4月から5月に入って、第3班の前田喜義飛行兵に呼び出され、格納庫の前で3枚か4枚撮ってもらった

——今も思い出すのは、あの遠い日の自習室の、あの分科発表のことです。わたしは、兄の清徳が戦闘隊の整備士だったので、どうしても戦闘隊のパイロットになって、南方派遣軍の部隊に行きたかったのです。そのためには死を覚悟し、兄に会いたい——あれから（別れて）二年……どうしても、兄に会って、たった一言「早く内地に帰って！……」と、言いたかった。そのために、特技に専念し——戦闘隊を熱望した。第一志望操縦、第二、第三志望も操縦、戦闘——そして念願適って、宇都宮、操縦——に。そして、ようやく卒業は近い……「分科発表」でした。

待ち焦れたその日、その発表の瞬間まで、自分は戦闘隊に選ばれると、信じていました。特殊飛行の実技には、他の者よりも自信があったし、松本軍曹殿も優しく指導されて——その助教さんを信じ、かねてからわたしの志望を知って、それぞれの操縦の特技を評価されて……と、そう信じていました。

その選別には、助教さんの進言を得て、戦闘隊に指名される——この宇都宮陸軍飛行学校は元元陸軍の偵察機の操縦士の養成を目的にした、教育指導する学校として設立されて、まだ数年しか経っていない——そのために、選ばれて、われわれ百三名は、ここに来た。

——だが、わたしの夢は見事に破られました。

わたしは、偵察機の操縦士に決定しました。信じられませんでした。どうして「この俺が、偵察……」それは九九式軍偵察機だった。

「軍偵」と呼ばれる、操縦桿ががっちりした（小型の円匙＝シャベル）スコップの柄のような。

機体は堂々とした。如何にも実戦機に見える機体だった。――

一人一人、名を呼ばれ、起立して緊張しながら聞きました。「わアア……」と、声もしました。瞬間、言いようもない、憤りをわたしは感じました。ひどい衝撃でした。そして、どうしようもない、深い悲しみを覚えました。突然、涙が溢れました。無念でした。――もう、どう仕様もない結果でした。ただ、僅かな望みは、南方派遣軍、比島派遣軍……の外地になったことでした。軍装は戦闘帽に夏服、背負い袋（珍しい装具）、仲間はみんな喜んでいました。三十名の名を呼ばれ、「――以上は、第三教育飛行隊。熊本の菊池……比島――」フィリッピンの派遣軍でした。

その夜わたしは、自分の「飛行日誌」と別の「日誌」に、自分の気持ちを素直に書き印しました。憤りを率直に書きつらねたのです。

その夜の検閲で、早速、その夜遅く、下士官室の班長殿に呼び出された。――なぜか、その人が誰だったのか？　もう全く記憶がありません。消燈ラッパが鳴って、仲間のみんな（全員）は就寝していたのに、真夜中まで懇懇と厳しい注意を受けたのです。

――上官侮辱――放校処分――学校を追放……お前を一人前の飛行機乗りの操縦士にするために、国は、軍は、どれ位金をかけたか、お前は知っているのか!?――莫大な金がかかった――お前の前途を期待し、ショクモウしていたが――お前は――お前がこんな考えだったと知って、驚いている……ただし、もうお前を放校できない。新しい部隊に行ったら……。と言われました――そしてその通り、わたしの配属先の第三教育飛行隊への書類の上欄には、赤い線の附箋が付けられていました——要注意人物だったのでしょう——

それは、厳しいお叱りの言葉でした。

区隊長、中隊長に、呼び出されて、説教されたのか？　定かには、もう思いだせません。

見田義雄飛行兵（左）と私、元島石盛。宇都宮陸軍飛行学校第４中隊時代、宇都宮市内に外出して、２人で八幡山公園からの帰りに市内の写真館に入って撮影

昭和18年、宇都宮陸軍飛行学校第４中隊第４班の見田義雄君。昭和19年11月24日、帝都上空の防空戦に出撃、成増飛行場を離陸し、千葉県銚子上空にてＢ－29に体当たりして壮烈な戦死。火ダルマになって、銚子沖東方海上５キロメートルに海没した……らしい

見田義雄飛行兵の写真を、写真館に頼んで、特別注文によって鮮明なものにしてもらった。昭和18年6月か7月頃か？

――わたしは、その夜、分科発表の直後に、隣りの班、四班の見田義雄――を呼び出して、兵舎を出て、飛行場のそばの格納庫の前に、連れ出して、彼に最後の別れを告げました――わたしは、泣いていたのかも知れません。星のない、暗い夜でした。見田義雄飛行兵は、黙って、わたしの言葉を聞いていました――

「見田、お前はよかったなア……オレはダメだった！……これでわれわれは、別別になった――お前は、これから先……いろいろ待っている――お前には、オレよりも、もっといい戦友ができるよ――こん夜、ここで、俺たちは別れよう……きっと、いい戦友は、いるよ。オレは、軍偵だ！　偵察操縦だ――

残念だが、これで……達者でなア。気をつけてなア……元気で――そして、わたしの姉ムメ（千恵子姉さん）が、よく歌っていた歌を思い出して――〝待てど暮らせど　来ぬ人を――今宵は月も　出ぬそうな――〟と、歌った――見田は、あの「遠別離」の歌を……とも、何も言わなかった。――

彼もわたしの気持ちを思って、悔しがっていたのかも知れません。――

彼は黙ったまま――その夜、二人共砂利道を歩いて、兵舎に帰りました。――

遠い日、もう六十年以上も昔の昭和十八年九月の下旬だったと思いますが、わたしには忘れられない、悲しい別れでした――

なぜ、あんなに興奮して、自分の思いだけを口にして、見田義雄飛行兵の話を聞こうとしなかったのか？　自分では判りません。

とにかく、彼にだけは、自分の心を知って、判って欲しかったのです。彼とは、その夜、別れの言葉を述べ、熊本に向かいたかったのです。それが永遠の別れになってしまいました。死を覚悟したわたしは、ただ一人取り残されてしまったような気持ちでした。

ところでこの手紙は、私の姉ムメ（通称われわれ兄弟は千恵子姉さんと呼んでいた）その姉ムメから、昭和十八年正月に書いた手紙は、宇都宮陸軍飛行学校の第四中隊（上級学級）にいた、私の元には、届かないまま、この便りは残された遺品となる。姉元島ムメ（千恵子）は戦時中に山里の侘しい小さな村に家族と疎開し、結核にかかり、昭和二十年十一月十二日、病気療養中死亡。行年二十五歳。姉の死後八ヵ月後、私は昭和二十一年七月一日、故郷に復員。

昭和　年　月　日

1

明けましてお目出度う御座居ます
大東亜戦争開始第二年目の新年をお迎へ
益々大元気で御精励の事と存じます
此ちらも、皆一つづつ年を重ね大元気で暮らし
居りますれば何卒ご安心下さいませ。
永らく御無沙汰ばかり致して居りますのでまことに
申訳ありません　石盛さんが心配するのも無理の
無い事　何卒　失礼の段お許し下さいませ。
年末休暇もお餅と府義チャンが首を長く
して待って居る様でした　府義チャンも一つ年
を重ねた性か、大部大きくなった様に思はれ
ます。

鹿児島無盡株式會社

17,10 50,000　南鹿110

2



名義チヤンは　五つ犬のくそでせうと云へば
馬鹿野郎　六つむこどんだなど々云つて威張つ
てゐますので、大笑ひします。
貴方の清徳さんよりはさう永らくお便りありま
せん　便り無くとも大へん元気で御奉公致して居ら
れる事でせう。貴方のお正月はどんなので在つた
らうかと案じられます。きつと故郷のお正月
お餅の夢も見られた事でせうね　私も
貴方の清徳さん　石蔵さんの夢を見ました。
それもきつとこんな愚かな婦の事を考へて
居て呉れる　貴方二人の真心で夢にまで見
せられたのでせう。兄弟よりも良いものはありません



17,10 50,000　南鹿110.

昭和　年　月　日

3

ものね　皆が揃って元気でさへ居りますれば夫れこそ健康に勝る幸福は他にないと思ひます。此の姉が幾つ年を重ねやうと姉の事は決して御心配なく　姉は姉として　女としての行くべき道を考へます。

父母を始め皆元気で暮らして居りますから家の事は御心配なく　貴方方は軍人としての責務を立派に果される様お祈り致します

お願ひの件に付き　為義チヤンのははつきりわかりませんがお知らせ致します　何んと云っても身体在っての事。健康第一に御精励あらん事をお祈り致します

かしこ

鹿児島無盡株式會社

17,10 50,000　南鹿110

昭和17年７月、宇都宮陸軍飛行学校第１中隊時代の
帰省中に弟（元島富義・数え４歳）と。（右・著者）

姉ムメ。われわれ兄弟は千恵子姉さんと呼んでいた

七

の富士山の写真は、昔、東京陸軍航空学校第２中隊３班の班長さんだった佐
保夫さんが、今年2007年１月５日午前10時ごろ、写真に撮られたものです。

見田義雄飛行兵は昭和十八年九月二十三日、宇都宮陸軍飛行学校を卒業と同時に陸軍兵長に任ぜられ、宇都宮の同期生名簿百三名中二十五名が戦闘隊の戦闘機の操縦士として、台湾派遣軍の第百六教育飛行隊に配属される。

九月二十五日頃、われわれ仲間の二十九名は、他の一名江草飛行兵が、飛行訓練中に事故を起こし、大怪我をして即入院――清原台を、同期生と第十三期生に見送られて、戦闘帽に背負い袋を背中にして、立ち去りました。

――

見田義雄君は、戦闘隊の仲間と後に残り、中隊長の渡辺大尉に抗議して、中隊長に厳しく訓戒されたらしい……その様子は、同班四班の仲間の生存者の中瀬喬(たかし)君から、最近電話で聞いた――見田は、その日、中隊長室の中で、竹刀(ちくとう)(しない)の音がして……「お前の精神は、ひねくれている……」と大声で怒鳴られているのを、彼は、庭(にわ)で聞いた……竹刀の音がして、机を叩いていたのか？　彼が叩かれていたのか……わからない――理由はわからない。中隊長は怒って、竹刀の音が、外まで聞こえていた――その音だけは心に残っている――と彼は言った。

わたしのことで、見田は、上官に抗議したのか……わたしのことを話したのか？

見田義雄君は二十五名の仲間と、台湾の飛行場で、九七戦と二式単高練（九七戦と同型）の未習教育、慣熟飛行訓練を受け、昭和十九年三月、実施部隊の教育を終わり、陸軍伍長に任官し、内地の東京、板橋の成増飛行場の第四十七戦隊に配属され、帝都防空の戦闘機乗りのパイロットとして、二式戦（鍾馗）で訓練演習飛行を続け、帝都防空戦の任務に従事中、昭和十九年十一月二十四日を迎え、正午近く、突然、敵機B-29、アメリカ軍の超重爆撃機の大群が東京上空に来攻し爆撃――その戦闘に参加した。

その状況は、見田の東京陸軍航空学校第四中隊の

「誰に叫ばん」　元陸軍少年飛行兵第十二期生の記録
　著者発行人　少飛十二期会
　編集　少飛十二機会（責任者中村成男）
　製作　せんだん書房

見田義雄（兵庫県神戸市出身）
東航（東京陸軍航空学校の略）第四中隊第六班（宇都宮）
所属部隊、飛行第四十七戦隊（鍾馗）東京・成増基地　震天制空隊員
戦死状況、昭19・11・24、千葉県銚子上空でB-29に体当たり、戦死
戦隊長奥田暢少佐の手紙（抜粋）
この日、第二飛行隊の見田義雄伍長（少飛

見田義雄君

「本土防空戦」渡辺洋二著の中から引用

墜落機（左手前のエンジン）から見つかったフィルムに写っていた第468爆撃航空群のＢ－29。

「本土防空戦」渡辺洋二著の中から引用

飛行中の「鍾馗」。独立飛行第47中隊が受領して間がなく、まだ部隊マークを描いていない。

十二期）は、銚子沖五粁（キロメートル）の海上で、僚機（編隊長機）山家曹長の眼の前で壮烈な体当たり攻撃を敢行した。

見田機は真紅の火玉となって海上に落下したが、敵機もまた、のたうちながら、その後を追って東方海上35kmに爆砕したのである。

こうして、東京上空体当たり第一号となった彼、見田義雄伍長は、弱冠十九歳。

無口な、おとなしい彼のどこに、こうした烈々たる気魄がひそんでいたのであろうか、と、疑いたくなるような紅顔の少年であった。

なお、見田義雄君には感状が授与され、上聞に達したのである。

（追記）昭和十九年十一月二十四日、マリアナ基地を発進したB－29約八〇機は、富士山頂を目標として駿河湾より浸入し、高度八〇〇〇メートルから一万メートルの高空より中島飛行機武蔵野工場、東京市街地および港湾施設を爆撃した。これがB－29による東京爆撃の始まりであった。

十二時〇〇分、東部軍は空襲警報を発令すると共に、各戦隊に出動を命じた。

このB－29の東京発空襲による迎撃戦で、左記二名の同期生も散華した。

福元幸夫（東航第二中隊第五班、鹿児島県出身）宇都宮、第二四四戦隊。

戦死状況昭19・11・24、千葉県九十九里浜上空で戦死。

金子光雄（東航第七中隊第三班操縦）第七〇戦隊。

昭19・11・24、千葉県柏上空で戦死。

## こちら特報部「ニュースの追跡」

# 「最初から下町狙い?」

米爆撃機B29の東京初空襲に関し、新たに見つかった米軍資料の分析結果を「多摩地域の戦時下資料研究会」会員、楢崎茂弥さん(五八)=東京都立川市=がまとめた。「作戦任務報告書」(TMR)をはじめ、爆撃目標から損害の評価、日本側の反撃まで書いた詳細な記録だ。二百㌻以上に及ぶ資料から見えてくる米軍の意図を探った。(橋本誠)

米軍資料から見るB29東京初空襲の意図

### 「目標は東京である。主目標は中島飛行機武蔵製作所」

一九四四年十一月二十四日、百十一機のB29がサイパン島の基地を飛び立った。四二年に空母艦載機B-25が行った爆撃以来の首都攻撃。サイパンが陥落し、日本の主要地域がB29の爆撃圏内に入って最初の攻撃で、マリアナ諸島を拠点に全国百以上の都市を襲った本土空襲の幕開けだった。

四五年二月の神戸空襲より前のTMRなどは現存しないといわれていたが、昨年七月、楢崎さんが米国立公文書館に保存されているのを発見した。

それによると、この日の作戦名は「サンアントニオ1」。主目標は最大級の軍用機工場だった中島飛行機武蔵製作所（現・東京都武蔵野市）で、製作所西地区の中心と、東地区の発電所を攻撃するよう命じた。

範囲指定地図「東京大空襲」とほぼ一致

## 「命中7％だけ　成果には不満」

午後零時十二分から二時三十二分まで、八十八機が爆撃に参加。このうち二十四機が武蔵製作所に普通爆弾百六十三発、焼夷爆弾六十八発を投下し、十六発が命中した。作戦後の報告は「7％が目標内に命中したことが確認されているだけなので、爆撃の成果は不満足」と分析。失敗の原因として雲や事前の情報の誤り、編隊の規模などを挙げている。

米軍は地上の高射砲から激烈な反撃を受けるとも予想していたが、「目標上空の対空砲火は貧弱で、全般的に不正確」だった。四百—五百機は出てくると見ていた迎撃戦闘機も百二十五機にとどまり、「多くは連携した戦法をとらず、動きは個々の飛行士に任されている」と分析。米側が失った二機のうち、一機は日本機の体当たりによるものだったことも記している。

注目されるのは、爆撃機の第二目標として、東京の下町地区が指示されていることだ。命令書は、レーダー爆撃の目標として「隅田川河口の島」と「荒川河口」を指定。目視での爆撃については、現在の中央区晴海付近、台東区入谷付近、葛飾区新小岩付近、江戸川区臨海町付近の四点で仕切った範囲を指定し、この中の産業施設なら「ANY（どれでも）」構わないとした。

添付された爆撃指定範囲の地図と、約十万人が亡くなった翌四五年三月十日の東京大空襲の焼失範囲の写真を並べると、ほぼ一致する。楢崎さんは「米軍は最初の空襲から下町地域を第二目標として爆撃を繰り返し、東京大空襲でついに主目標として焼き払ったのでは」と話す。

実際の爆撃では雲が多かったため、七割が主目標以外を爆撃。着弾はばらつき下町地区の江戸川区のほか、杉並区や神奈川県まで爆弾が落ちた。日本側の被害報告によると、二百人以上が死亡、三百人以上が重軽傷を負った。

**デスクメモ**

「私は日本の民間人を殺したのではない。日本の軍需施設を破壊したのだ」。本土空襲の指揮を執った米軍のカーチス・E・ルメイ司令官は、戦後の回想記の中でこう述べたが、今回の米軍資料はこうした説明や米国の公式見解に一石を投じるものだ。時間がかかっても、歴史的事実を確認する作業は尊い。（吉）

こちら特報部「話題の発掘」

# 今も生きる爆撃の思想

専門家の見方はどうか。今春渡米し、一連の文書を入手した空襲研究者の工藤洋三氏は「今までよく分からなかったものがゴソッと出てきた貴重な資料群だ。B29は戦略爆撃のために生まれた飛行機。離れた安全な所から飛び立ち、心臓部をたたいて終戦に持っていく新しい考え方がよく分かる」と評価する。

本土空襲は、航空機産業などを狙った初期の「高高度精密爆弾」、東京大空襲から四五年六月の大阪・尼崎空襲までの「大都市焼夷弾爆撃」、それ以降の「中小都市爆撃」の三期に分けて考えられてきた。

## 「無差別」ワシントンの意向反映か

最初はハンセル司令官が精密爆撃を進めたが、効果が上がらず、四五年一月に交代したルメイ司令官が無差別爆撃を本格化したというのがこれまでの定説。楢崎さんは「ハンセルは市街地に対する無差別爆撃に反対して解任されている。第二目標の設定にはワシントンの意向が強く反映されているのではないか」と推測する。

「東京大空襲・戦災資料センター」館長の作家、早乙女勝元氏も「無差別爆撃の意図がルメイの登場前から米政府にあったことに衝撃を受けた。第一目標の中島飛行機は名目だけで、本命はむしろ第二目標の住民攻撃だったのではないか」とみる。

東京大空襲当時十二歳だった早乙女氏は、向島の軍需工場で働いていた。「総力戦で、鬼畜米英とか一億火の玉と言っていた時期。ＴＭＲは緻密で、計画的で、科学的。よくそこまで準備なさってやったもんだ、とあきれかえる。爆撃の下で子供や女性がどういう運命をたどるかという想像力が欠如している」と憤る。

第二次大戦で成功　脱却できず

**爆弾残さぬため落とすケースも**

これに対し、軍事評論家の熊谷直氏は「江東デルタ地帯について、アメリカは『航空機の家内産業がある軍事工業地帯で、無差別爆撃ではなかった』と戦後も言い続けている。ある程度はそういうものもあったと思うし、全くそうではない。イラクやレバノンでもそうだが、航空攻撃で、周りに一般住民が住んでいるかどうかを見分けるのは無理」とし、第二目標はあくまで工業施設を狙う目的で選定されたとみる。

司令官の交代で無差別爆撃が始まったという見方には「爆撃の方法を切り替えるには、ドイツで無差別爆撃をしていた第八空軍のルメイのほうがいいと交代させたのかもしれないが、それだけではない。技術的な理由もある」とくぎを刺す。

軍事評論家の青木謙知氏は、米軍が第二目標を範囲内の「どこでも」としている点について

「まあ、そんなものだと思う。狙ったところで爆弾を落とせなかったときでも、持ち帰るとき万一爆発すれば被害が出るので、できるだけ基地に持ち帰りたくない。第二、第三目標まで設定し、それでもだめなときはどこでもいいから落とす。アフガニスタン攻撃で誤爆とされているものの中にもそうしたケースは少なくなかった」と爆撃機搭乗員の心理を語る。

爆撃は「空爆」という名で、最近の戦争でも繰り返されている。青木氏は「第二次大戦で発電所や軍事産業に対する航空作戦に効果があることが分かってしまった。米軍はその発送から脱却できず、朝鮮戦争、ベトナム戦争から湾岸戦争まで、最初にどんどん爆撃して、弱体化させる方法をとってきた」とし、当時の爆撃思想が長く米軍の中に生きていたことを明かす。

前出の早乙女氏は米軍資料を見るときの心境を「いい気持ちはしませんよ。何たって、その火の下にいたんですから」と表現する。その一方、戦後六十一年たって、今回のような資料が出てくることに驚きを感じている。

「最近一つ一つの空襲の記憶がよみがえって憂うつになってしまうが、まだまだ埋もれている記録があり、今の子供、孫に伝えきれていない思いがある。そういう意味で貴重な資料でもあります」

（平成十八年八月十三日付「東京新聞」）

# 第二部——大空の死闘〈航空隊の記録Ⅰ〉

次の文章は、当時の状況を理解するために、三二五頁から三四四頁まで、原文のまま引用し掲載いたしました。引用文の中の傍点の入った部分は、元島石盛が、感動しながら、敵機B－29（米軍）の性能と行動など――特に注意を注（そそ）がれて読み、日本軍の若者たち、特に見田義雄君と福元幸夫君（宇都宮）など、少飛十二期十三期生を中心に、体当たりの戦闘状況と、同じように空中勤務者が、どんなに苦難に耐えて、戦って、死んで行ったか――よく、著者が調査、精査された、貴重な実戦の有様を、つぶさに表現された部分に――心から感謝しながら、傍線と傍点「註」を入れさせて、もらいました。

**『陸軍航空隊全史』** 木俣滋郎著　㈱朝日ソノラマ社　一九八七年九月十日発行

## 第8章　本土防空作戦

### 1　北九州を守れ

米ボーイング社はB－17「空の要塞」で自信をつけ、六年後、さらにこれを拡大した「超・空の要塞」B－29四発重爆を製作にかかった。これは現在のB－52ストライト・フォートレスの先駆と見ることができよう。この種のキングサイズの戦略爆撃機は、戦場で使う戦術爆撃機と違い、はるか後方にある敵国の工業地帯や都市を爆撃して、経済的に、あるいは士気の上で敵国民に挫折感を抱かせるのが目的である。つまりトータルな国力を疲労させるのだ。B－29は第二次大戦中、世界で最も優秀な重爆撃機だった。そして日本本土が、このB－29の標的となったのだ。

「怪物B－29が完成したら大変だ」と日本やドイツは、かねてから心配していたが、その第一陣が米本土東岸→ヨーロッパ→エジプト→インド→中国の成都へと飛び石伝いに集結したのは、昭和十九年六月のことであった。彼らは中国西部、『三国志』のシーンとして知られる四川省の成都から北九州の工業地帯を爆撃、日本の鋼鉄の生産量をダウンさせようとしたのである。鋼鉄がなければ船も大砲も戦車も小銃も生産できないからだ。

B－29は貴重な特殊機だから、他の飛行機とは別に米陸軍航空隊司令官アーノルド大将（在ワシントン）の直轄兵力とされた。つまり第二〇空軍と言われるものだ。第二〇空軍の中に第二〇爆撃集団を編成され、これが中国へ進出したのである。一個中隊八機で、これが四個中隊＝三十二機集まって一個飛行団を編成した。のち、それは五個飛行団（五百六十機）からなるまでに成長した。だから千三百名余の陣容だが、初めのうちは二個戦隊＝六十四機を維持するだけで、やっとだった。

もともと中国にはシェンノート少将の指揮する米第一四空軍四百七十機があった。B－25やP－40などを主とする兵力だ。彼らにとっては、あとからやってきたB－29が優遇されるのが面白くない。新参者のくせに補給とか軍需品の配給などで差をつけられたからだ。

昭和十九年六月十五日、B－29十八機が初めて発進し、翌日、北九州を爆撃した。投下爆弾は合計三一トン。実際の被害は大したことはなかったが、「本土空襲さる！」のニュースは日本国中を震撼させた。このB－29が中国から発進したことだけは判明した。そこでシナ（シナとは中国のこと）派遣軍総司令官・畑俊六大将は、第五航空軍司令官・下山琢磨中将をドナリつけた。

「ウチの飛行機は何をしておるか！」

Ｂ－29は八月、九月も空襲してきた。やがて独立飛行隊第一八、五五中隊の一〇〇式司偵が漢口から飛び、九州を爆撃して帰るＢ－29の跡をつけていった。すると彼らの基地が奥地四川省の成都の郊外の三つの飛行場であることが判明した。漢口にあった九九式双発軽爆（第一六、第九六戦隊）は、敵飛行場を爆撃しようとしたが機数が少ないうえ、第一四空軍のカーチスＰ－40やロッキードＰ－38戦闘機に阻止されて思うにまかせない。戦闘機でＢ－29を迎撃しようとしても、レーダーの数が少ないので詳しい敵情がつかめない。そのうえ敵重爆が高速のため、いつもとり逃がしてしまう。まさに「処置なし」の敵だった。

ちょうどこのころ、中国にあったわが地上軍は「一号作戦」という大作戦を完了しかけていた。それは在中国の米飛行場を片っ端から占領してしまおうというのである。カーチスＰ－40やノースアメリカンＢ－25が揚子江上の船舶や兵站（補給）基地を爆撃してくるのに日本軍は手をやいた。そこで日本軍は奇岩で知られる桂林をはじめ、航空基地をつぎつぎと占領しかけているのだ。三十六万人もの兵力を投入した大作戦である。

敵機は後方（西方）へ逃げていった。だがこの敵機は米第一四空軍のものであった。新しく登場したスーパーマンＢ－29は、インドに近い中国の基地から楽々と飛んで九州を爆撃し、また成都へ平気な顔をして帰ってきたのである。シナ派遣軍総司令官・畑俊六大将は「こんなはずはなかった」と首をかしげた。彼は、いや日本人全体がＢ－29の航続力を過小評価していたのである。

困った大本営は九州の防空のため第一二飛行師団（天風兵団）をドロナワ式に編成した。時に昭和十九年七月のことであった。山口県の小月（下関の付近）に司令部を置く第一二飛行師団は、飛行師団と言っても名前負けしてしまうほど小規模なものだった。無理もない。もとの第一九飛行団を格上げしただけなのだから……。機種の内訳も屠龍、飛燕、疾風、一〇〇式司偵の戦闘機版という四種類の戦闘機八十六機をカキ集めただけの小兵力なのだ。しかもそのうち一〇〇式司偵の独立飛行第一九中隊十二機は、高空性能のよい司偵に無理に重い機関砲を装備したインスタント（註・即時、瞬時、またたく間に、たちまち）珍戦闘機なのだ。

師団長心得（代理）の古屋健三少将は、一ヵ月後の九月、早くもチョビひげを生やした三好康之少将と交代した。士官学校三一期（大正八年卒業）の彼は、同期生四百八十九名中、四番という成績であり、もちろん陸軍大学まで卒業している。戦闘機の専攻であり今まであちこちの飛行団の参謀や飛行学校校長を務めてきた人物だ。アメリカ駐在の経験のある彼は、九州防空という責任ある地位を与えられ、身のひきしまるのを覚えたに違いない。防空を専門とする兵力だから、西部軍の高射砲も付近に多数、配備された。

この点、パレンバンの第九飛行師団（翔兵団）と同じである。この高射砲はのち西部軍（第一六方面軍）の中の高射第四師団（彗兵団）に発展する。なお第一六飛行団が十月、フィリピン（第6章の1参照）へ引き抜かれるので、第一二飛行師団にはポッカリと穴があいてしまうのだ。

さて成都から北九州までは片道七時間の飛行である。初めは敵が慣れていないため戦果が上がった。花形は第四戦隊の屠龍である。大きな三七ミリ機関砲一門を背中に背負って敵の腹の下にもぐり込み、撃ち上げる珍戦術はB－29を面食らわせた。

この三七ミリ砲はホ二〇三型と称せられ、弾丸一発は四七五グラム（一二・七ミリ弾の三倍余り）と重い。しかし相対的に銃身が短いため、弾丸のスピードは一秒にたった一二〇メートル（一二・七ミリ弾の1／8余り）にすぎない。敏速さをモットーとする空中戦では、スピードの遅い弾丸は敵機に命中しない。

それでも屠龍は八月二十日、九州・八幡製鉄所を襲ったB－29七十二機のうち、九機を撃墜する大戦果を上げた。敵の投下爆弾合計一一二トン。本当は八十八機が離陸したのだが、十六機は航法を誤って目的地上空には到着しえなかった。また北九州の高射砲は五機を空中分散させたり、二機を有明湾に撃墜、不時着陸させるのに成功している。ともかくこの八月二十日はめずらしい大戦果であり、胸のすくような一日だった。以降、こんな戦果は二度と上がっていない。この第一二飛行師団が西部軍（第一六方面軍司令部・睦兵団）と連絡を密にしたことは言うまでもあるまい。

## 大阪・神戸の防空

九州を爆撃に来た米第二〇爆撃集団がちょっと足を延ばせば、阪神地区を爆撃することも可能だった。そのため第一二飛行師団の開隊と同じ昭和十九年七月、阪神地区の防空に当たる第一一飛行師団（天鷲兵団）も設立された。それは大阪市の西の八尾(やお)に司令部を置いた。現在、陸上自衛隊のヘリ部隊のある所である。師団長・北島熊男少将は士官学校二九期であり、第一二飛行師団長・三好康之少将より二期上だった。北島少将は航空の専攻だが、陸軍大学の教官をしたり、興亜院の調査官をしたりしたのち、大阪で第一八飛行団（戦闘機）の団長を二年務めた。この第一八飛行団が第一一飛行師団に格上げされたのである。

中部軍の高射砲集団も協力することは第一二飛行師団と同じであるが、この部隊はのち高射第三師団（炸兵団）に成長する。千葉県下志津はかつて軽爆のいた所だが、陸上自衛隊の高射学校が現在おかれている。同校の資料館には九九式八センチ高射砲の砲身一門が展示されているが、それは昔、神戸の防空に使われた高射砲第一二一、あるいは第一二三連隊が使ったものである。第一一飛行師団には一ヵ月後、名古屋を守る第二三飛行団も追加された。名古屋には愛知航空機や三菱（重工）の飛行機工場が多いので、空襲を受ける心配があったためだ。

なお第五戦隊は疲れきってニューギニアから帰り、再編成の途上にあり、技術未熟の者が多かった。また第五五戦隊はのちレイテ戦に投入される部隊である。このような防空準備を整えた名古屋ではあるが、初空襲をこうむるのは昭和十九年十二月十三日、つまり北九州や東京が目標として重視され、名古屋や大阪は第二、第三の標的と見られたのである。なお第二三飛行団の一部がいた名古屋北方の小牧基地には現在、航空自衛隊のジェット輸送機C－1が配置されている。名古屋の高射砲はのち東海軍管区（第一三方面軍）の高射第二師団（逐兵団）と改名する。

## B－29に初めて体当たり

ボーイング社の四発重爆B－29は大きな図体にもかかわらず快速で、二〇ミリ機銃一のほか一二・七ミリM三型ブローニング機銃も死角のないよう前後左右に十二挺も備えている。そのためなかなか撃墜できる相手ではなかった。市民に死傷者が出て「日本の飛行機は何をしているのだ！」という非難の声が上がると、第一二飛行師団は身の細る思いであった。

八月二十日、米軍第二〇爆撃集団は八十八機をもって北九州の八幡製鉄を爆撃してきた。うち七十二機が目標に達して一一二トンもの爆弾を投下する。すでにシナ派遣軍から情報が入っていたうえ、各地のレーダーが接近をキャッチしたので、第一二飛行師団は総力を上げて待ちかまえていた。この時、七〇〇〇メートルの高度で飛来するB－29は日本側の必死の防戦にもかかわらず、もう製鋼所上空に迫っていた。早くしないと工場が被弾してしまう。飛行第四戦隊の屠龍を駆る野辺重夫軍曹は、

Uターンして、もう一度機銃を撃つ暇などないとみた。そこで同機の電信員・高木伝蔵軍曹は「ただ今より体当たりする！」の無電と共に先頭の敵隊長機に体当たりした。二機はバラバラになって墜落する。この時B－29の発動機が飛んで、一つが隣のB－29の左翼に命中、これまた錐もみ状態になって墜落した。

この八月二十日は大戦果が上がり、B－29十四機が失われたけれど戦果の大半は屠龍によるものであった。第五一、五二戦隊の疾風も各一機撃墜を主張している。別の屠龍も体当たりで一機を撃墜したが、こちらの方の屠龍は奇跡的に機体を中破しただけで不時着している。いつもこのように戦果が上がるとよいのだが、八月二十日はめずらしい勝利の日と言えよう。なおこの日は日本本土の防空でB－29に対する最初の体当たりを敢行した日となった。すでに述べたように中国におけるB－29への初の体当たりは、これより一カ月ほどおそい（第3章の4参照）。

八月末、米第二〇爆撃集団の司令部が交代し中国にやって来た。後任のカーチス・ルメイ少将は若冠三十八歳。彼は二年間、英国を基地とする第八空軍に属し、ボーイングB－17「空の要塞」を指揮してドイツのルール工業地帯爆撃をくり返してきた。英国の重爆がメッサーシュミット戦闘機を恐れて夜間爆撃をしたのに対し、ルメイ少将はあえて昼間爆撃を行わせた。目標をはっきり狙えるからである。その代わりB－17にギッシリと大編隊を組ませた。だからB－17は互いに機銃で仲間を援護し合うことができた。この戦術だと日本の戦闘機が接近すれば機銃の集中砲火を浴びる結果となる。

ルメイ少将の戦術は「じゅうたん爆撃」であった。つまり広い面積にわたりB－17の大集団が爆撃する戦術であり、これなら多少、狙いが外れてもドイツの工業地帯を廃墟とすることができた。この戦術をさらに大型のB－29によって対日戦でも再現しようというのである。彼が実際に第二〇爆撃集団の指揮をはじめたのは昭和十九年九月からであった。レイテ湾海戦の十月二十五日や十一月二十一日、B−29は九州の大村（長崎県）を爆撃にやってきた。海軍の艦上爆撃機を作っている工場があったからだ。やがて、彼らにとって絶好の基地が完成した。マリアナ群島のグアム島とサイパン島である。ここからならば中国からよりも近いから首都の東京爆撃がしやすい。そこでルメイ少将はB−29に対して、昭和二十年二月以降、大挙して中国からサイパン島に移動するよう命じた。引っ越しだ。今まで東へ飛んだB−29は以後北西へ向かって飛ぶようになった。在中国のB−29は昭和十九年六月から二十年一月までの八ヵ月間に、合計九回もの大空襲を北九州地区に対して行っている。彼らがサイパン島への移動を完了するや在中国の米第二〇爆撃集団は解散した。つまりもとの第一四空軍だけとなったのである。

以後のB−29の行動は次節で述べよう。

## 2　帝都上空の空中戦

マリアナ諸島のサイパン島、グアム島に米海兵師団が上陸したのは、昭和十九年六月のことである。約一ヵ月余りの抵抗で両島は完全に米軍の手に入り、飛行場の建設がはじまった。日本側はここに米軍が飛行場を完成したら東京が空襲されるのは必至と見、心配していた。

従来、第一七飛行団（昭和十七年四月編成）が東京の防空に当たっていた。だが昭和十九年三月、これを格上げして第一〇飛行師団（天翔兵団）と改名、兵力を強化した。編成一ヵ月後の昭和十九年四月には、吉田喜八郎少将（士官学校第二九期）が師団長心得として着任、東京郊外、調布に司令部を置いた。現在、自家用のセスナ機がズラリと並んでいる小飛行場だ。

吉田少将は成績が五百三十六名中、二番という逸材であり、もちろん、東京の青山にある陸軍大学も恩賜（「天皇より授与さる」の意）の金時計を卒業時に受けて卒業していた。今まで航空本部職員とか、第二飛行集団（満州）や第一航空軍（東京）の参謀長などを務めてきた経歴の持ち主だ。少将で師団長心得になったくらいだから、他の飛行師団に比べ第一〇飛行師団は小粒である。それでも三カ月後に編成される第一一（大阪）、第一二（下関付近の小月）飛行師団に比べると、飛燕六十機、鍾馗五十機、隼四十機、屠龍二十三機、一〇〇式司偵十二機とさすがその数は多かった。

B－29の接近に対して素早い対応が必要なため、第一〇飛行師団の下には飛行団がない。つまり師団長が直接、飛行戦隊に命令するのである。東京郊外の六っ（埼玉、千葉県を含む）の飛行場に、その兵力は分散された。屠龍隊は編成直後であり、まだパイロットは飛行機をもらっていなかった。そのほか第一航空軍（燕兵団、東京）の直轄兵力である飛行第二二戦隊、第一一戦隊（疾風に改編中）と各種飛行学校も空襲警報が発令されたら、第一〇飛行師団長の指揮下に入ることとなった。

初めのうち第一〇飛行師団はB－29よりも米空母機の来襲を予想、これと戦うことを想定していた。げんに昭和十九年六月、マリアナ海戦の直前、アベンジャーTBF、カーチスSB2C、グラマンF6Fなどは東京都下の小笠原諸島（と言っても実際には船で二日近くかかるが）を空襲してきた。しかし空母機よりもB－29の方が先に東京へやってきた。

サイパン島にB－29の第一陣（もちろん米陸軍機）が着陸したのは、昭和十九年十月のことであった。つまり、わが第一〇飛行師団開設より六カ月余もあとのことである。彼らは第二一爆撃集団と呼ばれた。この二一と在中国の第二〇爆撃集団との二つが合同してワシントン直属の第二〇航空軍（全部B－29からなる）を構成するわけだ。だから日本本土は初め東と西の両方からB－29にハサミ打ち

「本土防空戦」渡辺洋二著の中から引用

高射砲の弾幕の中、第504爆撃航空群のＢ－29が焼夷弾を落とす。

「本土防空戦」渡辺洋二著の中から引用

飛行テストを終えて着陸態勢に入ったＸＢ－29第一号機。

される格好となった。第二一爆撃集団は司令部と二個飛行団をグアム島に置き、テニアン島にも二個飛行団（一個飛行団は百十二機だが、当初はとてもそんなに数がなかった）、サイパン島には一個飛行団を置いた。

東京〜サイパンは二四〇〇キロもあった。一回往復すると一日近くかかってしまう。なおB－29一機の定員は十一名であり、内容は操縦員二名、偵察員（航法担当）、爆撃手、レーダー係り、機上機関士（機械の修理）、通信士一名ずつ、一二・七ミリ機銃の射手四名といった具合である。

その一機は十一月一日の白昼ついに東京上空に現れた。そして一万メートルもの高高度から写真を撮っていった。戦闘機があわてて離陸したが、あまりにも高空なので、どの部隊もとり逃がしてしまう。この時の失敗にかんがみ、吉田少将は「やはり体当たりをしなければ怪物B－29は撃墜できないのではないか?」と気になった。そして十一月七日、彼はついに特攻隊の編成を命じた。一個飛行戦隊につき、それぞれ四機ずつである。希望をつのるという形をとったけれど、実際に特攻隊員を命ぜられたのは若い少年飛行兵であった。

少年兵は伍長か軍曹の階級である。また学徒出陣の予備士官（少尉）もいた。すでに八月以降、九州の第一二飛行師団では体当たり機を続々と出していたから、吉田少将も自分の部隊から特攻隊を出すことに、さほど抵抗もなかったに違いない。B－29はまずカロリン群島のトラック島と硫黄島とを爆撃して、ウオーミングアップをすませ、十一月二十四日、ついに百十一機をもって帝都初空襲をしかけてきた。これが本格的な帝都空襲のはじまりである。

ただしこの時、目標を誤り、東京・三鷹にある中島飛行機製作所の武蔵野工場の上空に到達できたのは、たった二十四機というヘマを演じてしまう。それでも彼らは一機当たり平均四・五トン（長さ一・五メートル、直径四十五センチの二五〇キロ爆弾に換算すると十八発）を投下した。M64型二五

「本土防空戦」渡辺洋二著の中から引用

墜落機（左手前のエンジン）から見つかったフィルムに写っていた第468爆撃航空群のＢ－29。

「本土防空戦」渡辺洋二著の中から引用

飛行中の「鍾馗」。独立飛行第47中隊が受領して間がなく、まだ部隊マークを描いていない。

○キロ爆弾が多い。高度はまたもや九〇〇〇メートルだったから、高射砲はとどかない。日本の高射砲は高度六〇〇〇メートルがやっと有効打となりえたという状態だった。第四七戦隊ではスレ違いつつ一回、機銃を撃つのがやっとであった。つまりUターンしてB-29を追い、攻撃を反復することができなかったのだ。敵編隊のスピードが速いからである。B-29を二機撃墜したが、当方も鍾馗六機を失った。そのうち一機は体当たりによるものである。(註、そのうち一機は、宇都宮陸軍飛行学校の少年飛行兵第十二期生の見田義雄伍長であった。千葉県銚子上空で体当たりして、銚子沖5キロに墜落、B-29は、銚子沖東方35キロに墜落――)

十一月二十四日は東京防空における最初の体当たりの日であった(註、見田義雄伍長は帝都上空のB-29の体当たり第一号であった)。この日、武蔵野飛行機工場では、工員に死傷者が続出したけれど、工場設備自体は大した被害もなく生産も落ちていない。以降、ボーイング「超・空の要塞」は、数日おきにやってきた。もちろん本土防空にはひとり陸軍機のみならず海軍機も舞い上がっている。

ルメイ少将は無差別爆撃の方針だったから、工場のみならず市民の住宅地にも投弾した。市民たちは隣組という組織で団結しており、この自警団の活動により被害を最小限度にとどめようとした。警戒機の乙型と称する対空見張用レーダーは八丈島、伊豆の下田など多くの場所に配置され、敵の東京接近を約七十分前にキャッチできるようになった。このレーダーは二〇〇キロ先のものを探知しえた。

八丈島自体が東京の南南東三〇〇キロにあるので、この七十分の間に戦闘機が発進、一万メートルの高度にまで上がることが理論上では必ずしも不可能ではない。だがレーダーの能力が不安定で、そのうえしばしば故障するのが痛かった。

## なぜB-29は墜ちなかったのか?

見田義雄飛行兵。左は昭和18年６月頃か？　右は宇都宮陸軍飛行学校第４中隊４班。昭和18年５月頃から18年の８月頃か？

戦闘機が寄ってたかってもなかなかＢ－29を撃墜することができなかった。その理由はスーパーマンＢ－29が防弾板を広く、また厚くし、セルフ・シーリング・タンクを備えていたことにもよる。このセルフ・シーリング・タンクとは、ガソリン・タンクの内の外側をゴムで包み、敵機の銃弾で穴があいてもゴムの力で自然に穴が閉じるしくみである。しかし防御力の強靭さよりも実質は日本の戦闘機にとってＢ－29を撃墜するチャンスがなかったのである。

一万メートルもの成層圏を飛来するＢ－29に対し、その上から戦闘機得意のさか落とし戦術をかけることができなかったためだ。こんな高空には空気が少ない。だから燃料のガソリンを燃やす際、必要となる酸素の量も減り、エンジンは本来の馬力を発揮できないのである。ところがＢ－29は過給機（スーパーチャージャー）と称する機械をエンジンに付け、これで空気を圧縮してエンジンに送っていた。だから高空でも機関の能率は落ちない。ところが日本の戦闘機には過給機の能力が低いから太刀打ちできない。特に速力と上昇力が不足し、「ここぞ」という時、待ち伏せができないのである。上昇力が鈍いと敵をはるか頭上に見ながら手出しができないのだ。

次にパイロットの肉体的条件にも制約があった。一万メートルもの上空には空気が少なく、そのうえ寒い。B-29は与圧室という特殊な部屋（気密室）を持ち、この中に搭乗員が入っている。暖房付きで地上にいる時と同じような強い空気の圧力が部屋内に加えられている。現在、ジェット旅客機の乗客が呼吸に困難を感ぜず、自由に室内を歩き回れるうえ、寒くもないのは、この与圧室のおかげである。ところが日本の戦闘機にはこれがない。米リパブリック社P-47戦闘機に似た高高度用のキ-87型の開発に着手したのが昭和二十年二月のことである。だから戦争には間に合わなかった。

高空の寒さについては、酸素マスクを付け、電熱器のニクロム線の入った飛行服を着なければならない。服からはコードがのび、先端を機体のソケットに入れて寒くないようにするわけだ。ところが酸素マスクのゴム管や電線が邪魔で身体が重く、すぐ疲れてしまう。だいいち酸素ボンベに入っている量しか空気がないのだから、長い時間の空中戦や待ち伏せはできない。こんな状態では頭が重く、思考能力がガタ落ちする。上昇力をアップするため特攻機となった機体は、重い機関銃を外したものさえあった。だから重い酸素ボンベもなるべく小型の方が空中戦には望ましい。だが小型ボンベではあらかじめ高空で待ちかまえているうちに、呼吸困難になってしまう。日本のパイロットたちは二重、三重のハンデを背負って防空戦闘機の座席についたのである。

このような日本戦闘機の関心を白昼の防空戦にと誘っておきながら、米第二一爆撃集団は昭和十九年十一月三十日、突如、裏をかいた。つまり夜間攻撃である。この時、銚子や白浜（千葉県）のレーダーはいち早く六〜七〇キロ彼方に敵をキャッチした。吉田少将は全戦闘機を発進させたが、密雲のため七〇〇〇メートル以上は上昇できなかった。ましてや闇のため敵機の姿を認めることができない。普通の一人乗り戦闘機は夜の空中戦ができないことは言うまでもあるまい。空中戦用レーダーは日本ではまだ実現していなかったからである。日本側はいつも後手に回る戦術をとらざるをえなかったのである。

## 震天航空隊の誕生

昭和十九年十二月三日、東京が八十六機のB－29に空襲された。この時、またもや第五三戦隊の屠龍がつぎつぎと体当たりに成功し、うち三名はパラシュートで生還している。米捕虜は三名。もちろんパラシュートで降下したのである。第一〇飛行団は六機を失いつつも、五機撃墜という大きなスコアを上げた。特攻隊の士気を高めるため防衛総司令官・東久邇宮稔彦（としひこ）王大将は二日後、第一〇飛行師団の特攻隊を震天陸軍航空隊と名づけた。この固有名詞は新聞にデカデカと発表されたので、東京都民は「震天航空隊がわれわれを守ってくれる」と信頼感を抱くようになった。同時に北九州を守る第一二飛行師団の特攻隊も回天特攻隊と名づけられた。人間魚雷と同じ名称である。

〈表46〉B－29への体当たり成功例（昭和十九年八月～二十年八月）

|  |  |  |
|---|---|---|
| 関　東地区 | （第一〇飛行師団） | 三十三名 |
| 九　州 | 〃（第一二　〃） | 八名 |
| 名古屋 | 〃（第一一　〃） | 八名 |
| 満　州 | 〃（第五航空軍） | 五名 |
| | 合計 | 五十四名 |

機種：屠龍、鍾馗、飛燕。

（一人で二回体当たりした者は二名として計算）

八月から終戦までの体当たり数は〈表46〉のごとくである。――なお名古屋地区では昭和十九年十二月～二十年一月が多く、北九州では昭和二十年四月～五月が多い。機種は表のごとくであるが、稀な例として昭和二十年六月、阪神地区の疾風や名古屋、関東地区の一〇〇式司偵もある。偵察機の体当たりは五機あった。また昭和二十年八月一日、最後のB－29への体当たりは東京上空における五式戦闘機であった。これは飛燕を空冷エンジンに改めたものである。水冷エンジンは故障が多いための「苦肉の策の新鋭？ 戦闘機」と言えよう。

珍戦闘機の登場も注目に価しよう。一〇〇式司偵は高空性能が良いので、これは双発戦闘機に改造された。従来、航空写真の撮影ばかりをやってきた部隊だから、空中戦をやると聞いてパイロットは喜んだ。機首に二〇ミリ機関砲二、機体後部上方に三七ミリ機関砲（固定式で旋回はできない）一挺を斜めに付けた重戦闘機である。屠龍に似た武装だ。そのほか五〇キロのタ弾二発も搭載した。タ弾はB－29の頭上から投下するという珍戦術だ。だが「距離三〇〇メートルで投下する」として練習してきても、彼我の速度差の問題もあり、なかなか思うような場所で作裂させることはできなかった。

それでも十二月十三日、B－29九十機が東京に向かうと見せて、名古屋を爆撃してきた。名古屋は従来、空襲を受けていないから第一一飛行師団（天鷲兵団）をあわてさせた。独立第一七中隊の一〇〇式司偵（戦闘機版）はよく活躍、第二四四戦隊の飛燕と協力してB－29三機を打ちとった。

### 火災による無差別爆撃

アメリカ軍のカーチス・ルメイ少将は、昭和二十年二月、自己の第二〇爆撃集団を率い、基地をマリアナ群島に移すよう命ぜられた。第二〇、第二一爆撃集団が合併して新しい第二一爆撃集団となり、古い中国の第二〇爆撃集団は解隊してしまったのである。以降、ひとりサイパン島のみならず基地はすぐ隣のグアム島やテニアン島などにも開設された。

ルメイ少将は昭和二十年三月以降の作戦を指揮した。ちょうどこのころ、彼は「日本の都市を廃墟にするには爆弾で吹き飛ばすよりも焼夷弾で火災を起こした方が効果的」と考えるようになった。軍需工場だけを狙って面倒な投弾をするよりも、都市全体にまんべんなく投弾すれば、工員たちは住宅を焼かれて働けない。つまり飛行機の生産量がガタ落ちするというのである。日本の家屋が紙と木材とでできていることに目をつけた作戦だ。焼き打ち作戦は昭和二十年二月二十五日、午後二時半の東京空襲で初めて採用された。B‐29百七十二機が七〇〇〇～九〇〇〇メートルの高度から、平均二～三トンの焼夷弾を投下したのである。

空襲で東京の家屋の一割以上がもろくも焼失してしまう。さらに困ったことには、この昭和二十年二月二十五日は、米第三八機動部隊のグラマンF6FやカーチスSB2Cなどが大挙、東京に来襲した。東京の防衛総司令部は「空母機との格闘戦に弱い屠龍や一〇〇式司偵の戦闘機版は出撃させるな!」と命令した。そのため第一〇飛行師団長・吉田少将は鍾馗や飛燕のみを離陸させていた。

米空母機がさんざん暴れ回って帰りかけたころ、B‐29が選手交代して現れた。だから防空戦闘機の数が足りず、日本側は苦戦に陥った。また米空母は群馬県太田の中島飛行機製作所(現、富士重工)も爆撃してきた。ここには高射第一師団(晴兵団)の分遣隊が配置されていたが、彼らは計五百二十六発を撃って九機撃破を主張している。

さて焼夷弾による住宅地攻撃は市民に多くの犠牲者を出す結果となった。いわゆる無差別爆撃である。第二次大戦も初期のヨーロッパでの爆撃では、軍事目標に限られていた。だが昭和十九年に入ると非戦闘員に対する爆撃も平気で行われるようになった。婦女子も軍需工場で働く貴重な労働力だからである。焼き打ち戦術にはM69型焼夷弾や三五キロのM15小型焼夷弾が用いられた。前者は空中で分解して一発が四十八発のミニ焼夷弾に分かれる。一個が六角形をしており、内部にはナフサ油や椰子油、ニトロ・ベンゾールが詰まっており、プーンと臭う。著者も少年時代、これを東京都内の道端で拾って臭いをかいだ記憶がはっきりと残っている。

一機でM69型焼夷弾八十発を搭載できたが、広い面積にバラまきうる点で、爆弾よりは効果的だった。第一〇飛行師団がスコアを挙げたのは、昭和二十年三月九日夜の大空襲だった。撃墜機数はなんと十四機。ただしこの中には高射第一師団の戦果（「十数機撃墜」と自称）も含まれている。従来の高高度爆撃の意表をつき、B－29は夜間の低爆撃を敢行した。低ければ高射砲も有効に打ち上げることができる。低空爆撃には米軍内部にも反対の声があったが、ルメイ少将は爆撃の効果を上げるため、敢て反対をおしきった。第五三戦隊の屠龍は、千葉県松戸からぞくぞくと発進する。従来は、地上の九三式探照灯（直径一・五メートル。いすずトラックにて牽引す）が捕らえたB－29の腹の下にもぐり込み、屠龍は二〇ミリや三七ミリ機関砲を撃ち上げた。

だが三月十日未明、東京の下町は一面、火の海となってしまう。そのため地上の火が低空のB－29の姿をあかあかと照らし出した。屠龍はサーチライトの助けを借りる必要もなく、十分、戦果を上げた。だが一夜にして二十七万戸余が焼失し、焼死者七万二千名、負傷者二万四千名もがでてしまったのである。この日は陸軍記念日だったが、とんだ陸軍記念日となった。

B－29はさらに昭和二十年三月以降、瀬戸内海の港湾に五〇〇キロや一トンの磁気機雷も投下するようになった。掃海不可能な水圧機雷さえ含まれることもあった。もう船舶は危険で動くことさえできなくなってしまう。鉄道が飽和状態だったから、わずかに小型貨物船で物資の移動が行われていたというのに……。

日本は今や国内交通もB－29のために切断されてしまったのである。

＊

次の文章は、当時の状況を理解するために、二一九頁から二三七頁まで、原文のまま引用し掲載いたしました。引用文の中の傍点の入った部分は、元島石盛が、感動しながら、敵機B－29（米軍）の性能と行動など――特に注意を注がれて読み、日本軍の若者たち、特に見田義雄君と福元幸夫君（宇都宮）など、少飛十二期十三期生を中心に体当たりの戦闘状況と、同じように空中勤務者が、どんなに苦難に耐えて戦って、死んで行ったか――よく、著者が、調査、精査された、貴重な実戦の有様を、つぶさに表現された部分に――心から感謝しながら、傍点を入れさせて、もらいました。

**『太平洋戦争航空史話㊤』**　秦郁彦著

中央文庫　中央公論社発行　一九九五年七月十八日発行

## 第十一章　五式戦対B－29――東京防空に散った少年飛行兵たち

昭和四十五年十一月、東京で開かれた少年飛行兵第九期生会の席上で、終戦の年の四月七日、埼玉県越ヶ谷上空でB－29の大編隊に突入、戦死した平馬康雄曹長の遺骨発掘が取りあげられ、地元会員による調査が始まった。まもなく自爆地点が確認され、四十七年二月十四日から自衛隊の手で発掘作業が開始される。その前夜に当時の目撃者の一人から、墜落した戦闘機は空冷エンジンのはずだ、と連絡が入った。

飛行第一八戦隊関係者から平馬曹長の乗機は水冷の三式戦（飛燕）だと聞いていた同期生たちは、不安の思いにかられながら、掘り出されてくる機体の残骸を見守っていたが、目撃者の少年の記憶は正しかった。三日目に発掘されたハミルトン油圧可変式プロペラの一葉に「キ一〇〇」の刻印が入っていたからである。

遺骨確認の決め手になったのは、胸ポケットに収められた女学生の写真だった。慰問袋で知り合った少女と平馬曹長はついに一度も相会う機会はなかったのだが——。

昭和十九年後半から始まったB－29の戦略爆撃は首都東京を初めとする全国主要都市を焦土に変えたが、本土防衛の闘魂に燃えて挑戦した防空戦闘機隊の勇士には、二十歳を前後する紅顔の少年飛行兵が多かった。以下は陸軍戦闘機隊最後の新鋭機キ一〇〇（五式戦）の初陣で散った少年飛行兵の物語である。

## B－29東京上空へ

B－29が初めて東京上空に姿を現わしたのは昭和十九年十一月一日である。一〇、〇〇〇メートル以上の超高空を白い飛行雲を引いて飛ぶB－29を追って関東地区にあった陸軍防空戦隊の全力が出動したが、手も足も出なかった。空気圧縮のできる過給器を備えない日本の戦闘機は、一〇、〇〇〇メートルの高度では浮揚しているのがやっとで、強い偏西風に乗って六〇〇キロ／時以上の高速で飛ぶB－29に対し、射点につくのさえ至難のわざであった。しかも死角がほとんどない。はりねずみのような機関銃座からの編隊火網は、戦闘機の接近を許さないほど猛射だった。

そこで第一〇飛行師団は、十一月五日、指揮下の全戦隊長を集めて対策を練り直した結果、体当り専門の震天特攻隊を編成するよう下令した。体当り機は少しでも上昇性能をあげるため、機関砲、防

見田義雄飛行兵。左は昭和18年6月頃か？　右は宇都宮陸軍飛行学校第4中隊4班。昭和18年5月頃から18年の8月頃か？

弾鋼板から燃料タンクの防弾ゴムまで取外し重量を軽減した。

当時、関東地区にあった防空戦隊は飛行第一八（柏、三式戦）、二三（印旛、一式戦）、四七（成増、二式単戦）、五三（松戸、二式復戦）、七〇（柏、二式単戦）、二四四（調布、三式戦）の各戦隊で、計二〇〇機前後だったが、実動機数はその半分にも達しなかった。

このうち一応充実した戦力を持っていたのは四七、七〇、二四四の三個戦隊だけで、一八戦隊は本隊がフィリピンの戦場にあって少数の留守部隊だけ、五三戦隊は夜間専門の「ふくろう部隊」であった。陸軍航空の決戦場となったフィリピンで多数の熟練操縦者を失ったため、本土防空戦隊は少年飛行兵九〜十三期、特別操縦見習士官、幹部候補生出身の新参者が中心であったが、航空燃料の不足で訓練も思うに任せず、体当り精神で補う以外にない悲壮な情況となっていたのである。

初期のB－29空襲は東京西郊の中島飛行機工

場が主目標で、伊豆半島沖を北上して富士山上空から偏西風を利用して八王子―立川―東京―銚子を経由して洋上に離脱するのが標準コースであった。

翌年春にマリアナ基地の爆撃隊司令官がハンセル少将からカーチス・ルメイ少将に代って、夜間低空の都市焼夷弾攻撃に転換するまでは高高度昼間精密爆撃法が実施された。米空軍にはノルデン社製の世界一を誇る優秀な爆撃照準器があったが、強い偏西風下の高高度爆撃は意外に精度が悪く、中島工場は一〇回近く攻撃されながら、比較的軽い損害しか受けなかった。

### アンクル・トムの死闘

B-29の本格的空襲は十一月二十四日から始まった。各防空戦隊の全力をあげた反撃で五機撃墜の戦果が報ぜられたが、実際には四七戦隊の見田義雄伍長（少飛十二期）の体当りした一機が房総半島沖三〇キロの海中に墜落しただけであった。

十二月三日の迎撃戦では二四四戦隊の四宮中尉ら三機が体当り後落下傘降下して生還、五三戦隊の沢本政美軍曹は体当り戦死した。

この日は日本側も少し慣れてきて、米側発表によっても六機のB-29が未帰還となっているが、体当りされた一機はよろめきながらマリアナ基地まで帰還したという。

その後B-29は目標を名古屋の三菱航空機工場に転換したため、東京地区への来襲はしばらくとだえたが、十二月二十七日には再び中島工場を目標に七二機（目標到達は五二機）がマリアナを発進した。

一一、三〇に八丈島のレーダーから報告を受けた各戦隊は次々と快晴の冬空に舞いあがった。東久邇宮防衛総司令官は、この日の日記に「機体は日光に照らされ白く輝き実に美なり」と記したが、一時間後には八王子から千葉上空にかけて巨鷲と小燕の間で血の死闘が幕を開いたのである。

その中に飛行第七〇戦隊に所属する二人の少年飛行兵も加わっていた。発進したときは編隊を組んでいたが、高空性能の悪い二式単戦は、上昇中に分離してしまい、二人とも単機で突進したらしい。その一人である佐藤芳雄軍曹（山形県出身、少飛八期）は三鷹上空でB－29の編隊火網に包まれ、機を捨てて離脱したが、落下傘が半開きのまま中島飛行機武蔵野工場の屋根を突き破って戦死した。

このとき、落下傘を開こうとバタバタしていた軍曹は、高度三〇〇〇メートルで断念すると宮城に向かって挙手の礼をした、という話が地上から双眼鏡で見守っていた人の実見談として七〇戦隊関係者の間に伝わっている。

つづいて江東地区の上空で突進した熊谷兼一伍長（長野県出身、少飛十一期）機も、B－29の返り討ちにあって亀戸六丁目の鐘紡工場内空地へ垂直に突入、戦死した。

結局、この日の迎撃戦で撃墜が確認されたのは、二四四戦隊の吉田竹雄曹長と五三戦隊の渡辺泰男少尉機が体当りで東京湾に突入させた一機だけであったが、米側の記録はこの「アンクル・トムズ・ケビン」号の最期を次のように伝えている。

「僚機はアンクル・トム機が三〇、〇〇〇フィートの高空で日本の戦闘機に体当りされて大きく切りさかれたのを目撃した。それを見ると、多数の戦闘機が止（とど）めを刺そうとして押しかけたが、アンクル・トムはよろめきながら高度三、〇〇〇フィートで姿勢を立て直し、残った機銃一挺で反撃しつつ五、〇〇〇フィートまで上昇した。

しかし、さらにもう一機の体当りを食って真黒な煙の柱を残しつつ東京湾へ墜落した。最後の七分間の死の苦しみの中でアンクル・トムは日本戦闘機八機を射ち落とした。この勇戦に対し、機長ジョン・E・クラウゼ少佐に議会名誉勲章が申請された」（「タイム」誌一九四五年六月四日号）

米側の発表戦果は撃墜一〇機となっているから、アンクル・トム一機で日本戦闘機のほとんどを引き受けたことになるわけだが、二人の少年飛行兵もその犠牲者であったろうか。

**平馬康雄の青春**

二十二歳で東京防空戦に倒れた少年飛行兵平馬康雄の短い一生は、昭和前半の戦争時代に育った少年たちの青春を象徴しているといえるかもしれない。

大正十三年一月六日、平馬は福井市外の裕福な農家の長男として生まれる。実姉小林きよ子さんの回想によると性質はおっとりして無口だったが、運動神経は抜群で、正義感の強い少年だったという。子供のときから飛行機狂で、部屋の中は飛行機の絵や写真で一杯だったが、両親の希望に従って県立農学校に進み、四年生のときにこっそり少年飛行兵の試験を受けて合格、両親を説き伏せて大空への道に踏み出した。この時期に全国の至るところで見られた風景である。

陸軍の少年飛行兵と海軍の予科練は、この時代の少年たちの憧れの的であり、また簡単には通過できない難関でもあった。競争率は大体一〇倍以上で、時には三〇倍に達したこともあった。制度としては海軍の方が少し早く昭和五年にスタートし、陸軍は四年おくれて第一期生を採用した。

家庭の経済状況で上級学校に進めない農山村の優秀な少年に、骨のやわらかい十五歳前後から教育して二十歳までに一人前の操縦者を育てようとする狙いは的中した。

予科練や少年飛行兵を送り出すのは学校や郷土の名誉とされ、入校するときには幟(のぼり)を立てて盛大な見送りを受け出征兵士並みの待遇を受けた例も少なくない。

平馬少年が東京陸軍航空学校へ入校したのは昭和十四年十月、十六歳のときだった。同期生は九六〇名、うち約二七〇名が戦死し、三二六名の生存が確認されているが、生死不明者を加えて約半数が太平洋戦争の犠牲者と推定される。

昭和十五年十月第九期生徒として熊谷陸軍飛行学校に入校した平馬は、基礎教育を受けること一年、日米開戦直前の十六年九月念願かなって操縦コースに進む。翌年六月卒業して柏の飛行第五戦隊へ配属され、戦闘機乗りとしての第一歩を踏み出す。五戦隊は戦闘機操縦者に対する錬成教育を担当していた。半年間の課程を終わって僚友たちは各部隊へ分散していったが、平馬伍長はそのまま五戦隊に残留した。

東航、五戦隊を通じて寝床を並べた金田勝氏は平馬の印象を「やせ形で背が高く、ややあごの長い女性的な顔立ちであったが、やさしい風貌にもかかわらず、内に秘めた闘志は不屈のものがあり、物に動じない沈着な性格と相まって典型的な戦闘機パイロットであった」と回想している。

十八年七月、飛行第五戦隊に動員命令が下り、新鋭の二式複戦を装備して豪北地区の防空と船団援護に当たることになった。小松原戦隊長以下の二八機は島伝いでジャワのマラン基地に進出、アンボン、チモール島、アル諸島、タニンバル諸島の各地区に分散配置され、ときどき豪州から来襲するB-24、ボーファイターと空戦を交えた。

平馬伍長は、ラウテン（チモール島）、リアン（アンボン島）、ナムレア（ブル島）、マルメラ（フロレス島）の各地を転戦したが、十九年七月中旬、マルメラ飛行場離陸直後をボーファイターに射たれ、左肺盲貫の重傷を負った。

かろうじて近くの湾内に着水し、海軍の高速艇に救助され、マランの陸軍病院に後送されると、偶然にチモール島で負傷した金田軍曹と再会し、同じ病室で暮すことになった。

平馬軍曹の傷の回復は早く、胸に弾丸を残したまま十月末に退院、輸送機に便乗して内地へ帰還、郷里で数日静養したのち、名古屋に後退して戦力回復中の五戦隊に復帰した。十二月末、同じ二式複戦装備の東京防空戦隊である松戸の五三戦隊に転属したが、二十年春には再建中の一八戦隊へ移った。

東京小石川の女学生だった高橋典子嬢が姉と二人で平馬軍曹を訪ねようとして果たせなかったのは、このころであろう。二人は五戦隊が南方へ行く前から慰問袋の縁で文通を交わしていたのだが、彼女は柏駅で空襲に会って引き返したまま、やがて戦友から戦死の報が届いた。しかし、昭和二十年四月七日B-29迎撃に飛びたった平馬軍曹の胸ポケットには、ついに一度も相会うことのなかった女性の写真が秘められていた。

## 五式戦来る

飛行第一八戦隊がフィリピン航空戦で潰滅（かいめつ）して、わずかに生き残った磯塚戦隊長、川村飛行隊長ら五人が柏に帰還してきたのは三月上旬であった。小宅光男中尉以下の残置隊は本隊の留守中、防空戦闘に健闘していたが、技量未熟の特操を主体とする若年者ばかりで、戦隊長を迎えて直ちに部隊の再編成にかかった。そこへ、最新鋭戦闘機の五式戦闘機を一八戦隊へまっさきに供給するという朗報が入った。

日本陸軍航空最後の傑作機が生まれたのは、多分に苦しまぎれの偶然からであった。というのは面白い。

三式戦（飛燕）は、日本では例の少ない水冷エンジンで、水平速度、加速性ともに、画期的な性能をほこる優秀機であったが、問題はエンジンの信頼性が低いことであった。このため、ニューギニアのように支援設備の悪い戦場では故障が続発した。

飛行中に突然エンジンが停止する例もあり、操縦者は安心して性能一杯に使いこなす自信が持てなかったようである。そこで川崎航空機では改良型II型のために、ハ-一四〇エンジンを開発したが、これまた不調で量産に入れず、各務原工場のエプロンには、エンジン待ちの「首なし飛燕」がずらりと並んだ。

航空本部はその解決策として余裕のあった百式司偵用ハ－一一二エンジンを取り付ける着想を出し、十九年十月から大急ぎで設計にかかり、空襲下の突貫作業で、早くも翌年二月一日には第一号機の試験飛行にこぎつけ、ひきつづき量産に移った。

この間に合わせ改造は予想外の成功となった。最高速度こそ三式戦II型の六一〇キロ／時に比し五八〇キロ／時とやや低下したが、操縦性はきわめて良好で、練度の低いパイロットでも能力一杯に使いこなせる信頼性と安定性があった。

惜しむらくは、この優秀機の出現が、あまりにもおそかったことである。土井武夫氏（五式戦の設計者）のメモによると、生産状況は三月に二六機、四月に八九機、五月に一一一機と、終戦まで計三九九機が生産されたが、六月、七月の空襲で川崎の工場で焼失して、生産は中絶してしまった。

さて一八戦隊の角田政司中尉（陸士五十六期）、中村武少尉（幹候）以下五名が指名されて福生の航空審査部へ出頭し、未修飛行訓練を開始したのは三月十日のことであった。その夜半に夜間大爆撃があり、江東地区が全滅する惨害となった。五日間の訓練を終わって、四号機だけを柏に持ち帰ったが、この機は終戦まで角田中尉の乗機となる。その後各務原から生産機を少しずつ持ち帰って六月ごろまでに全機の機種改変を終わった。四月七日ごろには戦隊の保有する五式戦は七～八機だったろう、というのが角田氏の記憶である。

三月の末ごろであったか、審査部の黒江少佐がP－51、伊藤大尉が五式戦を持って、対P－51戦闘の巡回教育にまわってきた。模擬空戦の黒江対伊藤では五式戦優勢、P－51対三式戦（黒江対小宅中尉）では占位がP－51優勢、旋回戦闘は三式戦優勢の結果を示した。またP－51対五式戦機（黒江対角田中尉）の空戦ではP－51の方が高速なので、撃墜はむりだが、五式戦の方も旋回性能を生かして落とされず、まず互角という印象を得た、と角田氏は回想している。

第二次大戦の最高速機といわれるP－51は、すでに昭和十八年後半からビルマ、ついで中国戦線に姿を現わしていたが、B－29の直衛戦闘機として間もなく本土上空に出現するだろうと予想されていた。

事実、米軍の第一五、二一戦闘機集団のP－51一〇〇余機は三月上旬から中旬にかけて占領直後の硫黄島飛行場に到着していた。

**越ケ谷上空**

昭和二十年四月七日一〇八機のP－51は硫黄島上空に飛来した第七三爆撃飛行団のB－29重爆一〇七機と会合して、中島飛行機工場の爆撃をめざして北上した。神津島上空で隊形をととのえると、P－51はB－29のわずか前方を両側から挟みこむ形をとって伊豆半島上空へ進入した。

第一〇飛行師団は最初P－51の随伴を知らず、迎撃戦闘が始まったのちに空中の味方機へ警報を伝え、その後の出撃を中止させた。

しかし、それまでに各戦隊は、今までの対B－29戦法と同じように単機または少数機で目標を求めて出撃し、思いもかけぬP－51と遭遇して苦戦を強いられたようである。一八戦隊の小宅光男氏（昭和四十八年病死）が整理したメモによると、小宅小隊（三式戦四機）は〇八、三〇すぎに離陸して東京上空を哨戒飛行したのち着陸しようとしたところへ敵情報告が入った。

田無南方の多摩川上空高度九、五〇〇メートルでB－29の一二機編隊を発見して突進したが、途中で四機のP－51が後方から接近してくるのを認め、反転すればやられると判断して、至近のB－29に体当りした。

幸運にも落下傘が開いたので、軽傷の小宅中尉は三軒茶屋付近に降下して収容されたが、時に一〇二〇であった。平馬軍曹の編隊は小宅小隊よりおくれて出撃したようであるが、戦死までの詳細ははっきりしない。

戦死直後に川村飛行隊長から遺族に送られた手紙は「新鋭戦闘機を駆って九時十二分、勇躍基地飛行場を離陸出動し、帝都上空に待機哨戒中、長機故障となり着陸させるも単機よく任務を遂行……」と記述し、さらに「敵B－29大編隊を発見、直ちに接敵、越ヶ谷上空に捕捉、敢然上方より猛烈必殺の攻撃を決行、右二番機発動機より発火之を撃破せり。尚も接敵猛攻の一瞬、火網は益々周密となり其の一弾は遂に左胸部を貫通、十時二十分機上に於て壮烈なる戦死を遂げ、皇都直掩の鬼と化す」と結んでいる。B－29攻撃時には単機となっていたらしいので、地上からの目撃も加味してまとめたものであろうが、細部は推定によるものではなかろうか。

遺体発掘に当たって、この日の空戦経過を再調査した加藤敏雄氏（少飛十五期）によると、第二撃をかけてB－29に火を吐かせたのち、平馬機は爆音不調、わずかに黒煙を引きながら北方へ向かって降下してきた。地上で見守っていた人たちは、古利根川旧河川敷水田に不時着するものと予想したが、同機は大吉地区の人家を避け、右に旋回しようとして力つきたか、そのまま水田に深く突入したという。

発掘された指示計器の中で「下げ翼開閉指示」（フラップ）が、「全開」となっていたことは、平馬軍曹が不時着のための操作をとっていたことを示し、重傷を負って力つき自爆したと推定される根拠となる。

この日、東京周辺の迎撃で日本側の防空戦闘機の損失は十一機とも十六機とも伝えられているが、P－51の直衛があったためB－29の損害は少なく、三機未帰還、六九機損傷と記録されている。六九機の数字はわが防空戦闘機陣がいかに健闘したかを示しているが、不死身のB－29を完全に落とすのがいかに至難のわざであったかを物語っている。

自爆の当日、水田に深く埋まった平馬機の残骸は付近の警防団の手で整理され、越ヶ谷の陸軍飛行場大隊に渡された。遺骨の一部も遺族に送られ、そのあとに四寸角木柱の慰霊碑が建てられ、供養は戦後も細々とつづけられたが、昭和二十二年のカスリーン台風の出水で流され、操縦者の名前も出身地も知られないままに忘れられようとしていた。

昭和四十五年、少飛九期会の手で確認作業が始まり、二年後に自衛隊の手による発掘作業が実施された。機体と遺骨の残りが収容されて、四十七年二月二十七日越ヶ谷体育館で盛大な慰霊祭が挙行され、遺骨は老母すて子さんの胸に抱かれて故郷へ帰った。その後、福井少飛会による法要もあり、遺品は自衛隊の記念館に陳列されることになった。

本土防空戦で戦死した航空兵は多数いたが、平馬軍曹のように劇的な経過で、その最期が確認された例は少ない。しかし、地元の住民によってひそかに語り継がれている事例は他にもあると思われる。

昭和十九年末、江東区に墜落した熊谷伍長の自爆地点にも、その直後に地元有志の手で石碑が建てられ、供養の香華が絶えなかったが、昭和四十五年都営団地の建設に際し、あらためて遺骨が発掘され、慰霊碑は新造なった団地の一角に移された。

当時の東京都知事西尾寿造の筆跡を彫った「神鷲陸軍軍曹熊谷兼一戦死之碑」の碑文は鮮明に残っている。また昭和四十九年には、終戦直前にP－51との空戦で戦死した海軍戦闘三〇八飛行隊のゼロ戦乗り鈴木光男二飛曹の身許が分って茨城県から故郷の兵庫県へ帰っている。

五式戦の初陣がいつであったかを確認するのは困難であるが、平馬軍曹の戦死した四月七日であったろうと推定される。

発掘された遺品の中からおそらく未修テスト飛行時に書かれたと思われるメモの破片が発見された。「前方視界良好、離着陸容易、砲威力大」というのが、五式戦による戦死者第一号平馬康雄曹長の絶筆である。

*

次の文章は、当時の状況を理解するために、二三六頁から二五六頁まで、原文のまま引用し掲載いたしました。引用文の中の傍点の入った部分は、元島石盛が、感動しながら、敵機B－29（米軍）の性能と行動など――特に注意を注がれて読み、日本軍の若者たち、特に見田義雄君と福元幸夫君（宇都宮）など少飛十二期十三期生を中心に体当たりの戦闘状況と、同じように空中勤務者が、どんなに苦難に耐えて戦って、死んで行ったか――よく、著者が、調査、精査された、貴重な実戦の有様を、つぶさに表現された部分に――心から感謝しながら、傍線と傍点を入れさせて、もらいました。

**『本土防空戦』**　渡辺洋二著　朝日ソノラマ社発行

昭和19年10月～11月（フィリピン、サイパン、伊豆諸島）

## 体当たり戦闘機隊の編成

――全力出動によっても偵察機を撃墜できなかった原因は、戦闘機の高高度性能の不足にあった。

わずか一機に翻弄され、参謀本部、防衛総司令部の無理解はもとより、民間からも「防空部隊はなにをしている」の声が上がりはじめたなかで、第十飛行師団長・吉田少将は、武装や防弾装備を除去した軽量機での体当たり撃墜を決意した。

十一月七日、隷下の各戦隊長は、四機ずつの特別攻撃隊編成の命令を伝えられた。空対空特攻隊の誕生である。特攻隊員の人選は、希望か否かを問い希望者の中から選ぶのと、戦隊長の一存で指名する場合の二とおりがあった。

飛行第五十三戦隊の青木哲朗少尉は、十一月八日の夜間演習を終え食後の雑談中に、「青木少尉、今井（五郎）軍曹、入山（稔）伍長、大崎（樹満）伍長の四名、ただちに戦隊長室へ来室すべし」とのスピーカーの呼出しを受けた。

すでに特攻隊編成に対し、苦悩のうちに熱望の血書嘆願を出していた青木少尉は「きっと、あれに違いない」と考えながら、四名そろって戦隊長室へ向かった。

室内には、児玉戦隊長と上田大尉が待っていた。青木少尉は二人の顔に沈痛な表情を見た。

熱望者の中から四名を選んだ児玉戦隊長は、改まった口調で言った。

「敵偵察機の高度は一万メートル、残念ながらわが方には邀撃できる優秀機はない。しかも、ちかぢか高高度よりの大空襲は必至である。帝都防空戦闘隊の名に対しても、必墜の策を考えなければならない。一万メートルの敵を撃墜するには、弾丸を一発も持たず、飛行機の重量を軽くして敵よりも高度をとり、体当たりをもって必墜する以外にはない。自分は、君たちにB-29はまかせる。必墜の技をねり、皇国護持のため死んでくれ」

「瞬間、熱いものがこみ上げてきた」と、青木少尉はその日の日記にしたためている。

五十三戦隊では特攻隊用に、新品の「屠龍」四機を用意した。もちろん武装はいっさいなく、アンテナ柱も抵抗減少のため短く切断された。体当たりは操縦者だけで行うこととされ、後席の風防は金属板でふさがれた。そして、胴体には闘志の象徴として、大きな赤い鏑矢が描かれたのである。

他戦隊の体当たり機も同様に武装、防弾鋼板、燃料タンクの防弾ゴムまではがし取り、一五〇キロから二〇〇キロほど軽量化して高高度への上昇を目ざした。こうした重量軽減は通常攻撃の機材にも適用され、四挺の機銃を二挺に減らし、弾丸の半減、防弾鋼板の除去といった処置が隊内でとられた。

五十三戦隊の体当たり隊は、今井軍曹の発案で「千早隊」と名のり、以後、寝食をともにした。十一月十日から高高度飛行訓練を開始。青木少尉は計器指示高度一万四〇〇〇メートルまで上がったが、上空の強い偏西風に流されて機位を失い、地上からの誘導電波も受けられないまま、福島県郡山の海軍基地に不時着した。上昇性能の劣る「屠龍」では、高度一万メートルまで五十数分かかるのだった。また、互いに仮想敵機になり、前上方、前下方からギリギリまで近づき離脱する体当たり訓練をくり返し行った。

十飛師の各戦隊に設けられた体当たり隊は、フィリピンで実施されはじめた爆装による対艦船の特攻攻撃とはやや異なり、うまくB-29に当たれる位置にいなければ帰還し、また体当たり後に脱出可能ならば落下傘降下で生還する方針だった。しかし、機銃一挺ないハダカの乗機で、集中火網をくぐり、十倍もの大きさの超重爆にぶつかっていくとき、操縦者に「必死」以外のなにがあっただろうか。

国運をかけたフィリピン・レイテ島の航空戦は、激化の一途をたどっていた。送りこんだ航空部隊は消耗を続け、底をついた外戦用兵力の穴を埋めるため、陸軍はついに十月下旬から本土防空戦力の投入にかかった。すでに送り出した五十一戦隊、五十二戦隊中部軍管区の二百四十六戦隊、五十五戦隊、東部軍管区の十八戦隊が、十一月中旬までに内地を離れていった。ほかに抜くべき戦力がないといっても、防空戦闘ひとすじに訓練してきた、百機を超える戦力が欠けたことは、防衛体制に大きな亀裂を生じさせた。ひとたび損耗した防空戦力の建て直しは、おいそれとできはしない。

間断のない緊張した待機、敵来襲通報後の急速発進、B－29に対する困難な邀撃と夜間訓練、防空地域の研究、地上との緊密な連絡——これらの防空に必須の錬成に励んできたのだ。それが諸条件の異なる未知の土地フィリピンで、特攻機や爆撃機の掩護という進攻作戦に従事するのだから、本来の実力を発揮できるはずがなかった。

十一月上旬、防空組織のほころびをつくろうため、鞍山に帰った七十戦隊をふたたび呼び戻して柏飛行場に展開させ、また満洲から移動した司偵部隊の二十八戦隊を高高度戦闘機部隊に改変して十飛師の隷下に加えたものの、後者は即応戦力には遠かった。しかし、すでに陸軍にとって、新戦力の形成どころか、既存の戦隊のたらい回しすらも限界の状態だった。

海軍もレイテ増援のため、局地防空戦闘機隊である岩国の第三三二航空隊に、零戦二十機のフィリピン進出を命じた。そして十一月七日にルソン島クラーク基地に向けて発進した零戦隊は、一週間で全滅し、生還したのは倉地兵曹ただ一人だったといわれる。

## サイパン島をたたけ！

サイパン島にしだいに集結するB－29群を、日本軍は黙って見ていたわけではなかった。

すでに十九年七月、参謀総長は航空総監（教導航空軍司令官を兼務）に対し、隷下の教導飛行師団の中から夕弾を用いたサイパン夜間攻撃部隊の編成を命じた。これにより浜松教導飛行師団に九七重爆一個中隊、鉾田（本来は襲撃機教育を担当）および下志津教導飛行師団に百式司偵各一個中隊の特別任務攻撃隊が作られ、各隊は以後、夜間洋上航法やタ弾攻撃の訓練をかさねた。

もちろん、九七重爆や百式司偵では、サイパンまで往復する航続力はない。約一一〇〇キロかなたの硫黄島を中継基地にするのである。しかし、洋上航法にたけた海軍と違って、地上の目標物を頼る地文航法を主にしてきた陸軍航空部隊には、偏流測定による推測航法や天測航法の修得には、非常な努力が必要だった。

空襲ちかしと見た大本営は十月上旬、サイパン攻撃準備を指示した。中旬には浜松の重爆中隊は第二独立飛行隊、鉾田、下志津の司偵隊はそれぞれ第三、第四独立飛行隊と命名され、訓練の編成が急がれた。

十一月一日のF‐13東京初偵察ののち、教導航空軍（十月二十八日、防衛総司令官指揮下に編入）は、三日以降にサイパン島イスリイ（日本軍はアスリートと呼んだ）飛行場への攻撃を決意した。

一方、海軍は十一月二日に三度目のトラック島空襲を行ったB‐29群が、基地で整備中のところを急襲するため、T攻撃部隊の残存兵力である第七五二航空隊・攻撃第七〇三飛行隊に二日の夜、サイパン攻撃を実施させることにした。陸軍はこれに同調し、陸海軍両戦力によるサイパン夜襲が決まった。

十一月二日正午すぎ、爆弾を積んで浜松を発した第二独立飛行隊の九七重爆九機は、午後四時五十分に硫黄島に着陸。マリアナからのB‐29、B‐24に何度も痛めつけられている守備隊は、こおどりして友軍機を迎えた。新海希典少佐指揮の重爆隊がいよいよ午後七時、故障機一機を残してサイパンへ向けて離陸していった。海軍の攻撃七〇三の一式陸攻も、夕方には硫黄島に着き、九七重爆から一時間ほど遅れてサイパンをめざした。

八機の九七重爆は訓練のかいあって航法を誇ることなく、ウラカス島、パガン島、アナタハン島と島づたいに夜の洋上を飛び、敵レーダーから逃れるためしだいに高度を下げて、サイパン付近では海面上四〇～五〇メートルで接近した。夜間作業で明るく輝く飛行場を発見した新海少佐は、無線封鎖を破って「突撃開始」を発信し、各機は翼をならべたB－29めがけてタ弾を投下、同時に機銃掃射を加えた。

第二独立飛行隊はイスリイ飛行場の爆煙と火柱を認めつつ、単機ごとに硫黄島に帰還したが、この攻撃で四機を失い、一機がマリアナ北部のパガン島（日本軍守備）に不時着した。海軍の攻撃第七〇三飛行隊は遅れて侵入したため、邀撃態勢に入ったP－61夜間戦闘機に襲われたが、八機が飛行場や施設を攻撃した。未帰還は三機だった。

続いて六日にも九七重爆五機、第四独立飛行隊の百式司偵六機、攻撃七〇三の一式陸攻七機が硫黄島に進出。七日未明にサイパン、テニアンを爆撃した。

サイパンへの爆撃行は、空襲時の敵戦力を少しでも減少させようという積極防御だったが、成都攻撃の場合と同じで、使用兵力があまりに少なすぎ、米軍の損害はわずかだった。しかし、すでに陸軍の重爆部隊はほとんどがフィリピンに投入されており、海軍の陸攻も消耗が続いて戦力に余裕がなかった。陸軍にとって苦肉の策の百式司偵投入だったが、積めるのは五〇キロのタ弾がわずか二発。苦しい夜間の遠距離洋上飛行をはたしても効果は薄く、以後、百式司偵は攻撃任務からはずされた。

イスリイの第73爆撃航空団は、日本機の夜襲に対し五日と八日にB－29をくり出し、それぞれ二十四機と六機で硫黄島への報復爆撃を実施したうえ、B－29による爆撃の頻度をいっそう高めることにした。硫黄島はマリアナの米軍にとって、目の上のコブであった。

爆撃行とは別に十一月六日、下志津の第四独立飛行隊の百式司偵は、硫黄島経由でマリアナを偵察した。この日は天候がよく、高高度飛行によりイスリイ飛行場とテニアン北および西飛行場の写真撮影に成功。初めてB－29マリアナ進出後の写真を持ち帰った。

イスリイ飛行場にはB－29約四十機と小型機多数、テニアン北飛行場にはB－24や小型機七十機以上の存在が判明した。イスリイのB－29は一機ずつ掩体壕に入れられており、その設備に陸軍の関係者は驚嘆した。

九日には硫黄島を発した一三一空・偵察第一二飛行隊の「彩雲」偵察機によるグアム島の写真で、B－29約三十機の進出が認められた。

こうして十一月上旬、参謀本部第二部は、近日中にB－29は七十～八十機に達するとの判断を下した。

## 邀撃高度一万メートル

イスリイ飛行場へのB－29集結に予定よりも遅れ、出撃予定日二日まえの十一月十五日の時点で百四十機以上になるはずが、そろったのはようやく九十機。それでも十七日の初空襲決行は変更されず、搭乗員は早朝から機上で待機した。しかし飛行場付近の天候が思わしくなく、この日はお流れになった。雨や風があっては、燃料と爆弾を満載したB－29の離陸は、非常に危険だからだ。

その後も天候回復の気配がなく、毎日、出動準備と中止がくり返されて、搭乗員や基地隊員の士気はにぶっていった。それでも、この間にB－29の到着は続き、二十二日には百十八機に達した。

十一月二十四日、やっと好天が訪れた。午前六時十五分、発進開始。一番機は、第73爆撃航空団司令エイメット・オドンネル准将がみずから操縦した。出撃機数は百十一機。各機は約二・五トンの爆弾をかかえて、あいついでイスリイの滑走路を離れていった。

これら爆撃隊以外に、F－13数機を別ルートで東京の南東方向から侵入させ、写真偵察とともに

「本土防空戦」渡辺洋二著の中から引用

高射砲の弾幕の中、第504爆撃航空群のＢ－29が焼夷弾を落とす

「本土防空戦」渡辺洋二著の中から引用

飛行テストを終えて着陸態勢に入ったＸＢ－29第一号機

「本土防空戦」渡辺洋二著の中から引用

墜落機（左手前のエンジン）から見つかったフィルムに写っていた第468爆撃航空群のB－29

「本土防空戦」渡辺洋二著の中から引用

邀撃戦に使いうる二式コンビの二式単戦「鍾馗」（右）と二式重戦「屠龍」

「ロープ」と呼ばれる細長いアルミ箔を散布して、日本軍の捜索レーダーに感応させ、早期警戒システムを攪乱することになっていた。

往復途中の不時着にそなえ、本州—硫黄島間に潜水艦五隻を配置し、さらに飛行艇など救助用機の準備も整っていた。

発進したB‐29群のうち、十七機が故障でイスリイに戻ったが、残る九十四機は硫黄島西方を通過し、一路、中島飛行機・武蔵野製作所をめざした。

十一月二十四日午前十一時、小笠原諸島の対空監視哨は大編隊で北上するB‐29を発見し、ただちに東部軍へ通報する。続いて十一時五分以降、海軍監視艇からの情報が横浜の第二十二野戦司令部にもたらされた。

敵は、明らかに本格的な東京空襲を意図しているのだ。第十飛行師団司令部は隷下各戦隊に警戒戦備甲を命ずるとともに、十一時十分、当直戦隊の独立飛行第十七中隊と飛行第七十戦隊をまず発進させた。続いて八丈島レーダーが不明機群をキャッチし、十一時三十分に各戦隊は全力出撃に移った。

十二時、空襲警報がひびきわたる。

下志津教導飛行師団と独飛十七中隊の百式司偵、武装司偵が、勝浦から御前崎にかけて前進警戒線を張り、伊豆半島から東京までの間に五十三戦隊、四十七戦隊、二百四十四戦隊、二十三戦隊、七十戦隊、それに東二号部隊の戦闘機戦力、すなわち常陸教飛師、審査部戦闘機隊、第一錬成飛行隊を展開させて、昼間基本配置をとった。西方からの東京侵入に備えるのである。各戦隊の指定高度は一万メートルで、ほかに特別攻撃隊が一万一〇〇〇メートルに待機するよう定められていた。

海軍の第三〇二航空隊は、「零戦」「月光」「彗星」の一部を午前十時半から哨戒に上げた。十一時五十八分、横須賀鎮守府管区に空襲警報が発令されると、正午から主力が厚木基地を発進する。横須賀、三浦半島上空をカバーするのだ。戦闘が終わるまでに三〇二空が出撃させた延べ機数は、昼戦の第一飛行隊から「雷電」四十八機、「零戦」二十七機、夜戦の第二飛行隊から「零夜戦」十機、「月光」十八機、「銀河」一機、それに第三飛行隊と陸偵隊の「彗星」五機の計百九機にのぼった。

各戦隊の出撃機は、地上の指揮所から「B-29は十機内外の梯団で伊豆諸島西方を北上中」との無線連絡を受け、緊張しつつ所定高度へ上昇していった。

午後零時十分、前進していた独飛十七中隊の百式司偵は、高度一万メートル以上に敵の第一梯団を発見したが、敵より高く上昇するまがなく、タ弾攻撃を断念しなければならなかった。B-29は十数機ずつの梯団で広く間隔をとり、富士山を目標に伊豆半島を北上。富士山上空で変針し、高度八二〇〇〜一万メートルで東へ向かった。

高高度で待機する陸軍戦闘機は、迫りくるB-29編隊をはばもうとしたが、時速二二〇キロ（秒速六〇メートル強）ものジェットストリーム（偏西風帯の中の特に強い気流）に襲われた。風向きに正対すれば機はほとんど前進せず、角度を変えればたちまち流されてしまう。B-29は高速気流に乗っているので、異常に速い。激流の中を泳ぐような状態で超重爆に攻撃をかけたが、十飛師の期待した反復攻撃による投弾まえの撃墜など、とうてい不可能だ。うまく占位しても一撃をかけるのが限度だった。

高射砲隊も陣地上空をおおう雲に視界をさえぎられ、予想以上に高速で飛ぶ目標に、正確に照準を合わせられなかった。さらに五百六十門の砲がありながら、高度一万メートルに届く一二センチ高射砲はわずか三十門たらずだから、大きな戦果は望むべくもなかった。

B-29は中島飛行機・武蔵野製作所（現・武蔵野市）および付近市街地を爆撃して、鹿島灘から洋上へ去っていった。

「本土防空戦」渡辺洋二著の中から引用

飛行47戦隊の二式単戦「鍾馗」が雲上飛行中

「本土防空戦」渡辺洋二著の中から引用

待機中の三式戦（飛燕）

「本土防空戦」渡辺洋二著の中から引用

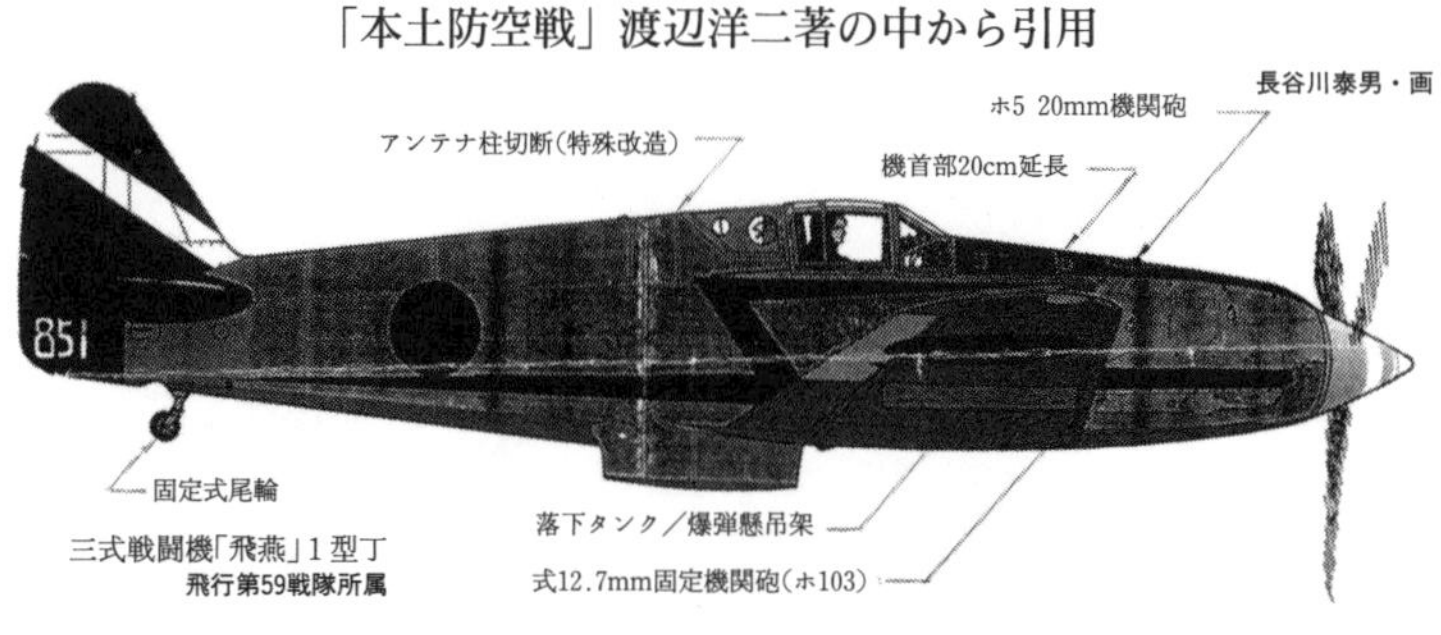


三式戦闘機「飛燕」1型丁
飛行第59戦隊所属

戦闘は二時間五十分に及んだが、十飛師の戦果は撃墜五機、撃破九機にとどまり、未帰還六機を数えた。哨戒空域が三浦半島上空の周辺だったため、会敵の機会が少なかった三〇二空はわずかに撃破一機のみ。「零戦」一機が海没、「銀河」一機が八丈島に不時着し、大破した。

陸軍の未帰還機には、二機の特攻機が含まれていた。このうち四十七戦隊の見田義雄伍長は、銚子から五キロの洋上までB－29を追撃し、僚機の眼前で体当たりを敢行。見田機は火に包まれて落ちていったが、B－29もやがて海中に突入した。（註　見田義雄伍長は、「震天制空隊員」と後に命名された――と言う）

また、五十三戦隊の入山伍長は、市川上空で体当たりにかかり、直前まで迫りながらも被弾に「屠龍」が耐えられず、自爆した。入山伍長の遺体には数ヵ所の弾痕が認められたという。見田伍長は少年飛行兵第十二期生、入山伍長は十三期生の出身で、部隊配属後まもなくの戦死だった。彼らは二十歳に満たない肉体を弾丸に代えて、散ったのである。

敵機を追尾したが燃料切れで帰還した青木少尉は、二十四日の日記に「何で彼一人を殺そうか。明日こそ三名が体当たりをやるのだ。入山、しばし待て」と書きこんだ。血を吐くような言葉である。

残る四機のうちの一機は、かつて十一月一日のF－13初邀撃のの

見田義雄飛行兵。左は昭和18年6月頃か？　右は宇都宮陸軍飛行学校第4中隊4班。昭和18年5月頃から18年の8月頃か？

ち大本営参謀から面罵された、独飛十七中隊の伊勢主邦中尉機（同乗・福田伍長）だった。九十九里沖までB-29を追った伊勢中尉の武装司偵は、敵機に白煙を吐かせて一機撃墜を報じたが、その後、「追尾攻撃中……ワレ被弾ス」の電文を残したまま帰らなかった。

上空のジェットストリームに作戦を狂わされたのはB-29も同じで、対地速度は七二〇キロ／時の高速になってしまい、爆撃照準をひどくさまたげられた。さらに目標上空を雲がおおっていたため、武蔵野製作所を爆撃できたのはわずか二十四機で、六十四機は市街地や横須賀のドックに投弾。残りは故障で投下不能だった。

日本軍の防空戦闘機や高射砲の射撃は予想ほど強力ではなかったが、B-29一機が「鍾馗」（見田伍長機）に尾翼部に激突されて洋上に墜落、全員が戦死した。ほかにも洋上不時着で一機が失われ（搭乗員は航空救難隊に救われた）、被弾機は十一機を数えた。往復十三時間をかけた初出撃は終わったが、その後のF-13の偵察では、目標地区内への命中弾はわずか十六機と判定された。しかし、第20航空軍司令官アーノルド大将は日本の首都に対する初の本格爆撃を、ワシントンから高らかに発表したのである。

武蔵野製作所は四十八発の爆弾が命中、百三十名以上の死傷者を出したけれども、エンジン生産機能に大きな影響はなかった。だが必死の防戦にもかかわらず、「帝都の砦」はもろくも破られたのである。吉田第十飛行師団長は、戦力の増強を望めず高高度戦闘機もない中で、体当たり部隊を唯一の有効な手段として、八機に倍増するよう命じた。

この特攻隊は十飛師に続いて、西部軍管区の十二飛師でも編成され、十二月五日、防衛総司令官により十飛師の隊は震天隊、十二飛師のほうは回天隊と名付けられる。

東部軍は主力装備砲の七センチ高射砲が射高不足のため、八センチ砲、一二センチ砲への換装をはかり、とりわけ東京西部への一二センチ砲の早期増強を望んでいた。さらに、十八年末から試作が開始された高性能の一五センチ高射砲の設置場所を久我山（杉並区）に決めはしたが、もちろん現物の完成はまだ先のことだった。

## 第一御盾隊の突入

続行が予想されるB-29の空襲に対し、日本軍が取りえた防御策はサイパンへの逆襲しかなかった。一式陸攻による夜襲では効果うすし、と見た海軍は十一月中旬、戦闘機による昼間強襲を計画し、「サイパン島特別銃撃隊」の名で、第二五二航空隊の中から「零戦攻撃隊」を編成した。以後「零戦」隊は、千葉県館山で九七式飛行艇を標的に銃撃訓練にはげむ。

十一月二十四日、B-29の東京初空襲後まもなく、特別銃撃隊に出撃命令が下った。しかし、長距離洋上飛行は単座機には無理だ。そこで誘導と戦果確認の任務が、偵察第一二飛行隊の「彩雲」に課せられ、「零戦」三個小隊十二機と「彩雲」二機は、二十六日に硫黄島に進出した。

同じ日、サイパン攻撃命令を受けた陸軍の第二独立飛行隊も、九七重爆五機で硫黄島に到着した。出発準備を整えたのち、三機が午後七時ごろ離陸、飛行場上空を旋回してサイパンへ向かった。重爆隊は今回も超低空で接近し、二十七日午前零時すぎにイスリイ飛行場を奇襲し、大火災を目撃して全機硫黄島に帰ってきた。

大村謙次中尉を隊長とする「零戦」隊は、敵飛行場への攻撃を二航過にとどめ、サイパン島北方のパガン島へ脱出する予定になっていた。つまり「必死」の特攻隊ではなかったが、打ち合わせののち第三航空艦隊（関東地区に展開し、マリアナ攻撃も担当）の参謀が、「パガン島までの燃料を除けば、サイパン上空では五分間しか戦闘できないが……」と切り出すと、隊員たちは「突っこみます！」と答えた。近くでこれを聞いていた誘導の「彩雲」一番機の電信員・西村友雄上飛曹の胸は、激しく揺さぶられた。

陸軍重爆隊がサイパン攻撃から帰って三時間後の二十七日午前八時、「零戦」隊は発進し、さきに上がっていた「彩雲」とともに、イスリイ飛行場へ向かって飛び去った。

「零戦」隊は、前後を「彩雲」にはさまれて飛び続ける。途中で「彩雲」二番機がパガン島へ先行するため離脱した。離脱後二時間半、全行程の三分の二まで来たとき、「彩雲」一番機が挙手の礼をとりつつ離れていく。「彩雲」は戦果確認のために高高度へ上昇し、「零戦」隊はレーダーを避けるために低空へ降下しなければならないからだ。敵戦闘機を警戒しつつ、洋上高度五メートルの超低空を飛ぶ。やがて第一小隊の一機が海面をたたき、激しい振動のためにパガン島に胴体着陸。

大村中尉以下十一機の「零戦」は、みごとにレーダーの網をくぐり抜け、イスリイ飛行場および隣接するコブラー飛行場に突入した。B－29の約六割は東京へ向けて出撃していたが、まだかなりの機がイスリイに残っていた。夜間の重爆隊に続く、二度目の来襲に混乱した基地の上を、「零戦」隊はこするように飛びめぐって決死の射撃を続け、B－29二機を破壊、七機を大破させたのである。しかし、やがて力つき、基地直衛のP－47戦闘機と対空砲火の射弾を浴びて、「零戦」隊は全滅した。攻撃後、この決死の編隊は第一御盾特別攻撃隊と命名された。

「零戦」銃撃隊と「彩雲」がサイパン島へ向かっているころ、第73爆撃航空団のB－29八十一機も、ふたたび中島・武蔵野製作所を目標に北上していた。

父島、母島、硫黄島からの報告を受けた第十飛行師団の命令を受けて、各戦隊は発進した。だが、上空はまったく雲におおわれ、三〇二空の出撃機とともに、厚い雲層を突破できないまま、邀撃は不成功に終わった。B－29も雲にさまたげられて精密爆撃を行えず、高高度からのレーダー照準による東京市街地爆撃に変更。一部は西進して静岡、沼津、浜松、大阪に投弾した。

昼間とはいえ、視界がゼロになる雲にはばまれては、レーダーを持たない日本軍戦闘機は動きがとれず、地上からの誘導も同様に不可能だった。空襲による地上の被害はわずかではあったが、敵は明らかにレーダー爆撃を実施したと考えられ、彼我の電子技術の差を感じないわけにはいかなかった。このレーダーを利用して東京に夜間空襲をかけてくるのも、間違いないと判断された。

米軍のほうも、二回にわたって延べ百九十二機を出したにもかかわらず、とぼしい戦果に失望の色は隠せなかった。そして、もう一つ彼らを悩ませたのは、硫黄島からマリアナに来攻する日本機への対抗策であった。十一月二十七日の未明と午後の奇襲によるB－29の損害は、全損三機、大破七機、一部破損二十二機。続いて二十八日にも一式陸攻の攻撃を受けている。

アーノルド大将は、戦略兵器のB－29が戦わずして損害を受ける事態に、神経をとがらせた。新型レーダーを基地防空用に配慮し、サイパン北方一六〇キロの海域に駆逐艦二隻を置いてレーダーピケット・ラインを張って、さらに、B-24による硫黄島爆撃の回数を増加させる。それでも、すきま風のように、日本機のイスリイ飛行場への侵入は続いた。

## その後の成都からの九州爆撃

八月二十日までに八幡を三回、九月に鞍山を二回と、製鉄所を目標に定めて爆撃していた成都の第20爆撃兵団・第58爆撃航空団だったが、十月中旬ワシントンからの命令で、より早い爆撃効果を期待して、主目標を航空機工場に変更することになった。

レイテ前哨戦として十月中旬に三回、台湾を爆撃したのち、第58爆撃航空団は十月二十五日、二カ月ぶりに九州を襲った。出撃機七十八機、目標は「零式水観」、新鋭艦攻「流星」を生産する、大村の第二十一海軍航空廠である。

支那派遣軍からの報告以後、B-29の航進は済州島の陸軍レーダー、五島列島大瀬崎の海軍レーダーに捕捉され、第三五二航空隊の「零戦」「雷電」「月光」と大村航空隊の「零戦」の計七十一機が佐世保、長崎上空に展開した。

航空廠を爆撃したB-29は五十九機。これに対し、三五二空と大村空は撃墜一機、撃破十八機とふるわず、また高度八〇〇〇メートル以上で迎え撃ったため、エンジンのベーパーロック、機関砲凍結などの故障が頻発した。

大村のほか長崎、佐世保、済州島に投弾して引きあげたB-29の帰途を、在支第五航空軍の「隼」が襲い、撃墜一機、撃破一機を戦果に加えた。翌二十六日の夜、五航軍の九九双軽は成都に侵入し、

B－29十五機炎上、四十二機撃破の過大戦果を報じている。

少数機の偵察ののち、十一日にもB－29群は大村を目ざしたが、上空は台風の影響による強風が吹き荒れていた。日本機に襲われなかった代わりに、B－29の巨体は激しく揺すられ、レーダー照準もままならず、ごく少数機がかろうじて投弾しただけだった。

B－29の高高度レーダー爆撃に対処するため、三五二空では「月光」隊を索敵をかねて前方に配置し、その連絡を受けて、約一〇〇キロ後方の高空に待機した「雷電」「零戦」が襲いかかる戦法を採用した。

十一月十九日から二十日にかけて支那派遣軍から、インドのB－29が成都に百十六機集結した、との連絡を受け、続く大村空襲に備えて防空部隊は警戒態勢に入っていた。

十一月二十一日は早朝から支那派遣軍の敵出撃状況の報告が入り、午前八時には海軍高射部隊が早くも邀撃準備を完了した。済州島と大瀬崎のレーダーに感応があるまえに、来襲確実と見た三五二空は、作戦どおり午前八時二十分から逐次「月光」六機を大村西方一九〇キロ地点に送り出す。「雷電」十六機、「零戦」三十三機は九時四分から発進に移り、大村空の「零戦」十機もこれに続いた。雲が二層に広がり、地点の判定はやや困難だった。哨戒高度は七五〇〇～九〇〇〇メートル。

午前九時三十五分、「月光」が先頭編隊を発見し、攻撃をかけてまず一機を撃墜。敵編隊は高度を七〇〇〇メートルにとって、九時四十五分から大村地区上空に侵入した。これに「零戦」「雷電」隊が突進、三号爆弾で編隊を乱す。敵の高度が比較的低く、早期に待機した海軍戦闘機隊は、組みしやすい条件を得て、以後一時間ちかくにわたり激烈な銃撃戦を交えた。

三五二空の坂本幹彦中尉は、「零戦」を駆って三号爆弾を投下後、直上方攻撃で四機を撃破。さらに戦果をあげなければ、と僚機と別れて敵を追い、編隊外側のB－29に上方から体当たりを敢行した。

清水貞治飛兵長の「零戦」は、第二梯団を攻撃中に被弾して火を発し、そのままＢ－29に突っ込んでいった。空対特攻隊を編成しなかった海軍の防空戦闘機部隊ながら、体当たり戦死は皆無ではなく、二人はその先駆けになったのだ。

邀撃戦は海軍部隊のみで行われ、三五二空は体当たりを含めて九機、大村空が三機、対空射撃部隊が一機の計十三機を撃墜し、撃破は十七機に達した。長崎・大村方面における最大の戦果である。半面、我が方の損害も少なくはなく、自爆、未帰還四機、不時着大破八機を数えた。

大村上空に侵入したＢ－29は六十一機（出撃百九機）、未帰還は五機で、そのほか事故機などを含めて合計九機を喪失。八月二十日の十四機に次ぐ、第58爆撃航空団の二番目の損害を受けている。

この爆撃ののち、十二月十九日に十七機、さらに年を越して昭和二十年一月六日二十八機が大村に攻撃をかけて、成都からの九州爆撃は終わった。

以後、同航空団は鉾さきを台湾、サイゴン、シンガポールへ向けるとともに、一九四五年二月から第20爆撃兵団の人員、機材はしだいにマリアナの第21爆撃兵団へ移されていった。

そして、三月末のシンガポール夜間爆撃を最後に第20爆撃兵団は解散し、第58爆撃航空団はマリアナからの作戦をはじめる。

成都からの作戦で、日本内地に投下された爆弾はわずか八〇〇トン。戦果からみても大打撃を与えたとは言えないが、バンコクやパレンバンなど他地域への作戦を含め、搭乗員訓練と補給の調整にはかなりの貢献をした。

そして、もう一つ、十二月十八日の漢口爆撃で、シェンノート少将の強い要請により、ルメイ少将は初めて焼夷弾を多用した。五〇〇トンの焼夷弾で漢口市街は燃え続け、その炎と予想外の効果は、ルメイの脳裏に深く刻みこまれたのである。

各期の陸軍少年飛行兵採用入校時期と生徒数

「誰に叫ばん」より引用

元陸軍少年飛行兵第十二期生の記録

著者発行人　少飛十二期会

| 期 | 入校<br>年月 | 生徒数 |
|---|---|---|
| 1 | 9.2 | 170 |
| 2 | 10.2 | 160 |
| 3 | 11.2 | 280 |
| 4 | 12.2 | 310 |
| 5 | 13.2 | 310 |
| 6 | 4 | 500 |
| 7 | 10 | 500 |
| 8 | 14.4 | 1,000 |
| 9 | 10 | 1,000 |
| 10 | 15.4 | 1,300 |
| 11 | 10 | 1,300 |
| 12 | 16.4 | 1,313 |
| 13 | 10 | 1,300 |
| 14 | 17.4 | 3,400 |
| 15 | 10 | 10,801 |
| 16 | 18.4 | 5,341 |
| 17 | 10 | 9,380 |
| 18 | 19.4 | 4,000 |
| 19 | 10 | 4,200 |
| 20 | 20.4 | 2,000 |
| 計 | | 49,865 |

以下左は、「誰に叫ばん」より引用

7・3 米軍、ニュージョージア島上陸
7・29 キスカ島の日本軍撤退
8・17 独軍、シシリー島撤退
8・23 英米軍、ベルリン爆撃
9・4 米軍、ニューギニアのラエ、サラモアに上陸
9・8 イタリア、無条件降伏
10・2 日本軍、コロンバンガラ島撤退
〃 第一回学徒兵入隊
10・6 日本軍、ベララベラ島撤退
11・1 米軍、ブーゲンビル島に上陸
11・6 ソ連軍、キエフを奪回
11・23 マキン守備隊玉砕
11・25 タラワ守備隊玉砕
〃 連合軍機、台湾新竹に来襲
12・15 連合軍、ニューブリテン島上陸

---

7・ 第七飛行師団は東部ニューギニアに進出奮戦
7・ 第四航空軍編成、ラバウルに進出（8・6）
8・17 連合軍ウエワク、ブーツ地区に来襲、第六飛行師団、第七飛行師団一〇〇機以上の地上被害（第四航空軍の実動機数は七〇機前後となる）
9・15 ラエ、サラモア地区撤退
9・26 飛行第七五戦隊（双軽）ダーウィン攻撃
10・中 第一〇七教育飛行師団は比島に移駐
一〇二教飛（九七重Ⅰ型＝リンガエン）
一〇三教飛（軍偵＝リパ、直協＝サンマルセリノ）
一一二教飛（九七戦＝デルカルメン）
11・〜 ブーゲンビル島沖航空戦（海軍機三〇〇猛攻）

昭和一八年における航空部隊の新編成は次のとおり

2月 飛行第六三戦隊編成＝戦闘
飛行第六七戦隊編成＝襲撃
4月 飛行第三八戦隊編成＝司偵
7月 飛行第四八戦隊編成＝戦闘
10月 飛行第三〇戦隊編成＝戦闘
12月 飛行第一八戦隊編成＝戦闘
飛行第二〇戦隊編成＝戦闘
飛行第二二戦隊編成＝戦闘

---

9・末 宇都宮、熊谷各飛行学校の操縦要員卒業、命陸軍兵長
次の教育飛行隊にて未習教育
一〇二教飛（比島、重爆）
一〇三教飛（比島、偵察）
一〇四教飛（八日市、軽爆、軍偵）
一〇五教飛（浜松、重爆）
一〇六教飛（台湾、戦闘）
一一〇教飛（岐阜、軍偵）
一一二教飛（比島、戦闘）
一一四教飛（北京、戦闘）
（支那第一一七教飛＝甲府分教所の資料による）
一一五教飛（済南、司偵）
一一七教飛（ジャワ、戦闘）
10・18 田中正一（五一一）殉職＝整校
11・10 松本章（二一一）殉職＝天津
11・末 陸軍航空通信学校十二期生卒業
陸軍航空整備学校十二期生卒業
命陸軍兵長
各航空部隊に赴任

# 少飛12期生名簿（平成13年1月1日現在）〈最終版〉

◉この12期生名簿は、生存者・戦没者・戦後物故者・消息不明者・寝台順・関係部隊一覧等を含む総合的な名簿の最終版であります。今後、この様な名簿は発行いたしませんので大事にご使用下さい。

この名簿に収録した同期生の数は、次のとおりです。

生存者477名、戦没者497名、戦後物故者230名、消息不明者110名、合計1、314名

操縦580名＝宇都宮103名、太刀洗181名、熊谷274名、上級校不明22名。整備440名、通信279名、分科不明15（入院・退校・13期編入を含む）

## 中隊・班別名簿（寝台順）

（註）

①番号は寝台順を表し、欠番は不明を意味する

②県別は、判る範囲出身県とした

③区分欄の○は　生存者　　復は　復員した者　　?は　消息不明者　　★は　戦没者　　×は　戦後物故者

## 第一中隊　中隊長　高橋大尉

### 第一区隊　区隊長　比留間中尉・白川少尉

#### 第一班　班長　芦田曹長・本田軍曹

| 番号 | 氏名 | 所属 | 出身地 | 備考 |
|---|---|---|---|---|
| 1 | 細村隆次 | (熊) | 埼玉県 | ★ |
| 2 | 山崎昌三 | (宇) | 高知県 | ★ |
| 3 | 南　勇 | (太) | 三重県 | ○ |
| 4 | 小川高年 | (整) | 徳島県 | × |
| 5 | 西田藤己一 | (熊) | 奈良県 | ★ |
| 6 | 片岡嘉一 | (　) | 千葉県 | ★ |
| 7 | 入戸野與市 | (整) | 愛知県 | ○ |
| 8 | 山田芳政 | (通) | 埼玉県 | ○ |
| 9 | 森谷純男 | (整) | 岡山県 | × |
| 10 | 本間幸太郎 | (整) | 北海道 | ○ |
| 11 | 伊達一人 | (整) | 長崎県 | ★ |
| 12 | 中村末夫 | (通) | 佐賀県 | ○ |
| 13 | 遠山聡明 | (熊) | 岐阜県 | ★ |
| 14 | 池田　久 | (通) | 兵庫県 | × |
| 15 | 甲斐五郎 | (宇) | 大分県 | × |
| 16 | 濱口幸彌 | (整) | 三重県 | × |
| 17 | 見崎　武 | (整) | 静岡県 | ★ |
| 18 | 柏木實彦 | (熊) | 鹿児島県 | ○ |
| 19 | 安武熊雄 | (太) | 福岡県 | ★ |
| 20 | 澤田九三 | (整) | 滋賀県 | ★ |
| 21 | 井戸繁雄 | (整) | 滋賀県 | × |
| 22 | 千葉三郎 | (通) | 千葉県 | ★ |
| 23 | 瀬戸通弘 | (整) | 石川県 | ? |

#### 第二班　班長　稲積伍長

| 番号 | 氏名 | 所属 | 出身地 | 備考 |
|---|---|---|---|---|
| 1 | 三木龍雄 | (宇) | 兵庫県 | × |
| 2 | 岩瀬　貢 | (通) | 広島県 | ★ |
| 3 | 秋冨未治 | (熊) | 福岡県 | ★ |
| 4 | 宮田光雄 | (熊) | 茨城県 | × |
| 5 | 河野幸三郎 | (熊) | 静岡県 | ★ |
| 6 | 佐伯俊三 | (熊水) | 広島県 | × |
| 7 | 山下倶美 | (整) | 福岡県 | ○ |
| 8 | 伊藤大膳 | (通) | 福島県 | × |
| 9 | 松田安彦 | (熊) | 千葉県 | ○ |
| 10 | 菊地　誠 | (熊) | 茨城県 | ○ |
| 11 | 小林　需 | (太水) | 兵庫県 | ○ |
| 12 | 立石治郎 | (熊) | 山口県 | ★ |
| 13 | 渡邊貞夫 | (通) | 宮城県 | × |
| 14 | 北島義人 | (通) | 九　州 | ? |
| 15 | 矢野弘文 | (整) | 徳島県 | ○ |
| 16 | 善本政美 | (宇) | 山口県 | × |
| 17 | 池澤國光 | (整) | 兵庫県 | × |
| 18 | 奥岡　勲 | (通) | 三重県 | ○ |
| 19 | 中村幸一 | (整) | 熊本県 | ★ |
| 20 | 坂口正實 | (整) | 佐賀県 | ○ |
| 21 | 木村　博 | (操水) | 静岡県 | 復 |
| 22 | 川口　浩 | (通) | 愛知県 | ○ |
| 23 | 小倉義夫 | (宇) | 北海道 | ★ |

### 第三区隊　区隊長　菊地中尉

#### 第五班　班長　山口曹長

| 番号 | 氏名 | 所属 | 出身地 | 備考 |
|---|---|---|---|---|
| 1 | 吉田義之 | (通) | 大阪府 | ? |
| 2 | 池之内一男 | (通) | 滋賀県 | × |
| 3 | 名原數男 | (熊) | 山口県 | ★ |
| 4 | 長末重夫 | (整) | 福岡県 | 復 |
| 5 | 門田　勇 | (太水) | 熊本県 | ★ |
| 6 | 石田　肇 | (整) | 兵庫県 | ★ |
| 7 | 安藤輝男 | (通) | 東京都 | ○ |
| 8 | 畔柳良一 | (熊) | 朝鮮半島 | 復 |
| 9 | 宮本　等 | (通) |  | ? |
| 10 | 河井佐太郎 | (整) | 東京都 | ○ |
| 11 | 吉岡靜雄 | (整) | 山口県 | ○ |
| 12 | 山田重雄 | (操水) |  | ? |
| 13 | 矢島三郎 | (整) | 東京都 | ★ |
| 14 | 松田數雄 | (整) | 兵庫県 | ★ |
| 15 | 徳重　孝 | (通) | 新潟県 | ○ |
| 16 | 家入史郎 | (通) | 熊本県 | ★ |
| 17 | 小林敬市 | (操) | 三重県 | ★ |
| 18 | 平田　實 | (整) | 東京都 | ★ |
| 19 | 内山　弘 | (通) | 香川県 | ★ |
| 20 | 淵上良夫 | (通) | 福岡県 | 復 |
| 21 | 武　一夫 | (熊) | 鹿児島県 | ★ |
| 22 | 三宅　柾 | (熊) | 岐阜県 | ★ |
| 23 | 谷口通義 | (整) | 山口県 | ★ |
| 24 | 中森壮二 | (整) |  | ? |

#### 第六班　班長　松本軍曹

| 番号 | 氏名 | 所属 | 出身地 | 備考 |
|---|---|---|---|---|
| 1 | 林　長守 | (太水) | 韓　国 | ★ |
| 2 | 矢野真澄 | (熊) | 香川県 | ○ |
| 3 | 斎藤春次 | (整) | 京都府 | ★ |
| 4 | 貞金省三 | (宇) | 広島県 | ★ |
| 5 | 水野　仁 | (通) | 愛知県 | × |
| 6 | 松田英正 | (整) | 宮崎県 | ★ |
| 7 | 高山茂男 | (操) | 青森県 | ★ |
| 8 | 三浦信一郎 | (熊) | 愛知県 | ★ |
| 9 | 秋田久利 | (太) | 熊本県 | ★ |
| 10 | 伊藤十郎 | (整) | 兵庫県 | ★ |
| 11 | 鴫志田保 | (熊) | 茨城県 | × |
| 12 | 増淵文男 | (通) | 栃木県 | × |
| 13 | 田中才一朗 | (整) | 兵庫県 | ○ |
| 14 | 重政正男 | (太) | 広島県 | ★ |
| 15 | 渡邊益夫 | (通) | 満　州 | × |
| 16 | 馬場虎丸 | (宇水) | 宮崎県 | × |
| 17 | 吉田正彌 | (太) | 福岡県 | × |
| 18 | 大石守男 | (太水) | 高知県 | ★ |
| 19 | 大坪甚吉 | (熊) | 岐阜県 | ★ |
| 20 | 山下鷹士 | (宇) | 大阪府 | ★ |
| 21 | 高波吉夫 | (太) | 新潟県 | ★ |
| 22 | 大下喜平 | (宇) | 台　湾 | ○ |
| 23 | 小木喜重 | (熊) | 茨城県 | ★ |

## 第二区隊　区隊長　菅原少尉

### 第三班　班長　工藤曹長

| | | | | |
|---|---|---|---|---|
| 1 | 松浦哲朗 | (整) | 大阪府 | ★ |
| 2 | 平井辰二 | (通) | 愛知県 | ★ |
| 3 | 山際末吉 | (宇) | 新潟県 | ★ |
| 4 | 恩田三郎 | (整) | 群馬県 | ○ |
| 5 | 川端義盛 | (整) | 鹿児島県 | ○ |
| 6 | 石橋與七郎 | (通) | 富山県 | ○ |
| 7 | 田中精一 | (熊) | 宮崎県 | ○ |
| 8 | 大橋欣哉 | (通) | 台　湾 | 復 |
| 9 | 丹田安一 | (熊) | 和歌山県 | ★ |
| 10 | 指方　久 | (太) | 長崎県 | ★ |
| 11 | 山西敏明 | (整) | 広島県 | ○ |
| 12 | 岡本　晶 | (通) | 東京都 | ○ |
| 13 | 渡邊浩利 | (通) | 福島県 | ○ |
| 14 | 山崎　悟 | (整) | 千葉県 | ★ |
| 15 | 櫻井泰治 | (熊水) | 兵庫県 | ★ |
| 16 | 奥村真五 | (整) | 北海道 | ○ |
| 17 | 加藤大作 | (退校) | 愛知県 | ? |
| 18 | 織田正夫 | (熊) | 愛媛県 | ★ |
| 19 | 上田勝治 | (通) | 熊本県 | ○ |
| 20 | 鶴丸晴雄 | (宇) | 鹿児島県 | ★ |
| 21 | 松田武夫 | (太) | 広島県 | ★ |
| 22 | 寺廻勝年 | (熊) | 広島県 | ★ |
| 23 | 林　喜市 | (整) | 石川県 | × |
| 24 | 上原勇太郎 | (通) | 鹿児島県 | ★ |

### 第四班　班長　友田軍曹

| | | | | |
|---|---|---|---|---|
| 1 | 長洲十四男 | (整) | 茨城県 | × |
| 2 | 川野則夫 | (太) | 鹿児島県 | ○ |
| 3 | 松原一徳 | (整) | 愛知県 | ★ |
| 4 | 愛須成男 | (宇) | 和歌山県 | × |
| 5 | 高岡　男 | (整) | 徳島県 | × |
| 6 | 住友捷三郎 | (通) | 愛媛県 | ★ |
| 7 | 荻野光雄 | (熊) | 京都府 | ★ |
| 8 | 東一光儀 | (太水) | 兵庫県 | ○ |
| 9 | 瀧山重榮 | (熊) | 鳥取県 | ★ |
| 10 | 伊藤國治 | (熊) | 兵庫県 | ○ |
| 11 | 坂　元光 | (熊) | 愛知県 | ○ |
| 12 | 櫻井　巌 | (整) | 山形県 | ○ |
| 13 | 森下　博 | (熊水) | 愛知県 | ★ |
| 14 | 加藤秀男 | (通) | 東京都 | × |
| 15 | 高橋勇蔵 | (熊) | 神奈川県 | ○ |
| 16 | 春山義一 | (整) | 神奈川県 | ○ |
| 17 | 不破守海 | (通) | 愛媛県 | ★ |
| 18 | 山崎美水 | (整) | 宮崎県 | ★ |
| 19 | 戸川重二 | (太水) | 鹿児島県 | ★ |
| 20 | 開發末男 | (整) | 山梨県 | ○ |
| 21 | 樋上久士 | (宇) | 岡山県 | ○ |
| 22 | 宮田忠明 | (宇) | 宮崎県 | ○ |
| 23 | 渡邊次郎 | (整) | 岡山県 | ○ |

## 第四区隊　区隊長　曾根少尉・西垣少尉

### 第七班　班長　小林軍曹

| | | | | |
|---|---|---|---|---|
| 1 | 鈴木理兵 | (通) | 埼玉県 | ○ |
| 2 | 谷口又夫 | (熊) | 鹿児島県 | ○ |
| 3 | 石田耕生 | (宇) | 鹿児島県 | × |
| 4 | 奥村定夫 | (通) | 栃木県 | × |
| 5 | 植木敏昭 | (整) | 北海道 | × |
| 6 | 宮崎智瑛 | (通) | 台　湾 | ? |
| 7 | 武石和夫 | (操水) | 茨城県 | × |
| 8 | 名雪勝男 | (整) | 千葉県 | × |
| 9 | 松本　章 | (太水) | 山口県 | ○ |
| 10 | 川崎五郎松 | (操) | 和歌山県 | ★ |
| 11 | 松田時男 | (整) | 兵庫県 | ? |
| 12 | 宮澤　勤 | (熊) | 神奈川県 | × |
| 13 | 末松喜代美 | (太) | 福岡県 | ○ |
| 14 | 福冨　敏 | (熊水) | 富山県 | ★ |
| 15 | 森下榮一 | (整) | 東京都 | × |
| 16 | 新谷武司 | (整) | 静岡県 | ★ |
| 17 | 長瀬武男 | (宇) | 東京都 | ○ |
| 18 | 斉藤甲子郎 | (熊) | 新潟県 | ★ |
| 19 | 谷川　勤 | (通) | 岐阜県 | ○ |
| 20 | 柿田　實 | (通) | | ? |
| 21 | 牛山良平 | (通) | 長野県 | ★ |
| 22 | 岸本　健 | (整) | 長野県 | ★ |
| 23 | 金井銀四郎 | (太) | 茨城県 | ○ |
| 24 | 幸本谷繁 | (通) | 鹿児島県 | ○ |

### 第八班　班長　西出軍曹

| | | | | |
|---|---|---|---|---|
| 1 | 勝原時夫 | (整) | 富山県 | ○ |
| 2 | 小林榮作 | (熊) | 新潟県 | ★ |
| 3 | 村上秀夫 | (熊) | 奈良県 | ○ |
| 4 | 吉田外二郎 | (太水) | 石川県 | ★ |
| 5 | 渡邊　昇 | (熊) | 静岡県 | ★ |
| 6 | 高屋善仁 | (熊) | 兵庫県 | ★ |
| 7 | 伴　弘 | (宇) | 青森県 | ○ |
| 8 | 石川文夫 | (熊) | 栃木県 | ★ |
| 9 | 須田敏治 | (整) | 東京都 | × |
| 10 | 折本恵造 | (太) | 東京都 | ○ |
| 11 | 鈴木芳則 | (通) | 静岡県 | ★ |
| 12 | 柘植　一 | (整) | 三重県 | ○ |
| 13 | 稲垣収蔵 | (整) | 大分県 | × |
| 14 | 竹崎久男 | (整) | 福岡県 | 復 |
| 15 | 石井茂雄 | (整) | 千葉県 | ○ |
| 16 | 岸本正史 | (通) | 岡山県 | ○ |
| 17 | 金本　悖 | (整) | 愛媛県 | ○ |
| 18 | 宮澤和嘉夫 | (熊) | 長野県 | ★ |
| 19 | 清水　定 | (太) | 大阪府 | ★ |
| 20 | 萩原道正 | (通) | 大阪府 | ★ |
| 21 | 白子　明 | (整) | 京都府 | × |
| 22 | 遠藤三千夫 | (整) | 静岡県 | ★ |
| 23 | 加来光生 | (整) | 大分県 | × |

第二中隊　中隊長　巽大尉

第一区隊　区隊長　小管中尉

第一班　班長　太田軍曹

| | | | |
|---|---|---|---|
| 1 | 西村謹治(熊) | 東京都 | × |
| 2 | 松本博一(熊) | 岡山県 | × |
| 3 | 藤井孝幸(熊) | 三重県 | ★ |
| 4 | 道上正毅(整) | 岡山県 | ★ |
| 5 | 黒田　明(整) | 富山県 | ★ |
| 6 | 榮永宏司(整) | 兵庫県 | ○ |
| 7 | 貫井福司(整) | 埼玉県 | ○ |
| 8 | 根本　豊(通) | 東京都 | ○ |
| 9 | 小久保好久(太) | 東京都 | ★ |
| 10 | 大野正二(熊) | 東京都 | ★ |
| 11 | 後藤三郎(宇) | 山形県 | ★ |
| 12 | 木内愼介(通) | 千葉県 | × |
| 13 | 西尾重雄(熊) | 香川県 | ★ |
| 14 | 小二田博(宇) | 福井県 | ★ |
| 15 | 小俣　博(宇水) | 東京都 | ★ |
| 16 | 西村良智(太水) | 山口県 | × |
| 17 | 前田敎美(太) | 広島県 | ★ |
| 18 | 八木下榮一(通) | 神奈川県 | × |
| 19 | 宮垣敏夫(太) | 滋賀県 | ○ |
| 20 | 大澤貫一(整) | 静岡県 | ★ |
| 21 | 馬淵美津雄(整) | 岐阜県 | ○ |
| 22 | 松本　章(太) | 山口県 | ★ |
| 23 | 白石清晴(熊) | 台湾 | ○ |
| 24 | 名取　功(太) | 長野県 | ○ |

第二班　班長　宮本軍曹

| | | | |
|---|---|---|---|
| 1 | 正木　剛(整) | 香川県 | ？ |
| 2 | 太田　保(熊) | 愛知県 | ★ |
| 3 | 鈴木虎夫(熊) | 静岡県 | ★ |
| 4 | 渡邊忠教(通) | 愛媛県 | ★ |
| 5 | 武井萬平(熊) | | ？ |
| 6 | 首藤政太(整) | 岐阜県 | × |
| 7 | 富安　清(熊) | 山口県 | ○ |
| 8 | 佐藤　清(通) | 福井県 | 復 |
| 9 | 飯田岩雄(整) | 富山県 | ★ |
| 10 | 木寺　宏(整) | 長崎県 | ★ |
| 11 | 飯星時春(通) | 熊本県 | ○ |
| 12 | 有光清治(　) | | ？ |
| 13 | 臼杵外志男(通) | 福岡県 | ○ |
| 14 | 鬼ヶ原次夫(通) | 鹿児島県 | × |
| 15 | 津久井梅二(整) | 群馬県 | ★ |
| 16 | 猪熊崇凰(整) | 香川県 | ○ |
| 17 | 川口定則(宇) | 千葉県 | ★ |
| 18 | 大川　實(整) | 香川県 | ★ |
| 19 | 小原柳平(整) | 岡山県 | ★ |
| 20 | 前田　聖(通) | | ★ |
| 21 | 藤岡謙治(通) | 山口県 | × |
| 22 | 塚本勝治(熊水) | 東京都 | ★ |
| 23 | 金子錦司(通) | 神奈川県 | ○ |

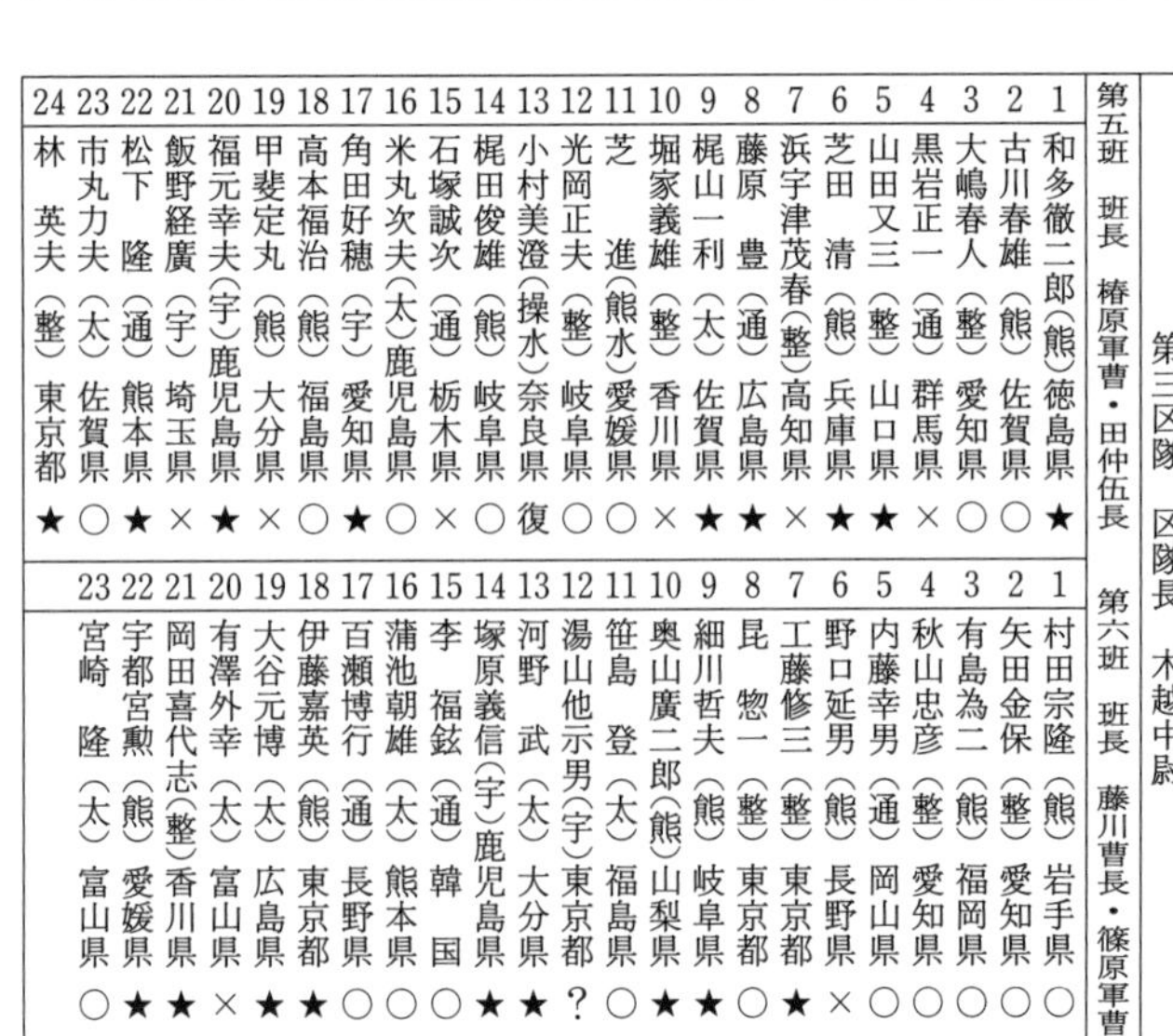

第三区隊　区隊長　木越中尉

第五班　班長　椿原軍曹・田仲伍長

| | | | |
|---|---|---|---|
| 1 | 和多徹二郎(熊) | 徳島県 | ★ |
| 2 | 古川春雄(熊) | 佐賀県 | ○ |
| 3 | 大嶋春人(整) | 愛知県 | ○ |
| 4 | 黒岩正一(通) | 群馬県 | × |
| 5 | 山田又三(整) | 山口県 | ★ |
| 6 | 芝田　清(熊) | 兵庫県 | ★ |
| 7 | 浜宇津茂春(整) | 高知県 | × |
| 8 | 藤原　豊(通) | 広島県 | ★ |
| 9 | 梶山一利(太) | 佐賀県 | ★ |
| 10 | 堀家義雄(整) | 香川県 | × |
| 11 | 芝　進(熊水) | 愛媛県 | ○ |
| 12 | 光岡正夫(整) | 岐阜県 | ○ |
| 13 | 小村美澄(操水) | 奈良県 | 復 |
| 14 | 梶田俊雄(熊) | 岐阜県 | ○ |
| 15 | 石塚誠次(通) | 栃木県 | × |
| 16 | 米丸次夫(太) | 鹿児島県 | ○ |
| 17 | 角田好穂(宇) | 愛知県 | ★ |
| 18 | 高本福治(熊) | 福島県 | ○ |
| 19 | 甲斐定丸(熊) | 大分県 | × |
| 20 | 福元幸夫(宇) | 鹿児島県 | ★ |
| 21 | 飯野経廣(宇) | 埼玉県 | × |
| 22 | 松下　隆(通) | 熊本県 | ★ |
| 23 | 市丸力夫(太) | 佐賀県 | ○ |
| 24 | 林　英夫(整) | 東京都 | ★ |

第六班　班長　藤川曹長・篠原軍曹

| | | | |
|---|---|---|---|
| 1 | 村田宗隆(熊) | 岩手県 | ○ |
| 2 | 矢田金保(整) | 愛知県 | ○ |
| 3 | 有島為二(熊) | 福岡県 | ○ |
| 4 | 秋山忠彦(整) | 愛知県 | ○ |
| 5 | 内藤幸男(通) | 岡山県 | ○ |
| 6 | 野口延男(熊) | 長野県 | × |
| 7 | 工藤修三(整) | 東京都 | ★ |
| 8 | 昆　惣一(整) | 東京都 | ○ |
| 9 | 細川哲夫(熊) | 岐阜県 | ★ |
| 10 | 奥山廣二郎(熊) | 山梨県 | ★ |
| 11 | 笹島　登(太) | 福島県 | ○ |
| 12 | 湯山他示男(宇) | 東京都 | ？ |
| 13 | 河野　武(太) | 大分県 | ★ |
| 14 | 塚原義信(宇) | 鹿児島県 | ★ |
| 15 | 李　福鉉(通) | 韓国 | ○ |
| 16 | 蒲池朝雄(太) | 熊本県 | ○ |
| 17 | 百瀬博行(通) | 長野県 | ○ |
| 18 | 伊藤嘉英(熊) | 東京都 | ★ |
| 19 | 大谷元博(太) | 広島県 | ★ |
| 20 | 有澤外幸(太) | 富山県 | × |
| 21 | 岡田喜代志(整) | 香川県 | ★ |
| 22 | 宇都宮勲(熊) | 愛媛県 | ★ |
| 23 | 宮崎　隆(太) | 富山県 | ○ |

## 第二区隊　区隊長　伊藤中尉

### 第三班　班長　森永軍曹・佐野軍曹

1 畑宗五郎（通）三重県 ×
2 西村慶一（整）京都府 ×
3 竹下　實（整）鹿児島県 ○
4 工藤　保（宇）東京都 ★
5 川原正水（整）広島県 ×
6 合志至誠（整）熊本県 ○
7 香月視義（通）福岡県 ○
8 廣瀬秀夫（熊）香川県 ★
9 森田　剛（整）岡山県 ○
10 井上　博（整）山口県 ○
11 松尾昌晴（整）長崎県 ★
12 竹川憲二（宇水）香川県 ★
13 嶋田外茂之（通）島根県 ?
14 石元廣司（宇水）広島県 ★
15 岩森重治（通）和歌山県 ×
16 大野由夫（太）長崎県 ×
17 村上和雄（整）鹿児島県 ○
18 沼田喜一（整）茨城県 ○
19 渡邊一郎（太）岡山県 ★
20 三木武吉（太）愛媛県 ★
21 阿久根利治（通）鹿児島県 ○
22 丸岡高興（太）大分県 ○
23 元島石盛（宇）鹿児島県 ○

### 第四班　班長　竹重軍曹・藤川曹長

1 橋本宗司（通）東京都 ★
2 岡崎　勝（通）広島県 ★
3 吉川甚五郎（整）神奈川県 ?
4 後藤勝人（整）長野県 ○
5 中原輝昌（整）福岡県 ×
6 藤井秀一（太）兵庫県 復
7 山脇茂美（宇）長崎県 ★
8 西村六郎（整）高知県 ★
9 仲西秀信（整）香川県 ○
10 重石　要（整）大分県 ★
11 田中藤吉（熊）群馬県 ★
12 高根澤榮二（熊）栃木県 ○
13 岡　茂樹（太）岡山県 ★
14 大山弘行（熊）愛媛県 ★
15 金澤信夫（熊）兵庫県 ○
16 色川泰三（太）埼玉県 ★
17 長田良作（宇）静岡県 ★
18 芳田鉄蔵（太）埼玉県 ★
19 本田　實（整）香川県 ★
20 飯塚晴夫（熊水）東京都 ★
21 室井　珹（通）山口県 ○
22 渡部一男（通）長野県 ×
23 山中繁一（整）兵庫県 ○

## 第四区隊　区隊長　中村少尉

### 第七班　班長　小松軍曹

1 多賀谷勇一（通）静岡県 ○
2 飛松三郎（整）福岡県 ?
3 壁谷澤嘉輝（太）福島県 ×
4 森本甲子生（太）滋賀県 ×
5 宮田松太郎（太）兵庫県 復
6 川元修夫（太水）宮城県 復
7 山根　進（通）静岡県 ×
8 吉田正義（太）福岡県 ★
9 加納外雄（熊）石川県 ★
10 道下則明（太）岐阜県 ○
11 淺井清郎（太）高知県 ×
12 江口秀敏（熊）福岡県 ★
13 佐藤芳雄（太）秋田県 ?
14 清水虎雄（太）広島県 ×
15 上原吉年（太）熊本県 ★
16 豊増隆雄（　）鹿児島県 ★
17 數藤義信（整）大阪府 ○
18 井澤一男（太）山形県 ×
19 高橋幸吉（整）埼玉県 復
20 戸田俊彰（整）岡山県 ×
21 山口銀蔵（整）宮崎県 ×
22 伊藤周一（太）山形県 ○
23 木下　緑（整）宮崎県 ○

### 第八班　班長　菊池軍曹

1 松山繁三（整）北海道 ×
2 松田年一（整）福岡県 ○
3 東谷　登（熊）台　湾 ?
4 田中　守（熊）兵庫県 ★
5 君嶋　見（太）栃木県 ○
6 尾原廣夫（熊）広島県 ★
7 太田政春（通）東京都 ○
8 高木　明（宇）東京都 ?
9 千代忠男（熊）福島県 ★
10 川上兼雄（熊）鹿児島県 ★
11 小野　寛（熊）香川県 ★
12 山口正則（宇）宮崎県 ×
13 加藤光良（整）愛知県 ★
14 長谷川正次（通）東京都 ★
15 古村廣士（通）三重県 ○
16 山本芳人（整）山口県 ○
17 高山二雄（整）東京都 ○
18 門松徳蔵（整）神奈川県 ×
19 中川　仁（整）茨城県 ○
20 岩下　貫（整）鹿児島県 ○
21 奥山要次（通）三重県 ×
22 四元一男（通）鹿児島県 ★
23 中川正則（太）石川県 ×

第三中隊　中隊長　竹内大尉・丸井中尉

第一区隊　区隊長　渥美少尉

第一班　班長　四戸軍曹・琴ヶ岡軍曹

| | 氏名 | | 出身 | |
|---|---|---|---|---|
| 1 | 神山　修 | (熊) | 滋賀県 | ★ |
| 2 | 山本賛平 | (整) | 静岡県 | ○ |
| 3 | 小林　喬 | (整) | 京都府 | ? |
| 4 | 柴田英太郎 | (通) | 山口県 | ○ |
| 5 | 俵　吉運 | (宇水) | 福岡県 | ★ |
| 6 | 矢敷晴治 | (太) | 台　湾 | ★ |
| 7 | 木股博之 | (通) | 岐阜県 | ○ |
| 8 | 上野政勝 | (整) | 熊本県 | × |
| 9 | 長岡彌三 | (通) | 大分県 | ○ |
| 10 | 加藤久雄 | (熊) | 愛知県 | ? |
| 11 | 関根三郎 | (通) | 茨城県 | ○ |
| 12 | 藤井正孝 | (熊) | 広島県 | ○ |
| 13 | 柳澤友春 | (太) | 東京都 | × |
| 14 | 山本文三 | (通) | 東京都 | ○ |
| 15 | 飯山信義 | (太水) | 広島県 | × |
| 16 | 古舘仁義 | (太) | 長崎県 | ○ |
| 17 | 川端　巌 | (熊) | 群馬県 | ★ |
| 18 | 石坂幸雄 | (太) | 鹿児島県 | × |
| 19 | 坂本　済 | (整) | 愛知県 | ○ |
| 20 | 片山正保 | (熊) | 熊本県 | ★ |
| 21 | 西川好雄 | (整) | 長野県 | ○ |
| 22 | 甲斐公雄 | (整) | 大分県 | ★ |
| 23 | 高山邦夫 | (宇水) | 東京都 | ○ |
| 24 | 木屋　霞 | (通) | 福岡県 | ○ |

第二班　班長　渡辺軍曹・熱海軍曹

| | 氏名 | | 出身 | |
|---|---|---|---|---|
| 1 | 大森三朗 | (通) | 大阪府 | ★ |
| 2 | 新村秀哉 | (熊) | 東京都 | ○ |
| 3 | 澤田捨夫 | (熊) | 愛知県 | ★ |
| 4 | 野原春吉 | (熊水) | 茨城県 | ★ |
| 5 | 宮武郁人 | (宇) | 香川県 | ○ |
| 6 | 林　稔 | (宇) | 長野県 | ★ |
| 7 | 瀧澤陸朗 | (整) | 山梨県 | ○ |
| 8 | 下前　隆 | (操) | 和歌山県 | ★ |
| 9 | 山中　選 | (太) | 熊本県 | ★ |
| 10 | 難波遊亀 | (熊) | 岡山県 | ○ |
| 11 | 熱田稔夫 | (宇) | 岡山県 | ★ |
| 12 | 磯貝平助 | (入院) | | ? |
| 13 | 川崎吉義 | (通) | 鹿児島県 | ○ |
| 14 | 三田　衛 | (通) | 静岡県 | ★ |
| 15 | 成松良明 | (宇) | 鹿児島県 | ★ |
| 16 | 山下　巍 | (熊) | 福岡県 | ★ |
| 17 | 鈴木吉三郎 | (整) | 千葉県 | ★ |
| 18 | 皆木義克 | (熊) | 岡山県 | × |
| 19 | 小林一男 | (熊) | 静岡県 | ○ |
| 20 | 森　恒夫 | (太) | 徳島県 | ★ |
| 21 | 古谷田幸準 | (熊) | 茨城県 | × |
| 22 | 栗田　稔 | (整) | 北海道 | ★ |
| 23 | 櫻井太郎 | (宇) | 台　湾 | ○ |

第三区隊　区隊長　室田中尉

第五班　班長　岡田曹長

| | 氏名 | | 出身 | |
|---|---|---|---|---|
| 1 | 一之瀬不二人 | (太) | 長野県 | ★ |
| 2 | 内田廣次 | (整) | 佐賀県 | ○ |
| 3 | 蒲　豊 | (太) | 岐阜県 | ○ |
| 4 | 江口峰夫 | (宇水) | 山形県 | ★ |
| 5 | 新井甲子雄 | (熊) | 福島県 | ○ |
| 6 | 岩崎　實 | (整) | 福岡県 | ? |
| 7 | 並木千之助 | (通) | 埼玉県 | ○ |
| 8 | 中瀬　喬 | (宇) | 和歌山県 | ○ |
| 9 | 湯槇文夫 | (熊) | 岡山県 | ★ |
| 10 | 西川仙三 | (熊) | 滋賀県 | ★ |
| 11 | 門田　明 | (熊) | 愛媛県 | ★ |
| 12 | 高柳寿之助 | (熊) | 茨城県 | × |
| 13 | 早本正之 | (熊) | 広島県 | ○ |
| 14 | 永東福造 | (宇) | 岐阜県 | ★ |
| 15 | 三宅敏男 | (熊) | 兵庫県 | ★ |
| 16 | 中野四郎 | (通) | 岐阜県 | ○ |
| 17 | 長野昌敏 | (通) | 福岡県 | ○ |
| 18 | 吹田茂一 | (整) | 徳島県 | × |
| 19 | 園田徳四 | (整) | 熊本県 | ★ |
| 20 | 流郷裕士 | (整) | 岡山県 | ★ |
| 21 | 原　敬 | (整) | 和歌山県 | ○ |
| 22 | 北野澄俊 | (通) | 鹿児島県 | ○ |
| 23 | 井手國男 | (通) | 佐賀県 | × |
| 24 | 立岩聖白 | (太) | 兵庫県 | ★ |

第六班　班長　笠原軍曹

| | 氏名 | | 出身 | |
|---|---|---|---|---|
| 1 | 下川信夫 | (宇水) | 和歌山県 | ? |
| 2 | 古川　正 | (熊) | 千葉県 | ○ |
| 3 | 八木照哉 | (熊) | 兵庫県 | ○ |
| 4 | 河合達雄 | (熊) | 兵庫県 | ★ |
| 5 | 星野正理 | (整) | 新潟県 | ○ |
| 6 | 中島寅次 | (太) | 佐賀県 | ○ |
| 7 | 神原敏久 | (整) | 栃木県 | ○ |
| 8 | 池田一志 | (熊) | 愛媛県 | 復 |
| 9 | 石川　齊 | (通) | 山口県 | ○ |
| 10 | 中城由房 | (通) | 鹿児島県 | ○ |
| 11 | 二見喜三郎 | (熊) | 埼玉県 | ○ |
| 12 | 片山貞夫 | (通) | 鳥取県 | × |
| 13 | 東　一俊 | (通) | 鹿児島県 | ★ |
| 14 | 横尾宏二 | (太水) | 栃木県 | ★ |
| 15 | 辰巳英明 | (整) | 大阪府 | × |
| 16 | 柴田浩吉 | (通) | 秋田県 | × |
| 17 | 児玉修一 | (太) | 宮崎県 | × |
| 18 | 阿久津留雄 | (通) | 神奈川県 | × |
| 19 | 青木　進 | (整) | 静岡県 | × |
| 20 | 松枝嘉時 | (熊) | 宮崎県 | ★ |
| 21 | 河野一夫 | (熊) | 群馬県 | ○ |
| 22 | 大橋輝之 | (熊) | 岡山県 | ○ |
| 23 | 飯塚義則 | (通) | | ? |

## 第二区隊　区隊長　藤枝中尉

### 第三班　班長　山口曹長

| No. | 氏名 | 区分 | 出身 | 備考 |
|---|---|---|---|---|
| 1 | 土岐信治 | (整) | 韓　国 | ★ |
| 2 | 原子　勲 | (宇) | 青森県 | × |
| 3 | 早川俊夫 | (太) | 熊本県 | ○ |
| 4 | 太田英治 | (通) | 兵庫県 | × |
| 5 | 太田一孝 | (熊) | 岡山県 | ○ |
| 6 | 近藤利孝 | (整) | 東京都 | ○ |
| 7 | 根木定生 | (整) | 兵庫県 | ○ |
| 8 | 畑井清刀 | (太) | 福岡県 | ★ |
| 9 | 米山　覓 | (通) | 静岡県 | × |
| 10 | 磐城俊三 | (整) | 奈良県 | ★ |
| 11 | 長濱哲雄 | (太) | 新潟県 | × |
| 12 | 上田八郎 | (熊水) | 福岡県 | 復 |
| 13 | 田上英敏 | (太) | 熊本県 | ○ |
| 14 | 細田榮作 | (整) | 埼玉県 | ★ |
| 15 | 山際敏明 | (熊) | 兵庫県 | × |
| 16 | 奥村　勝 | (整) | 熊本県 | ★ |
| 17 | 國澤　晃 | (太) | 高知県 | ○ |
| 18 | 井上武治 | (整) | 福岡県 | 復 |
| 19 | 長澤銀生 | (通) | 秋田県 | ★ |
| 20 | 三堂隆弘 | (整) | 鹿児島県 | ★ |
| 21 | 矢野數光 | (整) | 大分県 | ○ |
| 22 | 古田春虎 | (熊) | 岐阜県 | × |
| 23 | 永野三三 | (整) | 山口県 | × |
| 24 | 宮木泰夫 | (通) | 埼玉県 | ○ |

### 第四班　班長　古澤軍曹

| No. | 氏名 | 区分 | 出身 | 備考 |
|---|---|---|---|---|
| 1 | 鎌田日出男 | (整) | 東京都 | × |
| 2 | 小山勇司 | (熊) | 新潟県 | ★ |
| 3 | 大脇忠夫 | (通) | 愛知県 | ★ |
| 4 | 荒木良三 | (整) | 北海道 | ○ |
| 5 | 薄葉公弘 | (太) | 福島県 | ★ |
| 6 | 蕪城喜孝 | (整) | 石川県 | 復 |
| 7 | 大澤陸郎 | (熊) | 千葉県 | ★ |
| 8 | 山形光正 | (宇) | 山口県 | ★ |
| 9 | 高木庫次郎 | (通) | 茨城県 | ? |
| 10 | 本田外志雄 | (宇) | 石川県 | ○ |
| 11 | 山永　進 | (熊) | 大阪府 | × |
| 12 | 小玉　茂 | (通) | 宮崎県 | × |
| 13 | 日高康治 | (宇) | 宮崎県 | ○ |
| 14 | 谷口武雄 | (熊) | 京都府 | ○ |
| 15 | 大柿香取 | (整) |  | ? |
| 16 | 伊藤　昇 | (宇) | 大阪府 | ? |
| 17 | 槇田善寛 | (太) | 東京都 | × |
| 18 | 谷口正範 | (熊) | 鹿児島県 | ○ |
| 19 | 宇城正治 | (太) | 宮崎県 | × |
| 20 | 宮澤茂喜 | (通) | 長野県 | ○ |
| 21 | 波多野光雄 | (太) | 岐阜県 | × |
| 22 | 高橋　安 | (整) | 大分県 | ○ |
| 23 | 佐藤健次 | (整) | 静岡県 | ○ |

## 第四区隊　区隊長　相内中尉

### 第七班　班長　山田軍曹

| No. | 氏名 | 区分 | 出身 | 備考 |
|---|---|---|---|---|
| 1 | 上田昇一 | (熊) | 兵庫県 | ★ |
| 2 | 小林袈裟男 | (整) | 長野県 | ★ |
| 3 | 根岸辰也 | (宇) | 埼玉県 | × |
| 4 | 大江為一 | (宇水) | 京都府 | × |
| 5 | 宮本喜代雄 | (熊) | 香川県 | ○ |
| 6 | 市川　廣 | (熊) | 神奈川県 | ★ |
| 7 | 木村芳郎 | (通) | 茨城県 | ★ |
| 8 | 中島　巌 | (整) | 岡山県 | ○ |
| 9 | 本多繁雄 | (整) | 東京都 | ○ |
| 10 | 山下磯一 | (太) | 鹿児島県 | ★ |
| 11 | 松本雄三 | (通) | 群馬県 | ★ |
| 12 | 横井正信 | (太) | 京都府 | ○ |
| 13 | 大西　孝 | (熊) | 香川県 | ★ |
| 14 | 國房靖夫 | (宇水) | 神奈川県 | ? |
| 15 | 満元重通 | (熊水) | 鹿児島県 | ○ |
| 16 | 近藤勘二 | (太) | 埼玉県 | ★ |
| 17 | 片山一雄 | (整) | 高知県 | ★ |
| 18 | 勝又久明 | (操水) | 静岡県 | ? |
| 19 | 東中野雄童 | (通) | 鹿児島県 | ○ |
| 20 | 高松　昇 | (整) | 富山県 | ○ |
| 21 | 川島一夫 | (太) | 愛知県 | ○ |
| 22 | 塚原哲男 | (通) | 栃木県 | ○ |
| 23 | 益田13期 | (編入) |  | ? |
| 24 | 川原喜次郎 | (整) | 富山県 | ★ |

### 第八班　班長　大熊軍曹

| No. | 氏名 | 区分 | 出身 | 備考 |
|---|---|---|---|---|
| 1 | 重高信雄 | (熊) | 滋賀県 | ○ |
| 2 | 玄田敏夫 | (太) | 石川県 | ★ |
| 3 | 西岡博司 | (熊) | 和歌山県 | ★ |
| 4 | 木村利喜三 | (整) | 栃木県 | ○ |
| 5 | 福田速雄 | (整) | 長崎県 | ○ |
| 6 | 金森増治 | (宇) | 富山県 | × |
| 7 | 藤井　馨 | (熊) | 山口県 | ★ |
| 8 | 小山正好 | (整) | 兵庫県 | ○ |
| 9 | 橋本弘三 | (宇) | 佐賀県 | ★ |
| 10 | 常陸四郎 | (太) | 大分県 | ○ |
| 11 | 笹本重宣 | (熊) | 福岡県 | ★ |
| 12 | 菅原市治 | (整) | 宮城県 | ○ |
| 13 | 阿部弘助 | (熊) | 岩手県 | × |
| 14 | 鈴木鶴五郎 | (整) | 東京都 | ★ |
| 15 | 水野英一 | (太) | 愛知県 | ? |
| 16 | 長島良兼 | (通) | 埼玉県 | × |
| 17 | 田淵恒雄 | (熊) | 愛知県 | ○ |
| 18 | 澤田友一 | (熊) | 愛知県 | ○ |
| 19 | 桑野正義 | (太) | 福岡県 | ★ |
| 20 | 馬場定道 | (整) | 岡山県 | ○ |
| 21 | 澤田義信 | (整) | 熊本県 | ★ |
| 22 | 飯塚寅造 | (通) | 神奈川県 | ○ |
| 23 | 尾崎一之 | (通) | 熊本県 | ★ |

第四中隊　中隊長　島　大尉

第一区隊　区隊長　今津中尉

第一班　班長　加瀬曹長

| | | | | |
|---|---|---|---|---|
| 1 | 吉川公晴 | （整） | 東京都 | × |
| 2 | 丸山晋太郎 | （熊） | 東京都 | ★ |
| 3 | 南　正道 | （通） | 石川県 | ○ |
| 4 | 酒井忠夫 | （通） | 静岡県 | ○ |
| 5 | 兼田伊三雄 | （整） | 兵庫県 | × |
| 6 | 鏑木啓輔 | （整） | 東京都 | × |
| 7 | 山本欽也 | （整） | 東京都 | ○ |
| 8 | 小川繁信 | （整） | 富山県 | × |
| 9 | 角田達雄 | （整） | 埼玉県 | ？ |
| 10 | 安藝　望 | （通） | 徳島県 | ○ |
| 11 | 糸井隆雄 | （通） | 京都府 | ○ |
| 12 | 井上　啓 | （太） | 徳島県 | ★ |
| 13 | 荒武末盛 | （通） | 宮崎県 | ★ |
| 14 | 寺崎重人 | （熊） | 福岡県 | ？ |
| 15 | 石川光夫 | （整） | 愛媛県 | ★ |
| 16 | 下副田睦俊 | （熊） | 鹿児島県 | ★ |
| 17 | 宗宮亮平 | （宇） | 岐阜県 | ★ |
| 18 | 永崎隆良 | （太） | 宮崎県 | × |
| 19 | 末永重志 | （整） | 大分県 | ？ |
| 20 | 金澤信治 | （整） | 神奈川県 | × |
| 21 | 吉岡文義 | （熊） | 千葉県 | 復 |
| 22 | 邦高敬一 | （整） | 広島県 | ★ |
| 23 | 岡園親雄 | （整） | 宮崎県 | ○ |
| 24 | 大石英一 | （通） | 福岡県 | ○ |

第二班　班長　平山軍曹

| | | | | |
|---|---|---|---|---|
| 1 | 中村宇太三 | （通） | 千葉県 | ○ |
| 2 | 大澤　陽 | （整） | 千葉県 | 復 |
| 3 | 佐藤洋夫 | （宇） | 青森県 | ★ |
| 4 | 吉村貞美 | （整） | 満州 | ？ |
| 5 | 石井利昭 | （通） | | ？ |
| 6 | 清　靜夫 | （整） | 宮崎県 | ★ |
| 7 | 福良繁實 | （熊） | 佐賀県 | ○ |
| 8 | 船本辰二 | （整） | 石川県 | ★ |
| 9 | 宮増榮二 | （宇） | 千葉県 | ○ |
| 10 | 加藤鎮一 | （整） | 愛知県 | × |
| 11 | 竹内益夫 | （通） | 東京都 | ○ |
| 12 | 菅本　勇 | （通） | 愛媛県 | ★ |
| 13 | 小合節夫 | （熊） | 岡山県 | ★ |
| 14 | 坂本秀市 | （宇） | 兵庫県 | ○ |
| 15 | 黒木吉太郎 | （熊） | 宮崎県 | × |
| 16 | 佐竹吾郎 | （熊） | 宮崎県 | ○ |
| 17 | 田尾俊真 | （太） | 台湾 | ★ |
| 18 | 前田喜義 | （宇） | 長野県 | × |
| 19 | 肱岡　等 | （太） | 鹿児島県 | ★ |
| 20 | 川中子敏夫 | （熊） | 栃木県 | ★ |
| 21 | 熊谷　英 | （通） | 長野県 | ○ |
| 22 | 香山　渡 | （熊水） | 兵庫県 | × |
| 23 | 橋本八郎 | （熊） | 鳥取県 | ★ |

第三区隊　区隊長　後藤中尉

第五班　班長　成田軍曹・中島軍曹

| | | | | |
|---|---|---|---|---|
| 1 | 椎名　保 | （太） | 東京都 | ★ |
| 2 | 岡田昌一 | （通） | 北海道 | ○ |
| 3 | 松本武夫 | （熊水） | 兵庫県 | ○ |
| 4 | 山本豊一 | （熊） | 香川県 | ○ |
| 5 | 會澤道夫 | （熊水） | 茨城県 | ★ |
| 6 | 井上光雄 | （整） | 福岡県 | 復 |
| 7 | 篠平八郎 | （通） | 東京都 | ★ |
| 8 | 宮崎茂信 | （整） | 東京都 | ★ |
| 9 | 川西文夫 | （整） | 香川県 | ★ |
| 10 | 八代俊彦 | （宇） | 岐阜県 | ★ |
| 11 | 津波古充英 | （熊水） | 沖縄県 | ★ |
| 12 | 今井竹雄 | （太） | 石川県 | ★ |
| 13 | 角田　等 | （太） | 熊本県 | × |
| 14 | 江藤安住 | （整） | 大分県 | × |
| 15 | 木村和男 | （整） | 和歌山県 | ○ |
| 16 | 橋本繁雄 | （整） | 福岡県 | ○ |
| 17 | 三浦國光 | （整） | 福岡県 | ○ |
| 18 | 山本照彦 | （熊） | 埼玉県 | × |
| 19 | 遠藤　敏 | （整） | 福島県 | ★ |
| 20 | 井深正美 | （熊） | 大阪府 | ○ |
| 21 | 細川達雄 | （通） | 石川県 | ★ |
| 22 | 後藤建雄 | （操水） | 熊本県 | ★ |
| 23 | 清水久四郎 | （熊） | 東京都 | ○ |
| 24 | 金澤 | （東航校で病死） | | ★ |

第六班　班長　吉村軍曹

| | | | | |
|---|---|---|---|---|
| 1 | 後藤好雄 | （整） | 福岡県 | ★ |
| 2 | 加藤久雄 | （太） | 福島県 | ○ |
| 3 | 松本清一 | （熊） | 石川県 | ★ |
| 4 | 西村磯三郎 | （整） | 滋賀県 | × |
| 5 | 梅原三郎 | （熊） | 京都府 | ★ |
| 6 | 永野　諭 | （通） | 熊本県 | ★ |
| 7 | 桂木　等 | （太） | 福井県 | ★ |
| 8 | 竹内　巌 | （整） | 愛知県 | ○ |
| 9 | 渡邊二郎 | （整） | 福島県 | × |
| 10 | 山筋三男 | （整） | 福岡県 | ○ |
| 11 | 小田清太 | （整） | 岡山県 | ★ |
| 12 | 宮本俊信 | （通） | 島根県 | × |
| 13 | 小澤平三 | （整） | 栃木県 | ○ |
| 14 | 中島喜三郎 | （太） | 京都府 | × |
| 15 | 大久保榮治 | （宇） | 東京都 | 復 |
| 16 | 角　茂就 | （整） | 富山県 | ○ |
| 17 | 高田喜内 | （整） | 静岡県 | ★ |
| 18 | 長谷川明雄 | （整） | 兵庫県 | ○ |
| 19 | 見田義雄 | （宇） | 兵庫県 | ★ |
| 20 | 松山　傅 | （通） | 鹿児島県 | ○ |
| 21 | 石水　享 | （太） | 愛媛県 | ○ |
| 22 | 中山義雄 | （太） | 福島県 | ★ |
| 23 | 重吉國廣 | （整） | 鹿児島県 | ○ |

## 第二区隊　区隊長　水下少尉

### 第三班　班長　埜尻軍曹

| | | | | |
|---|---|---|---|---|
| 1 | 瓜田忠次 | (熊) | 静岡県 | ★ |
| 2 | 江草三雄 | (宇) | 岡山県 | ○ |
| 3 | 田中了一 | (熊) | 東京都 | ★ |
| 4 | 渡邊廣助 | (整) | 神奈川県 | ○ |
| 5 | 小林三郎 | (熊) | 東京都 | × |
| 6 | 藤崎又雄 | (通) | 熊本県 | ○ |
| 7 | 高柳茂久 | (整) | 群馬県 | ○ |
| 8 | 黒石鉄雄 | (太) | 香川県 | ★ |
| 9 | 河田光喜 | (整) | 山口県 | ★ |
| 10 | 柿原榮一 | (熊) | 福岡県 | ○ |
| 11 | 吉原年男 | (通) | 神奈川県 | ○ |
| 12 | 新　恒雄 | (整) | 三重県 | × |
| 13 | 小池孝平 | (太) | 埼玉県 | × |
| 14 | 太田友吉 | (熊) | 北海道 | 復 |
| 15 | 南山　汎 | (整) | 三重県 | ○ |
| 16 | 小酒井啓二 | (通) | 台　湾 | ★ |
| 17 | 下條普三郎 | (熊) | 長野県 | ★ |
| 18 | 山本國了 | (整) | 三重県 | × |
| 19 | 黒石川茂 | (熊) | 鹿児島県 | ★ |
| 20 | 前田又男 | (整) | 宮崎県 | ○ |
| 21 | 中村重信 | (太) | 福岡県 | ○ |
| 22 | 金子甲子男 | (宇) | 栃木県 | ★ |
| 23 | 樗木廣二 | (太) | 鹿児島県 | × |
| 24 | 鵜飼國光 | (熊) | 岐阜県 | ○ |

### 第四班　班長　中島伍長

| | | | | |
|---|---|---|---|---|
| 1 | 油谷秀夫 | (整) | 福井県 | 復 |
| 2 | 大瀧太久治 | (操) | 山形県 | × |
| 3 | 中谷宗利 | (整) | 兵庫県 | ○ |
| 4 | 船戸廸成 | (整) | 大阪府 | ○ |
| 5 | 高尾　博 | (通) | 岡山県 | × |
| 6 | 佐々木敬太郎 | (整) | 東京都 | ★ |
| 7 | 羽田光孝 | (通) | 東京都 | ○ |
| 8 | 鈴木昌郎 | (通) | 東京都 | ★ |
| 9 | 山下正則 | (通) | 鹿児島県 | ★ |
| 10 | 澤井正道 | (太) | | ★ |
| 11 | 青木一男 | (整) | 神奈川県 | ○ |
| 12 | 友岡幸人 | (整) | 大分県 | × |
| 13 | 内田伸義 | (整) | 佐賀県 | ○ |
| 14 | 河本忠清 | (整) | 愛媛県 | ○ |
| 15 | 松原俊彦 | (通) | 兵庫県 | 復 |
| 16 | 井上行光 | (熊) | 山梨県 | ★ |
| 17 | 筆本　憲 | (熊) | 広島県 | ○ |
| 18 | 佐藤矢一 | (通) | 宮城県 | ○ |
| 19 | 桑　久 | (整) | 千葉県 | 復 |
| 20 | 村上文夫 | (太) | 愛媛県 | ★ |
| 21 | 中村　一 | (整) | 千葉県 | ○ |
| 22 | 高坂　悟 | (通) | 長野県 | × |
| 23 | 牧野　弘 | (整) | | ★ |

## 第四区隊　区隊長　松尾少尉

### 第七班　班長　遠藤曹長・山下伍長

| | | | | |
|---|---|---|---|---|
| 1 | 寺島伸夫 | (整) | | ? |
| 2 | 笠原達夫 | (宇) | 東京都 | ★ |
| 3 | 瀬尾嘉之 | (整) | 鳥取県 | × |
| 4 | 小寺政輝 | (通) | 北海道 | × |
| 5 | 田中貞雄 | (通) | 大阪府 | ? |
| 6 | 喜安賢太郎 | (通) | 大分県 | ★ |
| 7 | 伊勢茂由 | (熊) | 高知県 | ★ |
| 8 | 菊地達郎 | (太) | 東京都 | ○ |
| 9 | 尾西勝六 | (整) | 兵庫県 | ★ |
| 10 | 山口繁夫 | (整) | 北海道 | × |
| 11 | 樽　清 | (通) | 兵庫県 | ○ |
| 12 | 太田伍三郎 | (整) | 千葉県 | ○ |
| 13 | 曾谷久雄 | (整) | 兵庫県 | ★ |
| 14 | 手塚榮治郎 | (通) | 東京都 | × |
| 15 | 中村正直 | (通) | 福岡県 | ★ |
| 16 | 上野昌良 | (整) | 神奈川県 | ○ |
| 17 | 林 | (退校) | | ? |
| 18 | 倉富胤男 | (熊) | 東京都 | ○ |
| 19 | 秦　孟夫 | (通) | 徳島県 | ○ |
| 20 | 小野金治 | (通) | 大分県 | ○ |
| 21 | 小川　豊 | (整) | 高知県 | ○ |
| 22 | 岸　安美 | (通) | 長崎県 | ★ |
| 23 | 堂下　清 | (整) | 石川県 | ★ |
| 24 | 政川澄人 | (整) | 広島県 | × |

### 第八班　班長　上野伍長

| | | | | |
|---|---|---|---|---|
| 1 | 小山健吾 | (通) | 東京都 | ★ |
| 2 | 川口俊彦 | (宇) | 静岡県 | ○ |
| 3 | 峠　昇 | (退校) | 広島県 | ★ |
| 4 | 山本三男 | (熊) | 岡山県 | ○ |
| 5 | 久賀　太 | (整) | 福岡県 | × |
| 6 | 伊加　覺 | (熊) | 岡山県 | ★ |
| 7 | 標　恒文 | (太) | 山梨県 | ○ |
| 8 | 八木澤富夫 | (太) | 栃木県 | ★ |
| 9 | 楊　清山 | (通) | 台　湾 | ○ |
| 10 | 大串文彦 | (熊) | 大阪府 | ★ |
| 11 | 平山和己 | (整) | 福岡県 | ○ |
| 12 | 前田徳夫 | (熊) | 鹿児島県 | ○ |
| 13 | 岩田　治 | (整) | 三重県 | × |
| 14 | 澤田邦雄 | (整) | 和歌山県 | ★ |
| 15 | 飯田亮一 | (通) | 滋賀県 | × |
| 16 | 岩本義夫 | (熊) | 岐阜県 | ○ |
| 17 | 山田茂人 | (熊) | 島根県 | ○ |
| 18 | 合田耕一郎 | (通) | 香川県 | ★ |
| 19 | 國分房次 | (太) | 埼玉県 | ○ |
| 20 | 藤　榮 | (太) | 福岡県 | × |
| 21 | 永吉幸雄 | (通) | 鹿児島県 | × |
| 22 | 内倉龍三 | (太水) | 宮崎県 | ★ |
| 23 | 渡邊頼正 | (整) | 山口県 | ○ |

第五中隊　中隊長　井上大尉・戸上大尉

第一区隊　区隊長　松本中尉

第一班　班長　下出軍曹

| | | | | |
|---|---|---|---|---|
| 1 | 岩代誠一 | （熊水） | 北海道 | ○ |
| 2 | 中村恵高 | （整） | 兵庫県 | ○ |
| 3 | 田甫幸雄 | （通） | 和歌山県 | ○ |
| 4 | 中村卓夫 | （整） | 東京都 | ○ |
| 5 | 古賀　巖 | （太水） | 宮崎県 | ○ |
| 6 | 川瀬　登 | （整） | 兵庫県 | ★ |
| 7 | 小島與一 | （通） | 愛知県 | 復 |
| 8 | 佐々木久雄 | （通） | 北海道 | ？ |
| 9 | 松江秀隆 | （宇） | 群馬県 | ★ |
| 10 | 王丸達司 | （整） | 福岡県 | ★ |
| 11 | 田中正一 | （整） | 埼玉県 | ★ |
| 12 | 堀口政俊 | （整） | 宮崎県 | ○ |
| 13 | 橋本平太郎 | （太） | 台湾 | ★ |
| 14 | 保科好道 | （宇） | 大分県 | ○ |
| 15 | 井澤光夫 | （整） | 福岡県 | 復 |
| 16 | 佐藤賢司郎 | （操水） | 長野県 | ★ |
| 17 | 芳村有祐 | （通） | 福岡県 | ○ |
| 18 | 平手靖男 | （通） | 兵庫県 | ○ |
| 19 | 高橋嶺夫 | （太） | 東京都 | ★ |
| 20 | 高井　正 | （通） | 福井県 | ○ |
| 21 | 竹田建三 | （熊） | 埼玉県 | ○ |
| 22 | 前田奎治 | （熊） | 兵庫県 | ○ |
| 23 | 山本道男 | （通） | 愛媛県 | ★ |
| 24 | 三原敏文 | （熊） | 大分県 | ★ |

第二班　班長　高丸伍長

| | | | | |
|---|---|---|---|---|
| 1 | 松野好男 | （整） | 神奈川県 | 復 |
| 2 | 黒木信一 | （太） | 鹿児島県 | ★ |
| 3 | 渡邊三郎 | （宇） | 愛知県 | ★ |
| 4 | 椋尾三正 | （通） | 長崎県 | ○ |
| 5 | 森　正男 | （整） | 静岡県 | ○ |
| 6 | 石川高明 | （宇水） | 茨城県 | ★ |
| 7 | 栗原　司 | （　） | | ？ |
| 8 | 津江光治 | （整） | 熊本県 | ★ |
| 9 | 大原一志 | （操水） | | × |
| 10 | 金谷只彦 | （整） | 岡山県 | ★ |
| 11 | 中島　渉 | （熊） | 兵庫県 | ★ |
| 12 | 中野道雄 | （太） | 宮城県 | ○ |
| 13 | 柳田俊一 | （整） | 台湾 | × |
| 14 | 宇土正美 | （整） | 熊本県 | ★ |
| 15 | 中川鐵夫 | （通） | 岐阜県 | × |
| 16 | 内田　功 | （整） | 熊本県 | ○ |
| 17 | 常石秋水 | （熊） | 大阪府 | ★ |
| 18 | 渡邊丈夫 | （整） | 群馬県 | ★ |
| 19 | 川島彌太郎 | （整） | 東京都 | 復 |
| 20 | 岩切恒夫 | （熊） | 鹿児島県 | ○ |
| 21 | 戸田　宏 | （整） | 福岡県 | ★ |
| 22 | 宮本末信 | （熊） | 和歌山県 | ○ |
| 23 | 廣岡　久 | （整） | | ？ |

第三区隊　区隊長　石田中尉・林　少尉

第五班　班長　三田村曹長

| | | | | |
|---|---|---|---|---|
| 1 | 竹村勝元 | （太） | 長崎県 | ○ |
| 2 | 谷口弘造 | （整） | 東京都 | ○ |
| 3 | 浅野彌之助 | （整） | 東京都 | ○ |
| 4 | 澤田勝喜 | （通） | 熊本県 | × |
| 5 | 小路口義治 | （整） | 鹿児島県 | ★ |
| 6 | 立元庄太郎 | （整） | 兵庫県 | ○ |
| 7 | 鈴木正男 | （宇） | 東京都 | ★ |
| 8 | 一海良郎 | （整） | 東京都 | ○ |
| 9 | 大園勝夫 | （整） | 東京都 | ○ |
| 10 | 久保田和助 | （整） | 山梨県 | ○ |
| 11 | 平　静馬 | （熊） | 佐賀県 | ★ |
| 12 | 細田勅男 | （通） | 鳥取県 | ★ |
| 13 | 菊地順亮 | （操） | 宮城県 | ？ |
| 14 | 岩堀正男 | （整） | 東京都 | ★ |
| 15 | 小山博康 | （通） | 岡山県 | ○ |
| 16 | 梶田　淳 | （熊） | 広島県 | ★ |
| 17 | 船橋恵智 | （通） | 埼玉県 | ★ |
| 18 | 中澤　實 | （通） | 東京都 | ★ |
| 19 | 福井高義 | （整） | 三重県 | ○ |
| 20 | 西郷音次郎 | （整） | 静岡県 | ？ |
| 21 | 花宮二生 | （整） | 大分県 | ★ |
| 22 | 藤岡　泉 | （太） | 岡山県 | ★ |
| 23 | 植村金太郎 | （整） | 静岡県 | ○ |
| 24 | 作間三郎 | （宇） | 宮城県 | ○ |

第六班　班長　原田軍曹・桜庭伍長

| | | | | |
|---|---|---|---|---|
| 1 | 佐瀬　護 | （熊水） | 福島県 | ○ |
| 2 | 赤坂巳吉 | （熊） | 鹿児島県 | ★ |
| 3 | 古賀憲光 | （整） | 長崎県 | ○ |
| 4 | 田町秋男 | （整） | 香川県 | × |
| 5 | 佐藤喜美雄 | （宇水） | 東京都 | ？ |
| 6 | 倉島保榮 | （整） | 新潟県 | × |
| 7 | 松原信雄 | （太水） | 九　州 | ★ |
| 8 | 増田　武 | （太） | 埼玉県 | ★ |
| 9 | 後藤吉之助 | （熊） | 山形県 | ★ |
| 10 | 阿南満男 | （整） | 大阪府 | ○ |
| 11 | 北田信夫 | （操水） | 九　州 | ★ |
| 12 | 上野忠彦 | （整） | 石川県 | ○ |
| 13 | 田口忠弘 | （通） | 徳島県 | ○ |
| 14 | 福島光春 | （通） | 熊本県 | ★ |
| 15 | 田原一雄 | （整） | 大分県 | ★ |
| 16 | 藤倉光二 | （通） | 山梨県 | ○ |
| 17 | 上坂友男 | （整） | 北海道 | ○ |
| 18 | 藤本仲嗣 | （整） | 佐賀県 | ★ |
| 19 | 伊藤弘之 | （整） | 福岡県 | × |
| 20 | 岡部博一 | （通） | 東京都 | ？ |
| 21 | 猪飼信義 | （整） | 神奈川県 | × |
| 22 | 孫　照善 | （整） | 韓　国 | ○ |
| 23 | 榮　福照 | （整） | 鹿児島県 | ★ |

## 第二区隊　区隊長　松本中尉・多々納中尉

### 第三班　班長　込山・岡田・石部軍曹

| 番号 | 氏名 | 兵科 | 出身 | 記号 |
|---|---|---|---|---|
| 1 | 工藤竣蔵 | (通) | 秋田県 | ? |
| 2 | 成田　進 | (太) | 青森県 | × |
| 3 | 佐々木源太郎 | (熊) | 京都府 | ○ |
| 4 | 松田千歳 | (熊) | 大分県 | ○ |
| 5 | 新居　功 | (整) | 徳島県 | ○ |
| 6 | 杉山春夫 | (整) | 岐阜県 | ○ |
| 7 | 伊藤芳治 | (通) | 宮城県 | ? |
| 8 | 松本太喜夫 | (太) | 香川県 | × |
| 9 | 浦田　操 | (通) | 栃木県 | ○ |
| 10 | 松岡甲子生 | (整) | 三重県 | ★ |
| 11 | 小貫信身 | (宇) | 茨城県 | ★ |
| 12 | 永山光義 | (太) | 鹿児島県 | ★ |
| 13 | 丸田　操 | (熊) | 長野県 | ○ |
| 14 | 藤生京二 | (通) | 埼玉県 | × |
| 15 | 高橋　昇 | (熊) | 福岡県 | ○ |
| 16 | 畔柳　博 | (整) | 愛知県 | ★ |
| 17 | 雨宮　久 | (整) | 山梨県 | ★ |
| 18 | 宮澤利次 | (太) | 静岡県 | ○ |
| 19 | 平井四郎 | (通) | 広島県 | ★ |
| 20 | 中野平一 | (熊) | 山口県 | ★ |
| 21 | 水川湛司 | (宇水) | 岡山県 | × |
| 22 | 松田二郎 | (通) | 京都府 | × |
| 23 | 秋山　至 | (通) | 東京都 | ○ |
| 24 | 天野　穂 | (整) | 静岡県 | ○ |

### 第四班　班長　北屋敷軍曹

| 番号 | 氏名 | 兵科 | 出身 | 記号 |
|---|---|---|---|---|
| 1 | 松崎雅治 | (整) | 埼玉県 | ○ |
| 2 | 松村　正 | (整) | 東京都 | ★ |
| 3 | 岡田　一 | (整) | 台　湾 | ? |
| 4 | 棚町忠幸 | (整) | 福岡県 | ★ |
| 5 | 片桐真治 | (熊) | 群馬県 | ○ |
| 6 | 田口　實 | (整) | 熊本県 | ★ |
| 7 | 清水　巌 | (整) | 大阪府 | ★ |
| 8 | 菅野　朗 | (通) | 山形県 | ○ |
| 9 | 林　伸二 | (熊) | 山口県 | ★ |
| 10 | 角田光男 | (熊) | 福島県 | ○ |
| 11 | 栗原木三夫 | (熊) | 広島県 | ★ |
| 12 | 岡本正人 | (太) | 広島県 | 復 |
| 13 | 奥村　廣 | (熊) | 山形県 | ○ |
| 14 | 斎藤富男 | (宇) | 山形県 | ○ |
| 15 | 村中正信 | (通) | 広島県 | ○ |
| 16 | 小林幸雄 | (整) | 長野県 | ○ |
| 17 | 望月款司 | (太) | 山梨県 | × |
| 18 | 村田　誠 | (熊) | 広島県 | ○ |
| 19 | 吉光示夫 | (熊) | 広島県 | × |
| 20 | 高瀬嘉彦 | (通) |  | ? |
| 21 | 魚住正明 | (整) | 兵庫県 | × |
| 22 | 立石　稔 | (太水) | 東京都 | ★ |
| 23 | 相川勘次 | (整) | 埼玉県 | ○ |

## 第四区隊　区隊長　福島中尉

### 第七班　班長　熱海曹長・赤星軍曹

| 番号 | 氏名 | 兵科 | 出身 | 記号 |
|---|---|---|---|---|
| 1 | 関口義夫 | (熊) | 群馬県 | ★ |
| 2 | 原　稔 | (熊) | 岡山県 | ○ |
| 3 | 沖野正人 | (熊) | 大阪府 | 復 |
| 4 | 林　寅雄 | (太) | 愛知県 | ○ |
| 5 | 藤田　昇 | (整) | 東京都 | ★ |
| 6 | 笹田榮男 | (熊) | 石川県 | ○ |
| 7 | 宮本克己 | (整) | 大分県 | ○ |
| 8 | 加納良哉 | (通) | 兵庫県 | ★ |
| 9 | 原外志男 | (熊) | 石川県 | ○ |
| 10 | 加藤達夫 | (熊水) | 東京都 | ★ |
| 11 | 糠谷光彦 | (通) | 静岡県 | × |
| 12 | 住吉嘉石 | (通) | 熊本県 | ★ |
| 13 | 根木　薫 | (熊) | 岡山県 | × |
| 14 | 石岡信芳 | (整) | 北海道 | ○ |
| 15 | 先田　勇 | (太) | 鹿児島県 | ★ |
| 16 | 仲島利光 | (整) | 兵庫県 | ★ |
| 17 | 大河原正治 | (宇) | 埼玉県 | ○ |
| 18 | 高橋行治 | (通) | 東京都 | × |
| 19 | 北村恒彦 | (通) | 大阪府 | ○ |
| 20 | 坂口貞一 | (整) | 福井県 | ★ |
| 21 | 堀　忠 | (通) | 福岡県 | ★ |
| 22 | 井上弘一 | (太) | 兵庫県 | ○ |
| 23 | 片岡照行 | (太) | 高知県 | ★ |
| 24 | 今野弘二 | (整) | 石川県 | ? |

### 第八班　班長　曾我軍曹

| 番号 | 氏名 | 兵科 | 出身 | 記号 |
|---|---|---|---|---|
| 1 | 井上一郎 | (整) | 大阪府 | × |
| 2 | 高橋治夫 | (通) | 東京都 | ★ |
| 3 | 平賀　卓 | (通) | 山形県 | ○ |
| 4 | 真柄貫一 | (整) | 新潟県 | ★ |
| 5 | 若菜　章 | (通) | 栃木県 | 復 |
| 6 | 森田照成 | (通) | 愛媛県 | ★ |
| 7 | 大澤佐一 | (通) | 岩手県 | ○ |
| 8 | 小原正男 | (熊) | 長野県 | ★ |
| 9 | 荒川重雄 | (熊) | 宮城県 | ★ |
| 10 | 新山道郎 | (熊) | 東京都 | ★ |
| 11 | 石井初男 | (熊) | 佐賀県 | ★ |
| 12 | 高橋　巌 | (熊) | 山形県 | ○ |
| 13 | 深澤　一 | (整) | 長野県 | × |
| 14 | 中久保榮三 | (宇) | 広島県 | ○ |
| 15 | 加藤仙一 | (整) | 三重県 | ★ |
| 16 | 高木　司 | (操水) | 佐賀県 | ★ |
| 17 | 岡田一四 | (通) | 広島県 | ? |
| 18 | 和久利臣男 | (熊) | 島根県 | ★ |
| 19 | 菅原宗次 | (太水) | 山形県 | × |
| 20 | 横山士郎 | (整) | 鹿児島県 | ○ |
| 21 | 園田　忠 | (太水) | 熊本県 | ★ |
| 22 | 布施八郎 | (通) | 千葉県 | ○ |
| 23 | 内田　満 | (通) | 鹿児島県 | × |

第六中隊　中隊長　坂元大尉

第一区隊　区隊長　伊藤中尉

第一班　班長　加藤曹長・今井伍長

| | 氏名 | | 出身 | |
|---|---|---|---|---|
| 1 | 富尾信市 | （熊） | 大分県 | × |
| 2 | 吉岡　保 | （整） | 三重県 | × |
| 3 | 古家　二 | （整） | 兵庫県 | ○ |
| 4 | 大江寿夫 | （太） | 和歌山県 | ★ |
| 5 | 尾形尚道 | （熊） | 山形県 | ★ |
| 6 | 松下貞次郎 | （太水） | 三重県 | ★ |
| 7 | 楢田　寶 | （整） | 佐賀県 | ★ |
| 8 | 青木一郎 | （熊） | 東京都 | ○ |
| 9 | 新田春雄 | （整） | 広島県 | ○ |
| 10 | 成清光彦 | （通） | 福岡県 | ○ |
| 11 | 中村　明 | （整） | 大分県 | ★ |
| 12 | 米村不可止 | （整） | 熊本県 | ○ |
| 13 | 伊東義行 | （通） | 宮崎県 | ○ |
| 14 | 伊藤勝士 | （太） | 熊本県 | ★ |
| 15 | 福澤時敏 | （通） | 長野県 | × |
| 16 | 長谷川喬 | （整） | 福井県 | ★ |
| 17 | 柏野佳弘 | （通） | 香川県 | ○ |
| 18 | 池田　守 | （太） | 佐賀県 | ○ |
| 19 | 真崎留次 | （通） | 佐賀県 | × |
| 20 | 貫井角二 | （熊） | 埼玉県 | × |
| 21 | 井上伊之助 | （整） | | ? |
| 22 | 牧田　倜 | （熊） | 岐阜県 | ★ |
| 23 | 村井貞一 | （通） | 神奈川県 | × |
| 24 | 江良吉雄 | （太） | 大分県 | ★ |

第二班　班長　志鳥軍曹

| | 氏名 | | 出身 | |
|---|---|---|---|---|
| 1 | 堀井藤男 | （通） | 滋賀県 | ○ |
| 2 | 前島成行 | （整） | 兵庫県 | ★ |
| 3 | 岡田　廣 | （整） | 北海道 | ? |
| 4 | 金城輝雄 | （通） | 韓　国 | ? |
| 5 | 吉田茂光 | （熊） | 大阪府 | ○ |
| 6 | 柳橋三郎 | （通） | 茨城県 | ○ |
| 7 | 山本俊就 | （太） | 石川県 | × |
| 8 | 石川弘視 | （通） | 茨城県 | ★ |
| 9 | 向井好文 | （整） | 和歌山県 | ★ |
| 10 | 大西　弘 | （通） | 徳島県 | 復 |
| 11 | 宇井静夫 | （整） | 千葉県 | × |
| 12 | 松本真太治 | （宇） | 京都府 | ★ |
| 13 | 坂田道男 | （宇） | 熊本県 | ○ |
| 14 | 末原　茂 | （整） | 宮崎県 | ○ |
| 15 | 杉島光明 | （太） | 熊本県 | ★ |
| 16 | 中村種樹 | （熊） | 福岡県 | ○ |
| 17 | 大池重雄 | （整） | 静岡県 | ★ |
| 18 | 三井源八郎 | （通） | 青森県 | ○ |
| 19 | 宇野　毅 | （整） | 岡山県 | × |
| 20 | 高田賢一 | （整） | 秋田県 | ○ |
| 21 | 鶴田兼三 | （整） | 東京都 | ★ |
| 22 | 深澤宗太郎 | （通） | 神奈川県 | ○ |
| 23 | 伊藤義幸 | （整） | 鳥取県 | ○ |
| 24 | 柴田正伍 | （通） | 山形県 | ★ |

第三区隊　区隊長　稲垣中尉

第五班　班長　中村曹長・長谷川伍長

| | 氏名 | | 出身 | |
|---|---|---|---|---|
| 1 | 高橋清二 | （熊） | 大阪府 | ○ |
| 2 | 中村　進 | （通） | 東京都 | ★ |
| 3 | 中野喜八郎 | （整） | 岡山県 | ★ |
| 4 | 池尻正登 | （通） | 北海道 | ? |
| 5 | 伊藤謹一 | （通） | 岐阜県 | ? |
| 6 | 池内　清 | （整） | 岡山県 | ★ |
| 7 | 鍬野忠顕 | （通） | 熊本県 | ○ |
| 8 | 池尻直道 | （通） | 東京都 | ○ |
| 9 | 立野音一 | （太） | 山口県 | ★ |
| 10 | 神田武治 | （整） | 東京都 | × |
| 11 | 妹尾秋太 | （熊） | 岡山県 | ○ |
| 12 | 橋本　章 | （整） | 千葉県 | ○ |
| 13 | 山口正男 | （宇水） | 愛媛県 | × |
| 14 | 小池　博 | （整） | 東京都 | ○ |
| 15 | 馬場榮一 | （宇水） | 福島県 | ○ |
| 16 | 宮本錫洪 | （宇） | 朝鮮半島 | ★ |
| 17 | 萩原正彰 | （太） | 鳥取県 | ★ |
| 18 | 高橋光雄 | （整） | 香川県 | × |
| 19 | 尾形　晋 | （通） | 宮城県 | ○ |
| 20 | 池本景志 | （通） | 岡山県 | × |
| 21 | 渡邊　亘 | （整） | 宮城県 | ★ |
| 22 | 櫻井　一 | （通） | 神奈川県 | ○ |
| 23 | 田中頼人 | （通） | 山口県 | × |
| 24 | 山下親光 | （整） | 鹿児島県 | ★ |

第六班　班長　中村軍曹

| | 氏名 | | 出身 | |
|---|---|---|---|---|
| 1 | 高橋保清 | （整） | 東京都 | ★ |
| 2 | 姜　鎬倫 | （熊） | 韓　国 | × |
| 3 | 高橋隆雄 | （整） | 岐阜県 | ○ |
| 4 | 笹生政弘 | （整） | 北海道 | ○ |
| 5 | 前田　實 | （整） | 山口県 | × |
| 6 | 高村　傳 | （整） | 山梨県 | × |
| 7 | 田中貞蔵 | （熊） | 静岡県 | ○ |
| 8 | 久保利夫 | （通） | 宮崎県 | ★ |
| 9 | 今吉　孝 | （整） | 鹿児島県 | ○ |
| 10 | 郡山正月 | （太） | 鹿児島県 | ★ |
| 11 | 川畑富雄 | （宇） | 鹿児島県 | × |
| 12 | 武関高久 | （整） | 福島県 | ○ |
| 13 | 李　慶春 | （整） | 韓　国 | ○ |
| 14 | 筧　千字 | （宇） | 滋賀県 | ○ |
| 15 | 遠入一郎 | （通） | 大分県 | ○ |
| 16 | 木村竹次 | （熊） | 熊本県 | ★ |
| 17 | 小林清作 | （熊） | 新潟県 | ★ |
| 18 | 中西　満 | （整） | 福岡県 | ★ |
| 19 | 飯村真一 | （通） | 茨城県 | ★ |
| 20 | 法橋芳之助 | （整） | 群馬県 | × |
| 21 | 赤尾　享 | （宇） | 宮崎県 | ○ |
| 22 | 別府榮輔 | （熊） | 福島県 | ○ |
| 23 | 栗山國雄 | （通） | 福岡県 | ? |

## 第二区隊　区隊長　佐藤少尉

### 第三班　班長　鈴木軍曹

| 番号 | 氏名 | 区分 | 出身 | 印 |
|---|---|---|---|---|
| 1 | 杉本康雄 | (整) | 大分県 | ○ |
| 2 | 元木隆太郎 | (整) | 茨城県 | ★ |
| 3 | 武藤　保 | (熊) | 岐阜県 | ★ |
| 4 | 飯野　茂 | (整) | 埼玉県 | ○ |
| 5 | 山田榮司 | (熊) | 岐阜県 | ○ |
| 6 | 立本源太郎 | (退校) | 宮崎県 | ? |
| 7 | 藤原誠四郎 | (整) | 宮崎県 | 復 |
| 8 | 三浦光男 | (整) | 宮城県 | ★ |
| 9 | 長江　弘 | (整) | 愛知県 | ○ |
| 10 | 金本一由 | (操) | 山口県 | ★ |
| 11 | 宮本洋孝 | (通) | 福岡県 | ○ |
| 12 | 小森哲夫 | (太) | 北海道 | ★ |
| 13 | 丸山　勉 | (通) | 鳥取県 | ○ |
| 14 | 浦　義一 | (整) | 長崎県 | ★ |
| 15 | 和田純雄 | (太) | 鹿児島県 | ★ |
| 16 | 片岡博憲 | (整) | 兵庫県 | ○ |
| 17 | 廣橋　昇 | (操) | 福岡県 | ○ |
| 18 | 野口寿郎 | (整) | 東京都 | ★ |
| 19 | 岡本博文 | (通) | 兵庫県 | × |
| 20 | 酒井隆介 | (熊) | 熊本県 | ★ |
| 21 | 松原千年 | (熊) | 熊本県 | ○ |
| 22 | 吉田　議 | (熊) | 東京都 | ★ |
| 23 | 中村初勇 | (太) | 宮崎県 | ○ |
| 24 | 内田孝三 | (通) | 三重県 | × |

### 第四班　班長　佐藤伍長

| 番号 | 氏名 | 区分 | 出身 | 印 |
|---|---|---|---|---|
| 1 | 染谷福次郎 | (熊) | 東京都 | × |
| 2 | 原田義秀 | (通) | 広島県 | ○ |
| 3 | 柚木藤一 | (整) | 東京都 | ★ |
| 4 | 野口友市 | (整) | 栃木県 | ○ |
| 5 | 杉山貞雄 | (通) | 埼玉県 | ○ |
| 6 | 吉谷　博 | (熊) | 京都府 | ○ |
| 7 | 宮澤博司 | (整) | 東京都 | ○ |
| 8 | 宇田富福 | (熊水) | 広島県 | ★ |
| 9 | 土田光明 | (整) | 長野県 | ○ |
| 10 | 余村五郎 | (太) | 島根県 | ★ |
| 11 | 小野木基三 | (通) | 大阪府 | ★ |
| 12 | 藤山銀次郎 | (太) | 大阪府 | ★ |
| 13 | 宗方正幸 | (熊) | 福島県 | ★ |
| 14 | 野村悦士 | (熊) | 山口県 | × |
| 15 | 大林康規 | (熊) | 熊本県 | × |
| 16 | 三谷清之 | (宇水) | 香川県 | ★ |
| 17 | 向井數美 | (太) | 広島県 | ★ |
| 18 | 新屋　昇 | (整) | 山口県 | × |
| 19 | 古屋剛毅 | (操) | 山梨県 | ★ |
| 20 | 大塚三郎 | (整) | 群馬県 | ★ |
| 21 | 山田太吉 | (整) | 東京都 | ★ |
| 22 | 島崎貞治 | (整) | 神奈川県 | ○ |
| 23 | 屋所親好 | (整) | 鹿児島県 | ★ |

## 第四区隊　区隊長　竹嶋少尉

### 第七班　班長　菅野軍曹

| 番号 | 氏名 | 区分 | 出身 | 印 |
|---|---|---|---|---|
| 1 | 石川長次郎 | (整) | 東京都 | 復 |
| 2 | 梅本俊睦 | (整) | 岐阜県 | ○ |
| 3 | 相澤政三 | (整) | 東京都 | ○ |
| 4 | 大橋秀雄 | (通) | 静岡県 | ★ |
| 5 | 紀平　弘 | (整) | 愛知県 | ○ |
| 6 | 川井勝正 | (整) | 大阪府 | × |
| 7 | 池頭忠儀 | (通) | 鹿児島県 | ○ |
| 8 | 池田吉衛 | (熊) | 岡山県 | ○ |
| 9 | 千葉陸夫 | (操水) | 宮城県 | ★ |
| 10 | 石田有一 | (熊) | 東京都 | ★ |
| 11 | 羽倉　清 | (整) | 京都府 | × |
| 12 | 三重野謙 | (整) | 大分県 | ○ |
| 13 | 岩本照夫 | (太) | 熊本県 | ○ |
| 14 | 森江末吉 | (整) | 東京都 | ★ |
| 15 | 碓井　良 | (整) | 長野県 | × |
| 16 | 泉喜代志 | (整) | 大阪府 | × |
| 17 | 森　義雄 | (通) | 石川県 | ★ |
| 18 | 中村安太郎 | (整) | 東京都 | ★ |
| 19 | 古財　斉 | (整) | 熊本県 | ★ |
| 20 | 山本隆司 | (整) | 兵庫県 | ○ |
| 21 | 古谷嘉男 | (通) | 兵庫県 | ○ |
| 22 | 松田正治 | (整) | 神奈川県 | ○ |
| 23 | 鹿上重信 | (整) | 大分県 | ★ |
| 24 | 伊藤　貞 | (熊) | 大分県 | ★ |

### 第八班　班長　森脇曹長

| 番号 | 氏名 | 区分 | 出身 | 印 |
|---|---|---|---|---|
| 1 | 加藤俊太郎 | (通) | 北海道 | ? |
| 2 | 西埜秀夫 | (通) | 兵庫県 | ○ |
| 3 | 濱崎柾夫 | (通) | 岡山県 | ★ |
| 4 | 南　松次 | (整) | 大阪府 | ★ |
| 5 | 大戸　宏 | (通) | 石川県 | ○ |
| 6 | 佐久間文彦 | (整) | 愛知県 | × |
| 7 | 高平三郎 | (太) | 茨城県 | ★ |
| 8 | 金丸清興 | (宇) | 宮崎県 | ★ |
| 9 | 入田保尚 | (整) | 広島県 | ★ |
| 10 | 臼杵三郎 | (操水) | 香川県 | ★ |
| 11 | 大島　勇 | (太水) | 静岡県 | × |
| 12 | 黒山　崇 | (熊) | 北海道 | ★ |
| 13 | 岡田篤磨 | (熊水) | 広島県 | ★ |
| 14 | 渡部剛士 | (宇) | 山形県 | ○ |
| 15 | 松本岩男 | (通) | 愛媛県 | ○ |
| 16 | 高橋益郎 | (入院) | 東京都 | ? |
| 17 | 村上修一 | (熊) | 東京都 | × |
| 18 | 笹川仁一 | (整) | 新潟県 | ○ |
| 19 | 真壁八郎 | (整) | 神奈川県 | ? |
| 20 | 新納正武 | (太水) | 鹿児島県 | ★ |
| 20 | 田中　茂 | (通) | 兵庫県 | ○ |
| 22 | 中村成男 | (熊) | 三重県 | ○ |
| 23 | 佐伯富男 | (整) | 山口県 | × |

第七中隊　中隊長　石崎中尉

第一区隊　区隊長　大野中尉・大道少尉

第一班　班長　田中軍曹・水野軍曹

| 番号 | 氏名 | | 出身 | |
|---|---|---|---|---|
| 1 | 西尾尚男 | (宇) | 大阪府 | × |
| 2 | 梅山祐四郎 | (整) | 群馬県 | ★ |
| 3 | 森川　正 | (熊) | 兵庫県 | ★ |
| 4 | 大久保隼人 | (整) | 鹿児島県 | ○ |
| 5 | 大久保雅 | (整) | 佐賀県 | ★ |
| 6 | 澤田訓治 | (宇) | 栃木県 | ★ |
| 7 | 平野　功 | (通) | 栃木県 | ○ |
| 8 | 宮副　進 | (太) | 佐賀県 | × |
| 9 | 草刈　晃 | (通) | 栃木県 | ○ |
| 10 | 原　文治 | (熊) | 福岡県 | ○ |
| 11 | 曾慶善夫 | (整) | 愛知県 | ○ |
| 12 | 荻布良三 | (整) | 富山県 | ★ |
| 13 | 宮原辰次 | (整) | 熊本県 | ★ |
| 14 | 片山愛二 | (通) | 佐賀県 | ○ |
| 15 | 鈴木友秋 | (太水) | 岐阜県 | ○ |
| 16 | 熊谷利亨 | (整) | 福岡県 | ★ |
| 17 | 西川仙三 | (整) | 大阪府 | ? |
| 18 | 上原利男 | (通) | 長野県 | ○ |
| 19 | 佐野喜三 | (通) | 埼玉県 | ★ |
| 20 | 村中厚水 | (通) | 山口県 | ○ |
| 21 | 山本隆雄 | (整) | 埼玉県 | × |
| 22 | 山下影行 | (通) | 宮崎県 | ★ |
| 23 | 永田一雄 | (宇) | 鹿児島県 | ★ |
| 24 | 村岡勝治 | (整) | 秋田県 | ? |

第二班　班長　大森軍曹

| 番号 | 氏名 | | 出身 | |
|---|---|---|---|---|
| 1 | 高山一男 | (整) | 鹿児島県 | ★ |
| 2 | 中村孝史 | (整) | 高知県 | ○ |
| 3 | 村瀬平一 | (熊) | 岐阜県 | ○ |
| 4 | 三輪和彌 | (通) | 熊本県 | × |
| 5 | 近藤貞夫 | (整) | 愛知県 | ○ |
| 6 | 富士本敏明 | (整) | 東京都 | ★ |
| 7 | 安在繁三郎 | (太) | 山形県 | ○ |
| 8 | 栗田東典 | (通) | 山口県 | ★ |
| 9 | 法田木代道 | (整) | 兵庫県 | × |
| 10 | 本家　武 | (宇) | 広島県 | ○ |
| 11 | 生藤源一 | (熊) | 岡山県 | ★ |
| 12 | 荻原廣敏 | (整) | 埼玉県 | ○ |
| 13 | 上窪明男 | (太) | 北海道 | ★ |
| 14 | 清水祥男 | (熊) | 香川県 | ○ |
| 15 | 佐伯清美 | (熊) | 愛媛県 | ○ |
| 16 | 山本龍夫 | (整) | 京都府 | ★ |
| 17 | 鈴木敏夫 | (太) | 愛知県 | × |
| 18 | 吉見嘉幸 | (熊) | 熊本県 | ○ |
| 19 | 谷口　勇 | (　) | | ? |
| 20 | 長野守次 | (宇水) | 福島県 | ? |
| 21 | 中川和夫 | (通) | 鳥取県 | ★ |
| 22 | 岡崎義範 | (整) | 岡山県 | ○ |
| 23 | 三宅重樹 | (太) | 香川県 | ★ |

第三区隊　区隊長　佐藤中尉

第五班　班長　山口軍曹

| 番号 | 氏名 | | 出身 | |
|---|---|---|---|---|
| 1 | 土井　泰 | (整) | 東京都 | ★ |
| 2 | 岡本義雄 | (整) | 愛知県 | ○ |
| 3 | 迫平繁雄 | (整) | 大阪府 | ★ |
| 4 | 淺井敏之 | (熊) | 愛知県 | ○ |
| 5 | 堀　保範 | (宇) | 岐阜県 | ○ |
| 6 | 淵田充克 | (熊) | 茨城県 | ○ |
| 7 | 平岩恒一 | (整) | | 復 |
| 8 | 萩原利夫 | (通) | 千葉県 | × |
| 9 | 岩井義人 | (整) | 東京都 | ○ |
| 10 | 塚本庄一郎 | (宇) | 大阪府 | ○ |
| 11 | 前田敏行 | (熊) | 熊本県 | ★ |
| 12 | 山崎正雄 | (太) | 山口県 | ○ |
| 13 | 加藤佳宜 | (整) | 愛知県 | ○ |
| 14 | 法喜省三 | (整) | 京都府 | ○ |
| 15 | 金島正喜 | (整) | 朝鮮半島 | ★ |
| 16 | 今野幸一 | (太) | 東京都 | ★ |
| 17 | 西川 | (　) | 青森県 | ? |
| 18 | 小口幸夫 | (整) | 長野県 | ★ |
| 19 | 織田　宏 | (整) | 東京都 | × |
| 20 | 豊田六合男 | (整) | 静岡県 | ○ |
| 21 | 宗家守郎 | (整) | 熊本県 | ○ |
| 22 | 阿部幸夫 | (通) | 新潟県 | ★ |
| 23 | 奥泉泰治 | (整) | 東京都 | ★ |
| 24 | 中村達次郎 | (通) | 埼玉県 | ○ |

第六班　班長　上山軍曹

| 番号 | 氏名 | | 出身 | |
|---|---|---|---|---|
| 1 | 川畑亀吉 | (熊) | 鹿児島県 | ○ |
| 2 | 岡田　實 | (熊) | 神奈川県 | ○ |
| 3 | 野元五郎 | (整) | 鹿児島県 | ○ |
| 4 | 初瀬　有 | (熊) | 秋田県 | ○ |
| 5 | 大嶌健次 | (太水) | 千葉県 | ★ |
| 6 | 吉澤武司 | (熊) | 広島県 | ○ |
| 7 | 桃田政美 | (熊) | 愛知県 | ○ |
| 8 | 岡庭春海 | (熊) | 東京都 | ○ |
| 9 | 渡邊寿一 | (通) | 香川県 | ★ |
| 10 | 鹿野昌彦 | (整) | 福岡県 | ○ |
| 11 | 塗師英二 | (整) | 東京都 | × |
| 12 | 高橋政男 | (通) | 福島県 | ★ |
| 13 | 柄澤欣吾 | (熊) | 群馬県 | × |
| 14 | 村上敏員 | (太) | 熊本県 | ○ |
| 15 | 副島　嘉 | (整) | 福岡県 | ○ |
| 16 | 橋本順一 | (通) | 東京都 | × |
| 17 | 桐山　勇 | (太) | 東京都 | ★ |
| 18 | 布施伊三武 | (熊) | 愛知県 | ○ |
| 19 | 淺場信男 | (通) | 静岡県 | ★ |
| 20 | 清水幹夫 | (整) | 鳥取県 | ○ |
| 21 | 竹内　昇 | (宇) | 兵庫県 | × |
| 22 | 宍倉慶次 | (通) | 千葉県 | ★ |
| 23 | 白石與力 | (整) | 愛媛県 | ★ |

第二区隊　区隊長　東田中尉

第三班　班長　桐原軍曹

| | | | | |
|---|---|---|---|---|
| 1 | 大野達男 | （太） | 鹿児島県 | ○ |
| 2 | 松間健蔵 | （整） | 熊本県 | ○ |
| 3 | 金子光雄 | （操） | 山口県 | ★ |
| 4 | 中島茂治 | （整） | 佐賀県 | ○ |
| 5 | 鶴田和夫 | （熊） | 佐賀県 | ○ |
| 6 | 橋本　進 | （熊） | 福井県 | ★ |
| 7 | 水上義光 | （通） | 熊本県 | ○ |
| 8 | 坂田　昇 | （通） | 北海道 | × |
| 9 | 西本忠彦 | （熊） | 広島県 | ★ |
| 10 | 有澤　清 | （整） | 東京都 | × |
| 11 | 渡邊義治 | （太） | 広島県 | ★ |
| 12 | 石垣文雄 | （熊） | 静岡県 | ★ |
| 13 | 太田保春 | （通） | 大阪府 | ？ |
| 14 | 奥出慎路 | （整） | 石川県 | ★ |
| 15 | 神庭幸彦 | （太） | 福岡県 | 復 |
| 16 | 河田勝二 | （熊水） | 岡山県 | ★ |
| 17 | 芝田　豊 | （通） | 滋賀県 | ★ |
| 18 | 若松　清 | （通） | 鹿児島県 | ○ |
| 19 | 佐竹早苗 | （太） | 福島県 | × |
| 20 | 諏訪忠士 | （熊） | 広島県 | ○ |
| 21 | 佐川勝美 | （太） | 山口県 | ★ |
| 22 | 渡部頼道 | （整） | 愛媛県 | × |
| 23 | 柿本逸喜 | （整） | 熊本県 | ★ |
| 24 | 池田　正 | （整） | 兵庫県 | ○ |

第四班　班長　山田軍曹

| | | | | |
|---|---|---|---|---|
| 1 | 大石堅覺 | （整） | 滋賀県 | ★ |
| 2 | 芦澤甲治 | （通） | 静岡県 | ★ |
| 3 | 日下部明 | （熊） | 静岡県 | ○ |
| 4 | 岡崎武明 | （熊） | 京都府 | ○ |
| 5 | 上野　強 | （熊） | 京都府 | ★ |
| 6 | 松田　勝 | （通） | 愛媛県 | ○ |
| 7 | 松井素人 | （通） | 神奈川県 | ○ |
| 8 | 山本　務 | （太） | 島根県 | × |
| 9 | 岩井清一 | （熊） | 東京都 | ○ |
| 10 | 高倉達郎 | （通） | 富山県 | 復 |
| 11 | 松永保徳 | （整） | 鹿児島県 | ○ |
| 12 | 山道清治 | （整） | 北海道 | ○ |
| 13 | 松浦　靖 | （宇） | 茨城県 | ★ |
| 14 | 福山六雄 | （整） | 熊本県 | × |
| 15 | 大野一人 | （太） | 大分県 | ○ |
| 16 | 石井恒次 | （宇） | 千葉県 | ★ |
| 17 | 小林仁公 | （通） | 山梨県 | ★ |
| 18 | 森　稔 | （整） | 愛知県 | ★ |
| 19 | 山元　昇 | （通） | 鹿児島県 | ★ |
| 20 | 五関茂雄 | （熊） | 東京都 | ★ |
| 21 | 足立次彦 | （太） | 大分県 | ★ |
| 22 | 黒木平雄 | （整） | 佐賀県 | ★ |
| 23 | 南　清 | （通） | 北海道 | ○ |

第四区隊　区隊長　橋本中尉

第七班　班長　田島軍曹

| | | | | |
|---|---|---|---|---|
| 1 | 中島豊蔵 | （宇） | 愛知県 | ★ |
| 2 | 杉坂　守 | （整） | 東京都 | × |
| 3 | 菅沼芳雄 | （太） | 長野県 | ○ |
| 4 | 東谷　武 | （整） | 石川県 | × |
| 5 | 土肥一夫 | （整） | 兵庫県 | ★ |
| 6 | 芳賀　學 | （整） | 北海道 | × |
| 7 | 増澤瀧雄 | （通） | 栃木県 | ★ |
| 8 | 小池敏夫 | （宇） | 静岡県 | ★ |
| 9 | 冨田三郎 | （整） | 愛知県 | ○ |
| 10 | 雪村實玆 | （13期編入） | 大阪府 | ？ |
| 11 | 藤田盛市 | （熊） | 宮崎県 | ★ |
| 12 | 蓮　真治 | （整） | 群馬県 | × |
| 13 | 小林照明 | （通） | 三重県 | × |
| 14 | 高橋　進 | （太） | 香川県 | ○ |
| 15 | 中川信榮 | （通） | 北海道 | ○ |
| 16 | 吉村　潔 | （通） | 鹿児島県 | 復 |
| 17 | 中山哲夫 | （通） | 岡山県 | ○ |
| 18 | 山本博一 | （熊） | 岡山県 | ★ |
| 19 | 山内　勲 | （熊） | 青森県 | ○ |
| 20 | 大橋武雄 | （熊） | 神奈川県 | ★ |
| 21 | 安河内丈裕 | （通） | 福岡県 | × |
| 22 | 堀内　勲 | （通） | 長崎県 | ○ |
| 23 | 大谷孝夫 | （太） | 兵庫県 | × |
| 24 | 高部忠清 | （整） | 沖縄県 | ○ |

第八班　班長　井林軍曹・領家軍曹

| | | | | |
|---|---|---|---|---|
| 1 | 寺本整二 | （熊） | 広島県 | × |
| 2 | 高橋喜代志 | （熊） | 岩手県 | × |
| 3 | 小林靖雄 | （整） | 新潟県 | ★ |
| 4 | 内山二郎 | （通） | 東京都 | × |
| 5 | 家泉秀雄 | （整） | 栃木県 | ○ |
| 6 | 井部義夫 | （熊） | 北海道 | ○ |
| 7 | 瀧口　誠 | （太水） | 福島県 | ★ |
| 8 | 高島一郎 | （整） | 福岡県 | × |
| 9 | 原口　清 | （太） | 大分県 | ○ |
| 10 | 熊澤　久 | （通） | 東京都 | ★ |
| 11 | 福田俊郎 | （整） | 神奈川県 | ○ |
| 12 | 藤川年則 | （熊） | 福岡県 | ★ |
| 13 | 来住野正一 | （宇） | 東京都 | ★ |
| 14 | 天野廣四 | （通） | 愛知県 | ○ |
| 15 | 加瀬重雄 | （通） | 千葉県 | 復 |
| 16 | 池田照明 | （整） | 熊本県 | ★ |
| 17 | 中込成太郎 | （整） | 山梨県 | × |
| 18 | 中村正雄 | （整） | 奈良県 | × |
| 19 | 小池　稔 | （熊） | 長野県 | ○ |
| 20 | 高嶺繁樹 | （整） | 東京都 | × |
| 21 | 猿渡　廣 | （太） | 長崎県 | ★ |
| 22 | 左近外男 | （整） | 石川県 | ○ |
| 23 | 山田徳槌 | （通） | 山口県 | ★ |

傍線のところは、全て、私元島石盛の傍線であって、わたしの強調として、読んで、かわいそうに思ったり、哀れと思われる仲間の死、特に、肉親の言葉には、思わず涙が出る――その部分には傍線を入れましたので、ご諒承下さい。

# 飛行第一三戦隊と第十二期生

〈東航第七中隊第二班・宇都宮〉本家　武

## 一

セレベス島ケンダリーで、防空と船団掩護の任についていたわが一三戦隊に待望の機種改編の命があったのは、昭和一九年一〇月初めであった。当時、モロタイ島に上陸した米軍は、次の目標をフィリピン・レイテ付近に置き、その兵力を逐次増強しつつあった。

われわれは、マカッサル、パリクパパン、サンダカン等を経由して台湾・台北に帰り、数日間戦陣の垢を落した後、大阪・伊丹飛行場に集結した。立川飛行場で一式戦闘機III型を逐次受領、その機数三五機を数え、さらにその中にわれら十二期生一一名が含まれており、その意気はまことに盛んであった。一式戦II型に比べ、メタノール噴射のIII型は、赤ブースト二〇〇ミリの時の上昇力が隼の遅い欠点をカバーして、低空における空中戦には絶対の自信をもてた。

小生の機は六〇四五号機、エンジン快調、死線を超えて独り悦に入っていた。しかし残念なことに、戦闘機の生命である機関砲が故障で左右どちらとも弾丸が出ない。

こんなことなら、学校時代もう少し勉強しておけばよかったと悔んだが。後の祭であった。自隊の整備隊を持たぬ悲しさ、飛行場大隊でも要領を得ず、航空廠の工員も一五、六歳の少年工で修理できず、そのうち、まあどうにかなるだろうと構えていた。

米軍のレイテ上陸が伝えられ、大阪も時々空襲警報が発令されるようになり、いよいよ出陣間近と感ぜられる日々であった。

昭和一九年一一月二〇日、出陣命令、戦隊長以下二五機がその日の一四時に出発する。（整備未了の一〇機は追及）

小生は、戦隊長中野少佐の僚機である。室戸岬、浦戸湾、横波三里、小学校で習った地図の通りである。石鎚山をこえた彼方の郷里、広島に別れを告げる。

夕刻、新田原に着陸、故郷への最後の便りを書いたが出す機会を失し、落下傘袋の中にしまう。この整備隊でも機関砲の故障は直らなかった。

翌朝、八時出発。島伝いに沖縄へ向かう。桜島の噴煙を右に見ながら祖国に最後の敬礼。エンジン快調、南下するに従って冬とはいえ気温が上がり、眠気が先にたつ。時折、編隊が乱れる。四番機の**貞金省三**君（東航一―六）の機が左に傾いたと思ったら、アレヨアレヨという間にはるか眼下に落下、機の加速で気付いたらしく、暫くすると急上昇してきた。頭をかいているのが見える。貞金君だけではなく、あちらこちらで居眠り。戦隊長だけが居眠りしなかった模様である。

沖縄で燃料補給と昼食。飛行場端の周囲を見渡したのみで台湾・屏東を目指して出発する。新田原、沖縄と故障機がでて、ここでの離陸は一二機のみ。伊丹出発時からみれば将に半減。あまりにも故障機が多く、前途が思いやられる。大量生産は粗製濫造かと疑う。

屏東で後続機を待つ間、単機戦闘、編隊のロッテ戦闘、対爆戦闘と訓練する。最古参の下方大尉の教育は猛烈であった。

ある日、小生は訓練の時間表をみて、大尉は空中にいると思い（実際はピストにいた）、ピスト目掛けて急降下、ピストの屋根すれすれで急上昇、おまけに上昇横転を二回派手にやらかして悠々と着陸。ピストに近付いてシマッタと思ったがもう遅い。顔を真赤にした鬼のような形相の大尉が小生を睨んでいる。観念して「本家伍長、戦闘訓練終り。異常なし」「何が異常なしか！」頭から罵声が落ちてきた。「貴様は飛行学校で何を習って来たかッ！　着陸要領を説明せい」もう散々である。

着陸は高度三〇〇以上五〇〇以下で進入し、地上の標識により通常は左旋回して着陸する。その規定は百も承知しているが、それを無視してあの始末、弁解の余地はまったくない。直立不動の姿勢で長々とお説教を聞く破目となった。

この下方大尉には伊丹でもやられた。B29来襲のとき、エンジン始動で地上待機の命令、それを無視して離陸。間違って海軍の大型飛行艇を攻撃（弾丸が出ないので撃墜の心配はなかったが！）。また、九五〇〇メートルまで上昇してB29を待つ間に無理が祟（たた）ってエンジン停止。シマッタと飛行場を探すも、伊丹ははるか彼方。グライダー訓練一三〇回の経験のお蔭でどうにか滑空で着陸した。「貴様は誰の命令で離陸したか！」と叱られたが、〃不時着の要領よし〃でチョンだ。しかし、今度は違う。「貴様はキツネがついている、気を付けい」であった。

当時、わが戦隊に与えられた任務は、レイテに降下する陸軍落下傘部隊の護衛であったらしい。フィリピンに前進の命が出た、一二月初旬であった。その時の編成は、次の通りである。

┬橋本伍長
┬下方大尉
┬都築軍曹
┬小倉伍長

┬本家伍長
┬戦隊長
┬杉田少尉
┬貞金伍長

┬原曹長
┬岩井准尉
┬高見少尉
┬加藤軍曹

リパ飛行場経由でネグロス島パコロド飛行場に前進し、次の命令を待つ。「明朝、ファブリカ基地へ五時出発」の命令、いよいよ戦闘参加である。その夜われわれ同期四名（貞金、小倉、橋本、本家）は、久し振りに眺める南十字星を仰いで故郷を思い、心細さを紛らわすため軍歌を歌った。

翌朝五時、戦隊長の手が揚がる。戦隊長に続いて小さな灯を頼りに離陸。後を振り返ると後続機の翼灯の青赤が美しく、ダッダッダと試射する曳光弾の光が流れる。

しかし、小生の機は依然弾丸が出ない。敵地上空に近づくというのに心細い限りである。レイテ島上空を哨戒した後、ファブリカに着陸。早速、機関砲の修理を頼む。事情を聞いた曹長さんが、俺に任せておけと座席に入る。小生がピストの方へ三〇メートル歩いただろうか、突然、ゴーッというエンジンの回転音と同時にダダダダ……小生はその轟音に三尺も飛び上がって驚き、思わず万歳をした。さすがに第一線の整備員はベテラン揃い、それにしても素早い修理の手腕、小生は何度も曹長さんに頭を下げた。これで安心して戦闘に参加、存分に暴れることができる。

## 二

一二月七日午後、オルモック方面に敵を求めて出撃。オルモック海に、黒煙をあげ燃えている米艦船が数隻見える。その南方を白い航跡を引いて遁走中の米艦十数隻が望見される。激しい戦いの名残か？　黒煙をあげ沈没寸前の艦船は、わが同期の体当りしたものではなかったか。後で判ったが、その日、特攻勤皇隊**林長守**君（東航一―六）、護国隊・**黒石川茂**君（東航四―三）がそれぞれ米艦船群に突入、戦死している。

無事飛行場に帰還。グラマン機と交戦した貞金省三君が遅れて単機で帰還してきた。戦隊長に報告している。「貞金伍長グラマン機と交戦……」そのやりとりを横で見ていて思わず噴き出す。問答がトンチンカンなのである。

隼III型で三〇分も交戦すれば耳が遠くなるが、その時の貞金君は特にひどかった。しかし、グラマン二機を海面に追いつめて一撃、ガソリンを噴かせたとのこと。不確実であったが、師団司令部も撃破二機と認める。貞金君の初陣初戦果、いや、今期作戦における戦隊の初戦果を万歳をして喜んでやった。

高見少尉の編隊が還らない。岩井准尉のみ還ってきた。転がるようにしてピストへ。「小倉伍長が不時着した」と戦隊長に報告。小倉が！　われわれは棒立ちになった。

**小倉義雄**君（東航一―二）はグラマンと交戦、小倉機はガソリンの尾を引きながら海岸端に不時着、彼は機から出て手を振っていたという。

岩井准尉と都築軍曹が食料と医薬品を携行して現地へ飛ぶ。近くの海軍に救助依頼する。われわれは岩井機の還りをジリジリしながら待つ。やっと還ってきての報告は意外であった。「不時着地点には小倉機は影も形もなく、本人も見当らない」という。「そんなことが……、見間違いではないか」

「いや間違いなく不時着地点です」

小倉は飛行機を焼いてしまったのか？　それにしても生きていれば手を振って応えそうなものなのに。

宇都宮陸軍飛行学校第４中隊２班の小倉義夫飛行兵

当時この地域は治安が悪く、ゲリラが出没してテロ活動が活発であった。小倉はゲリラに殺されたか、それとも飛行機を焼き払って自決したか。いずれにしても還らぬ人となってしまった。

その夜、われわれ同期三名は、下士官室で、廃油を入れたビール瓶のカンテラの暗い灯りの中で、彼の身を案じて夜を明かした。

「飛行第一三戦隊付　陸軍軍曹　小倉義雄
本籍　北海道旭川市四線四号　父　小倉清
右はセブ島北方付近の戦闘で行方不明」

思えば、小倉君は戦隊一のチビッコ飛行兵で、体重も五〇キロそこそこ。しかし、この小さな体のどこにあの敢闘精神があるのかと思われるほど、何をやらしても誰にも負けなかった。

ケンダリー飛行場での事である。船団掩護で町田少佐と小倉君が増加タンクと一〇〇キロ爆弾を積んで編隊離陸。町田少佐は体重一〇〇キロに近い大男であった。

二機は滑走路の端から轟然と発進、小倉機は五〇〇メートル位で浮揚。町田少佐は一二〇〇メートルの滑走路をいっぱいに使ってやっと離陸。その間小倉機は高度五メートルで脚を引っ込め、そのままの高度でふわっと飛んで行く。体重五〇キロの差がこうまで浮力に関係するのかと、半ばあきれて遠ざかる二機を眺めていた。飛行兵の採用も体重を考慮しなければならんと、突飛なことを考えながら……。

一二月八日。この日は岩井准尉が還らなかった。やさしい兄貴のような准尉は、将校と下士官の間にたって、たえずわれわれを庇い労ってくれた。伊丹にいる時、小生の父が面会にきた。「オイ本家、酒があるか、これを飲んで貰え」と上等のウィスキーを貰ったこともある。小倉が不時着した時も責任を感じてか、一番親身になって八方手を尽してくれたものだった。

「飛行第一三戦隊付　陸軍少尉　岩井　卯一郎
本籍　京都府久世郡宇治町蓮華三九　妻　岩井秋江
右はレイテ島ビバラ方面の空中戦においてグラマンと交戦、敵弾を受けて洋上の敵艦船に突入戦死」

一二月九日。加藤軍曹がレイテ島アルベボラ北方で戦死。この日、小生は下方大尉の二番機としてオルモックの敵上陸部隊攻撃に行く。午後二時、増加タンク、一〇〇キロ爆弾各一個を装備して離陸。戦争さえなければ平和な南の島々、眠くなるような天候、オルモックの海には相変らず米艦が黒煙をあげて燃えている。高度三〇〇〇でオルモック湾に近づく。高射砲の砲火は猛烈、爆風で機がグラグラ揺れる。弾幕の上にあがると、二〇〇メートル位下で砲弾が炸裂、被害は生じない。弾幕をさけて、敵上陸地点に突っ込む。こんどは敵機関砲の雨である。シューシューと曳光弾の黒い煙が前後左右をかすめる。当ったらイチコロである。

あれ程良かった天候も、曳光弾の煙で暗くなる。敵輸送船を目標に急降下。しかし、湾内の船は殆ど沈没して赤い腹をみせている。攻撃の必要なしと上昇する。列機が横転した船に爆弾投下。〃馬鹿野郎〃〃なんたることか、せっかくここまで持って来て、もったいない〃と叫びたくなる。

旋回しながら目標を捜すが、ない。敵が見付からない。さらに大きく旋回、三階建てのビルらしき建物を発見。ままよこれでもと高度一二〇〇から四五度の急降下、ふと見ると建物の周囲に敵高射砲陣地がある。それも六つ、七つ、掩体内の砲まで見える。とっさに機首をひねり高度五〇〇で爆弾投下。高度二〇〇で水平にして戦果如何にと振り返ると、ヤッタヤッタ、陣地の真中に爆煙と土砂、高射砲の破片らしきものが四散している。この攻撃要領はブルー島のナムレアで何回も訓練したもの、多少自信はあったが、こんなにうまく命中するとは……。

爆弾投下後、急に敵機関砲がこわくなり、左右に蛇行しながら横滑りして海上に脱出した。幸い敵戦闘機は見当らない。いや、友軍機も一機もいない。小生一人のみ敵地上空で取り残されていた。

機首をセブ島に向け全速力。わが愛機はエンジン快調である。暫くすると前方にポッンと機影が見え始めた。友軍機だ。近付いてスーッと二番機の定位置つく。下方大尉が、良かった、良かったとうなずく。

夕食の席で下方大尉が「本家、貴様の飛行機は馬力が強いのぅ、われわれも全速力だったのに訳なく追いついてきたのぅ」と言う。同じ一式戦でそんなに違う訳もなかろうに。あげく「お前もキツネが落ちたらしいのぅ」ときた。やれやれ、伊丹と屏東のことかと……。

貞金君も橋本君、八期生の都築軍曹、さらに戦隊長も戦死してしまったという。

小生が不時着した翌一三日に橋本弘三君はネグロス島ズマクエラ北方敵艦船攻撃で被弾し、同海中に突入戦死。

翌一四日、戦隊長、都築軍曹、貞金伍長がパナイ島ボッ岬方面を航行中の敵大型輸送船団を攻撃中、グラマン数十機と交戦、その一機を撃墜せるも被弾、大型輸送船に突入戦死。

貞金と橋本、二人はどちらも碁が強かった。橋本と小生はアンポン島リアン飛行場で先輩の手ほどきで始めたが、橋本はあれよあれよという間に上達して、小生はとうとう井目置かされる羽目になった。

貞金は子供の頃からの天才である。

二人の対局をよく観察したが、まことに対照的で、四隅取られて碁を打つな、両劫三年の患い、シチョウ知らずに碁を打つな、この地は飛行場ができる等、のべつしゃべるのが橋本であり、静かに煙草を吸いながら対局するのが貞金。

負けてガシャッと盤面の石をガシャガシャにするのが橋本、参りましたと静かに手の石をパラパラと盤の上に置くのが貞金の負けっぷりであり、力は貞金が二目位上であった。

ファブリカに前進した一二名中、なお生存は小生を含めて三名のみとなっていた。一〇日足らずの戦闘でこのような消耗は、激戦を物語る以外の何ものでもなかった。

# 東航第一中隊

★小　倉　義　夫（北海道旭川市出身）
　東航第一中隊第二班　宇都宮
所属部隊　飛行第十三戦隊（一式戦）
戦死状況　昭19・12・7　比島セブ島ボマ方面で戦死
法　　名　殉空院釈義真

　思い出、五人兄弟の末っ子で、愉快な奴でした。当時まだ中学三年の時に東航を志願し、母は学校が済んでからでも遅くないと止めましたが、早く行きたいと言って受験してしまいました。
　部隊配属後、一度宝塚より出発するとの便りがあったのみでした。（兄、小倉孝夫）
〔追記〕戦死前後については、青春の回想編、本家武君（東航七―二）の項を参照。「誰に叫ばん」元陸軍少年飛行兵第十二期生の記録　第Ⅲ編　雲の彼方に／戦没者の記録より644頁から引用。

★武　　一　夫（鹿児島県）
　東航第一中隊第五班　熊谷
所属部隊　第七錬成飛行隊（戦闘・バンコク）
戦死状況　昭20・3・1　飛行機受領途中、台湾付近で戦死

★三宅　柾（岐阜県）
東航第一中隊第五班　熊谷

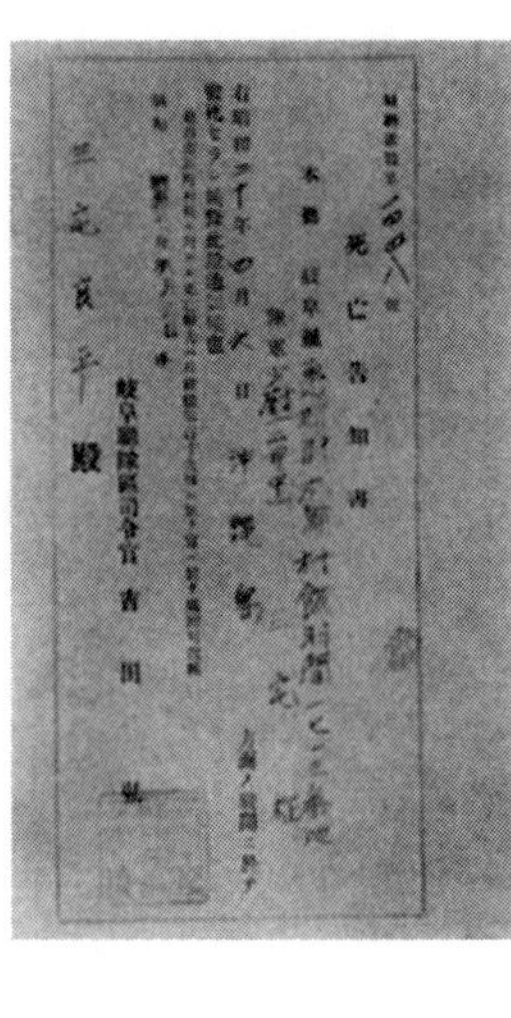
死亡告知書

所属部隊　第六二振武隊（九九襲撃機）
戦死状況　昭20・4・6　万世基地より沖縄周辺の特攻に出撃、戦死
法　　名　挺忠院義鑑正諦居士
絶　　筆（郵便はがきより）

拝啓　益々御精励の事と存じます。

降って小生、無事にて来るべき日に備えて居ります。御安心下さい。

さて先日壬生（註・栃木県壬生飛行場）を出発する際、貯金通帳を送りましたが届いたでせうか、僅かばかりですがお受け下さい。小遣いなり或は寄付なりして下さい。津島神社に一部を寄付して下さるならば満足です。尚生命保険に入った件、御納得下されたことゝ存じます。

以後お便りを出す暇がありませんから、近親の衆に宜しく。小生悠久の大義に生きた旨内報でもあったら一同でお祝い下され度。

最後に御長寿を祈ります。　草々

昭和二十年四月四日

山口県下関市小月町

途中にて　三宅　柾

三宅　良平

くら　様

想い出　兄は少年時代より「しっかりした」性格の人でした。（弟・三宅虎夫）

〔追記〕第六二振武隊は、富澤健児少尉以下九九襲撃機をもって、一五時〇分、鹿児島県万世基地を発進した。

★谷口通義（山口県）

東航第一中隊第五班　所沢第六中隊

所属部隊　不明

戦死状況　戦死（場所・年月日不詳）

絶　筆　（整校の卒業記念寄書きより）

死生有命不足論

男子従容征大空

★林　長　守（朝鮮忠清南道）
東航第一中隊第六班　太刀洗→水戸
所属部隊　特攻勤皇隊（二式複戦）
戦死状況　昭19・12・7　比島オルモック湾の敵艦船群に突入、戦死
〔追記〕勤皇隊（二式複戦）は二五〇キロ爆弾二個を両翼に付け、また一〇〇キロ爆弾一個を機首内部に装着していた。
隊長山本卓美中尉（陸士56期）以下一〇名の隊員は九機の二式複戦に搭乗（林長守君は通信として隊長機に同乗）、七時、ニルソン飛行場を発進、九時四〇分～九時四五分、オルモック湾の敵艦船群に全機突入した。
この日、勤皇隊の直掩を担当した飛行第二九戦隊の戦隊長土橋正次少佐（陸士52期）の指揮する四式戦五機も全機未帰還となった。
特攻隊の誘導と戦果確認のため第一五戦隊の司偵が協力し、次の戦果を確認している。
戦艦一隻・輸送船三隻撃沈、輸送艦一隻・艦種不詳一隻炎上

★斎　藤　春　次（京都府）
東航第一中隊第六班　所沢第六中隊
所属部隊　不明
戦死状況　比島で戦死（年月日不詳）

★貞　金　省　三（広島県）

東航第一中隊第六班　宇都宮
所属部隊　飛行第一三戦隊（一式戦・比島）
戦死状況　昭19・12・14　比島パナイ島沖でグラマンと交戦、戦死
〔追記〕一二月一四日、重爆特攻「菊水隊」の出撃に呼応し、第一三戦隊の中野戦隊長以下三機はルソン島ポーラック飛行場を発進した。パナイ島沖上空でグラマン数十機と交戦し、全機未帰還となった。

なお、戦死前後の模様については、青春の回想編・本家武君（東航七―二）の頁を参照。

★高　山　茂　男（青森県）
東航第一中隊第六班　操縦
所属部隊　飛行第二七戦隊（二式複戦・比島）
戦死状況　昭20・6・5　比島サラクサクで戦死
〔追記〕戦隊のクラーク残置隊は第四五戦隊ルソン島残置隊長の指揮下に入り、ツゲガラオ、エチアゲと移動し、二月下旬、カガヤンに集結して臨時歩兵第一五連隊第七野戦補充隊に編入され、地上戦闘を行いつつ終戦を迎えた。

★三　浦　信一郎（愛知県）
東航第一中隊第六班　熊谷→館林
所属部隊　第一野戦補充飛行隊、七生皇楯第二飛行隊（重爆・マレー半島）
戦死状況　昭20・1・29　スマトラ島パレンバン沖の英機動部隊に突入、戦死

法　名　信譽院七生興忠居士

〔追記〕昭和二〇年一月一六日、セイロン島を出港した英国機動部隊（空母四、戦艦一、巡洋艦三）は、一月二四日、スマトラ島南西沖より百数十機の艦載機をもって、パレンバン精油所およびゲルンバン飛行場を終日反復攻撃した。

宇都宮陸軍飛行学校第4中隊5班の石元廣司飛行兵

一月二九日にも英機動部隊は、再度パレンバン地区に大挙して来襲した。この日第一野戦補充飛行隊の加藤少佐の指揮する皇楯第二飛行隊重爆特攻は、一四時二五分、英機動部隊に全機突入し、三八名全員が戦死した。

この飛行隊に所属し、二九日、敵艦船群に突入散華した同期生は、三浦君の他左記五名であった。

東航二―三　宇都宮↓水戸　石元　廣司
東航三―一　宇都宮↓水戸　俵　吉運
東航四―七　水戸　中村　正直
東航六―八　宇都宮　金丸　清興
東航七―八　太刀洗↓水戸　滝口　誠

★秋　田　久　利（熊本県）

東航第一中隊第六班　太刀洗

所属部隊　飛行第八戦隊（九九双軽・仏印）

戦死状況　昭19・10・26　仏印プノンペン郊外で航法訓練中、戦死

〔追記〕秋田伍長の戦死

昭和一九年一〇月二六日、中隊長以下主力はインパール攻撃のため、ビルマ・ロイレン基地に前進した。

留守隊長中村中尉以下五機をもってプノンペンを基地に、コンポンクーナン↓コンポンチャムを結ぶ超低空の三角航法訓練。

一番機は柳生伍長（十一期）、二番機・秋田伍長、三番機・岩上軍曹（十期）、四番機・中村中尉、五番機中川伍長（十二期・現姓野口）で、私は中村中尉の無線手として同乗していた。

一番機より順次出発、各機は日頃の腕前を発揮し、訓練の成果を挙げんとしている。

最終コースに入ってすぐ、コンポンチャムの西南西約一〇キロの地点、メコン河の河岸の、ヤシの木の茂る地帯からもうもうと黒煙の上がるのを見て不吉な予感におそわれた。

基地に着陸。しかし、二番機がまだ帰還していなかった。柳生機は捜索に飛んでおり、五番機も着陸して飛行場の一同は不安に包まれている。暫くして捜索機も帰還。火はすでに消えていて機影はみとめられず絶望、誰一人として口をきく者もいない。ピストの隅には、秋田機四名の戦闘帽がさみしく残っている。

★遠　藤　三千夫（静岡県）

東航第一中隊第八班　所沢第五中隊
所属部隊　飛行第八戦隊（九九双軽・仏印）
戦死状況　昭19・8・9　プノンペン飛行場で胴体着陸、サイゴン第二陸軍病院で戦傷死
法　　名　正忠院義日到居士
想 い 出　飛行第八戦隊はインパール作戦に動員されたが、戦力回復と次期作戦準備のため、プノンペン飛行場に後退し訓練中であった。

当日の演習中、機関過熱により空中で火災となり、プノンペン飛行場に緊急胴体着陸したが、既に全身火傷のため陸軍病院プノンペン分院にて応急手当を行い、サイゴン陸軍病院に移送されたが既に遅く、遂に死亡した。

私と弟とは前後三回ラングーンで会っており色々と想い出があります。其の後、弟の遺骨は分骨して復員帰国時持ち帰りました。

（兄・遠藤和義）

〔追記〕当時の模様については、戦没者の記録・八代俊彦君（東航四―五）の頁を参照。

## 東航第二中隊

★藤　井　孝　幸（三重県）
東航第二中隊第一班　熊谷（本校）
所属部隊　飛行第八三戦隊（九九軍偵・北ボルネオ・ラブアン）

戦死状況　昭19・5・24　北ボルネオ・ラブアン島離陸直後、戦死

★道　上　正　毅（出身地不明）

東航第二中隊第一班　所沢第五中隊

所属部隊　飛行第二二戦隊（四式戦・漢口→相模→比島）

戦死状況　昭19・10・24　比島ルソン島リンガエン湾上空で戦死

〔追記〕飛行第二二戦隊は比島作戦に動員され、昭和一九年一〇月二二日、四式戦闘機四〇機で神奈川県相模（中津）飛行場を出発、途中、上海を経由して台湾屛東飛行場に移動し、屛東より数次にわたり比島マルコット飛行場に前進した。

また地上勤務員および器材は、第五飛行団（第七四戦隊・第九五戦隊）の一〇〇式重爆機が輸送を担当した。

一〇月二四日、整備員を乗せた重爆を、第二二戦隊の四式戦八機が護衛して屛東を出発したが、リンガエン湾上空で敵艦載機群に奇襲され四式戦五機、重爆八機が自爆し、四式戦三機が被弾して不時着した。

道上君は多分、この重爆に搭乗していて戦死されたものと推定される。

★小久保　好　久（東京都）

東航第二中隊第一班　太刀洗

所属部隊　飛行第七三戦隊（四式戦・所沢）

戦死状況　昭19・10　所沢飛行場で訓練中、離陸直後のエンジン故障で殉職

〔追記〕小久保好久君の殉職について

飛行第七三戦隊は昭和一九年五月一六日、北伊勢飛行場で編成され、少飛では最初に十二期の小久保・山本務・青木、後に九期久永軍曹、十期村山軍曹、十五期斎藤・安田伍長、特操の一、二期及び下士官学生等によって編成された部隊である。

機種はキ84「疾風」がそろい、編成が終ったのは九月一七日であった。

一〇月、戦闘は所沢（埼玉県）で帝国防空を命ぜられた。所沢での生活は、毎日毎日訓練と緊急発進の待機の連続である。

ある日の夜間訓練で、まず私が離陸、次に山本、三番目に小久保が離陸したが、その直後、エンジンに故障を起して土手に激突し、弱冠一九歳にして殉職してしまった。

彼が無事で、十二期三人が揃って編隊を組み戦地に行っていたらどんなに心強かったことだろう。あの髭の濃い、無口で男らしい彼を早く亡くしてしまったことは、本当に残念でたまらない。

（12期通信第21号より抜粋・青木一郎）

**★大野正二**（東京都）

東航第二中隊第一班　熊谷→新田

所属部隊　飛行第一三戦隊（四式戦・サイゴン）

戦死状態　昭20・6・7　コタバル上空で訓練中、殉職

**★後藤三郎**（山形県）

東航第二中隊第一班　宇都宮

新田分教所の
赤トンボ時代

所属部隊　飛行第一〇八戦隊（一式双発輸送機・台湾嘉義→塩水）
戦死状況　昭20・1・21　台北南方一〇キロ新店街上空で敵機と交戦、戦死
〔追記〕飛行第一〇八戦隊は、昭和一九年七月、台北に創設された航空輸送部隊であった。
昭和二〇年一月二一日、人員および器材を上海に輸送するため塩水飛行場を離陸したが、午前九時頃、台北南方一〇キロの新店街上空において、敵グラマンF6F戦闘機数機編隊に包囲攻撃され撃墜された。
なお詳細に関しては、戦没者の記録・内山弘君（東航一—五）の頁を参照。

★**西　尾　重　雄**（香川県）
東航第二中隊第一班　熊谷
所属部隊　飛行第一一〇戦隊（四式重・浜松）
戦死状況　昭20・2・18　硫黄島上空で戦死
法　　名　至忠院釈重誓居士
〔追記〕飛行第一一〇戦隊は昭和一九年一〇月、浜松で編成された。この戦隊は浜松を基地とし、硫黄島を中継基地として、B29の対日爆撃基地であるマリアナ諸島の各飛行場（サイパン・テニヤン・グアム）爆撃を敢行していた。

二〇年二月一六日、関東地区は敵機動部隊より発進した艦載機約一〇〇〇機による攻撃を受け、翌一七日にも約六〇〇機によって攻撃された。また、米軍は一六日朝から硫黄島に対し猛烈なる艦砲射撃を開始し、一九日早朝より上陸を開始した。

第一一〇戦隊は一六日二三時、選抜機二機を発進させて硫黄島周辺敵艦船群の攻撃を行い、一隻を撃沈したが、一機が自爆未帰還となった。

続いて一八日、伊藤中尉機、木村少尉機の二機が浜松を発進し、硫黄島北西方の敵艦船群の攻撃を行った。

伊藤中尉は「攻撃開始」を打電した後連絡を断った。木村少尉は敵大型船一隻を撃沈したが、敵の集中砲火を受け正操縦者・機関係が機上戦死、通信員も負傷したが辛うじて浜松に帰還した。木村少尉は着陸後間もなく戦死した。

西尾軍曹はこの二機の中の一機に搭乗し、戦死したものと推定される。

★小二田　博（福井県）

東航第二中隊第一班　宇都宮

所属部隊　飛行第一七戦隊（三式戦・比島）

戦死状況　昭19・11・10　比島レイテ島上空の空戦で戦死

法　　名　比遺院鋭博孝賢威隊居士

想い出　郷土訪問飛行の際、飛行機より自宅（福井大学前）に投下した木綿地に、

赤トンボ（宇都宮）の前で

「永年の大恩に深謝し、全身全霊を挙げて御奉公の誠を誓ふ」とありました。
また、博のことに関しましては、岐阜県にお住まいの岩本義夫様（東航四―八）が当時の状況をよくご存知とのことです。

（母・小二田そめ）

★小　俣　　博（東京都）
東航第二中隊第一班　宇都宮→水戸
所属部隊　独立飛行第五二中隊（九九軍偵・比島）
戦死状況　昭20・1・3　ミンドロ島攻撃において、サンホセ上空で戦死

★前　田　敦　美（広島県）
東航第二中隊第一班　太刀洗→甲府
所属部隊　飛行第七戦隊（四式重・宮崎）
戦死状況　昭20・4・3　沖縄・喜界島付近の敵機動部隊に対する夜間雷撃攻撃で戦死
遺　　詠（甲府教育隊卒業記念アルバムより）

ヤルセナイ生

御注意は
御注意と言はぬが先に拳飛び
眼鏡メチャ〱出来ぬ横転
男意地
熊校一の馬鹿野郎
言はれた時の男意地
忘れちゃならぬ一生涯

〔追記〕飛行第七戦隊の概要については、戦没者の記録・斉藤甲子郎君（東航一—七）の頁を参照。

★大　澤　貫　一（静岡県）
東航第二中隊第一班　所沢第五中隊
所属部隊　第九航空教育隊（比島）
戦死状況　昭20・4・18　比島ルソン島グミヤンで戦死

赴任して

法　　名　禅隆院徹心義貫居士

★松　本　　章（山口県）

東航第二中隊第一班　太刀洗

所属部隊　第一一四教育飛行聯隊（戦闘・天津）

戦死状況　昭18・11・10　中国河北省天津飛行場で訓練中、突発的の事故により錐もみ状態となり、高度二〇〇メートルより墜落、殉職

法　　名　大乗院至誠日章居士

想い出　太刀洗陸軍飛行学校時代面会に行きました時、丁度体操の時間でした。全身真白な服装で、神々しいまでに純真無垢な生徒達の姿が今でも瞼の裏にも残っております。

今の高校生の年頃で、お国の為に青春と生命を投げうって散華された生徒の皆様、義弟のことを思いますと感慨無量です。御冥福を祈ります。

（義姉・松本芳子）

〔追記〕殉職の模様については、若鷲の日々編・別府栄輔君（東航六―六）の頁を参照。

★太　田　　保（愛知県）

東航第二中隊第二班　熊谷

所属部隊　飛行第一八戦隊（三式戦・柏）

戦死状況　昭20・4・12　東京上空におけるB29邀撃戦で板橋付近にて自爆戦死。

法　　名　靖国院全忠保勇居士

戦死するまで唯一度帰省したのみで、台湾への転属途中、郷土訪問飛行の許可願いも却下されたと

か、戦後父よりきかされました。

私が昭和一八年三月ごろ現役入隊の直前に、確か熊谷陸軍飛行学校だったと思いますが面会に行った時、元気な姿を見せ「激しい訓練で、時には墜落事故で死んで行く者がある。生きて帰る心算はない」と言っておりました。心なしかふとその時、最後の別れになるなと感じ取りました。

頭の良い奴でしたが、家庭の事情で上級学校にも学べず、職業軍人として飛行兵への途を選びましたが、惜しい奴を死なせてしまったと思っています。

弟保の戦死の直後、長兄が沖縄戦で戦死、亡き父の悲しみを思う時、今も愚かな戦争が情無く思われてなりません。今は兄や弟の冥福を祈るのみです。

（兄・太田　弘）

戦闘状況　（部隊より御遺族宛報告書）

(1)　昭和二十年二月十九日、敵B29大挙来襲ニ際シ、コレガ邀撃ノタメ十四時部隊基地飛行場ヲ離陸。帝都上空九千百米ニテ待機中、調布上空ヲ東進中ノB29十二機編隊ヲ発見、単機直ニ接敵突入コレヲ捕捉シ猛然攻撃ヲ決行。第一撃ヲ前側上方ヨリ敢行、敵胴体下面爆弾倉前部附近ニ命中弾ヲ与ヘテ発火、空中火災ヲ生ゼシメ、機ヲ失セズ連続第二撃ヲ前側下方ヨリ決行セバ、敵ハ最後ノ努力ヲ以テ急旋回逃走セント企図セルモノノ如キモ、瞬時ニシテ機首ヲ下ゲ落下気味トナリ、尚モ遁走ニ努メアリシモ、暫時ニシテ搭乗員一名落下傘降下ヲ実施スルト共ニ、醜翼ハ明治神宮西方二粁附近ニ急加速ヲ以テ墜落セリ。

(2)　同年四月七日九時三十分出動、帝都上空ニ待機哨戒中、東北進侵入シ来ルB29九機編隊ヲ発見。直チニ接敵越谷上空ニ捕捉、決然上方攻撃ヲ敢行、右外側二番機ノ左内側発動機、及翼付根附近ヨリ発火炎上セシムト共ニ、編隊ヲ離脱セシメタルモ撃墜ニ至ラズ、銚子洋上ニ白煙ヲ噴キツヽ遁走セシム。

(3)　同年四月十二日敵戦爆連合大挙シテ来襲シ来ル。九時三十分基地飛行場離陸、帝都上空五千五

百米ニ待機中、富士山方向ニ移動中北進侵入シ来ルB29十五機編隊ヲ発見。直チニ接敵之ヲ朝霞町上空ニ捕捉、猛然後上方ヨリ攻撃ヲ敢行、最外側機尾部ヨリ発火セシム。尚モ近接攻撃ヲ決行、一瞬敵ノ一弾ハ愛機要部ニ命中、機首ハ急激ニ下向キトナリ、急旋回スルト共ニ落下ヲ開始セリ。

太田曹長ハ沈着機宜ニ適スル所有処置ヲ施セルモ及バザルト知ルヤ、直ニ落下傘降下ヲ決意決行スルモ姿勢思フニ任セズ、吊索機体ニ引懸リテ切断セラレ十一時其儘墜落、遂ニ皇都直掩ノ華ト散ル。

★**鈴　木　虎　夫**（静岡県）
所属部隊　飛行第二七戦隊（九九襲撃／二式複戦・比島）
　東航第二中隊第二班　熊谷
戦死状況　昭19・10・8　比島パナイ島北方約三五キロ付近で戦死
法　　名　顕功院虎山勇心居士

★**渡　辺　忠　教**（愛媛県）
　東航第二中隊第二班　水戸
所属部隊　第五航測隊（満州第六九部隊）
戦死状況　昭19・3・11　中国湖北省石灰窟上空で戦死
法　　名　義鑑院忠関翩教居士
想い出　小学校の頃から飛行機が好きで、暇があれば模型飛行機を作っていました。よくケンカをしたことがありましたが、今は懐かしい遠い想い出となっています。（弟・渡辺和昭）

★飯田岩雄（富山県）
東航第二中隊第二班　所沢第六中隊
所属部隊　飛行第一七戦隊（三式戦・比島）
戦死状況　昭20・8・10　比島ルソン島アンチポロ付近で戦死
〔追記〕戦隊のアンフェレス残置隊はサンフェルナンドに移動し、地上部隊と共に敵軍と地上戦を交えつつ終戦を迎えた。

★木寺宏（長崎県）
東航第二中隊第二班　所沢第五中隊
所属部隊　飛行第一一戦隊（四式戦・比島）
戦死状況　昭19・12・13　ミンダナオ島デルモンテで戦死

★津久井梅二（群馬県）
東航第二中隊第二班　所沢
所属部隊　飛行第一五戦隊（一〇〇偵・比島）
戦死状況　昭19・7・25　ペリリュー島西南三キロの海上で戦死
〔追記〕飛行第一五戦隊は、昭和一九年五月一二日付で連合艦隊司令長官の指揮下に入り、海軍の偵察力の不足を補うことになった。
六月一九日、戦隊長以下三機はペリリュー島に進出し、海軍の第六一航空戦隊司令官の指揮下に入り、同地南東方五〇〇キロ半径の海面哨戒を担当した。

★川　口　定　則（千葉県）

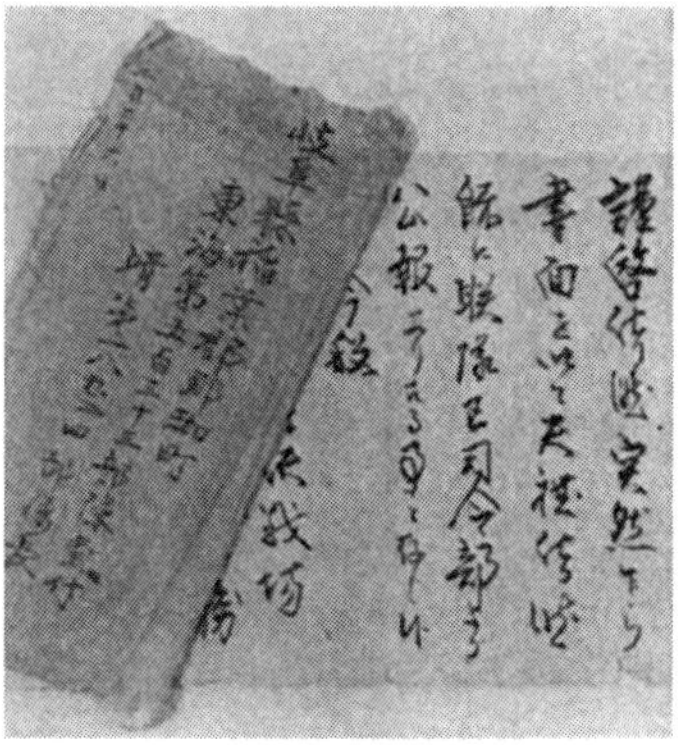

東航第二中隊第二班　宇都宮

所属部隊　飛行第一〇六戦隊（一〇〇偵・比島）

戦死状況　昭19・12・17　比島作戦で索敵飛行中、敵艦載機の急襲を受け、ルソン島カロカン東方に自爆、戦死

法　名　義照院顕忠定範居士

絶　筆（弟・川口定行様に宛てた葉書）

前略　愈々俺も働く時が来た。確りやる考へだ。貴様も少飛校に入ったら、確りやって俺の後をついで呉れ。充分体に気をつけてやれ。では行く、皆によろしく。

徳島県徳島市　阿波ホテル内
川口　定則

陸軍伍長　川口　定則

（この葉書には一二月二日の消印があり、おそらく比島出陣を前に弟宛に発したものと考えられる）

戦隊より御遺族宛の戦死状況報告書（抜粋）

日時　昭和十九年十二月十七日七時
場所　比島カロカン東方

昭和十九年十一月下旬以来久シ振リニ来襲セシ敵機動部隊ハ、十二月十四日以来比島各地特ニ○○及ビ○○周辺地区ニ猛威ヲ逞シウス。

部隊ノ比島航空作戦ニ参加スルヤ、川口伍長ハ晴レノ初陣ヲ前ニ控エ闘志満々基地ニ待機中ナリシガ、十二月十五日中隊長池川大尉ノ敵空母発見ニ引続キ、翌十六日選バレテ助川少尉同乗ノ愛機新司偵ヲ操縦、勇躍○○基地ヨリ出動、敵空母(二)艦種不詳(一)ヲ発見速報シ偉功ヲタテシガ、同日○○空襲ノタメ○○ニ回避シ、夕刻○○基地ニ帰還ス。

更ニ翌十七日前日同様ノ任務ヲ帯ビテ、日ノ出ト同時ニ○○基地ヲ出発セシモ、離陸直後敵ノ艦載機（「グラマン」ナラン）ノ急襲ヲ受ケ遂ニ「カロカン」東方ニ於テ壮烈ナル自爆戦死ヲ遂グ。

部隊副官玉田中尉、部隊長ノ命ヲ受ケ現場ニ急行、火葬ノ処置ヲナシ遺骨ハ部隊ニ安置ス。

**★大　川　実**（香川県）
東航第二中隊第二班　所沢第五中隊
所属部隊　飛行第六二戦隊（四式重・西筑波→太刀洗）

戦死状況　昭20・5・25　四式重（さくら弾）により、沖縄戦で戦死
〔追記〕「大川実特攻隊員を偲ぶ」青春の回想編・高橋進君（東航七―七）の頁を参照。

**★小　原　柳　平**（岡山県）
東航第二中隊第二班　所沢第五中隊
所属部隊　飛行第六二戦隊（四式重・西筑波）
戦死状況　昭20・3・19　敵機動部隊攻撃で浜松南方二五〇キロの海上で戦死
〔追記〕第六二戦隊は比島作戦に参加中であったが、一九年一二月、内地帰還を命ぜられ、二〇年一月、福生において一〇〇式重より四式重に改変した。その後、大分海軍基地で艦船攻撃訓練を受け、西筑波飛行場に移動。三月一九日、敵機動部隊の本土接近の情報により新海戦隊長機は西筑波基地を発進したが、浜松南方二五〇キロの海上で消息を断った。
小原柳平君は機上機関として戦隊長機に搭乗し、戦死した。

**★前　田　　聖**（出身地不明）
東航第二中隊第二班　水戸
所属部隊　飛行第七戦隊（四式重・宮崎）
戦死状況　昭20・4　沖縄周辺敵機動部隊に対する雷撃攻撃で戦死
〔追記〕飛行第七戦隊の概要については、戦没者の記録・斉藤甲子郎君（東航一―七）の頁を参照。

**★塚　本　勝　治**（東京都）

東航第二中隊第二班　熊谷→水戸
所属部隊　飛行第一六戦隊（九九双軽・中支）
戦死状況　昭20　中支老河口爆撃で戦死

水戸校の飛行演習にて

★工藤　保（東京都）

東航第二中隊第三班　宇都宮
所属部隊　飛行第二戦隊（一〇〇偵・比島→鹿屋）
戦死状況　昭20・4・16　沖縄方面敵機動部隊の捜索飛行で戦死

工藤保君（東京出身）おとなしい、無口な少年でした。われわれ四人工藤、石元、竹川、元島は、晴れて操縦偵察機の宇都宮に入校したのでした。肩章のワクにコバルト色の空色を付けている？　から宇都宮の陸軍生徒時代―かも知れません―

★広　瀬　秀　夫（香川県）

東航第二中隊第三班　熊谷

所属部隊　独立飛行第二三中隊（三式戦・石垣島）

特攻独飛第二三中隊

戦死状況　昭20・3・26　石垣基地を発進、那覇西南海上敵艦船群に突入、戦死

〔追記〕昭和二〇年三月二六日、米軍は慶良間列島に上陸、大本営は「天一号作戦」を発令した。この日独飛第二三中隊は、阿部久作少尉の指揮する三式戦特攻機六機で石垣島を発進、那覇西南海上敵艦船群に突入した。

当時、特攻誠第一七飛行隊（九九襲撃機・隊長伊舎堂用久大尉）も石垣島を発進した。

この二機の特攻隊が、陸軍航空による沖縄特攻の魁をなすものである。

★松　尾　昌　晴（長崎県）

東航第二中隊第三班　所沢第六中隊

所属部隊　飛行第三二戦隊（九九襲撃機・比島）

戦死状況　昭20・2・20　ルソン島ツゲガラオ基地を離陸し、台湾長州飛行場に向う途中、バシー海峡上空で敵グラマンの攻撃を受け戦死

〔追記〕松尾昌晴君の最期

昭和二〇年一月、米軍のリンガエン湾上陸作戦が始まり、我が飛行第三二戦隊は、全力をその邀撃作戦にそそいだ。

しかし、戦況は我に利あらず、遂に残りの飛行機はツゲガラオ飛行場へ転進し、私達は昼は林に休み、夜はカルマタ（小さな馬に引かせた荷車）を引いて、五〇〇キロの道をアパリへと一路行軍を続けた。

始めて経験する馬のあつかい、カルマタの故障、数回にわたるテロの襲撃と、種々の苦労を重ね、何とか九死に一生を得てツゲガラオに到着した。

先発隊と合流し、早速整備に取りかかったが、間もなく飛行機の装備を全部はずし、一人でも多く乗れるように改装して、ツゲガラオから台湾長州飛行場へのピストン輸送が始まった。

私の順番は、最後から二回目であった。東航三中隊で同班であり、戦隊では二中隊に所属していた松枝嘉時伍長達と一緒に搭乗し、長州へ着いたが、松枝君は手を振り、最後の兵員輸送のため再び長州飛行場を飛び立ち、ツゲガラオへ向かった。

そして翌々日、彼は同期の松尾昌晴君（東航二―三・所沢）を乗せてツゲガラオを離陸、バシー海峡で不運にもグラマンの攻撃を受け、他機と共に南溟の空に若い花を散らせてしまった。

（12期通信第24号より抜粋・辰巳英明）

★三　木　武　吉（愛媛県）

東航第二中隊第三班　太刀洗→甲府

所属部隊　独立飛行第二三中隊（三式戦・沖縄）

戦死状況　昭19・10・10　沖縄県国頭郡恩納村上空で戦死

遺　　詠（甲府教育隊卒業記念アルバムより）

嬉悲

若年寄

叱られて教へられても吾が技倆
遅々と進まぬ時ぞ悲しき
憧れの青空一人で飛んだ日よ
故郷の父母に見せたくもあり

〔追記〕昭和一九年一〇月一〇日、米第三八機動部隊（一七隻編成）の艦載機約四〇〇機が、沖縄、奄美大島、沖永良部島などに来襲した。

当時、沖縄防衛の任に当っていた第八飛行師団の主力は台湾に在り、沖縄には僅かに独立飛行第二三中隊（中隊長木村信大尉）が北飛行場に展開していたのみで、沖縄唯一の防空戦闘機隊としてその任に当っていた。

中隊の戦力は、三式戦一五機、一式戦二機、操縦者一五名であったが、うち数名は技倆未熟者であった。

一〇月九日午前八時四五分、海軍偵察機は一七隻から成る敵機動部隊を発見、無線連絡後にその消息を断った。翌一〇日払暁、中隊は敵機動部隊の強行索敵のため、先任将校馬場園房吉大尉を離陸発進させたが、馬場園機よりの連絡はなく、間もなく消息不明となった。

その後、中隊の一〇機は高度三五〇〇メートルで沖縄上空の哨戒飛行を開始した。この時、第一次攻撃隊のグラマン二四〇機が数個の編隊に別れて殺到した。勝敗の帰趨は明らかであったが、木村中隊長以下の奮闘は目ざましく、グラマン十数機を撃墜破したが、中隊長以下六機が次々に沖縄の空に散り、四機が大破（二名重傷、二名軽傷）した。

かくして、独立飛行第二三中隊は孤立無援のまま敵の大群と格闘し、一回の出撃で事実上全滅したのであった。

★渡　辺　一　郎（岡山県）

東航第二中隊第三班　太刀洗

所属部隊　飛行第六五戦隊（二式複戦・比島）

戦死状況　昭19・10・27　比島レイテ島ダラック沖で戦死

想い出　昭和一九年八月一日、岡山上空を数機編隊で通過し、南方比島方面に出陣したのが想い出される。

（父・渡辺恒彦）

★石　元　廣　司（東京都）

東航第二中隊第三班　宇都宮→水戸

所属部隊　第一野戦補充飛行隊、七生皇楯第二飛行隊（重爆・マレー半島）

戦死状況　昭20・1・29　スマトラ島南西海上の英機動部隊に突入、戦死

宇都宮校時代のある日、友と外出して（左側）左端が石元廣司君、隣に小倉義夫君

〔追記〕七生皇楯第二飛行隊については、戦没者の記録・三浦信一郎君（東航一―六）の頁を参照。

**★橋　本　宗　司**（東京都）
東航第二中隊第四班　水戸
所属部隊　満州第三航空情報聯隊
戦死状況　昭20　シベリヤで戦死

**★岡　崎　　勝**（広島県）
東航第二中隊第四班　水戸
所属部隊　第二航測隊
戦死状況　昭20・7・20　比島方面で戦死
法　　名　尽徳院釈良祐和成居士
想い出　大変親孝行な息子でした。
（母・岡崎フサヨ）

**★山　脇　茂　美**（長崎県）
東航第二中隊第四班　宇都宮
所属部隊　飛行第五八戦隊（九七重・シンガポール）
戦死状況　昭19・7・30　スマトラ島メダンよりシンガポールに移動中、ペナン島上空で戦死
〔追記〕山脇茂美君の戦死

当時、戦隊はマラッカ海峡の船団掩護、マナを基地とした敵艦船の哨戒に任じていた。

昭和一九年七月三〇日、戦隊はメダンを引き揚げ、センバワンに移動することになり、積めるだけの人員と荷物を満載して、メダンを午前一〇時頃離陸した。各機共、それぞれ一二名程乗っていたと思う。

赤坂、沢田、山脇は、飛行機が足りないせいか、鳥井中尉と操縦ばかり四名が搭乗して、私の前方一〇〇〇メートルを飛行していた。

高度は三五〇〇メートル、約一時間半位飛行した頃、マラッカ海峡のペナン島上空にさしかかったとき、前方には分厚い層積雲が立ちこめていた。私は雲の上か下に出ようと思ったが、前方の鳥井機が雲の中に入って行ったので、雲を避けるのも面倒と思い、そのまま雲に突入し直ちに計器飛行に移った。

一〇分か一五分位で雲はすっかり無くなり、快晴のところに出たが、一〇〇〇メートル前方を飛んでいるはずの鳥井機が見当らなかった。

変だナーとは思いながらも、センバワンはもうすぐなのでそのまま着陸したが、鳥井機はまだ帰還していなかった。

必ず帰って来ると信じながら、戦隊は全員、一晩中、一睡もせずに待ったが何の連絡もない。翌朝から捜索が開始され、近くの海軍にも協力を求めて一週間捜したが、何の手掛りもつかめず、捜索はとうとう打ち切りとなってしまった。

寝台の上にはポッンと陰膳が供えられ、主を待っていた。（12期通信第24号より抜粋・竹村勝元）

## ★西 村 六 郎（高知県）

東航第二中隊第四班　所沢第五中隊
所属部隊　不明
戦死状況　南方で戦死（年月日不詳）

★重　石　　要（大分県）
東航第二中隊第四班　所沢第五中隊
所属部隊　飛行第一七戦隊（三式・比島）
戦死状況　昭20・5・10　比島ルソン島ツゲガラオで戦死

★田　中　藤　吉（群馬県）
東航第二中隊第四班　熊谷（本校）
所属部隊　飛行第六〇戦隊（四式重・中支→浜松→熊本）
戦死状況　昭20・8・12　熊本陸軍病院で戦傷死

★岡　　茂　樹（岡山県）
東航第二中隊第四班　太刀洗
所属部隊　鉾田陸軍飛行学校（軽爆）
戦死状況　昭19・5・12　九九双軽により鉾田上空で訓練中、殉職

★大　山　弘　行（愛媛県）

東航第二中隊第四班　熊谷（本校）
所属部隊　鉾田陸軍飛行学校（軽爆）
戦死状況　昭19・5・12　九九双軽により鉾田上空で訓練中、殉職

**★色　川　泰　三**（埼玉県）

東航第二中隊第四班　太刀洗→甲府
所属部隊　飛行第九戦隊（二式戦・中支→広東）
戦死状況　昭19・12・27　広東上空でP51と空戦、戦死
遺　　詠（甲府教育隊卒業記念アルバムより）

前途に洋々として

ガマロ生

秋風静かに吹く九月、想ひ出深き甲府飛行場を後に我等十二期は清らかに巣立ち征く。
雄壮、我等の前途には南常夏の国南が、噫！　鐘がなる。
南の端に、そして又三途の川端、国にも聞える如く鐘がなる。

憧れの翼にこもる真心を
共に鍛へん行くまで
東亜戦、ガマロ一人で片付けん

〔追記〕飛行第九戦隊は二式戦（鍾馗）をもって中支方面航空作戦に従事中であったが、昭和一九年一一月末、漢口飛行場より広東天河飛行場に移駐し、防空および船団掩護等の任務に当った。

一二月二七日、香港および広東上空に来襲したP51群と交戦し、戦隊長役山武久少佐以下六機を失い、四機が大破する損害を受けた。

色川君はこの邀撃戦において散華したものと推定される。

**★長　田　良　作**（神奈川県）

東航第二中隊第四班　宇都宮

所属部隊　第四三教育飛行隊（戦闘・比島）

戦死状況　昭19・7・13　比島イロイロ州カバナツアン飛行場で戦死

法　　名　顕功院殉良義雲居士

遺　　詠（比島第一〇三教飛の同期生寄書き「留魂録」より）

健康は万事の原動力なり　健康を祈る

最後の最後まで頑張れ　粘れ　悲観するな

過早に自爆する勿れ

死は易く生は難し　一秒生きなば一秒を大君に尽せ　飽く迄生きよ

想い出　義弟とは一緒に生活したことがございません。戦争中の事で逢う事もなく、生きる事で夢中でございました。姉がたまに隊に面会に出向いておりました。入隊して一度訪ねて来てくれたのが最期になりました。

弟は大変思いやりのある優しい人のように感じておりました。

（義姉・長田シゲ）

**★芳　田　鉄　蔵**（埼玉県）

東航第二中隊第四班　太刀洗
所属部隊　飛行第九〇戦隊（九九双軽・中支）
戦死状況　昭19・3・23　徐州飛行場で訓練中殉職

★**和　多　徹二郎**（徳島県）
東航第二中隊第五班　熊谷（本校）
所属部隊　飛行第五八戦隊（九七重・メダン）
戦死状況　昭20・1・4　北部スマトラ島タンジュンプーラー東方二〇キロのユタラマで戦死
法　　名　英進院徹善悟道居士
経　　歴　（徳島県庁の資料による・一部省略）
昭18・10・1　南方軍第一野戦補充飛行隊ニ転属。同日重爆隊ニ配属シ、下士官候補者ヲ命ズ
昭18・10・11　佐伯港出発
昭18・10・30　カリヂャチ着、同日第一中隊ニ配属
昭19・3・31　教育終了
昭19・4・7　カリヂャチ出発
昭19・4・30　イポー着
昭19・7・1　飛行第五十八戦隊ニ転属
昭20・1・4　北部スマトラ東海岸州タンジュンプーラー東方二〇キロ「ユタラマ」デ戦死
昭20・8・31　戦死公報
〔追記一〕和多徹二郎君の戦死

十二期通信に掲載された長瀬武男生徒のスマトラ戦記中、船団掩護の頁に、

「そんなある日、メダンよりもっと海岸よりのベラソン上空を飛んでいたとき、前方に九七重が見え、その周りを小型機が数機乱舞していた。友軍機だとばかり思っていた私たちが、場周経路に入ろうとしたとき、突然九七重が黒煙を吐いて落ちて行った」

とあるのが、五八戦隊第二中隊の和多伍長操縦の九七重と思われる。

この時、私達はメダンの飛行場に居て和多君の最後を知り、捜索に行ったのを憶えている。

時は昭和二〇年一月四日である。（12期通信第24号より抜粋・竹村勝元）

〔追記二〕昭和二〇年一月三日、我が軍の特殊通信隊はスマトラ西北方に敵機動部隊らしきものを捕捉し、北部スマトラ来襲の徴候ありと報じた。第三航空軍は直ちにメダン付近の各部隊に厳重警戒を行わせた。

四日、敵艦載機はメダン、パンガラプラタン、ベラワン島に来襲した。戦隊の一〇機を含む我が軍三五機は地上部隊と協力し、敵機二六機を撃墜したが、第二中隊の大西機は敵機に撃墜された。

攻撃隊は同夜半、全力で敵の捜索攻撃を行ったが捕捉出来なかった。

**★芝　田　　清**（兵庫県）
東航第二中隊第五班　熊谷
所属部隊　熊谷陸軍飛行学校
戦死状況　昭17・11・21　負傷のため病死

**★藤　原　　豊**（広島県）

東航第二中隊第五班　水戸
所属部隊　第六航空情報聯隊
戦死状況　比島ネグロス島で戦死（年月日不詳）

**★角　田　好　穂**（愛知県）

東航第二中隊第五班　宇都宮
所属部隊　第一〇三教育飛行聯隊（偵察・比島）
戦死状況　昭20・3・20　比島イロイロ島付近で戦死
法　　名　建国院穄好穂
遺　　詠（比島一〇三教飛の同期生寄書き「留魂録」より）

朝に桿を手に執りて　夕に書を学びては
文武の道を怠らず　熱と意気とを堅持して
赤き心を胸に持し　南溟の露と消えんかな

想い出　良き兄であったと思います。航空総監賞の銀時計がありましたが、母が七年前に死去したため提出することが出来なくなりました。

（弟・角田　豊）

**★梶　山　一　利**（佐賀県）

東航第二中隊第五班　太刀洗→館林
所属部隊　飛行第五一戦隊（四式戦・防府）
戦死状況　昭19・9・19　飛行訓練中、山口県小郡上空にて殉職

法　　名　誠忠院殉誉一心居士

〔追記〕飛行第五一戦隊は昭和一九年四月、山口県小月飛行場で編成され、同時に大阪で編成された飛行第五二戦隊と共に、四式戦装備の第一六飛行団を構成した。

戦隊は小月飛行場で錬成に努めていたが、同年六月一五日、山口県防府飛行場に移動し、北九州の防空任務を担当しつつ訓練を重ねていた。

九月一三日、第一六飛行団は第四航空軍に属し、二九日、防府を出発し比島に向かった。梶山君の殉職は比島前進直後の事故であった。

★福　元　幸　夫（鹿児島県）

東航第二中隊第五班　宇都宮

所属部隊　飛行第二四四戦隊（三式戦・調布）

戦死状況　昭19・11・24　千葉県九十九里浜上空でB29と交戦、戦死

〔追記〕昭和一九年一一月二四日、マリアナ基地を発進したB29約八〇機は、富士山頂を目標として駿河湾より進入し、八〇〇〇メートル～一万メートルの高空より中島飛行機武蔵野工場、東京市街地および港湾施設を爆撃した。これがB29による東京爆撃の始まりであった。

一二時〇〇分、東部軍は各戦隊に出動を命じた。

この戦闘において第一〇飛行師団は合計六五機が出動し、撃墜五機、撃破九機の戦果を挙げたが、我が軍は未帰還七機の損失を蒙った。

このB29の東京初空襲による邀撃戦で、左記二名の同期生も散華した。

見田義雄　東航四―六・宇都宮・第四七戦隊

銚子上空でB29に体当り戦死（東京防空戦の体当り第一号）
金子光雄　東航七―三・第七〇戦隊
柏上空で戦死

★松　下　　隆（熊本県）
東航第二中隊第五班　水戸
所属部隊　飛行第一四戦隊（四式重・比島）
戦死状況　昭20・8・15　比島ルソン島ツゲガラオで戦病死

航通校時代

法　　名　真浄院釈隆教居士

★林　　英　夫（東京都）
東航第二中隊第五班　所沢第六中隊
所属部隊　飛行第一九戦隊（三式戦・比島）
戦死状況　昭19・10・20　比島ネグロス島上空で戦死

**★工　藤　修　三**（東京都）
　東航第二中隊第六班　所沢第五中隊
所属部隊　飛行第一九戦隊（三式戦・比島）
戦死状況　昭20・7・20　比島ネグロス島で戦死

**★細　川　哲　夫**（岐阜県）
　東航第二中隊第六班　熊谷→館林
所属部隊　飛行第三三戦隊（一式戦・比島）
戦死状況　昭20・1　パレンバン西方タンジョバトで戦死

**★奥　山　広二郎**（山梨県）
　東航第二中隊第六班　熊谷
所属部隊　飛行第二九戦隊（二式戦・比島）
戦死状況　昭19・12・6　比島ルソン島サブラン飛行場東南四キロ上空で戦死（空輸挺身隊の着陸掩護のため、サブラン基地を発進、敵戦闘機との戦闘で戦死）
法　名　誠光院勇進日広居士
絶　筆
　謹啓　晩秋の候皆々様には一層御健勝の御事と思ひます。降りまして小生至極元気にて驕敵必殺の訓練邁進致していますす故御安心下さい。

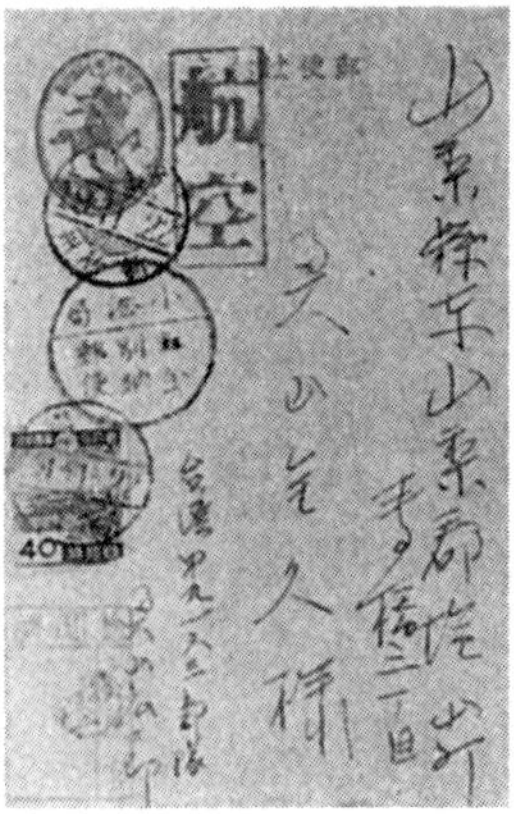

敵は馬鹿です。沈々として其の量を海底の藻屑と化しているのを平気ですね。特攻隊の威力こそ世界を驚嘆せしめました。
笑って参ずる覚悟あり。台湾は良い所、水牛の水浴面白し。
ではこれにて　　　　草々

台湾第九一六三部隊　奥山　広二郎

（注・この葉書には昭和一九年一一月二二日付、小港局の消印あり）

想い出　思えば、親思い、兄弟思いの良い子でありました。私が手紙で「頑張れ、兄鷲に負けるな、弟鷲がついてるぞ」と励ましました。幾度もそう書きました。

（母・奥山よし次）

★河　野　　武（大分県）

東航第二中隊第六班　太刀洗↓甲府

所属部隊　第一〇六教育飛行聯隊（戦闘・台中）

戦死状況　昭19・1　台中陸軍病院で病死

法　　名　堅忠院釈敬導

遺　　詠（甲府教育隊卒業記念アルバムより）

空気デブ生

誰がつけたか空気でぶ　もっとも五千米の空気を吸えば肥るです。

目測良しと「レバー」つめ　返し始めたとたん　車輪は地面と握手する　南無三　引きて上がる。

皆さんさらば　今度会ふは南か北か「アドバルン」を見たら俺を思い出してくれ。

あの大空に戦ふ日は来る頑張らんどうせ最後は靖国だ。

想い出　武は私の実弟です。私が太刀洗の航空教育隊に在隊中、弟が東航より太刀洗飛行学校に入校してきたので、一年程仲よく暮した思い出があります。

また弟が東航時代の中隊長であった巽大尉殿は、私の教育隊の中隊長でした。太刀洗より東航に転任されたものです。（兄・河野文勝）

〔註〕わたし元島石盛陸軍生徒時代の思い出。（以下九行）

巽大尉殿は、われわれの東京陸軍航空学校第二中隊の中隊長殿でした。太刀洗の陸軍飛行学校から来られたらしい――巽大尉殿は、背の高い軍人としては品格のあるスマートな将校さんでした。ある日、われわれの体操の時間に、ひょっこり、白い体操服を着て、学校の裏の「飛び降り台」（一段一段階段になった、高さ七メートル位もある、その段の一番上の台の広い場所に登られて、その白い体操服姿で、巽大尉さんが、突然その台の縁に両手を掛けて、逆立ちをされました。びっくりしましたあんな高い所で……たしか中隊長どのは、陸士の51期が49期生で、当時26～27歳だったと思います。物静かな歩き方で、軍人将校としては、素晴らしい中隊長殿でした。訓話はどんな話だったか思い出せないのに、その時の若々しい大尉殿の逆立ち姿は、今も目に浮かぶように思い出します。大変おとなしい中隊長殿でした。

**★塚原義信**（鹿児島県）
東航第二中隊第六班　宇都宮
所属部隊　飛行第八三戦隊（九九軍偵・ボルネオ）
戦死状況　昭20・3・22　北ボルネオ島ミリ上空で空戦、戦死
遺　詠（比島第一〇三教飛の同期生寄書き「留魂録」より）
　奮闘せざれば勝利なし
　　米英撃滅するまで奮闘せん

**★伊藤嘉英**（東京都）
東航第二中隊第六班　熊谷
所属部隊　飛行第五二戦隊（四式戦・芦屋→比島）
戦死状況　昭19・11・2　比島オルモック攻撃で戦死

**★大谷元博**（広島県）
東航第二中隊第六班　太刀洗
所属部隊　飛行第三一戦隊（一式戦・比島）
戦死状況　昭19・11・9　南支那海東沙島付近で戦死

★岡　田　喜代志（香川県）
東航第二中隊第六班　所沢第六中隊
所属部隊　不明
戦死状況　朝鮮で戦病死（年月日不詳）

★宇　都　宮　勲（愛媛県）
東航第二中隊第六班　熊谷↓館林
所属部隊　第一〇三教育飛行聯隊（偵察・比島）
戦死状況　昭20・5・5　東支那海塩城東方一〇〇キロ付近で戦死

館林時代

法　名　解空院心海芳勲居士
絶　筆（東航入隊前後の懐中日記）

**昭和十六年一月二十四日（金）曇・ぬくい**
朝おきて、司令部へ行った。それから市役所へ行って試験を受けた。

午後二時半にすんだ。そうして宿へかへりすぐエキへ行って汽車でかへった。八幡浜へついて、自転車をうけとり、うどんたべて、それから自転車で、我が家へと向った。途中で電池をかった。卯之町までかへり新明堂へ自転車をおいて自動車でかへった。

四月五日（土）きりさめ・さむい

今朝早く起き、食堂へ行ってそれから駅へ行った。切さんに御礼（一円五十銭）をして別れた。電車で立川へついてから、駅前で自動車にのって東航校へついた。それから昼食後、心理検査あり。それから自習室でまって、六班の室へついて入浴。夕食してかへり、夜手紙かいてねた。

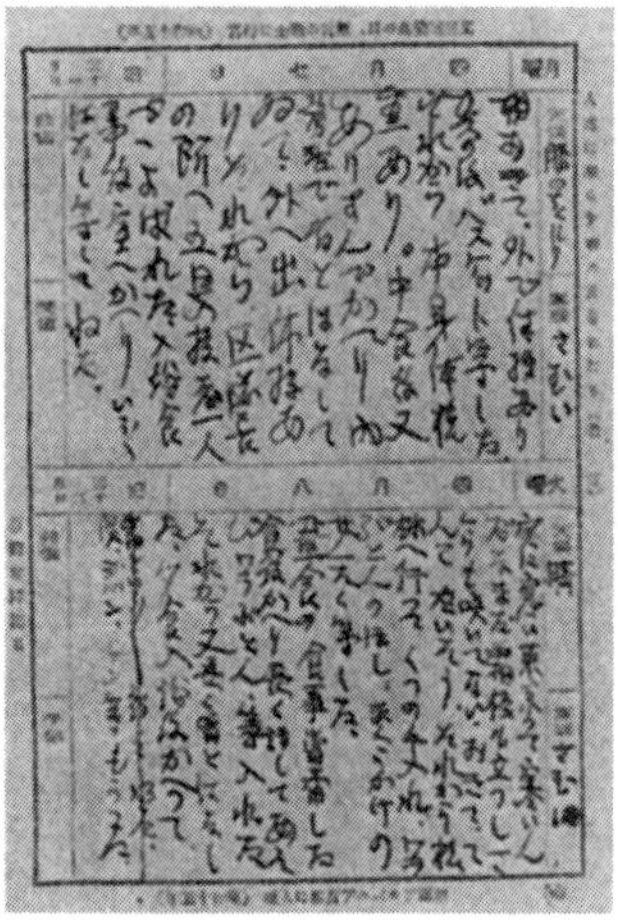

四月八日（火）晴・寒い

実に寒い。東京って寒いんだな。まだ霜柱も立つし、さくらも咲いてない。おきて、てんこ、たいそう。それから松林へ行ってくつの手入れ、ワラぶとんのほし、まくらかけのせんたく等した。昼食の食事当番した。食後かへり長く話してあそび、ワラぶとん等入れた。それから又長く皆とはなした。夕食入浴後かへって、服、ジバン、ケン等もらった。

**四月十日（木）曇・ぬくい**

朝起きて、てんこ。貴重品かへしてもらった。

それから集合し、中隊長の訓示あり。それから泰安殿拝があり、それから入校式あり。すんでひるには、いつもよりいい赤飯、みかんがついた。それから午後、体操あり。練兵場へ行った。かへり、夕食後、自習室で小包つくり、清藤兄ちゃんに手紙かき、ねた。

（注・この日誌は私物で、四月二〇日で終っている）

遺　詠（出陣に当って）

大空に　撃ちてし止まむ此の決意
　貫く誠　一つなりける
南海の　空にぞ散らむ若桜
　七度生きて国に尽さむ

想い出

**戦死せし兄に捧ぐ**

めぐり来る八月十五日
戦死せし兄の記憶は又甦る
山際（やまぎわ）のなだりに朝の光差し
戦死せる兄の墓標かぎらふ

役所より受けにし兄の骨壺が
吾が胸に鳴りしかの日忘れず
兄は生きてゐると信じて陰膳を
続けゐましし母も逝きたり
兄の形見となりにし日記
昭和十六年四月二十日より
空白なりし

**「荒鷲の碑」に詣でて**

少年飛行兵たりにし兄がこの基地に
学びしと聞けば離れ難かり
涙あふるる思ひ抑えて「荒鷲の碑」に
ぬかづきゐれば五位鷺が鳴く
七度を生まれて国に尽さむと
遺しし兄の歌悲しかり
戦いの日々を過ぎ来し在りし日の
兄を思へば吾が去り難し
促されて立上るとき青き空に
亘りて響けり正午の喇叭

（妹・西本スミヨ）

★吉　田　正　義（福岡県）

東航第二中隊第七班　太刀洗→甲府

所属部隊　飛行第七一戦隊（四式戦・比島）

戦死状況　昭20・6・30　ミンダナオ島サンボアンガで戦死

遺　　詠（甲府教育隊卒業記念アルバムより）

初夏二題　　　　　　　出目金魚

藤の花　咲きて校庭春深し

飛行場　陽炎立ちて暑さ増し

★加　納　外　雄（石川県）

東航第二中隊第七班　熊谷（本校）

所属部隊　第一野戦補充飛行隊（スマトラ島・メダン）

戦死状況　昭20・7・25　スマトラ島マラッカ海峡上空で敵戦闘機と交戦、戦死

法　　名　鳳翔院釈清揚

遺　　詠（熊飛校の俳句・川柳集より）

蛙鳴く田の面も何処家郷かな

部隊より御遺族宛書簡

加納曹長ハ昭和十九年四月初旬部隊着任以来、酷暑ニ堪エ技倆ノ練磨ニ務ムル傍ラ、各種任務ヲ遂行中ノ処、偶々昭和二十年七月二十五日「メダン」・「クルアン」間ノ人員竝ニ器材空輸ノ任ヲ以テ、

宮川機ト共ニ「メダン」飛行場ヲ離陸セントスルモ、加納機ハ発動機再整備ノ上、八時五十五分単機ニテ出発ス。

当時「メダン」付近ノ天候ハ晴レナルモ「マラッカ」海峡一帯ニハ不連続線アリ、加納機ハ「メダン」第三十三対空無線通信隊ト絶エズ連絡シツツ、海上デ難航ヲ重ネ飛行中、当時「プーケット」島ニ上陸ヲ企図セル敵機動部隊掩護中ノ敵戦闘機数十機ト遭遇、単機果敢ナル攻撃ヲ断行交戦セルモ遂ニ及バズ、九時四十分「スマトラ」島「タンヂュンバラ」東方三十五粁ノ海上ニ自爆、壮烈極マリナキ戦死ヲ遂ゲラル。

想い出　弟は幼少の頃より健康体で、小学一年生より高等小学校卒業まで最優等生であった。高等小学校卒業後に満州開拓団員として満州に渡り、約八ヵ月間、農業に従事したが、その後少年飛行兵を志願した。

（兄・加納勇次郎）

★江　口　秀　敏（福岡県）

東航第二中隊第七班　熊谷

所属部隊　常陸教導飛行師団

戦死状況　昭19・11・7　水戸東飛行場上空でB29と交戦、戦死

〔追記〕茨城県旧水戸飛行場跡の『水戸つばさの塔』に、このたび同期の故江口秀敏君と、故藤井馨君の両君が合祀され、九月二〇日、盛大なる慰霊祭が挙行された。

想えば昭和一九年五月、この水戸東飛行場（当時、明野陸軍飛行学校の分校で後に常陸教導飛行師団となる）に赴任した十二期生は、江口・藤井・宮垣・難波の四君と小生であったが、当時、単機戦闘から分隊戦闘への大変革期で、これの錬成飛行の毎日であった。

間もなくB29の本土来襲が激しくなると、急きょ二式戦による防空戦闘隊が編成され、操縦抜群の江口・藤井両君は直ちに同隊に編入され、連日のB29迎撃に出撃したが、武運つたなく若き青春を故国の防衛に散華したものであり、誠に痛恨の極みである。

（12期通信第31号より抜粋・古川　正）

★上　原　吉　年（熊本県）

東航第二中隊第七班　太刀洗

所属部隊　満州国飛行隊

戦死状況　昭21・3・13　奉天平和区平安通り一八号において戦病死

法　　名　春雲吉蔵信士

〔註〕彼は、東航二中隊七班の満州国の軍管学校の陸軍生徒で、二中隊七班だけに、十七〜十八名いたと思う。彼らは、五色（ごしき）の満州国の徽章（きしょう）を軍帽（われわれは星型だったが）に、付けていた。

五色の徽章は金属ではなかった？　と思う。へんな感じだったが、われわれが月に四円の俸給だったのに、彼らは七円で、東航から、上級学校を卒業すると、将校になると言われていたが、われわれ同級生が千三百十四名の採用だったのは、彼ら満州国の生徒十七、八名が二中隊に配属されたために、千三百名をオーバーしたのだ！　と。

満州国には、個人の意志を問われて、希望しない者は、われわれの班に川原正水君がその一人だった——と、本人から聞きました。彼らは二中隊の七班で四区隊だったので、殆（ほとん）ど、べつ行動だったために、よく分からない——

★田　中　　守（兵庫県）

東航第二中隊第八班　熊谷
所属部隊　飛行第一八戦隊（三式戦・比島）
戦死状況　昭19・12・5　比島ネグロス島方面で戦死
法　　名　誠忠院孝顕日守居士

★尾　原　広　夫（広島県）
東航第二中隊第八班　熊谷
所属部隊　飛行第七〇戦隊（二式戦・松戸）
戦死状況　昭19・6・26　館林で事故により殉職
遺　　詠（熊飛校の俳句・川柳集より）
良く学び良く磨きてぞ我生徒
世紀栄ある少年兵
静かなる三更の月我が胸や
想ひはつねに故郷の山河
わが身体国に捧げて今日よりは
誰ぞ行くらん芙蓉の桜

★千　代　忠　雄（福島県）
東航第二中隊第八班　熊谷
所属部隊　熊谷陸軍飛行学校

戦死状況　昭18　熊飛校で訓練中、航空事故で殉職

★川　上　兼　雄（鹿児島県）

東航第二中隊第八班　熊谷（本校）

所属部隊　飛行第五一戦隊（四式戦・防府→比島）

戦死状況　昭19・10・15　比島マニラ湾上空の戦闘で戦死

法　　名　至孝院釈忠誠

想い出　山口県防府飛行場を飛び立って比島に向かいましたが、これが最後の別れとなりました。

（母・川上ツル）

〔註〕川上兼雄君は、わたしと同郷の隣りの町の高尾野町大久保出身で、ある日、教練が終わって中庭で巻脚絆をほどいていた時に、背の高い彼が声をかけてきたのに、同郷とは、わたしが知らずに、親しく話をせずに、少し恐れて、警戒して、話をしなかったために、彼が隣り町だったら、兄清徳が面会に来た時に、合わせて、一緒に写真を撮れたのに、後になって、彼に申し訳ないことをした——と、後悔しています。気の毒でした。彼も比島のクラーク飛行場にいた——彼も戦死したのが残念！

〔追記〕昭和一九年一〇月一五日、マニラは敵艦載機の攻撃を受けた。第五一戦隊を含む我が軍は四〇機をもって敵をマニラ湾上空に邀撃し、九機を撃墜、四機を不確実撃墜したが、我が軍も一〇機が未帰還となった。

★小　野　　寛（香川県）

東航第二中隊第八班　熊谷→館林

所属部隊　飛行第二戦隊（一〇〇偵・比島）
戦死状況　昭和21・1・28　比島マニラ第一七四陸軍病院で戦病死
法　　名　大祐院義薫日寛居士
想い出　子に想う

思い出せば三八年前、昭和二〇年一月頃の或る日の午後の事でした。台湾高雄市の或る商店で買物中、後から肩をたたかれ思わず振り向くと一人の軍人、よく見ると我が息子ではありませんか。予期していなかったので大変驚きましたが、感無量で言葉になりませんでした。

それもそのはずです。昭和一四年、台中農学校から内地の笠田農学校に転校。一六年四月、東京陸軍航空学校に入学し、七年間、内地と台湾の間をお互いに頑張るようにと文通だけで連絡しあっていたのです。

しかし、戦争で文通も一年余り不通になり、住所変更も判らないにもかかわらず、調べまわってよくここまで尋ねて来られたものと、本当に感心いたしました。

三機編成で比島の赴任の途中、屏東に着陸し、飛行機整備の暇を利用して面会に来たものでした。戦時中の事でしたので食糧も乏しく、衣類を持って鶏を買いに遠い田舎まで出掛けて行って食卓を囲んだ一夜も忘れられません。翌日は比島へとのことで高雄駅で別れ、お互いに頑張ろうと約束しました。

その晩一二時過ぎ、人の声に目を覚ましました。外で一人立っているのは幻では無く、確かに我が息子であることが判りました。まだ飛行機の整備中との事で、再び両親の元に足が向いたのでしょう。

翌日、今度は皆そろって屏東駅まで行き、お互いに頑張ろうと再び約束いたしました。発ち難い気持、今度は私達が車内の人となり、反対に見送られる立場となってしまいました。一人ポツンと立って淋しそうにしていたあの子の顔が一生忘れられません。

それ以来、何時屏東を発って比島に向かったのか、全然知る由もありませんでした。台湾で受け取った葉書の文面を思い出します。

「今度会う時は白木の箱か」と。

そのうち終戦。私達家族は胸に痛い重い物を秘めたまま、昭和二一年三月二一日、一四年住みなれた台湾を引き揚げました。

二一年五月頃でしたか、愛媛県の日浦徳一様から一枚の葉書が届きました。若しやと希望を持ってお迎えし、お話を聞きましたが駄目でした。

この方は息子とマニラの病院で兄弟のように仲良くしていたそうで、帰る時には是非一緒に連れて帰って欲しいと頼まれていたようです。日浦様が発つ前日、日浦様の肩にオンブされて病院の外を一周し、とても喜んでいたそうですが、間もなく「お母さん、白いご飯にタクワン添えて食べたい、食べたい、お母さん」と言って息を引きとったそうです。

遺体は埋葬するとの事で頭髪を切って貰い、お題目入りの腹巻き、貯金通帳を遺品として持ち帰って下さいました。

日浦様が息子の遺品を前にして「お母さん、白いご飯を炊いて一パイ食べさせてあげて下さいね」とおっしゃられた時は、何とも言えない気持ちで泣けて泣けてなりませんでした。

後日、遺品を持って遺族会に出向き、公報を出して貰って村葬をすませたわけです。

終戦後のドサクサで、あれやこれやと苦難に耐えながら過していた関係で、戦友の消息も探す事も失念していた状態でした。

昭和五〇年、皆々様の御尽力によりまして、当時、屏東から比島へ一緒に飛んだ、福岡県の原文治様にも会えました。あの子も草葉の蔭から語りかけているに違いないと思います。

菊地誠様、古村広士様にもいろいろとご親切を頂き、本当に感謝しております。

ただ親として思い残すのは最後の死です。病院生活です。飛行機と共に一身を捧げていればこんな思いはせぬものをと、あの子の心中を察して惨めでなりません。

遺品として置いてある操縦日記の「愛機と共に」「愛機と共に」という言葉が目に灼きついて離れません。如何にせん、今となっては一日でも多く長生きしてその冥福を祈るだけです。

（母・小野トミ）

〔追記〕菊地君の談によれば、二〇年一月下旬、台湾屏東飛行場より比島クラーク飛行場に向かった三機編隊は飛行第二戦隊の同期生三名であった。

小野　寛君（東航二―八・熊谷↓館林）

大江寿夫君（東航六―一・太刀洗）

原　文治君（東航七―一・熊谷↓館林）

しかし、大江君はバシー海峡上空で消息不明となった。（ここまで、読んで、わたし元島石盛は、母の淋しさ、悲しさ、哀れさに、涙する――）

**★加　藤　光　良**（愛知県）

東航第二中隊第八班　所沢第五中隊

所属部隊　飛行第一七戦隊（三式・比島）

戦死状況　昭19・11・16　比島ネグロス島ラカルロタ飛行場で戦死

法　　名　全忠院義道良光居士

〔追記〕昭和一九年一二月三一日、浜宇津茂春君（東航二―五・所沢）が加藤君の遺骨をクラークより送還したとのことであり、また第一七戦隊への赴任も、加藤君が飛行機で立ち、浜宇津君は船で出発したため、現地に到着した時は既に前進して島に渡り、会えずじまいであった由。

（12期通信第21号より抜粋・吉村広士）

**★長谷川　正　次**（東京都）

東航第二中隊第八班　水戸

所属部隊　最終所属部隊不明（昭和二〇年一月内地での最終部隊は、西部第一二三部隊気付、靖部隊、中野隊）

戦死状況　昭20・11・4　中国武昌第一二八兵站病院で戦病死

法　名　玄勇院顕忠正道居士

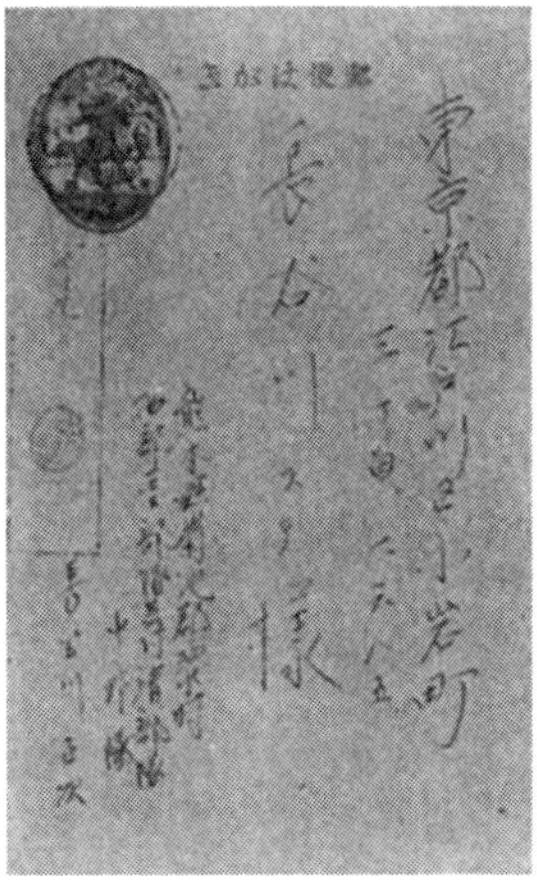

絶　筆（軍事郵便より）

年暮れて
指折れど　今年を数ふる指もなし
無念無想　今年も暮れんとす

其の後、母上様には如何が御過しなされしや、私事至極強健、任務に精進しあり。
御君の御為に身を砕くるを唯一の楽しみとして敢闘する真剣な様を御想像下さい。
では母上様、御無事新春を御迎へ致します様

祈上ぐ

小包無事受領多謝
熊本県菊池郡泗水村
西部一二三部隊気付靖部隊中野隊
長谷川　正次

（この葉書には昭和一九年一二月三一日の消印がある）

想い出　昭和二一年頃、同部隊の方からお便りをいただきました。それによりますと、中支衡陽で通信所を開設しておりましたが、そこで終戦となり、故郷のため長い長い行軍を続けて武昌まで来た時、病気になったとのことです。

その後、部隊名等について、この方に連絡を取りたいと手紙を出したのですが、不通となりました。兄、正次が内地に居りました頃には、便りや日誌等を受け取り、現在も保存してありますが、その後の行先きは死亡するまで全く不明で、一通の手紙も受け取っておりません。ここに掲載したものが最後の葉書になりました。

過ぎし事、去りし人、総て美しく感じられるように、兄の一生は短い生涯でしたが、その中の良い事のみしか思い出せません。兄は小さな時から絵画が好きでしたから、スケッチぐらいはしていたのではないかと思います。

兄についてまず浮かぶのは、水戸の通信学校時代、外出で家に帰ると玄関の格子戸の前で、「ただいま帰りました」と、キリッと挙手の礼をしてから、敷居をまたぐ姿です。

（妹・田村利江）

★四　元　一　男（鹿児島県）

東航第二中隊第八班　水戸

所属部隊　飛行第二七戦隊（二式複戦・比島）

戦死状況　昭19・12・13　比島ネグロス島サラビヤ基地を発進し、ズマゲテ沖二六五度・六〇キロ付近の敵艦船群に突入、戦死

想い出　とても優しい子供でしたので、死んで行く時はどんなであったろうかと、今となってもそればかり考えさせられます。

以前は、出来ることなら一男の戦死した場所を訪れ、花束でも上げてやりたいと、それぱかり考えておりました。しかし、その望みも果すことなく、今はもう老いの身となってしまいました。

（母・四元ワイ）

〔追記〕四元軍曹は、陸軍特別攻撃隊「第二七戦隊」として、平出英三少尉以下二機で出撃した。

# 東航第三中隊

★神　山　　修（神奈川県）
東航第三中隊第一班　熊谷→新田
所属部隊　不明
戦死状況　比島より仏印クラコールへ移動中、ボルネオ海岸に不時着、殉職（年月日不詳）
遺　　詠（熊飛校の俳句・川柳集より）
外出や　汽車にも乗れず　青くなり
大きすぎ　酒保のマスクの　あごにかけ
一区隊　小哨攻めて　拍子抜け
帰る仕度の　二区隊かな
騎馬戦に　手と足を持つ　馬ながら
落せ落せと　騒ぐ駄馬かな

★俵　　吉　運（福岡県）
東航第三中隊第一班　宇都宮→水戸
所属部隊　第一野戦補充飛行隊、七生皇楯第二飛行隊（重爆・マレー半島）
戦死状況　昭20・1・29　スマトラ島南西海上の英機動部隊に突入、戦死
〔追記〕　七生皇楯第二飛行隊については、戦没者の記録・三浦信一郎君（東航一―六）の頁を参照。

# 東航第四中隊

★丸　山　晋太郎（東京都）
東航第四中隊第一班　熊谷
所属部隊　第三一教育飛行隊（戦闘・比島）
戦死状況　昭19・7・24　比島ドマゲテで特操教育の訓練中、殉職
遺　詠（熊飛校の俳句・川柳集より）
灼熱の切磋琢磨の功なりて
戦の庭に立たん日ぞ待たるる
ホットして仰ぐ皐月の夕空に
お〻堂々の陸鷲征きぬ

★井　上　啓（徳島県）
東航第四中隊第一班　太刀洗↓甲府
所属部隊　飛行第四七戦隊（二式戦・成増）
特攻第一八振武隊（一式戦）
戦死状況　昭20・4・29　知覧基地を発進（一三時三〇分）、沖縄方面の敵艦船群に突入、戦死（小西

利雄中尉以下六機)
遺　詠（甲府教育隊卒業記念アルバムより）
防人
大空の　もとに伸び行く　若草の
希望は近し　空の楯
アドバルーン生

★荒　武　末　盛（宮崎県）
東航第四中隊第一班　水戸
所属部隊　水戸陸軍航空通信学校
戦死状況　昭17・5・3　航通校在学中、腸ねんてんにより病死
想い出　頭のよい優しい子であった。
（兄・荒武政義）

★石　川　光　夫（愛媛県）
東航第四中隊第一班　所沢第六中隊
所属部隊　飛行第二七戦隊（九九襲撃機・比島）
戦死状況　昭20・4・11　比島ネグロス島で戦死
法　　名　真證院繹光徳居士

★下副田　睦　俊（鹿児島県）
　東航第四中隊第一班　熊谷
所属部隊　第一野戦補充飛行隊（偵察・マレーシア）
戦死状況　昭19・6　マレー半島カハン飛行場で殉職〔牧田倜（東航六―一）と同乗〕

★宗　宮　亮　平（岐阜県）
　東航第四中隊第一班　宇都宮
所属部隊　飛行第六六戦隊（九九襲撃機・鹿児島県万世）
　特攻第一〇四振武隊（九九襲撃機）
戦死状況　昭20・6・6　万世基地より沖縄の特攻に出撃、戦死
法　名　浄明院釈重暉
遺　書（戦死後、生家の仏壇の引出しより発見）

謹みて
　生前の大恩を謝し全身全霊の
御奉公を誓ふ
一として母上に孝養も尽さず　　　　　　　不肖
先立つ不幸をお赦し下さい　然し
君に忠なれば即ち親に孝なり
忠孝一本の有難き国体に生を享け
大君の御為に散るは　男児として

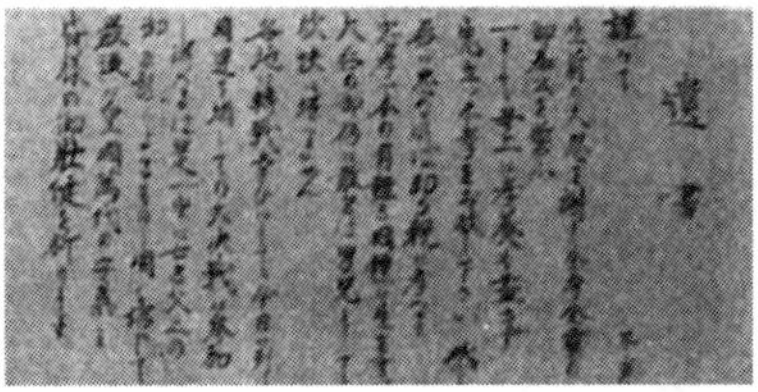

欣快に堪へません
各地に転戦幸ひにして今日に到る
国運を賭しての大決戦に参加
し得るは是一重に亡き父上の
御加護によるものと固く信じて
最後に皇国万代の安泰と
皆様の御壮健を祈ります

絶　筆　宗宮生徒の日誌（抄）（12期通信第23号より抜粋）

**昭和二十年三月二十八日**

沖縄島に、敵遂に侵寇す、正に帝国存亡の危機なり。此の時に我一人此所、那須野に残留しべん〳〵と日を過すは、申し訳なき次第なり。

然し、捲土重来、米英を大東亜共栄圏より追い出し、遠く米本土に我が足跡を印する日の必ず来るを確信す。

本日午前、振武特攻隊の出撃を見送る。一期後輩の十三期生数名加はりあり、征きて再び帰らぬ神々の出陣なり。

我々も特攻隊の名こそなけれど、実質に於ては何等変る所なし・我等とて死場所は敵艦の甲板なり。

今日も征く
醜の御楯と
神鷲達は

**五月三日**

特攻志願す、得も言はれぬ爽快なる気分なり。転戦既に一年、幸にして一再ならず、危険なる目に遭ひたるも、生命を全うして今日に至るを得たるは、ひとへに亡き父上の加護ならん。

かつての隊長杉谷大尉の遺骨還りたる今日、特攻隊に加盟し得たる、何かの因縁ならん。

祖国の存亡、関頭に立ちて、男子として其の身を処するは、実に難しきものなり。我とても、木石ならぬ身、愛欲のきづな絶ち難し。されど悠久三千年の国体を磐石の泰(やす)きに置かんが為、又は子孫のため捨石となるは数ならぬ身、何の惜しむや事あらん。

**五月四日　快晴**

戦隊の精鋭、沖縄の敵めがけて発進す。正に敵を呑むの概あり。今頃は蝟集せる敵艦船の頭上に殺到せる頃ならん。

**六月五日**

比島に或は草深きボルネオに転戦一箇年、再び敵米英に見参、或は今日あるは宿命ならずや。沖縄の敵、再び蠢動を開始す、今に於て根絶せんか、悔を千載に残さん、七生滅敵の闘魂以て、敵を根絶せん。

**六月六日**

出撃の命ある。愛機巨弾を抱き待機す。

生還もとより期すべからず。只、任務に生きるのみ。我が同期の友も、小木、肱岡、相次いで散華す。我のみ今に至る。

此の期に及び何をか言はん

祖国万代の安泰と家郷の繁栄を祈るのみ

（注＝そしてこの日出撃、散華す）

想い出（12期通信第23号より抜粋）

二十年と十日の短い生涯

昭和二十年の初夏のこと。その日は肌も汗ばむ感じの五月十九日、むせかえるような庭の緑の樹々が夕映えに美しい。その陽を背に航空兵姿の軍人が一人、家の戸口にたたずんで声をかけている。まさしく弟の亮平である。

過ぐる年、十六歳で少年航空兵を志し、東京陸軍航空学校に入校以来四年の歳月を経て、いま操縦桿を握る航空兵として満二十歳に至らんとするには、立派に成人している。八年前に父親を亡くして兄妹六人のなかに育ち、兄二人弟二人と妹一人の多産家族の真ん中で、余りめぐまれない境遇に育った感がある。

その夜は親兄弟が久々の夕食を共にしたが、彼は水戸付近の上空での戦闘中、機に銃撃を受け、不時着と同時に炎上して腰を痛めた折の怪我の模様や、戦局を僅かに話したが、これからの任務等については何も話さなかった。

明けて二十日は飛行服の手入れや母の実家と父の本家に挨拶に回った。夕方早く風呂を浴びて夕食を家族みんなで囲んだが、そのあと母が父親の回向のため寺に参詣した折、末弟に近くの店で求めさせた筆と和紙を手に、彼は「モウ休むから入るな」と言いのこして座敷に籠った。長い時間、ものの気配は感じられたが、やがてそのまま寝についたようであった。(戦後になって戦死の公報が入り母が仏壇の掃除をしていた折、抽出しの中の経典の下に「母上様」と表書きした白い封書に、遺書と遺した髪と爪が同封されてあるのが発見された。おそらく人払いをしたあの晩に認めたものと思われる)

翌五月二一日朝、白いマフラーをなびかせ、あの特異な鶯色の飛行服に眼鏡のついた飛行帽の下でニヤリと白い歯を見せながら「皆さんご機嫌よう」と言って戸口を出た。もう一度振り返ってしばらく家を仰ぎ、ご機嫌ようを繰り返し、私が与えた馬革で鞘巻きした軍刀を右手にして、凛々しい足取りで足早やに出ていった。

田舎の我が家は揖斐駅まで二粁半の道程だが、母と私と弟妹が従いて、長い揖斐川の堤防づたいの凸凹道を何もしゃべらずに歩いた。駅での別れ際になって、母だけ〝大垣駅(電車で二五分)まで一緒に〟と言ったが、母は妹の学校を気にしてか同行しなかった。覚悟はしていたものの、これが最期の別れになろうとは考えられなかった。今でも母は、二児の母となっている妹を見ては、〝お前の学校に行くことを考えて、大垣駅まで送れなかったのが残念だった〟と歎いている。

暗雲は益々深く垂れこめて、本土空襲を告げるサイレンの響きも日を追って頻度を増してきた。そ

宇都宮陸軍飛行学校第四中隊時代の飛行演習訓練の仲間と助教さん。左から元島石盛飛行兵、宗宮亮平飛行兵、松本軍曹殿（中央）、渡部飛行兵、樋上飛行兵

んな或る日、六月六日付の葉書に走り書きで、鹿児島の田園風景を前書きにして、「いよいよ出陣する。永い間のお世話を謝す」旨の簡単な便りが来た。母もその前後に、夢の中で〝白衣を着た亮平が枕許に来た〟と朝食のときみんなに話したが、おそらく正夢と思われたが、音沙汰はなかった。

やがて戦争が終り、すぐ下の弟は直ちに詳報を得ようと、事情が悪いなかを十日間余り、出撃した九州の端々まで捜索してくれたが、その後の消息は杳として知れなかった。

勝利を胸に、大任を果して南海に散華したことに、本人はさぞかし満足していることだろう。暫くして次の公報が届いた。

宗宮　亮平

右　昭和二十年六月六日　沖縄方面ノ戦闘ニオイテ戦死セラシ候条此ノ段通知候也

宇都宮陸軍飛行学校で、飛行兵として最も望んでいた操縦兵に選任されたときの喜びの表情や、八日市の飛行場から二回に及ぶ郷土訪問飛行で、出身校の上空を旋回し、翼を大きく左右に振っていた雄姿。それに、もう年頃に達していたせいだろうか、鉾田の飛行場で怪我をしたとき、家族ぐるみで親切にして頂いた、美代子さんというお嬢さんの手厚い看護を喜び、よく手紙に写真を添えて送ってきた。それをとても楽しみにしていたようだが、それも短い期間であった。満二十年と十日の生涯で、ほんの僅かな青春であった。

（『よろづよに』より転載／兄・宗宮敏文）

★邦　高　敬　一（広島県）

東航第四中隊第一班　所沢第六中隊

所属部隊　飛行第五四戦隊（一式戦・北方→比島）

戦死状況　昭20・5・20　比島マニラ東方山地で戦死

遺　詠（整校の卒業記念寄書きより）

死は易く死に処するは難し

任務達成の日まで

★佐　藤　洋　夫（青森県）

東航第四中隊第二班　宇都宮

所属部隊　飛行第三八戦隊（一〇〇偵・帯広）

戦死状況　昭19・5・9　北海道帯広飛行場で訓練中、殉職

法　名　法雲院忍誉洋夫居士

上官より御遺族宛の書簡（抜粋）

故佐藤伍長村葬の御通報に接し、謹みて御冥福を祈り奉ります。

寒風吹き荒ぶ札幌の地に少年飛行兵十二期三名を迎え、教官として日夜教育訓練に邁進優秀なる空中戦士として将来を嘱望しありし秋、白皚々ならぬ帯広原頭に蕾の儘に散らし、佐藤伍長の無念、将又御両親様の御胸中に思いを致す時断腸の思いが致します。

最後の飛行は丁度計器飛行の課目でありました。佐藤伍長は今迄になく実に立派な計器飛行を実施、教官たる私でさえ思はず感嘆致した程でありましたが、思えばこれが佐藤伍長の此の世に残した最期の操縦であったのです。生のある限り操縦桿を通じての故人の鼓動は、私の心に永遠に生きて居ることと思ひます。

当日、科目を終了せし大倉機（前方席教官私が操縦、後方席に佐藤伍長搭乗）は滑走路に着陸停止後、その場所より直ちに方向を変え中隊指揮所に到らんとせしも、地上滑走意の如くならず、為に佐藤伍長は飛行機より降り尾部を押し、地上滑走の援助をなしておりました折、丁度後方より着陸して来た飛行機に気がつかず（両名共）地上滑走に夢中になっていたのです。気がついた時には、後方機は直ぐ目の前に物凄い速度で突進して来ております。アッと言う暇もありません。両機はその儘衝突しました。

その折、佐藤伍長も気がつき少し逃げたらしくありますが間に合はず、後方機の翼に足を払はれて空中に二、三米跳び上り、衝撃で頸の骨を折ったらしく、全然意識不明のまま病院に運びましたが、その儘絶命致しました。

今述べました如く、私がもう少し早く後方機に気がつけば大事に至らなかったこととて、誠に御両親様に対しても申し訳なく思っております。此の上は残った我々が佐藤君の分迄もやりたいと思います。

北方情勢益々風雲を告ぐる秋、十二分に腕を磨き、一日も早く宿敵に相見えん日を期しております。

先はお弔ひ旁々、当時の状況御報告迄

敬具

北部第一四二部隊辻本隊
大倉　義彦

御両親様

想い出　小学校入学以来、養子に望まれることが数回ありました。父も時には良縁と考えたこともあったようですが、洋夫は「他日陸軍々人として名をあげ、親孝行をする」と言って応じませんでした。

昭和一八年秋、休暇を得て帰村した際、わざわざ片道八キロの田舎道を歩き、小学校高等科時代の恩師を訪ね、航空隊の事や将来の希望を話したとのことでした。特にこの恩師に対する尊敬の念が深かったようです。

また子供の頃より、学業、家事作業には計画性があり、かつ実行力に優れていました。


（母・佐藤きぬ）

**★清　静　夫**（宮崎県）
東航第四中隊第二班　所沢
所属部隊　飛行第一七戦隊（三式戦・比島）
戦死状況　昭20・6・14　比島イサベラ、サンタクルーズ村において戦病死

想い出　南方方面の戦場に行く途中、新田原飛行場に立ち寄った際、自宅に帰省し一泊したことがありました。その時、陸軍航空整備学校第十二期少年飛行兵卒業記念メダルを置いて行きました。この品が本人の唯一の遺品となりました。

（弟・漆山昭夫）

**★菅　本　　勇**（愛媛県）

東航第四中隊第二班　水戸

所属部隊　水戸陸軍航空通信学校

戦死状況　昭17・12・18　航通校在校中、病死

**★小　合　節　夫**（岡山県）

東航第四中隊第二班　熊谷（本校）

所属部隊　飛行第五六戦隊（三式戦・伊丹）

戦死状況　昭19・12・22　B29による第三次名古屋空襲において伊丹基地を発進、邀撃戦中被弾し、愛知県知多郡上野村に自爆、戦死

法　　名　泰雲院節義殉邦居士

同期生代表の弔辞（抜粋）

慎みて故陸軍軍曹小合節夫君の英霊に告ぐ。あゝ誰が思はんや、今は故き君の英霊に額ずきて哀悼の意を捧げむとは。

去る二十二日、名古屋上空に於て従容として悠久の大義に生き、桜花の如く忽然として散華せらる。日夜訓練に日を重ねし闘魂は此処に培はれしならん。

君は岡山県倉敷市に生を享け、慈愛溢れる母の手に育くまれ、支那事変勃発し風雲急を告げるや大空に志し、昭和十七年四月少年飛行兵第十二期生として、桜花爛熳として咲き競ふ熊谷飛行学校に入校。

優秀なる成績を以て昭和十八年九月卒業するや、我等と共に遠く南国の台湾に学び、戦闘操縦者としての基礎教育を受け、帰りて伊勢路の明野ヶ原に再び少飛六期生、撃墜王、助教穴吹曹長を戴き、闘魂気魄を練り、戦闘操縦者としての資格を得たり。

時に昭和十九年五月、比島方面急を告げ、太平洋の波濤高きを伝へる時、古川部隊長の下に馳せ参じ、皇土防衛の重責を任ひ日夜共に任務完遂に務めたり。

あゝ思へば九月一日、済州島に転進の命をうけるや、君は勇躍して其の征途に登りぬ。然して十月二十五日敵九州を侵すや、君は不幸か飛行機空輪のため帰りて邀撃に参加し得ず、帰りし君の落胆今尚瞼に浮ぶ。

はたまた十一月二十一日、再度北九州に来襲するや、君は戦隊長僚機として勇躍基地を飛立ち、邀撃に向ひしが、神は君を敵に会せず、武運にめぐまれぬ君の心中察するに余りあらむ。

時昭和十九年十二月二十二日、敵大挙して皇土に来襲するの報に接するや、君は雀躍し藤井分隊僚機として名古屋に出動、哨戒待機することしばし、時〇〇米上空に敵編隊を発見するや、君は勇猛果敢、見敵必墜の気魄を持って突進せり。

聞け男子の面目此処に立ちぬ。君は尽忠の大義に生き、国家の危急存亡の機に臨み、笑って敵編隊に身を以て当り、聖戦完遂の礎石として、皇国の空に莞爾として花吹雪の如く散り給へり。

小合、よくやってくれた。悠久三千年の歴史は茲に培はれたのだ。

俺も必ずや行く。願はくは在天の英魂来り亨けよ。

昭和十九年十二月二十八日

同期生代表
陸軍伍長　日高康治

ました。

想い出　小合節夫は、父・小合伊瀬吉、母・槇（生存）の三男として大正一三年七月一日、岡山県倉敷市平田四六二番地に出生。学業終了と共に、兵庫県武庫郡鳴尾の川西航空機株式会社に勤務いたしました。

その後、大空への雄飛が叶い、昭和一八年九月、少年飛行兵の課程を卒業して台湾の第一〇六教育飛行聯隊（台湾第三六部隊）に赴き、一九年三月、飛行第五六戦隊（三式戦・明野）の赴任しました。四月二八日、明野より伊丹に移動、五月二〇日、さらに小牧に移駐し訓練に励むと共に、中部地区の防空任務に就きました。

昭和一九年六月中旬、中国成都基地よりのB29による北九州爆撃以降、B29が度々北九州地区に来襲するようになり、幾度か太刀洗や済州島に転進し、B29の邀撃戦を担当しました。

一九年一二月二二日、マリアナ基地よりのB29四八機による第三次名古屋空襲において愛機飛燕（四五八四号）に搭乗し、浜松方向より西進してきた敵編隊に対し肉迫攻撃を敢行しましたが、惜しくも被弾、壮烈なる戦死を遂げました。

地上部隊中部第四一〇二部隊の観測班将校団弔辞によれば、「六機編隊の敵機一機を撃破、敵機は太平洋上黒煙を吐き、洋上遠く遁走せるも、不幸にして敵の一弾命中し、八千米の上空より飛礫の如く、愛知県知多郡上野村三屋守首邏の兵士に激突、人機諸共壮烈無比の玉砕を遂ぐ。時に昭和一九年一二月二二日一三時五八分。天寿二十一歳」とありました。

最後に、小合節夫の日誌より

大海の磯もとどろによる浪の
　われて砕けてさけて散るかも
（母・小合　槇）

★田尾俊真（台湾）
東航第四中隊第二班　太刀洗
所属部隊　飛行第二九戦隊（二式戦・満州→台湾→比島）
戦死状況　昭20・1・29　比島ルソン島リンガエンで戦死
〔追記〕二九戦隊は、一九年一二月中旬より特改勤皇隊の直掩任務でレイテに出撃し、戦力は枯渇の状態であった。リンガエン攻撃の実施はその直後と思われる。

★肱岡　等（鹿児島県）
東航第四中隊第二班　太刀洗
所属部隊　飛行第六六戦隊（九九襲撃機・比島→万世）
戦死状況　昭20・6・4　万世基地で公傷死
〔追記〕第六六戦隊は、沖縄航空総攻撃のため万世基地に集結していた。小木喜重君（東航一－三）、宗宮亮平君（東航四－一）が沖縄に出撃し、戦死している。

★川中子敏夫（栃木県）
東航第四中隊第二班　熊谷→館林

所属部隊　飛行第一七戦隊（三式戦・比島）
戦死状況　昭20・4・20　比島ルソン島クラークで戦死

★**橋本八郎**（鳥取県）

東航第四中隊第二班　熊谷（本校）

所属部隊　飛行第一九戦隊（三式戦・比島）
戦死状況　昭19・9・21　比島ネグロス島ラグナ湖上空でグラマン戦闘機と交戦、戦死
法　名　赤忠院義薫八荒居士
遺　書

遺

遺
勝か負けるか二つに一つ此乃
空前の大至難之子即勝の一
字を以て建国以来の誇とす
る帝国の繁栄八紘一宇の大
理想に沿事る者は誰ぞ
らん我々若人青年を於し
他にあるべきに非ずや今は妥
なる哉つとに少年飛行兵

勝か負けるか二ッに一ッ　此乃空前の大至難　之を即　勝の一字を以て建国以来の誇とする帝国の弥栄　八紘一宇の大理想に沿奉るものは誰ならん　我々若人青年に於て他にあるべき非ずや

八郎は幸なる哉　つとに少年飛行兵を志し陛下の御楯として操縦道を以て修養し来り　而して年月の早き事　実に流れの如し

希望とする航空に身を乗り出し　我等が一人前の修養と同時に　帝国の危機攻勢の一員に参加出来得る事となり　勇躍荒鷲として巣立って征きます

お父さん　お母さんも此の時局下　喜んで下さる事を想像して笑んで大東亜の久遠の平和と帝国の安泰を想起して　之を最大の喜びとして第一線にて敢闘致しました

古人の諺の如く「殉国大孝」国家に対する忠は父母に対する最大の孝行と信じてやみません

今此の気持となりて良く古を振返って見る時に　心配のみ御かけして何等報ゆる事の無きを深く悔いて残念ではありますが　八郎の最後を褒めて下さるやう御願致します

我は神州男児なり　武人なり　最早二十歳に達す真に若桜　今決然悠久の大義に死す　征くところ迄征き　かへらざる梓弓とは　即我々であります

君の為　何か惜まん若桜
散って甲斐ある生命なりせば

あの岩佐中佐の此の気持こそ真に我々が受継ぐべきものであり　且又　受継いだと信じます

神鎮まる九段の花と咲き薫るを以て最大の喜びとするのが　即　大和魂の本領のやうな気持が致し又之が我々です

八郎も同期生の最先かけて突進し、鬼畜米英撃滅に精魂を全うしました　七生報国　七度生れ変って第一線で最後迄任を守り抜きます　これが真に日本の魂であり　八郎の心です

何時か帝国の春を待ち　黄泉の人となります
御父さん　御母さん　御兄さん　御姉さん　妹　皆々御元気で

八郎

父上
母上　様

戦隊長より御遺族宛の書簡（抜粋）

拝啓　時下秋冷の候御高堂御清栄の段奉賀候。扨て今度御令息八郎君名誉の御戦死をされ候に就きましては、衷心より哀悼の意を表すると共に御冥福を御祈り申し候。御家族様の御心中御察し申し上ぐる時、誠に感慨無量に御座候。

偶々九月二十一日驕敵の魔手は遂に比島にまで及ぶに至り候。八郎君は時こそ来りぬと決死滅敵の精神に燃え、勇躍これを邀え撃ち敵と奮戦仕り候。至誠純忠の赤心と卓抜せる技倆を有する紅顔の若武者八郎君は、勇戦奮闘克く四機を以て敵グラマン戦闘機十数機と交戦、忽ちにして八郎君は独力其の長機らしき一機を完全に屠りたるも、敵弾はまた八郎君の愛機に命中、剛毅不屈なる八郎君は尚も屈せず戦闘続行、他にも痛撃を与へ候も遂に力尽き、壮烈鬼神を泣かしむる自爆を遂げ申候。将校の報告に依り候へば、八郎君は壮烈なる自爆に際し、愛機の翼を振り従容として自爆せられ候由、誠に帝国武人の華と申すべく一同敬服致し候。

八郎君の奮戦空しからず、部隊は天晴赫々たる大戦果を収め候。これ八郎君の力と加護に他ならずと信じ居り候。

皇軍航空の有為なる俊鷲を失ひ痛恨極り之無候。静かに瞑想すれば八郎君生前の温容彷彿として眼底に宿候。

先は御悔み申し上度斬如御座候。末筆ながら御高家御一同様の御健康を切に御祈り申上げ候。
敬具

昭和十九年十一月一日

威一五三五二部隊長

瀬戸　六郎

橋本　雄次殿

想い出　想い出といえば、幼い頃の喧嘩を思い出す。私が小学校六年生、弟が四年生の時であった。喧嘩の原因は何であったか覚えていない。近所の子供と　一緒に遊んでいて大喧嘩となった事、それも私と弟の兄弟喧嘩。

私は兄だと思って遠慮しながら相手をしていた。突然、腕にかみつかれて痛くて泣き出したものだ。腕には歯の跡がくっきりと付き、血が出ている。それで喧嘩は終った。

それ以降、一度も喧嘩らしいものは無かった。しかし、八郎は自分よりも年上の生徒と相手かまわず喧嘩をしていたものだった。

今にして思えば、おとなしいようで非常に負けず嫌いであり、向う見ずな所があったように思う。

（兄・橋本謙一）

**★瓜　田　忠　次**（静岡県）

東航第四中隊第三班　熊谷

所属部隊　第一三錬成飛行隊（一式戦・新京）

誠第三九飛行隊（一式戦）

戦死状況　昭20・3・31　徳之島より発進、沖縄西方洋上の特攻に出撃、戦死（蒼龍隊）

〔追記〕満州第一三錬成飛行隊は特操一期の教育に当っていたが、昭和二〇年二月一一日、紀元の佳節を期して四隊の特別攻撃隊が編成され、蒼龍隊（誠第三九飛行隊）と命名されて新京飛行場で出陣式を行った。

この四隊は台湾に駐留する第八飛行師団長の隷下に入ったが、誠第三一飛行隊（武克隊）を除いて台湾への進出は出来ず、新田原、徳之島等からそれぞれ発進し、沖縄周辺洋上の敵艦船群の攻撃に任じた。

誠第三九飛行隊は三月三一日、隊長笹川勉大尉以下一式戦五機で徳之島を発進し、沖縄西方洋上敵艦船群に突入散華したのである。

連合軍側の記録による損傷艦船名は、左記の通りであった。

重巡洋艦インディアナポリス

機雷敷設艦カラハン

戦車揚陸艦七二四号

★田　中　了　一（東京都）

東航第四中隊第三班　熊谷→新田

所属部隊　飛行第三一戦隊（一式戦・比島）

戦死状況　昭20・1・18　ルソン島のリンガエン湾のバイバイ沖の特攻に出撃、戦死

遺　　詠（熊飛校の俳句・川柳集より）

小鳥鳴く松に淋しき初夏の雨

走る雲見る度思ふ故郷如何にと
出合う毎左右によれと最下級
初夏の窓こくり〳〵と舟をこぐ
一口に入れたとたんに注意うけ
するにせられぬ「ハイ」の返事を

★黒岩哲男（兵庫県）
東航第四中隊第三班　熊谷→館林
所属部隊　不明
戦死状況　戦死（場所・年月日不詳）

★河田光喜（山口県）
東航第四中隊第三班　所沢
所属部隊　飛行第一七戦隊（三式戦・比島）
戦死状況　昭19・2・15　比島ネグロス島で戦死

★小酒井哲二（台湾）
東航第四中隊第三班　水戸
所属部隊　第一航空情報聯隊
戦死状況　戦死（場所・年月日不詳）

★下　条　普三郎（長野県）
東航第四中隊第三班　熊谷→館林
所属部隊　飛行第七一戦隊（四式戦・比島）
戦死状況　昭20・6・30　ミンダナオ島ザンボアンガで戦死

初メテ三ツ星イタダイタ時ノウレシサ…（昭和17年12月）

法　名　蒼空院普照瑞光居士
戦隊長より母上宛の書簡

謹啓　薫風爽やかに来り初夏の候と相成り候。戦局益々苛烈を極め真に皇国興廃の秋、御尊家御一統様には御健康の事と推察仕り候。早速御報告申上ぐべき筈の処御無音に打過ぎ誠に申訳無之候。

扨て御子息様には昨年選抜され南方に勇躍出戦、比島航空決戦酣なる頃幾多の戦闘に参加、連日連夜極めて至難なる任務を良く完遂し、赫々たる戦果を挙げられ、真に皇国軍人の龜鑑たるべきは勿論、敵側の深く驚愕せし処、吾々一同尊崇の的に御座候。

出戦後は先ず「ルソン」島に於て邀撃戦に火蓋を切り、「レイテ」島攻撃最も熾烈なるに続いて「ネグロス」島へ邀撃、或は船団掩護等転々と各地を勇戦せられ、現在「ミンダナオ」基地に於て祖国の為醜敵米英撃滅に奮闘せられ居る状況に御座候へば、今後共必ずや陛下の赤子としての本分を完遂せられる事と確信致居候。

戦闘の詳細は推参の上申し上ぐべき筋なるも、軍務多忙本意叶はず、略儀乍ら右御一報申上候。

乍末筆御尊家皆々様の御健康を祈念申上候。

頓首再拝

六月十日

山口県防府局気付
天風第一八四二九部隊長
綾部　逸雄

下條シゲ子様

想い出　最早三十余年を経過いたしましたので、古いものは皆始末をし、戦死の公報までも失ってしまいました。

普三郎は良く便りを書く子供で毎週便りがあり、沢山の手紙でしたが惜しいことをいたしました。学校時代に航空記念日に郷土訪問飛行をさせて貰ったり、比島への出陣も選抜されて新鋭の疾風に乗り、勇躍出かけたのでしょう。

折角の戦争も惜しくも敗戦となり、残念に思いますが致し方御座いません。


（母・下條志げ）

〔追記〕　経歴
昭和一八年九月二三日、熊谷陸軍飛行学校を卒業、北支派遣隼第一五三〇一部隊（杉山隊）に転属。
昭和一九年三月、明野陸軍飛行学校北伊勢分教所に転属。五月、天龍分教所に移動。
同年六月、第一八四二九部隊（飛行第七一戦隊）に転属。（七一戦隊は一九年五月六日、北伊勢で編成に着手し、九月一七日編成完了）

その後、八日市・小月飛行場へと移動、九月下旬、雁の巣飛行場に移動して北九州の防空任務を担当。

同年一一月一一日、済州島→上海→屏東を経て比島デルカルメン基地に展開、作戦に従事。

**★黒石川　茂**（鹿児島県）

東航第四中隊第三班　熊谷（本校）

所属部隊　第四航空軍　特攻護国隊（一式戦）

戦死状況　昭19・12・7　比島レイテ島オルモック湾の敵艦船群に突入、戦死

法　名　源俊院釈良昌

遺　詠（熊飛校の俳句・川柳集より）

一雨に松も草葉も色をまし
空晴れて又曇る水無月の初旬
大空の高き〳〵憧れに
身修めて今我は行く

浩然ノ気ヲ養ヒ而明日以降ノ資ニ準備シ為ニ可今日迄五度外出シ荒川ニ将桜堤ヲ逍遥ス

想い出　昭和一九年一一月、東京の立川飛行場を出発した護国隊は、兵庫県の加古川飛行場を経て宮崎県新田原飛行場に前進しました。

その時、兄はここから数時間もかかる故郷鹿児島県大口への帰郷が許可されて還って来ました。僅かな時間しか滞在できないことを承知の上で、故郷への決別の為に帰って来たのだと思います。

兄が大口に着いた時は、父母は新田原に面会に出かけた後でした。誰も居ない自分の生家で、伯母

が沸かしてくれたお茶をすすり、間もなく宮崎へ帰って行きました。

父母と私は、新田原の飛行場で最後の面会をしました。僅かな時間でしたが、心に思い残すような事もなく別れて行ったあの時の姿を、今もありありと思い浮べることが出来ます。別れる時、私達の姿が見えなくなるまで直立しておりました。

それから今一つ忘れることが出来ないのは、遠藤隊長のことです。独身の若い隊長は、戦場に向かう少年の部下のために、故郷に帰ってくることを許可されたのでした。部下を思う隊長の親心が深く胸を打ちました。

（弟・黒石川信夫）


〔追記〕特攻護国隊（一式戦）は隊長遠藤栄中尉（陸士56期）以下一二名をもって編成され、昭和一九年一一月一三日午前一〇時、東京都調布飛行場を出発、新田原、沖縄、屏東を経てマニラ市郊外マリキナ飛行場に前進。

一二月七日午後一時頃、遠藤隊長以下七機はマリキナ飛行場を発進、有川中尉の指揮する直掩隊四機の護衛の下に、オルモック湾の敵艦船群に突入散華した。戦果は輸送船一隻撃沈、同二隻炎上であった。

★金　子　甲子男（栃木県）
東航第四中隊第三班　宇都宮
所属部隊　第一二教育飛行隊（戦闘・マレー）
戦死状況　昭20・7・3　マレー半島アロルスター飛行場で払暁飛行訓練中、殉職
法　　名　翔雲院忠鳳壮節居士
絶　　筆　（比島第一〇三教飛の同期生寄書き「留魂録」より）

万事愉快ならざるべからず
愉快は任務達成の要素なり

★佐々木　敬太郎（東京都）
東航第四中隊第四班　所沢第六中隊
所属部隊　不明
戦死状況　昭20・7　比島ネグロス島で戦死

★鈴　木　昌　郎（東京都）
東航第四中隊第四班　水戸
所属部隊　飛行第三戦隊（九九双軽・樺太）
戦死状況　昭19・2　北千島幌筵島で着陸時、墜死
絶　筆
水戸校・桜井君に寄せて
大東亜の礎たれ
此の重大時局に生をうけ　航空に身を捧げる
我等は名を惜しみて　何んの充分なる忠節を尽すことができよう
名を捨て　一塊の土と化すを無上の誇りとしてこそ真忠を尽すことができるものなり
而して此の一塊の土が集まりて大東亜の厳たる礎となるのである
「礎となる」これは俺が常に口ずさんでいた言葉だ　そして俺の信条だ

この言葉を思い出したら　たとい広袤万里の戦線に　それぞれ吹雪の北に　或いは南海の果に別るるとも常に俺を思い出してくれ
終りに際して俺は更に声を大きくして言う
『大東亜の礎たれ』
身はたとい　南海の果の空に
散るるとも
我は悔いなし　五尺の体

★山　下　悟（鹿児島県）
東航第四中隊第四班　操縦
所属部隊　不明
戦死状況　戦死（場所・年月日不詳）

★澤　井　正　道（大阪府）
東航第四中隊第四班　太刀洗
所属部隊　飛行第三一戦隊（一式戦・比島）
戦死状況　昭19・9・12　比島ネグロス島ファブリカ上空の空戦で戦死
〔追記〕九月一二日早朝、米機動部隊艦載機約四〇〇機が中部比島の我が航空基地に来襲、第三一戦隊は全力出動してこれに応戦、十数機を撃墜したが、未帰還一機の損失を蒙った。

★井 上 行 光（山梨県）

東航第四中隊第四班　熊谷

所属部隊　第三二教育飛行隊（戦闘・比島）

戦死状況　昭19・9・19　比島ネグロス島スマク西方約三キロの海上上空で、グラマン戦闘機約五〇機と交戦、戦死

法　名　行空院法重日光信士

遺　詠（熊飛校の俳句・川柳集より）

駈け足に限りある身の力ためさん

班対抗今日も優勝嬉し顔

想い出　行光のことですが、戦死公報が来てから手紙が来ましたので、戦死は間違いではないかと何度も疑いました。

あの子は成績が良く、学校では何時も級長を続け、同級生にも慕われ人情深い性質でした。また健康優良児として山梨県知事賞、山梨日々新聞社賞を受賞しました。

私はもう老い果てて八三歳となりました。

（母・井上はつの）

★村 上 文 夫（愛媛県）

東航第四中隊第四班　太刀洗

所属部隊　飛行第一戦隊（四式戦・柏→比島）

戦死状況　昭19・12・10　奄美大島付近で戦死

〔追記〕第一戦隊は一八年一一月中旬以降、千葉県柏飛行場にあって東京防空の任に就いていたが、

一九年四月、一式戦より四式戦に改変された。また八月三〇日より九月二四日の間、福岡県雁の巣飛行場に移駐し、北九州の防空任務を担当した。

一〇月八日、比島作戦参加のため三八機をもって柏飛行場を出発、比島に進出した。その後、二四日のレイテ総攻撃をはじめ、連日レイテ攻撃に出動したが、戦力の消耗は極めて早く、一〇月三一日には保有機八機、可動機三機となり、一一月一日には戦力回復命令を受け、生き残り操縦者は七日、茨城県下館飛行場に帰還した。

約一ヵ月間、下館において戦力回復を行い、一二月七日、再び四〇機をもって下館を出発し比島へと向かった。

★牧　野　弘（出身地不明）
　東航第四中隊第四班　所沢第五中隊
所属部隊　飛行第三四戦隊（九九双軽・仏印→ニューギニア→比島）
戦死状況　昭20・6・5　比島ルソン島エチアゲで戦死

〔追記〕二〇年一月一〇日、空中勤務者の主力は北部ルソンに移動し、地上勤務者の主力はマニラ東方のマリキナ山中に陣地を構築し敵を迎え撃ったが、悪戦苦闘を続けた後、全滅状態になった。

★椎　名　保（東京都）
　東航第四中隊第四班　太刀洗→甲府
所属部隊　飛行第五一戦隊（四式戦・比島）
戦死状況　昭19・10・25　比島レイテ湾上空で戦死

絶　筆（甲府教育隊卒業アルバムより）

丸床生

決戦の秋、今ぞ別れ行く。

甲府教育隊第十二期少年飛行兵、共に頑張らん。

米英撃滅を念願し、アッツ島玉砕勇士を偲びて、ワシントン、ロンドン崩壊も我等十二期の腕に在り。

＊

喰ふ時はまるい顔みてほゝゑむが、取扱不良の外出止、うらめしいかな貴重品。

〔追記〕椎名君とは台湾第一〇六教育飛行聯隊で一緒に教育を受け、昭和一九年三月、共に飛行第四戦隊（二式複戦・山口県小月）に着任した。

四月二八日、小月で飛行第五一戦隊（四式戦）が編成されたが、椎名君は大沢陸郎君（東航三―四）と共に、同戦隊に転属。

その後、同戦隊は第四戦隊と小月飛行場を共用し訓練を行っていたが、六月一五日、山口県防府飛行場に移動、北九州の防空任務を担当しつつ錬成につとめていた。

九月一三日、第五一戦隊は第四航空軍に隷属。二九日、防府飛行場を出発し比島に展開、熾烈なる航空戦に従事することになった。

第四戦隊に配属された操縦の同期は八名であったが、五一戦隊に転属した椎名・大沢両君が惜しくも戦死してしまった。


（東航七―四・岩井清一）

★会　澤　道　夫（茨城県）

東航第四中隊第五班　熊谷→水戸
所属部隊　第三教育飛行隊（襲撃機・比島）
戦死状況　昭19・10・18　比島―ボルネオ間で戦死
〔追記〕この日、捷一号作戦が発動された。

**★篠　平八郎（東京都）**
東航第四中隊第五班　水戸
所属部隊　飛行第七戦隊（四式重・宮崎）
戦死状況　昭20・1・24　宮崎県高鍋沖で殉職
遺　詠（水戸校の寄書きより）

征クハ　鍾馗カ　隼カ
我ラノ巣立ッ　日モ近イ
元気一杯　頑張ラウ

＊

朝に夕に　集い集いて　天翔けた
我輩の戦友よ
行く手はロンドン　ニューヨーク
今や正に航空決戦の秋
仇敵英米の喉吭に喰いつけ
次は九段で又会おう

★川西文夫（香川県）

東航第四中隊第五班　所沢第六中隊

所属部隊　飛行第一七戦隊（三式戦・比島）

戦死状況　昭20・7・7　比島ルソン島で戦死

遺　詠（整校卒業記念の寄書きより）

咲きにほふ花の数には入らねども
散るには洩れぬ吾身なりせば

★八代俊彦（岐阜県）

東航第四中隊第五班　宇都宮

所属部隊作　第一野戦補充飛行隊（軽爆・マレーシア）→飛行第八戦隊（九九双軽・仏印プノンペン）

戦死状況　昭19・8・28　仏印プノンペン飛行場で訓練中、戦死

中隊長より御遺族宛書簡（抜粋）

謹しみて一筆申上候。

本日は悲しき御報告にて誠に申訳なき次第に候へども、御子息八代軍曹の戦死状況を御通知申上侯。

目下、我が部隊は作戦に訓練に一意大東亜戦争完遂の為に邁進致し居り侯。大体戦場に於ては、作戦と訓練が反覆して実施せられ、初めて偉大なる戦果を得らるべきものに有之、訓練なくして作戦なく、訓練と雖も、あたら実戦におけるが如く実に猛烈を極め居り侯。

八月四日、仏印某飛行場（注：プノンペン）において、夜間飛行訓練のため、新鋭○○機（注：九

九式双発軽爆撃機II型乙）を操縦、二〇時〇五分勇躍離陸するや、暫くにして発動機不調となり候。此の時軍曹は冷静、沈着、片発飛行にて着陸せんとするも及ばず、遂に飛行場東方五粁の地点に不時着、不幸にしてガソリンに引火、瞬時にして一面火の海となり、退避の際に顔面及び肩、足に火傷を負ひ候。

急を聞きて現場に駈けつけし時、剛健なる軍曹は重傷にも拘らず意識は実に明瞭にして、我が身をも省みず、小官に対して飛行機を大破せし罪を謝せられ候。

責任観念旺盛なる軍曹の態度に、小官はじめ一同大いに感服致せし次第。早速病院（注：サイゴン陸軍病院）に収容、種々手当を尽したる結果、経過仲々順調にして、この分ならば大丈夫と一同安心、代る代る見舞に行き慰め居り候処、同月二八日容態俄かに悪化し敗血症を併発、戦友達の輸血も空しく、一五時一〇分遂に永眠致され候。

誠に惜しみても余りあり、御一同様の御悲嘆の程、如何ばかりかと申上ぐるに言葉も無き次第、謹しみて軍曹の冥福を祈り申上候。

軍曹と小官とは因縁深く、軍曹が内地を出発して南方に到着、馬来の岡九九一五部隊（注：第一野戦補充飛行隊・軽爆隊・マレー半島クルアン）に着任せられし当時、小官は同隊に勤務致し居り、教官として親しく教育指導の任に当り、七月同日に現部隊（注：飛行第八戦隊）に転任となり、引続き隊長と部下の関係をもって今日に到り候。

軍曹は純真、明朗にして、技倆も亦群を抜き、其の上労を惜しまず、誠に衆に範たるべき人物、来るべき新作戦にては、当隊の中堅操縦者として大いに活躍を期待致し居り候ひしに、愛惜の念誠に措く能はざるもの有之候。

御一同様愈々御多祥にわたらせられ、将来共に宜敷御声援の程伏して願上候。

御一同様

第三中隊長　浜岡　邦男

〔追記〕八代君と同乗していた機上整備の同期生・遠藤三千男君（東航一―八）も、サイゴン陸軍病院に入院加療中であったが、八月九日、戦没した。

（東航一―一・甲斐五郎）

★今　井　竹　雄（石川県）

東航第四中隊第五班　太刀洗→館林

所属部隊　飛行第二五戦隊（一式戦・漢口）

戦死状況　昭19・8・4　揚子江流域新灘口付近上空で敵一〇機と空戦、揚子江上に自爆、戦死

法　　名　翔空院釈雄昇

想い出　竹雄は私の弟です。

戦死する一〇日か一五日程前に、内地に飛行機受領に飛来した折、自宅に三～四時間立ち寄ったことがあり、それが最後になりました。

後日、とどけられた白木の箱の中身は、真新しい戦闘帽一つと、石一個だけでした。

私もその当時は戦地に行っておりました。

（兄・今井忠一）

〔追記〕当時の模様は、戦没者の記録・小林栄作君（東航一―八）の項を参照。

★細　川　達　雄（石川県）

東航第四中隊第五班　水戸

所属部隊　飛行第七戦隊（四式重・宮崎）

戦死状況　昭19・12・25　サイパン島アスリート飛行場攻撃で戦死
法　　名　真達院釈義証
遺　　詠（水戸校の寄書きより）
　日の丸鉢巻締め直し
　　乙女の意気も斬くならん
　　　征う　そして靖国で又会おう

想い出　兄は最期の通信で「機に敵弾を受けた、これより突っ込む」との発信を残して散華したと聞いています。

また、兄は町会少年団や青年団で中心となって活動していました。詩吟や歌などもよく歌っていました。

（弟・細川和雄）

〔追記〕飛行第七戦隊はサイパン島爆撃のため、一二月上旬、海軍宮崎飛行場より海軍香取飛行場に移動。

一二月二五日、戦隊の三機は硫黄島を中継基地として、サイパン島アスリート基地を攻撃した。
また飛行第七戦隊については、戦役者の記録・斉藤甲子郎君（東航一―七）の項を参照。

★後　藤　建　雄（熊本県）
　東航第四中隊五班　操縦→水戸
所属部隊　飛行第三一戦隊（九九襲撃機→一式戦・満州→比島）
戦死状況　昭20・6・25　比島で戦死

★金　沢　某（出身地不明）

東航第四中隊第五班

所属部隊　東京陸軍航空学校

戦死状況　昭16・7・8　東航在校中に病死、胸せきずいまくえん？　で

★後　藤　好　雄（福岡県）

東航第四中隊第六班　所沢第五中隊

所属部隊　飛行第一戦隊（三式戦・比島）

戦死状況　昭20・7・6　比島北部ルソン島サリオク付近で戦死

法　　名　純忠院釈就道居士

戦死前後のこと

戦死の状況は、公報では不明でしたが、少飛九期生の川端清吉様のお話によれば、戦死状況は次の通りです。

兵長になって

昭和二〇年、ルソン島カワヤンにあり、ここで二隊に分れ、一隊は平野忠男中尉（一期生）の率いる隊、他の一隊には兄と同期の小山正芳氏が同行した。

平野隊はツゲガラオを経てアパリより東方迂回でカワヤンに戻り、ここで終戦を迎えた。兄の隊はアパリからツゲガラオ、カワヤンと元の道を逆戻りし、ここから六キロ離れた開拓地に居た。

さらにそこから二〇キロ程離れた第二塩水池を経てボントックに向かう途中、第二塩水池付近で戦闘となり、この戦闘で姿を見失った。これが二〇年七月六日であり、またこの戦闘で戦死した者の遺骸はこの地に埋葬されたとの事であります。（妹・後藤八重子）

〔追記〕　整校では第五中隊、機関工科、戦闘班であり、一式戦闘機を専修した。

彼の人物像は一口に言えば柔和な男で、いつも誰にでも親切であり公平であった。また、大いに美男子であって皆から好かれていた。背が中隊で一、二位と高く、二〇〇〇メートルの体力検査では断然速かった。（東航三―三・近藤利孝）

★松　本　清　一（石川県）

東航第四中隊第六班　熊谷→館林

所属部隊　飛行第二〇四戦隊（一式戦・比島）

戦死状況　昭19・11・6　比島ネグロス島上空で戦死

〔追記〕　ジャワ・バンドン第一一七教育飛行聯隊を終え、戦死に至るまでの経過は、

一九年四月、南方第一野戦補充飛行隊・戦闘班に赴任。（シンガポール・テンガ飛行場）

七月、飛行第二〇四戦隊に配属。（ビルマ・ミンガラドン飛行場）

八月、同飛行場において戦力回復。その後、タイ・ドムアン飛行場に転進。

一〇月七日、比島に転進、ルソン東飛行場に展開。

一〇月一八日、レイテ作戦に参加、ネグロス島ファブリカ飛行場に転進。
一一月六日、迎撃戦闘に参加し、戦死。

☆

小生は、一〇月一五日の敵機動部隊の襲撃で鼓膜を痛め、マニラの陸軍病院に入院したため、ネグロス島には同行しませんでしたが、後日復帰して聞きましたところ、歴戦の隊員達はレイテ島に対する数次の進攻作戦や迎撃戦闘、時には上陸部隊の船団掩護等で戦力の大半を失い、運命の日の一一月六日も基地であったネグロス島ファブリカ飛行場に対するP38の来襲は激しく、他部隊の残存兵力をも結集して迎撃。

松本君もその一員として勇戦敢闘、しかしながら衆寡敵せず、遂に壮烈なる戦死を遂げられたとのことです。

他の隊員も多数戦死されたのは無論ですが、特に松本君を失ったことは、二人きりの同期だったため、誠に断腸の極みでした。

（12期通信第30号より抜粋・安在繁三郎）

★梅 原 三 郎（京都府）

東航第四中隊第六班 熊谷

所属部隊 飛行第二四四戦隊（三式戦・調布）

戦死状況 昭20・2・10 筑波山上空でB29に体当り、戦死

〔追記〕 昭和二〇年二月一〇日一五時過ぎ、B29約一〇〇機は鹿島灘より侵入、中島飛行機太田工場（群馬県）を約一時間にわたり空襲。我が軍は十五機を撃墜し、二九機を撃破したが、未帰還七機であった。

梅原三郎君の壮烈なる体当りについては、後日感謝状が授与され上聞に達した。

**★永　野　諭**（熊本県）

東航第四中隊第六班　水戸
所属部隊　第二航測隊
戦死状況　昭20・4・25　比島ルソン島タルラックで戦死

**★桂　木　等**（福井県）

東航第四中隊第六班　太刀洗↓桶川
所属部隊　飛行第一七戦隊（三式戦・花蓮港）
戦死状況　昭20・4・1　慶良間列島沖の米艦船に対する特攻隊の直掩機として、前進基地石垣島を発進、戦死
法　　名　全忠院釈等耀

父・桂木重右衛門様の覚書き（抜粋）と追記（12期通信第3号より抜粋）

昭18・10・23　支那方面に派遣を命ぜらる。
青島に満二カ月、北京に満四カ月。
昭19・4・10　内地に帰還。三重県北伊勢分教所に満二カ月にして南方比島に派遣を命ぜらる。
6・22　小牧飛行場を出陣し、比島マニラ市郊外のニールソン飛行場に進出。8月末、アンヘレス南飛行場（クラーク基地群）に移動。その後、ネグロス島ラカルロタ飛行場に前進。台湾沖航空戦、比島航空戦に参加したが戦隊の戦力涸渇し、戦力回復のため内地帰還を命ぜられ、アンヘレスに後退。

桶川分教所にて（昭和19年8月1日）

昭20・1・18　台湾↓沖縄↓上海↓新田原を経て小牧に帰還し、戦隊の再編に努む。またこの間に三式戦より五式戦に改変。

2・16　この日付で第一七戦隊は第八飛行師団（台湾）に編入される。2月27日、五式戦三〇機で小牧を出発し新田原に移動。沖縄↓台北を経て3月7日、花蓮港に前進。以下、沖縄方面の航空作戦に参加。

3・26　米軍の沖縄上陸を前に、第一七戦隊内に特攻隊を編成し、3月29日、石垣島に前進。

4・1　早朝6時10分、慶良間列島沖米艦船に対し第一回特攻攻撃を敢行、桂木軍曹は直掩機としてこれに参加、戦死す。

この攻撃において平井俊光中尉（航士56期）以下特攻七機、直掩機九機中一機（桂木機）が未帰還となる。

戦死の二日前に両親にあてて発した最後の手紙と遺髪が、飛行機便にて四月二三日到着。なお、第一七戦隊からは、第一次〜第四次の沖縄特攻隊が出撃す。

★小　田　清　太（岡山県）
東航第四中隊第六班　所沢第五中隊
所属部隊　飛行第一四戦隊（九七重・ニューギニア→比島）
戦死状況　昭20・7・10　比島ルソン島ツゲガラオで戦死

台湾第9906部隊安田隊に赴任

〔追記〕　戦隊の比島残置隊高橋中尉以下九六名は、クラークよりツゲガラオに移動した。しかし、戦況は急速に悪化し、残置隊は第三六航空地区司令部に転属し、臨時歩兵第二二大隊に編入され地上戦闘に参加するとともに、サンパブロ付近の警備を行いつつ終戦を迎えた。

★見　田　義　雄（兵庫県）
東航第四中隊第六班　宇都宮
所属部隊　飛行第四七戦隊（二式戦・成増）

（震天制空隊員）

戦死状況　昭19・11・24　千葉県銚子上空でB29に体当り、戦死

戦隊長奥田暢(のぼる)少佐の手記（抜粋）

この日、第二飛行隊の見田伍長（少飛十二期）は、銚子沖五粁の海上で、僚機山家曹長の眼前で壮烈な体当り攻撃を敢行した。

見田機は真紅の火玉となって海上に落下したが、敵もまたのたうちながら、その後を追って海上に爆砕したのである。

こうして東京上空体当り第一号となった彼、見田伍長は、弱冠十九歳。無口な、おとなしい彼のどこにこうした烈々たる気魄がひそんでいたのであろうか、と疑いたくなるような紅顔の少年であった。

なお、見田義雄君には感状が授与され、上聞に達したのである。

〔追記〕　昭和十九年一一月二四日、マリアナ基地を発進したB29約八〇機は、富士山頂を目標として駿河湾より侵入し、八〇〇〇メートルから一万メートルの高空より中島飛行機武蔵野工場・東京市街地および港湾施設を爆撃した。これがB29による東京爆撃の始まりであった。

東京上空体当り1号となった見田義雄君

一二時〇〇分、東部軍は空襲警報を発令すると共に各戦隊に出動を命じた。このB29の東京初空襲による邀撃戦で、左記二名の同期生も散華した。
福元幸夫　東航二―五・宇都宮・第二四四戦隊　九十九里浜上空で戦死
金子光雄　東航七―三・操縦・第七〇戦隊　柏上空で戦死

★中　山　義　雄（福島県）
東航第四中隊第六班　太刀洗→桶川
所属部隊　第二七錬成飛行隊（ビルマ）
戦死状況　昭和20・5・25　タイ国ケダー州方面の上空で戦死
〔追記〕（12期通信第6号より抜粋）
中山義雄君の戦死の模様
当日、部隊主力一七機は、レイテ島空輸作戦任務を終了し、ビルマ戦線クアラケチル基地に帰投中であった。（機種は九八式直協、二式双戦、二式爆練）
北上する編隊は、シンガポール上空よりマレー半島西海岸線を見ながら高度二〇〇〇で飛行、クアラルンプールを過ぎて間もなく敵戦闘機の攻撃をうけた。
右方に位置する僚機中山機（十五期生同乗）と上昇に移りながら、編隊を崩さないようにと必死であったが、中山機が急にコタバル方向に変針、機首を下げて左前方に突っこんで行った。よく見ると、白い煙とガソリンの噴出が尾を引いており、さかんに左手を振っている。
しかしその時、私の機も攻撃を受けていた。中山機を振り返る間もなく、後上方には敵戦闘機ホーカータイフインがいて攻撃を避けようと急反転したが時既に遅く、一連射を浴びてしまった。

幸い負傷者はなく、右翼に被弾して大穴があいた程度で、敵機の追尾してくる気配もない。ヤレヤレと思いながら、海面を這って基地に帰投。

しかしそこには、中山機がクアラルンプールに墜落の報が現地警備隊から入っていた。早速、遺骨収容隊が編成され、現地に派遣された。

中山機は、発火はまぬがれたものの、墜落の衝撃で全員死亡。その直後、ゲリラ隊の襲撃を受けたらしく、目ぼしい搭載品は何もなく、むき出しにされていた。

現地で火葬に付し、一一柱の遺骨は黙々として基地に帰還した。そして、クアラケチル西飛行場誘導路右側にある墓標群の中に納められ、黙とうを捧げてその冥福を祈った。

中山君は当時一九歳、郷里には一七歳の夫人が七カ月の幼児を抱いて武運を祈っていたことを思えば、涙せずにはおられなかった。

（東航七—四・福山六雄）

**★笠　原　達　夫**（東京都）

東航第四中隊第七班　宇都宮

所属部隊　飛行第六〇戦隊（四式重・中支）

戦死状況　昭19・12　比島空輸中、未帰還

〔追記〕　六〇戦隊は、南方、中国において一〇〇式重により爆撃任務に当っていたが、一〇月一一日内地に帰還、浜松で四式重に改変。その直後、比島方面に対する人員資材の緊急輸送に当り、多くの犠牲を出した。

**★喜　安　賢太郎**（大分県）

東航第四中隊第七班　水戸
所属部隊　第一航空情報聯隊（静岡県磐田）
戦死状況　昭19・12・6　大牟田港を出港して南方戦線に向かう途中、バシー海峡で戦死
法　　名　光誉院真月賢定居士
想い出　当時、私は北支に従車中で詳細不明ですが、復員後母より福岡県大牟田港を出港したと聞いています。（兄・喜安喜太郎）
〔追記〕　当時、東支那海、比島方面海域では敵潜水艦が跳梁しており、また敵艦載機の活動もさかんであった。

**★伊　勢　茂　由**（高知県）
東航第四中隊第七班　熊谷→館林
所属部隊　飛行第二四六戦隊　（二式戦／四式戦・伊丹）
戦死状況　昭20・7・19　大阪上空の邀撃戦で戦死
〔追記〕　この日、敵戦闘機P51約一〇〇機が、各務原、小牧、伊丹各飛行場を攻撃した。また夜間、B29八〇機が日立に、六〇機が銚子に、一三〇機が福井に、五〇機が西宮に、八〇機が岡崎に来襲し、焼夷爆弾を投下した。

**★尾　西　勝　六**（兵庫県）
東航第四中隊第七班　所沢第五中隊
所属部隊　飛行第一九戦隊（三式戦・比島）

戦死状況　昭20・8　比島ルソン島バレテ峠で戦死

★曽　谷　久　雄（兵車県）

東航第四中隊第七班　所沢第五中隊

所属部隊　飛行第二二戦隊（四式戦・比島）

戦死状況　昭20・5・17　比島ネグロス島で戦死

〔追記〕　当時の模様については、戦没者の記録・沢田義信君（東航三―八）の項を参照。

★中　村　正　直（福岡県）

東航第四中隊第七班　水戸

所属部隊　第一野戦補充飛行隊、七生皇楯第二飛行隊（重爆・マレー半島）

戦死状況　昭20・1・29　スマトラ島南西海上の英機動部隊に突入、戦死

〔追記〕　七生皇楯第二飛行隊については、戦没者の記録・三浦信一郎君（東航一―六）の項を参照。

★岸　　安　美（長崎県）

東航第四中隊第七班　水戸

所属部隊　飛行第六七戦隊（九九襲撃機・千島→比島）

戦死状況　昭19・10・27　比島レイテ島オルモック湾攻撃で戦死

〔追記〕　第六七戦隊は、レイテ航空作戦参加のため一〇月一四日、ネグロス島パコロドに前進し、出撃したものである。

★堂　下　　清（石川県）
　東航第四中隊第七班　所沢第六中隊
所属部隊　飛行第二七戦隊（二式複戦・比島）
戦死状況　昭20・4・9　比島ネグロス島で戦死

★小　山　健　吾（東京都）
　東航第四中隊第八班　水戸
所属部隊　飛行第一八戦隊（三式戦・比島）
戦死状況　昭20・4・24　比島ネグロス島マンダラカン山で戦死

★伊　加　　覚（岡山県）
　東航第四中隊第八班　熊谷
所属部隊　飛行第六五戦隊（襲撃機・比島）
戦死状況　昭19・11・11　比島レイテ島タクロバン攻撃で敵戦闘機多数の攻撃を受けて被弾し、敵大型輸送船に向かって自爆、戦死
法　　名　雄観院飛翔覚海居士
隊長からの書簡（抜粋）
　謹みて御令息故陸軍軍曹伊加覚殿の壮烈なる戦死の状況に就き御報知申上候。
　扨比島の天地戦機熟するや十月二十日、敵は小癪にも全力を挙げて「レイテ」湾に上陸を開始し、

茲に比島決戦の幕は切って落され候。

伊加君は十月二十六日より十一月二日に至る間五回出動。其の間「レイテ」湾の駆逐艦を撃破し、輸送船に数多の必中弾を浴せ、又飛行場攻撃にあたりては地上に群る数多の敵機を爆砕し、赫々たる戦果を挙げて中隊の士気を昂揚し、中隊戦力の核心となりをり候。

時にはP38数機を相手に敢闘、愛機に数多の敵弾を受けつゝも任務を完遂、基地付近に不時着する等の敢闘振りも、伊加君の烈々たる気魄旺盛なる攻撃精神を表徴するものと確信致候。

十一月十一日、伊加君は「タクロバン」飛行場の薄暮攻撃の任を受け、山本編隊の二番機として勇躍出動。夕暗迫るレイテの上空に殺到せるも、数多の敵戦闘機の攻撃を受け、遂に敵大型輸送船目がけて壮烈なる自爆を遂げ申候。

噫乎壮烈極みなき伊加君の戦死、その挙げたる戦果は何等特攻隊に比し劣る所なく、将来に輝き、日本男子の面目これに過ぐるものなきを確信致候。

然れども御遺族方々の切実なる御心を御察し申上候時、誠に小生としても心苦しきもの有之候。

右簡単ながら当時の状況を御報知申上候と共に、寒気厳しき折柄御遺族方々の御健勝の程を御折り申上候。

敬　具

威九一〇四部隊中神隊長

中神　晴雄

伊加　武一殿

（12期通信第29号より抜粋）

想い出　昭和一七年三月三〇日、熊校入校の途次、豊橋陸軍予備士官学校において面会したのが最後となりました。この日は卒業式の日であり、落ち着いて弟と話すことが出来ず、今なお心に残ります。

豊橋駅頭で東西に別れ、私は大陸の戦線に向かいました。弟が戦死した一九年一一月一一日は、奇しくもP51戦闘機数機の執拗なる攻撃を受け、また兵員受領のため内地帰還を命ぜられた頃でもありました。

只一人の弟であり、潔癖な性格でした。弟は昭和一九年春の河南作戦で私が戦死したものと信じていたようでした。

（兄・伊加保憲）

★八木沢　富　夫（栃木県）

東航第四中隊第八班　太刀洗

所属部隊　飛行第八五戦隊（二式戦／四式戦　中支）

戦死状況　昭19・12・8　南京上空でP51と交戦、戦死

★大　串　文　彦（兵庫県）

東航第四中隊第八班　熊谷（本校）

所属部隊　中部第一三三部隊→赴任戦隊不明

戦死状況　昭21・3・2　ジャワ島マラン地区野戦病院でマラリヤにより戦病死

法　　名　惺生院法常温徳信士

想い出　戦後マラン地区に集結中、マラリヤ症が再発し、野戦病院に入院するも病状好転せず、遂に没す。

親として残念でなりません。悲しい限りです。只今でも毎日仏前に参り、故霊と対話し、霊を慰め

ております。

（父　大串利一郎）

★合　田　耕一郎（香川県）

東航第四中隊第八班　水戸

所属部隊　第二〇航測隊

戦死状況　昭20・4・19　北海道厚賀南東海上で戦死

★内　倉　竜　三（宮崎県）

東航第四中隊第八班　太刀洗↓水戸

所属部隊　飛行第六一戦隊（四式重・シンガポール）七生神雷隊

戦死状況　昭20・6・25　パリックパパン沖の敵艦船攻撃に出撃、戦死

〔追記〕　昭和二〇年六月、パリックパパン方面に機動部隊が出現した。六月一九日、戦隊はこの機動部隊攻撃の命を受け、四式重八機による七生神雷隊を編成した。

六月二五日早朝、七生神雷隊はスマトラ島メダン基地を出発、スラバヤ基地に前進、海軍の協力を得て搭載魚雷の点検を行い、同日夕刻、四式重五機がスラバヤ基地を発進し、パリックパパン沖敵艦船群を攻撃した。

戦果は大小艦船八隻を撃沈したが、我が方未帰還は三機であった。

# 東航第六中隊

★尾　形　尚　道（山形県）

東航第六中隊第一班　熊谷

所属部隊　飛行第二戦隊

戦死状況　沖縄周辺の偵察飛行中、戦死

人物寸評　（12期通信第7号・学窓の栞より）

尾形生徒「入リモアス」、前班長思イ出ノ種。生涯外出ハセント頑張ッタ男、サレドソレハ破レタ。

★楢　田　寶（佐賀県）

東航第六中隊第一班　所沢第六中隊

所属部隊　飛行第一九戦隊（三式戦・比島）

戦死状況　昭19・10・20　比島で戦死

人物寸評　（12期通信第7号・学窓の栞より）

戦友、戦友、戦友思ヒ。

日野ノ動労奉仕、忘レラレヌ。

人気者皆忘レマセン。

★中　村　　明（大分県）

東航第六中隊第一班　所沢第五中隊

所属部隊　飛行第一九戦隊（三式戦・比島）

戦死状況　昭20・6・10　比島ネグロス島で戦死

人物寸評（12期通信第7号・学窓の栞より）

「男前ハ断然」。オ母アサン心配スルモ当然。病院デハ「モテタ」ソウネ。

★伊　藤　勝　士（熊本県）

東航第六中隊第一班　太刀洗→甲府

所属部隊　明野教導飛行師団（戦闘）

戦死状況　昭20・4・22　明野上空でP51と交戦、戦死

法　名　遵法院宗勝日道信士

遺　詠（甲府教育隊卒業記念アルバムより）

雛　鷲　　　　風船玉

小さい可愛い赤とんぼ
五千の尺のあの空ぢゃ
蠅だか　あぶだか分らない
唸ってゐるのであぶと思ひ

払って見るがとゞかない
　とどかぬ筈だよあのあぶは
五千の尺の空だもの
　＊
五千の尺のあの空で
　操る人は誰ならん
そは紅顔の美少年
　命を捧げた若人が
戦の底に巣立たんと
　若き男の子の足音だ
雄々しき雛の羽搏きだ

**★牧　田　倜**（岐阜県）

東航第六中隊第一班　熊谷→館林

所属部隊　第一野戦補充飛行隊（偵察・マレーシア）

戦死状況　昭19・6　マレー半島カハン飛行場で殉職〔下福田睦俊（東航四—一）と同乗〕

人物寸評（12期通信第7号・学窓の栞より）

外出ナンバーワン、何ノ用事ガアルノデスカ。

日本アルプスノ産。

オ父サン、オ巡リサントハ。

余リ、パン、ウドン、ヲツメルト腹ヲコワシマス。
返事ハ何時モ一番。

★江　良　吉　雄（大分県）
東航第六中隊第一班　太刀洗↓甲府
所属部隊　飛行第一八戦隊（三式戦・柏）
戦死状況　昭20・2・16　帝都防空のため敵艦載機と交戦し、茨城県行方郡上空で戦死
法　　名　飛行院忠岳法燕居士
遺　　書　大東亜戦局愈々切迫シ、皇国ノ興廃カカッテ今日ノ我々空中戦士ノ双肩ニアリ。大東亜戦ノ勝敗ノ鍵ハ一ニ吾々ノ手裡ニアランカ、任ノ重キハ殊更絶大ナリ。
男子ト生レ、幸ニ大日本帝国ニ生ヲ承ケシ吾、斯カル重任必達ヲ期セントス。是ニ勝ル名誉アランヤ。
愚身ナレド、敢テ帝都ノ空ニ献ゲン。

★松　本　真太治（京都府）
来航第六中隊第二班　宇都宮
所属部隊　特攻第四八振武隊（一式戦）
戦死状況　昭20・6・3　知覧基地を発進、沖縄方面の敵艦船群に突入、戦死（堀垣治少尉以下五機）
人物寸評　（12期通信第7号・学窓の栞より）
明朗其ノ儘。彼ノ笑顔ハ又ヱビスノ様。

整頓ノ上手ナ男。
日曜日ニハ良ク寝ル。
洗面器デ優勝。

絶　筆　先便にてお知らせ致しました通り、二十八日一回出撃致しましたが飛行機の調子悪く引返しました。鈴木少尉と土屋伍長の両名のみ決行、隊長以下は之より出発します。尚、富屋食堂の小母さんには昨年十月奉天の帰途にも御世話になり、当地へ来て毎日御厄介になって居ります。出発の時刻其の他を後報して頂きますから宜敷く、では之にて。出発直前の記

皆様の御健闘を祈ります。

真太治

父上様

追伸　本日突然の命令にて同期、中島軍曹と二人、特別任務をうけ出発することとなりました。隊長とは全然別行動にて責務重大、大いに頑張ります。数多い中に二人が認められ、最期に花を飾ることを喜んで下さい。信頼を受けて重要任務を与えられ同期中島と征くことは実に本望にて必ずやります。

では。

遺　詠　（振武寮の隊員全員の寄書きより）

還らじと思へばなほも燃へ上る
猛き闘志に必沈を期す

敷島の皇国の空の玉垣と
永久に護らん惟神隊

いざ征かむ四海を蔽ふ霧払ひ
　御稜威の朝の光仰がむ

〔追記〕　中島豊蔵君（東航七—七・宇都宮）も第四八振武隊で、この日一緒に出撃した。

★杉　島　光　明（出身地不明）

東航第六中隊第二班　太刀洗

所属部隊　不明

戦死状況　戦死（場所・年月日不詳）

人物寸評　（12期通信第7号・学窓の栞より）

モウ時間ニハ遅レマセン。

割箸デ広告、看板デモアル。

朗カナ友情ニ満チタ戦友ニ別レルノ寂シイソウデス。

★大　池　重　雄（静岡県）

東航第六中隊第二班　所沢第五中隊

所属部隊　飛行第一七戦隊（三式戦・比島）

戦死状況　昭19・6・2　ニューギニア島トル川流畔で戦死

人物寸評　（12期通信第7号・学窓の栞より）

声ノ良イ事デ分隊長持ッテコイ。

遊泳演習ニハ名声ヲ挙グ。

村山駈足十五番。

オ母サンヨリ便リヲクレル重ちゃん。

〔追記〕　戦死に至るまでの経過
昭和一八年一一月二三日、第四航空軍転属。

昭和一九年二月、ニューギニア島のウエワクを出発、ホーランジア飛行場に空輸撤退。ラバウルか

昭和16年４月、東京陸軍航空学校の入校日に、元島石盛に兄清徳少飛八期生、東航三期生が航空整備学校に在学中、面会に来て、三中隊の横の松林にて

比島派遣真9315部隊本部にて

昭和17年９月23日、外地南方での兄清徳

らホーランジア間の作戦連絡飛行に決死の活躍。
同年三月二二日、ホーランジアに米軍上陸、徒歩にて撤退開始。食糧なく、弾薬はすでに使いはたし、昼間はジャングルにかくれ、夜になって行軍、連日悪戦苦闘の中で戦死者あいつぐ。
同年六月二日、トル川流畔の急流、集結地サルミを対岸に望みながら戦死。（12期通信第2号より）
〔註〕彼、大池重雄君はわたしの兄元島清徳軍曹（少飛第八期生）と恐らく、同じ戦隊で、同じ整備班にいたのではないか？と思います

★鶴　田　兼　三（埼玉県）
東航第六中隊第二班　所沢第六中隊
所属部隊　飛行第一九戦隊（三式戦・比島）
戦死状況　昭20・7・5　比島ルソン島カバナツアンでマラリヤにより戦病死
法　　名　勇壮院夏岳兼行居士
想い出　親や姉妹思いの子でした。また、物事に責任感の強い子供でした。（母・鶴田若恵）
人物寸評（12期通信第78号・学窓の栞から）
江戸ッ子トハ思ハレヌヤサシサ。何時モ不平ナク黙々ト過ス。野球ガ好キ。幹部カラ愛サレタ。デモ行軍ハドウモ。

★柴　田　正　伍（山形県）
東航第六中隊第二班　水戸
所属部隊　第一一航空通信聯隊

戦死状況　昭20・6・5　比島ルソン島キアンガンで戦死
人物寸評（12期通信第7号・学窓の栞より）
再起奉公、今ハ陸軍ノ大生徒。上級生ダケアリヨク気合ガ入リマス。
良ク気ノキク人デス。
体ヲ大切ニシテ下サイ。

★元　木　隆太郎（東京都）
東航第六中隊第三班　所沢第六中隊
所属部隊　飛行第一七戦隊（三式戦・比島）
戦死状況　昭20・7・9　比島ルソン島マウンテン山ブテキで戦死
〔追記〕　戦隊のアンフェレス残置隊は、サンフェルナンドに移動し、地上部隊と共に敵軍と地上戦を交えつつ終戦を迎えた。

★武　藤　保（岐阜県）
東航第六中隊三班　熊谷↓館林
所属部隊　第三一教育飛行隊（戦闘・比島）
戦死状況　昭19・9・12　比島ネグロス島ズマゲテ飛行場で戦死（午後四時二〇分）
（西部第一〇六部隊長より報告）
法　　名　琮忠院釈保真

★三　浦　光　男（宮城県）
東航第六中隊第三班　所沢
所属部隊　飛行第七戦隊（宮崎）
戦死状況　昭19・11　比島レイテ湾艦船攻撃で戦死

★金　本　一　由（山口県）
東航第六中隊第三班　操縦→館林
所属部隊　飛行第二一戦隊（二式複戦・パレンバン）
戦死状況　昭19・12・23　パレンバン上空で戦死

★小　森　哲　夫（北海道）
東航第六中隊第三班　太刀洗→甲府
所属部隊　飛行第一一〇戦隊（四式重・浜松）

甲府教育隊時代

戦死状況　昭19・12・7　浜松基地より草刈隊の一員としてサイパン島爆撃に出撃、サイパン島アスリート飛行場付近で戦死

法　　名　晴空院全機活龍居士

遺　　詠（甲府教育隊卒業記念アルバムより）

サヨナラ

穴熊生

天翔る友よ健やかに伸びて呉れ。

我等十二期甲府教育隊の師に永久の幸あれ。翼友に幸あれ。

操縦道に邁進せん事を互に誓はう。

想い出　兄は非常に意志の強い、しかも身体の頑健な男でしたから、今でも何処かの南の孤島で生きているのではないかと儚い夢を抱き続けている次第です。

（弟・小森和己）

〔追記〕　飛行第一一〇戦隊は昭和一九年一〇月、浜松で編成された。この戦隊は浜松を基地とし、硫黄島を中継基地として、B29の対日爆撃基地であるマリアナ諸島の各飛行場（サイパン・テニヤン・グアム）爆撃を敢行していた。

★浦　　義　一（長崎県）

東航第六中隊第三班　所沢第五中隊

所属部隊　立川教導航空整備師団

戦死状況　昭和20・1・14　四式重爆撃機を空輸中、台湾嘉義飛行場で戦死

法　　名　天釈院忠源義一居士

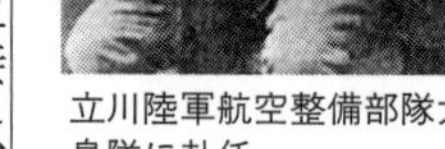

立川陸軍航空整備部隊大島隊に赴任

想い出　出陣の電報に接し、妻と妹（五歳）、弟　（二歳）を同道して浜松飛行場に面会に行き、午前五時、浜松駅前より四機編隊で飛び立って行くのを見送りました。

義一は大変親孝行で、毎週一回、母宛に週報として手紙が来ていました。しかし、戦死した頃からその週報も来なくなりました。

（父・浦　徳一）

〔追記〕浦　義一君の経歴

昭和一八年一一月　陸軍航空整備学校（機関工科・九七重を履習）を卒業して第一一三部隊へ配属。（九七重実施部隊で五錬飛。浜松）

昭和一九年一一月　陸軍航空第一教導整備師団司令部へ転属（福生）。本部伝習隊員として四式重爆（キ67）機関担当。

★**中　島　豊　蔵**（愛知県）

東航第七中隊第七班

所属部隊　特攻第四八振武隊惟神隊（一式戦）

中島豊蔵飛行兵

戦死状況　昭20・6・3　知覧基地を発進、沖縄方面の敵艦船群に突入、戦死

〔追記〕第四八振武隊は、堀垣治少尉以下、一式戦五機であった。同期生の松本真太治君（東航六―二）も、第四八振武隊員として一緒に出撃した。

「誰に叫ばん」元陸軍少年飛行兵第一二期生の記録、第Ⅲ編　雲の彼方に／戦没者の記録より七五二頁から引用。

# 少飛12期生の関係部隊一覧

（註）司令部（航空軍・師団等）関係・学校・研究機関を除く。

## 1、飛行戦隊

（註）転戦地欄の4桁の数字は昭和年月日を示す。（例）1809：昭和18年9月。

| 戦隊 | 機種 | 編成 | 転戦地（昭和18年後半～終戦。他同様） |
|---|---|---|---|
| 1 | 戦闘 | 昭和13・7 | 柏→1908雁の巣→1909柏→1910比島→2001台湾→2003下館→2004高荻（1聯隊改） |
| 2 | 司偵 | 昭13・8 | 満州（佳木斯）→1905比島→1906蘭印→1907比島→2001屏東→2003八街・蓆田→2007〈12独飛隊に改編〉（2聯隊改） |
| 3 | 軽爆 | 昭13・8 | 樺太（落合）→1910比島→1912所沢→2006能代（3聯隊改） |
| 4 | 戦闘 | 昭13・8 | 小月→2003印旛→2003小月→2003雁の巣→2004小月→2005調布→2006小月（4聯隊改） |
| 5 | 戦闘 | 昭13・8 | ニューギニア→1907比島→1909小牧→清州（5聯隊改） |
| 6 | 襲撃 | 昭14・5 | 満州（東京城）→1904中国各地→2008朝鮮（大邱）（6聯隊改） |
| 7 | 重・雷 | 昭13・8 | ニューギニア→1903浜松→1907塵屋→1910宮崎→2006伊丹（7聯隊改） |
| 8 | 軽爆 | 昭13・8 | ビルマ・タイ・仏印→2007台湾（屏東）（8聯隊改） |
| 9 | 戦闘 | 昭13・7 | 満州（団子山）→1902武昌→安慶→1910漢口→広東→2002北京→2005南京（9聯隊改） |
| 10 | 司偵 | 昭13・8 | ニューギニア→1907下志津→1909台湾（台北→各地→台北）（10聯隊改） |
| 11 | 戦闘 | 昭13・8 | 武昌→広東→1902福生→所沢→1910比島→2001台湾→2003下館→高荻（11聯隊改） |
| 12 | 重爆 | 昭13・8 | ビルマ・仏印・タイ・比島・マレー→2007台湾（屏東）（12聯隊改） |
| 13 | 戦闘 | 昭13・8 | 仏印→1910伊丹→1912比島→2001蘭印→2007台湾（屏東）（13聯隊改） |

少飛12期生の関係部隊一覧

| 番号 | 種別 | 編成 | 経歴 | 備考 |
|---|---|---|---|---|
| 14 | 重爆 | 昭13・8 | ニューギニア↓1903比島↓台湾↓1910比島↓2001台湾↓2002水戸↓新田 | (14聯隊改) |
| 15 | 偵察 | 昭13・8 | 新京↓1905比島↓1910大正↓1911比島↓2002仏印↓2005〈解散〉 | (15聯隊改) |
| 16 | 軽爆 | 昭13・8 | 中国各地↓2005朝鮮（平壌↓蔚山） | (16聯隊改) |
| 17 | 戦闘 | 昭19・2 | 小牧↓1907比島↓2001小牧↓2003台湾（花蓮港↓宜蘭↓八塊） | |
| 18 | 戦闘 | 昭19・2 | 調布↓1910柏↓1911比島↓2001台湾↓柏↓2006松戸 | |
| 19 | 戦闘 | 昭19・2 | 明野↓1903伊丹↓1906比島↓1911小牧↓2001比島↓2002台湾（花蓮港） | |
| 20 | 戦闘 | 昭18・12 | 大正↓1902柏↓1903千島↓1906沖縄↓1908台湾↓1910比島↓1912台湾（各地） | |
| 21 | 戦闘 | 昭17・10 | ビルマ↓1901蘭印↓2006台湾（桃園・一部蘭印） | (独84中隊改) |
| 22 | 戦闘 | 昭19・3 | 福生↓1903相模↓1908漢口↓1910相模↓1910比島↓2001相模↓2003朝鮮（水原）↓2004徐州↓2005朝鮮（金浦↓泗川） | |
| 23 | 戦闘 | 昭19・10 | 印旛↓1912硫黄島2002印旛↓2003芦屋↓2004印旛 | |
| 24 | 戦闘 | 昭13・9 | ニューギニア↓1811芦屋↓1902所沢↓1904志津↓1905ニューギニア↓1910比島↓1912台湾↓2002広東↓2003台湾（台北・宜蘭） | |
| 25 | 戦闘 | 昭17・11 | 漢口↓2001南京↓2005南苑↓2006朝鮮（水原↓泗川↓晋州） | (独10中隊改) |
| 26 | 戦闘 | 昭17・10 | ニューギニア↓1901蘭印↓1910比島↓1912明野↓2002昭南↓2007台湾（屏東↓台東） | |
| 27 | 戦闘 | 昭13・8 | 満州（衛門屯）↓1906比島↓2003所沢↓2007〈解散〉 | |
| 28 | 司↓戦 | 昭19・5 | 満州（温春）↓1911調布↓1912東金↓2007〈第28独飛隊に改編〉 | (28独飛隊改) |
| 29 | 偵↓戦 | 昭14・7 | 満州（杏樹）↓1907台湾↓1908武昌↓1910台湾↓1911比島↓2001台湾（桃園↓台中） | |
| 30 | 戦闘 | 昭18・10 | 満州（敦化）↓1907比島↓1911相模↓太刀洗↓2001比島↓2001台湾↓2005〈解散〉 | |
| 31 | 戦闘 | 昭13・8 | 満州（嫩江）↓1907比島↓2005〈解散〉 | |
| 32 | 襲撃 | 昭14・10 | 満州（杏樹）↓1902計根別↓1905千島↓1912比島↓台湾↓2003計根別・千島 | |

| 33 | 戦闘 | 昭13・8 | ビルマ↓1901蘭印↓ニューギニア↓1904比島↓蘭印↓比島↓2001蘭印↓2006〈解散〉 |
|---|---|---|---|
| 34 | 軽爆 | 昭17・10 | ビルマ↓タイ↓1902ニューギニア↓1908〈解散・208戦隊に編入〉 |
| 38 | 司偵 | 昭18・4 | 札幌↓1904帯広↓1910比島↓2001台湾↓2003帯広↓2007〈38独飛隊に改編〉 |
| 44 | 偵察 | 昭14・7 | 中国各地↓2005朝鮮（太田・一部中国） |
| 45 | 襲撃 | 昭13・7 | ニューギニア↓1810鉾田↓1902比島↓1902ニューギニア↓1904比島↓2001台湾↓鉾田 |
| 47 | 戦闘 | 昭18・10 | 調布↓1902成増↓2005都城西↓2007小月（独47中隊改） |
| 48 | 戦闘 | 昭18・11 | 満州（間島）↓1904武昌↓中南支各地↓2005南京↓2008徐州 |
| 50 | 戦闘 | 昭15・9 | ビルマ↓1908仏印↓1910ビルマ↓2001仏印↓2004ビルマ↓2007台湾（台中↓嘉義） |
| 51 | 戦闘 | 昭19・4 | 小月↓1906防府↓1909比島↓1912下館 |
| 52 | 戦闘 | 昭19・4 | 大阪↓1905芦屋↓1909比島↓1912下館 |
| 53 | 戦闘 | 昭19・3 | 所沢↓1908松戸↓2006藤ケ谷 |
| 54 | 戦闘 | 昭16・7 | 北千島↓1909札幌・苫小牧↓1911比島↓2001台湾↓2003沼ノ端↓札幌 |
| 55 | 戦闘 | 昭19・4 | 大正↓1905小牧↓1911比島↓2002台湾↓小牧↓2004万世↓2007小牧↓2008佐野 |
| 56 | 戦闘 | 昭19・3 | 大正↓1904伊丹↓1905小牧↓1908太刀洗↓1909済州島↓1911伊丹↓太刀洗↓伊丹↓2003芦屋↓2004佐伯↓2005伊丹 |
| 58 | 重爆 | 昭13・7 | 蘭印↓2003ビルマ・仏印↓2008台湾（草屯） |
| 60 | 重爆 | 昭13・8 | 中国↓1809仏印↓1811蘭印↓1812ビルマ↓1902ニューギニア↓1904比島↓1907水戸↓宇都宮↓1908南京↓1910浜松↓児玉↓2002熊本↓菊池 |
| 61 | 重爆 | 昭13・9 | ニューギニア↓1910浜松↓2002昭南↓2004蘭印・仏印↓2007台湾（嘉義） |
| 62 | 重爆 | 昭16・10 | 帯広↓1902ビルマ↓1905ボルネオ↓1909比島↓1912西筑波↓2004太刀洗↓西筑波 |
| 63 | 戦闘 | 昭18・2 | 八戸↓1804札幌↓1811明野↓1812ニューギニア↓1907〈解散〉 |
| 64 | 戦闘 | 昭13・8 | ビルマ↓1906仏印↓1908ビルマ↓2004タイ↓2005仏印 |

少飛12期生の関係部隊一覧

| 戦隊 | 種別 | 編成 | 経歴 |
|---|---|---|---|
| 65 | 襲撃 | 昭13・8 | 満州（海浪）↓1907比島↓1909昭南↓1910比島↓1912原の町↓2003知覧↓2007目達原 |
| 66 | 襲撃 | 昭17・3 | 満州（周水子）↓1907比島↓2001下志津↓2002知覧↓2004万世↓2007太刀洗 |
| 67 | 襲撃 | 昭18・2 | 八戸↓1811計根別↓1904千島↓1907知覧↓1908沖縄↓1909比島↓2005〈解散〉 |
| 70 | 戦闘 | 昭16・3 | 満州（杏樹）↓1902松戸↓1908鞍山↓1911柏 |
| 71 | 戦闘 | 昭19・5 | 北伊勢↓1908八日市↓1909小月↓雁の巣↓1911比島↓2003防府 |
| 72 | 戦闘 | 昭19・5 | 伊丹↓1908相模↓1912比島↓2002台湾↓2005〈解散〉 |
| 73 | 戦闘 | 昭19・5 | 北伊勢↓1908大正↓1910所沢↓1912比島↓2002台湾↓2003所沢↓2005〈解散〉 |
| 74 | 重爆 | 昭15・7 | 満州（公主嶺）↓1902水戸↓1904計根別・千島↓1909宇都宮↓1911比島↓2001台湾↓2004熊本↓帯広↓西筑波（58戦隊から分離） |
| 75 | 軽↓襲 | 昭13・8 | ニューギニア↓1910比島↓2001台湾↓2003鉾田（キ102）↓八戸 |
| 77 | 戦闘 | 昭13・7 | 満州（嫩江）↓1810雁の巣↓1811蘭印↓1901ビルマ↓1902ニューギニア↓1907〈解散〉 |
| 81 | 司偵 | 昭16・9 | ビルマ↓1907仏印↓1910ビルマ↓2003仏印↓2005タイ↓仏印（独16中隊改） |
| 82 | 司偵 | 昭19・10 | 漢口・南京↓2005朝鮮（金浦・大邱）（独18・55中隊改） |
| 83 | 偵察 | 昭16・3 | ビルマ↓1904ボルネオ↓1412比島↓2001ボルネオ |
| 85 | 戦闘 | 昭16・3 | 満州（海浪）↓1807武昌↓1908広東↓1912漢口↓南京↓2005済南↓朝鮮（金浦↓泗川） |
| 87 | 戦闘 | 昭16・3 | 柏↓1812蘭印↓1905ビルマ↓1905蘭印↓2007昭南 |
| 90 | 軽爆 | 昭13・8 | 徐州↓1905漢口↓1907広東↓1912海南島↓2003済南↓2005群山↓2006済南 |
| 95 | 重爆 | 昭17・12 | 拉林↓1902鉾田↓1903帯広↓1909宇都宮↓1911比島↓2001嘉義↓2004熊本↓帯広↓2005〈解散・74戦隊に編入〉 |
| 98 | 重・雷 | 昭13・8 | ビルマ↓1902鹿屋↓2003群山↓2003小松↓宮崎↓新川↓2006児玉 |

| | | | |
|---|---|---|---|
| 101 | 戦闘 | 昭19・7 | 北伊勢↓1912大正↓2003都城東↓2006成増↓2008高松 |
| 103 | 戦闘 | 昭19・7 | 北伊勢↓1912伊丹↓2003限の庄・徳之島↓2006成増↓2007由良 |
| 104 | 戦闘 | 昭19・8 | 小月↓1909奉天↓1912満州（鞍山） |
| 105 | 戦闘 | 昭19・8 | 台中↓1909明野↓1910台湾（台中↓2003宜蘭）↓2004石垣島↓2006台湾（宜蘭） |
| 106 | 司偵 | 昭19・10 | 各務原↓1912比島↓2001台湾↓八街↓2003九州↓2004〈解散・2戦隊に編入〉 |
| 107 | 重爆 | 昭19・8 | 浜松↓1910北九州↓2006大邱↓2007〈解散・14戦隊に編入〉 |
| 108 | 輸送 | 昭19・11 | 台湾（台北↓1912塩水↓2003台北↓2007樹林口） |
| 110 | 重爆 | 昭19・8 | 浜松↓2003太刀洗↓限之庄↓熊本　（浜松教導飛師から分離） |
| 111 | 戦闘 | 昭20・7 | 大阪佐野↓2008小牧　（明野教導飛師から分離） |
| 112 | 戦闘 | 昭20・7 | 新田　（常陸教導飛師から分離） |
| 200 | 戦闘 | 昭19・10 | 明野↓1910比島↓2005〈解散〉 |
| 204 | 戦闘 | 昭19・2 | 満州（孫家）↓1810柏↓1811ビルマ↓1908タイ↓1910比島↓1912水戸↓2002台中↓2002ビルマ↓2005仏印↓2007台湾（花蓮港）　（教導204戦隊改） |
| 208 | 軽爆 | 昭16・3 | ニューギニア↓1908比島↓2002台湾↓所沢↓2005〈解散〉 |
| 244 | 戦闘 | 昭17・4 | 調布↓1912浜松↓2002調布↓2005知覧↓2007八日市　（114戦隊改） |
| 246 | 戦闘 | 昭17・8 | 伊丹↓1812台湾（鳳山）↓1903大正↓1906小月・大村↓1907大正↓1910屏東↓1911比島↓1912大正↓2005成増↓2006浜松↓2006大正 |
| 挺身第一戦隊 | | 昭16・12 | 新田原↓1806内南洋諸島↓1907唐瀬原（宮崎県）↓1910比島↓唐瀬原　（空挺部隊） |
| 第7輸送飛隊 | | 昭16・6 | 各務原（全戦域） |

## 2、独立飛行隊（独飛隊）

| 隊 | 機種 | 編成年月 | 転戦地 |
|---|---|---|---|
| 1 | 司偵 | 昭20・7 | 八街 |
| 2 | 司偵 | 昭19・10 | 下志津→1912〈解散〉（註） |
| 3 | 重爆 | 昭19・10 | 浜松（空挺隊） |
| 12 | 司偵 | 昭20・7 | 蓆田（2戦隊改） |
| 28 | 司偵 | 昭20・7 | 東金（28戦隊改） |
| 38 | 司偵 | 昭20・7 | 帯広（38戦隊改） |

（註）110戦隊に編入

## 3、独立飛行中隊（独飛中隊）

| 隊 | 機種 | 編成年月 | 転戦地 |
|---|---|---|---|
| 17 | 司偵 | 昭19・3 | 調布 |
| 19 | 司偵 | 昭19・7 | 小月→2003蓆田（鹿屋） |
| 23 | 戦闘 | 昭19・1 | 沖縄→1911台湾→石垣島 |
| 24 | 戦闘 | 昭19・2 | 蘭印→比島→蘭印→2006台湾 |
| 31 | 重爆 | 昭19・6 | 水戸→比島→〈解散〉（註1） |
| 43 | 対潜 | 昭19・10 | 岐阜→1902比島→1905岐阜（註2） |
| 44 | 対潜 | 昭19・6 | 満州→比島→〈解散〉（註3） |
| 45 | 対潜 | 昭19・10 | 平壌→1905比島（註4） |
| 46 | 対潜 | 昭19・10 | 北海道→沖縄→台湾（註5） |
| 49 | 対潜 | 昭19・10 | 中国→台湾（註6） |
| 52 | 軍偵 | 昭16・7 | 満州→1905比島 |
| 54 | 軍偵 | 昭16・7 | 中国 |
| 66 | 軍偵 | 昭16・7 | 満州→群山→海雲台（朝鮮） |
| 70 | 司偵 | 昭16・7 | 蘭印 |
| 71 | 戦闘 | 昭16・3 | 1812明野→1904蘭印→2007台北 |
| 74 | 司偵 | 昭16・7 | 八街→1906蘭印 |
| 81 | 司→戦 | 昭19・4 | 温春（満州）（キ46） |
| 82 | 司偵 | 昭16・7 | 温春→1901ニューギニア→比島 |
| 83 | 軍偵 | 昭14・8 | 中国→ニューギニア→〈解散〉 |
| 83 | 戦闘 | 昭20・2 | 芦屋（キ46）→2007〈解散〉 |

（註1）第58戦隊から分離編成（註2）中部軍直協飛行隊改称（註3）西部軍直協飛行隊改称（註4）朝鮮軍直協飛行隊改称（註5）東部軍直協飛行隊改称（註6）第8直協飛行隊改称

## 4、教育飛行隊（教飛聯）

| 聯隊 | 機種 | 基地 | 改編 |
|---|---|---|---|
| 101 | 戦闘 | 加古川 | 19・3　1教飛 |
| ◎102 | 重爆 | 比島（クラーク） | 19・3　2教飛 |
| ◎103 | 偵察 | 比島（リパ） | 19・3　3教飛 |
| ◎104 | 軽爆 | 八日市 | 19・2　4教飛 |
| 105 | 重爆 | 浜松 | 19・3　5教飛 |
| ◎106 | 戦闘 | 台湾（台中） | 19・3　6教飛 |
| 107 | 挺進 | 朝鮮（咸興） | 19・2　7教飛 |
| 108 | 戦闘 | 台湾（屏東） | 19・3　8教飛 |
| 109 | 重爆 | 台湾（嘉義） | 19・2　9教飛 |

| 聯隊 | 機種 | 基地 | 改編 |
|---|---|---|---|
| ◎110 | 偵察 | 岐阜 | 19・2　10教飛 |
| 111 | 戦闘 | 朝鮮（連浦） | 19・2　11教飛 |
| ◎112 | 戦闘 | 比島（デルカルメン） | 19・3　12教飛 |
| 113 | 襲撃 | 朝鮮（平壌） | 19・3　13教飛 |
| ◎114 | 戦闘 | 中国（南苑） | 19・3　14教飛 |
| ◎115 | 司偵 | 中国（済南） | 19・3　15教飛 |
| ◎116 | 重爆 | 蘭印（カリジャチ） | 19・3　16教飛 |
| ◎117 | 戦闘 | 蘭印（バンドン） | 19・3　17教飛 |
| 118 | 戦闘 | 中国（天津） | 19・3　18教飛 |

## 5、教育飛行隊（教飛）

（註）1、編成年月は一部を除き、昭和19年2月・3月であった。
2、×印の部隊は後日廃止された。
3、錬飛の註記ある部隊は、その後錬飛に改編された。

| 隊 | 機種 | 基地 |
|---|---|---|
| 1 | 戦闘 | 加古川→仙台 |
| 2 | 重爆 | 比島→仏印→マレー |
| 3 | 偵・襲 | 比島→マレー |
| 4 | 軽爆 | 八日市 |
| 5 | 重爆 | 浜松　（24錬飛） |
| 6 | 戦闘 | 台湾（台中） |
| 7 | 挺身 | 朝鮮（咸興）（25錬飛） |
| 8 | 戦闘 | 台湾（屏東）　× |
| 9 | 重爆 | 新田原→台湾　× |
| 10 | 司偵 | 岐阜 |
| 11 | 戦闘 | 朝鮮（連浦） |
| 12 | 戦闘 | 比島→仏印→マレー |
| 13 | 襲撃 | 朝鮮（平壌）（23錬飛） |
| 14 | 戦闘 | 中国（南苑） |
| 15 | 司偵 | 中国（済南） |
| 16 | 重爆 | ジャワ |
| 17 | 戦闘 | ジャワ |
| 18 | 戦闘 | 中国（南京…天津） |
| 20 | 戦闘 | 台湾 |
| 21 | 戦闘 | 台湾（佳東）（22錬飛） |
| 22 | 戦闘 | 台湾（台中）　× |
| 25 | 戦闘 | 満州 |
| 28 | 戦闘 | 中国（通州）　× |
| 29 | 戦闘 | 中国（青島） |
| 30 | 戦闘 | 満州（綏中） |
| 31 | 戦闘 | 比島　× |
| 32 | 戦闘 | 比島→2001台湾　× |
| 33 | 戦闘 | 台湾（屏東）　× |
| 34 | 戦闘 | ジャワ　× |
| 35 | 戦闘 | ジャワ→2002マレー |
| 37 | 戦闘 | ジャワ |
| 38 | 挺進 | マレー　（28錬飛） |
| 42 | 戦闘 | 満州（衛門屯） |
| 43 | 戦闘 | 比島　× |
| 44 | 戦闘 | マレー |
| 45 | 司偵 | マレー→2006仏印 |

## 6、錬成飛行隊（錬飛）

（註）1、編成年月は各隊とも昭和19年4月以降である。
2、×印の部隊は後日廃止された。

| 隊 | 機種 | 基地 | |
|---|---|---|---|
| 1 | 戦闘 | 相模 | |
| 2 | 戦闘 | 朝鮮（水原） | |
| 3 | 戦闘 | 台湾（桃園） | × |
| 4 | 戦闘 | 満州（奉天） | |
| 6 | 司偵 | 三木 | |
| 7 | 戦闘 | 台湾→ビルマ→蘭印 | （註1） |
| 8 | 戦闘 | マレー→仏印 | |
| 12 | 戦闘 | 朝鮮（新義州） | |
| 13 | 戦闘 | 満州（新京） | |
| 17 | 戦闘 | 昭南 | |
| 18 | 戦闘 | 蘭印 | （註1） |
| 23 | 襲撃 | （朝鮮）平壌 | （註2） |
| 24 | 重爆 | 浜松 | （5教飛改編） |
| 25 | 重爆 | 朝鮮 | （7教飛改編） |
| 26 | 戦闘 | 蘭印 | （36教飛改編） |
| 27 | 襲撃 | マレー | （40教飛改編） |
| 28 | 重爆 | マレー | （38教飛改編） |
| 第1野補飛 | | マレー | |

（註1）飛燕戦闘隊を編成　（註2）13教飛改編

## 7、練習飛行隊（練飛）

第1練飛……ジャワ
第2練飛……マレー

## 8、航空教育隊（航教隊）

第1航教隊……平壌　第7航教隊……浜松
第4航教隊……柏　第9航教隊……新田原

（註）教育隊は下士候教育　2航軍第1教育隊……公主嶺　3航軍第1教育隊……昭南

## 9、飛行場大隊（飛大隊）

| 大隊 | 基地 |
|---|---|
| 3 | 満州↓比島↓柏 |
| 15 | 仏印 |
| 18 | 中国（熊岳城） |
| 19 | 満州 |
| 25 | ニューギニア |
| 27 | 昭南 |
| 29 | 満州（錦州） |
| 34 | マレー |
| 36 | 満州（新京） |
| 47 | ニューギニア |
| 48 | ラバウル |
| 49 | 樺太・千島 |
| 53 | 満州 |
| 55 | 千島 |
| 56 | 台湾（嘉義） |
| 63 | 帯広・千島 |
| 69 | 石垣島 |
| 77 | 北海道（別海） |
| 82 | ビルマ |
| 88 | 満州（東豊） |
| 91 | 中国（桂林） |
| 93 | 満州（衛門屯） |
| 103 | 比島 |
| 104 | 中国（漢口） |
| 133 | ミンダナオ |
| 151. | 比島（クラーク） |
| 174 | 知覧 |
| 177 | 北方↓2004栃木 |
| 178 | 北海道 |
| 192 | 朝鮮（宣徳） |
| 195 | 九州 |
| 243 | 満州（錦県） |

## 10、飛行場中隊（飛中隊）　独立整備隊（独整隊）　野戦飛行場設定隊（野飛設）

| 区分 | 部隊 | 基地 |
|---|---|---|
| 飛中隊 | 1 | 中国（広東） |
| 独整隊 | 110 | 知覧 |
| 野飛設 | 11 | ニューギニア |
| | 8 | 比島 |
| | 153 | 中国（南京） |
| | 21 | 中国（南京） |
| | 73 | 台湾（平頂山） |

## 11、満州国軍飛行隊（満軍委託学生の赴任部隊）この人たちは東航第二中隊七班にいた仲間

満軍奉天陸軍飛行学校……奉天　満軍第2飛行隊……奉天（北陵）　満軍第1飛行隊………新京　満軍第3飛行隊……ハルビン

## 12、航空通信諸部隊

（註）航通聯：航空通信聯隊　対空：対空無線隊　航測聯：航測聯隊　航路：航空路部
航通聯：航空通信隊　航情聯：航空情報聯隊　航測隊：航測隊
固定：固定通信隊　航情隊：航空情報隊　気象：気象聯隊

| 区分 | 隊 | 基地 | 隊 | 基地 | 隊 | 基地 | 隊 | 基地 |
|---|---|---|---|---|---|---|---|---|
| 航通聯 | 2 | 満州→比島 | 5 | ニューギニア | 10 | 北海道 | 15 | 中国→朝鮮 |
| | 3 | 仏印 | 6 | 比島 | 11 | 比島 | 23 | 中国→朝鮮 |
| | 4 | 朝鮮（京城） | 7 | 宇治山田 | 13 | 東京 | 24 | 朝鮮（京城） |
| 航通隊 | 16 | 台湾（台北） | 21 | 沖縄 | | | | |
| 固定 | 3 | 南方各地 | 5 | 南京→京城 | | | | |
| 対空 | 33 | マレー | 68 | 大阪 | 69 | | | |
| 航情聯 | 1 | 磐田（静岡県） | 3 | 満州（鞍山） | 11 | 満州（温春） | 17 | 満州 |
| | 2 | ビルマ・仏印 | 6 | 中国（漢口） | 14 | 蘭印 | | |
| 航情隊 | 2 | 満州→比島 | 8 | 蘭印 | 17 | チチハル | 20 | 帯広 |
| 航測聯 | 1 | 浜松→日野 | 2 | 全戦域（除中国） | | | | |
| 航測隊 | 1 | ニューギニア | 5 | 満州→中国 | 10 | 満州→南方 | | |
| | 2 | 比島 | 7 | 昭南 | 17 | ビルマ | | |
| | 4 | 蘭印 | 8 | 比島→中国 | 20 | 帯広 | | |
| 気象 | 3 | マレー | | | | | | |
| 航路 | | 南方航空路部 | | | | | | |

# ●年表（昭和一九年一月—昭和二〇年一二月）

| 月日 | 内外情勢及び陸軍航空状況等 | 月日 | 十二月期生状況 |
|---|---|---|---|
| 19年1月 2 | 連合軍、ニューギニア東部のグンビ岬に上陸 | 29 | 1-3 松田武夫殉職—琵琶湖 |
| 7 | 大本営、インパール作戦認可<br>日本軍一〇個師団対連合軍三〇個師団の激闘開始 | 〃 | 3-5 永東福造殉職—琵琶湖 |
| 中旬 | 連合軍機の来襲頻繁<br>クリスマス島、台湾方面 | ? | 2-6 河野武病死—台湾 |
| 24 | 大本営、大陸打通作戦を命令<br>第五航空軍（南京）活躍 | | |
| 2月 1 | 米軍、マーシャル群島のクエゼリン、ルオット両島に上陸 | 8 | 1-8 渡辺昇殉職—岐阜 |
| 5 | ビルマ・トングバザー占領 | 15 | 4-3 河田光嘉戦死—ネグロス |
| 中旬 | 第八飛行師団、東部ニューギニアに派遣<br>三三、六〇、七七、四五、七五戦隊計一五〇機 | ? | 4-4 鈴木昌郎殉職—北千島 |
| 17 | 米機動部隊、トラック島空襲 | | |
| 3月 2 | 連合軍空挺部隊、北ビルマ降下 | 11 | 2-2 渡辺忠教殉職—中支 |
| 14 | 第四航空軍司令部（ラバウル）西部ニューギニアへ移動 | 20 | 3-6 河合達雄殉職—ジャワ |
| 30 | 連合軍、ホーランジア空襲地上被害一三〇機 | 23 | 2-4 芳田鉱蔵殉職—中支徐州 |
| 31 | 米機動部隊、パラオに来襲 | 28 | 3-2 森恒夫殉職—南京 |
| 〃 | 古賀連合艦隊司令長官殉職 | | |
| 4月 上旬 | 第五航空軍（南京）鄭州会戦で活躍、許昌占領協力 | 2 | 6-2 前島成行戦死—ビルマ |
| 22 | 連合軍、ニューギニアのアイタペ及びホーランジアに上陸 | 12 | 6-4 柚木藤一殉職—北千島 |
| | | 22 | 7-2 中川和夫戦死—ニューギニア |
| | | 〃 | 5-8 森田照成戦死—ニューギニア |
| | | 28 | 6-4 藤山銀次郎殉職—マレー |
| 5月 8 | 独軍、クリミア半島から撤退 | 7 | 1-4 山崎美水戦死—ニューギニア |
| 9 | 支那派遣軍、京漢作戦に成功 | 9 | 4-2 佐藤洋夫殉職—帯広 |

13 連合軍、ピアク島空襲（延六〇機、五、一三各戦隊奮戦）
中旬 第五航空軍、洛陽攻略に奮戦
中旬 第六飛行師団（マニラ）はホーランジア以東の作戦で潰滅
　第七飛行師団（マラン）も戦力激戦
27 米軍、ピアク島に上陸
6月
上旬 ニューギニア、南洋諸島に対し連合軍の来襲激化
4 米英軍、ローマ入城
6 連合軍、ノルマンディ上陸作戦
15 米軍、サイパン島に上陸
〃 独、V一号でロンドン爆撃
16 B29、中国基地から北九州爆撃
　四戦隊奮戦、撃墜七、撃破四
19 マリアナ沖海戦

11 1-4 住友捷三郎戦死—鹿児島
12 2-4 岡茂樹殉職—鉾田
〃 2-4 大山弘行殉職—鉾田
22 1-7 川崎五郎松殉職—マレー
24 2-1 藤井孝幸戦死—北ボルネオ
1 少飛十二期生陸軍伍長に進級
2 6-2 大池重雄戦死—ニューギニア
16 1-6 山下鷹士戦死—ニューギニア
22 6-7 伊藤貞殉職—比島
26 2-8 尾原広夫殉職—館林
28 3-7 木村芳郎戦病死—インド
〃 3-8 玄田敏夫殉職—朝鮮

海軍第一航空艦隊潰滅
〜 第五航空軍、長沙作戦で活躍
第四航空軍、マニラに移動
7月
2 連合軍、西部ニューギニアのヌンホル島に上陸
4 インパール作戦中止、撤退開始
　第三航空軍（昭南）は上空掩護に当る
7 サイパン島守護隊玉砕
10 第一八軍は東部ニューギニアのアイタペ奪回作戦開始
21 連合軍、グアム島に上陸
22 小磯国昭内閣発足
23 連合軍、テニアン島に上陸
29 B29、大連、鞍山、奉天に来襲
　在満の飛行隊奮戦

30 7-4 山元昇戦死—ニューギニア
? 4-1 下副田睦俊殉職—マレー
? 6-1 牧田倜殉職—マレー
3 6-7 古財斉戦死—長崎
5 1-1 沢田九三戦死—広東
8 6-8 新納正武戦死—マレー
9 6-8 黒山崇殉職—満州
12 7-5 今野幸一戦死—比島
13 2-4 長田良作戦死—比島
23 5-8 和久利臣男戦傷死—スマトラ
24 6-6 中西満戦死—中支
〃 4-1 丸山晋太郎殉職—比島
25 2-2 津久井梅二戦死—ペリリュー島
27 5-8 加藤仙一戦死—ニューギニア

| 日 | 事項 |
|---|---|
| 30 | 連合軍、ニューギニア西端の双子島に上陸 |

| 日 | 戦死者 |
|---|---|
| 28 | 1-2 立石治郎戦死―中支徐州 |
| 30 | 5-6 赤坂巳吉戦死―スマトラ |
| 30 | 7-1 沢田訓治戦死―スマトラ |
| 〃 | 2-4 山脇茂美戦死―スマトラ |
| ? | 7-2 富士本敏明戦死―中支 |

**8月**

| 日 | 事項 |
|---|---|
| 8 | テニアン島守備隊玉砕 |
| 4 | 北ビルマのミートキーナ守備隊玉砕 |
| 8 | 支那派遣軍、衡陽攻略<br>第五航空軍奮戦 |
| 10 | グアム島守備隊連絡途絶 |
| 11 | B29、朝鮮南部、九州、山陰地方を空襲 |
| 20 | B29、九州、中国地方を空襲 |
| 24 | 連合軍、パリ入城 |

| 日 | 戦死者 |
|---|---|
| 4 | 4-9 今井竹雄戦死―中支 |
| 〃 | 1-8 小林栄作戦死―中支 |
| 6 | 3-2 林稔殉職―埼玉 |
| 9 | 1-8 遠藤三千夫戦傷死―プノンペン |
| 〃 | 6-8 浜崎柾夫殉職―愛媛 |
| 11 | 7-8 熊沢久戦死―ニューギニア |
| 12 | 7-2 三宅重樹戦死―ミンドロ島 |
| 28 | 4-5 八代俊彦戦死―プノンペン |
| 29 | 6-8 高平三郎戦死―中支岳州 |

| 日 | 事項 |
|---|---|
| 27 | 支那派遣軍、麗水攻略 |
| 31 | 米機、小笠原、硫黄島、台湾に来襲 |

| 日 | 戦死者 |
|---|---|
| 〃 | 1-1 西田藤己一戦死―中支岳州 |
| 31 | 3-2 成松良明戦死―埼玉 |
| 〃 | 6-4 小野木基三戦死―バシー海峡 |

**9月**

| 日 | 事項 |
|---|---|
| 8 | 支那派遣軍、零陵攻略 |
| 9 | 米艦載機、ミンダナオ島のダバオ、サランガニ地区に来襲（延四〇〇機、地上被害甚大） |
| 12 | 米艦載機、セブ島を奇襲 |
| 13 | ミンダナオ島、レイテ島、ルソン島南部に敵機来襲<br>第四航空軍（マニラ）奮戦 |
| 14 | 第二飛行師団は第四航空軍の戦闘序列に転入<br>三〇、三一、一七、一九、二七、四五、六五、六六、一二、六二、二の各戦隊一九二機 |

| 日 | 戦死者 |
|---|---|
| 10 | 1-1 片岡嘉一戦死―ニューギニア |
| 12 | 6-6 木村竹次郎戦死―ネグロス |
| 〃 | 4-4 沢井正道戦死―ファブリカ |
| 〃 | 6-3 武藤保戦死―ネグロス |
| 13 | 5-8 荒川重雄戦死―ネグロス |
| 〃 | 6-6 郡山正月戦死―ネグロス |
| 14 | 3-5 湯槇文夫殉職―浜松 |
| 19 | 4-4 井上行光戦死―ネグロス |
| 〃 | 2-5 梶山一利殉職―小郡 |

15 連合軍、ペリリュー島、モロタイ島に上陸
21 米機、マニラを空襲
　一七戦隊、一九戦隊奮戦
22 フィリピン全島に戒厳令施行
〃 支那派遣軍、梧州攻略
26 B29、鞍山、大連空襲
27 グアム、テニアン守備隊玉砕

10月
4 支那派遣軍、福州攻略
5 パレンバン駐留の二六戦隊、ビルマ駐留の二〇四戦隊比島転用
10 米機動部隊、沖縄、奄美大島、南大東島、宮古島等を延四〇〇機の艦載機をもって攻撃
　沖縄の飛行部隊奮戦
11 第三〇戦闘飛行集団を編成し、第四航空軍の戦闘序列に編入
　一、一一、二二、五一、五二、二〇〇の各戦隊
15-12 台湾沖航空戦

21 1-2 河野幸三郎戦死—比島
〃 5-2 戸田宏戦死—沖縄
〃 4-2 橋本八郎戦死—ネグロス
24 5-1 山本道男殉職—鹿屋
3 6-3 酒井降介戦死
4 5-7 関口義夫戦死—プノンペン
8 2-2 鈴木虎夫戦死—パナイ島
10 2-3 三木武吉戦死—沖縄
12 6-8 岡田篤磨戦死—台湾
〃 3-7 近藤勘二戦死—台湾
〃 1-4 戸川重二戦死—台湾
13 3-2 大森三朗戦死—台湾沖
14 6-6 久保利夫戦死—台湾
〃 6-7 大橋秀雄戦死—台湾沖

　九八戦隊は海軍航空隊と共に奮戦し大戦果を報じた
15 三〇戦隊、三一戦隊、一七戦隊、一九戦隊、五一戦隊、五二戦隊の計七四機は海軍第二次攻撃隊一三機と共に、ルソン島方面の米機動部隊を攻撃
　（この日現在の出動可能機数は一九八機であった）
17 米軍、レイテ湾スルアン島上陸
18 大本営、捷一号作戦発動を命令
19 ボルネオ全域を第四航空軍の作戦地域に移す
　独飛四四、四五の各中隊、八三戦隊を第四航空軍指揮下に編入、二〇四戦隊レイテ敵艦船攻撃
20 米軍、レイテ島に上陸
〃 東部蘭印の第七飛行師団の全飛行部隊を比島転用

〃 1-5 平田実戦死—台湾
〃 1-8 鈴木芳則戦死—台湾沖
15 2-8 川上兼雄戦死—マニラ湾
18 3-4 大沢陸郎戦死—比島
〃 4-5 会沢道夫戦死—比島
〃 1-7 福冨敏戦死—比島
〃 5-5 藤岡泉戦死—比島
〃 1-6 大石守男戦死—南支那海
19 5-3 小貫修身戦死—ネグロス
20 3-1 甲斐公雄戦死—レイテ
〃 3-8 鈴木鶴五郎戦死—比島
〃 2-5 林英夫戦死—ネグロス
〃 5-6 松原信雄戦死—ネグロス
〃 7-8 池田照明戦死—レイテ
〃 6-1 楢田實戦死—比島

21 第二飛行師団は襲撃機（六五、六六戦隊）、重爆（一二、六二戦隊）、戦闘機十数機をもってレイテ湾敵艦船攻撃
空母一、駆逐艦二、輸送船三を撃破、七機未帰還
24 レイテ総攻撃開始
第二飛行師団は約一〇〇機をもって総攻撃を敢行
艦船二撃沈、炎上五、撃破二と報じ、損害四五機
〃 レイテ沖海戦
海軍第一遊撃艦隊突入断念反転
25 第二飛行師団総攻撃続行
八六機をもって三次にわたり攻撃、延一五六機出撃
サマール沖海戦
海軍第二遊撃艦隊突入断念

〃 5-4 立石稔戦死—南支
21 3-7 上田昇一戦死—比島
〃 1-6 大坪甚吉戦死—比島
23 7-7 小池敏夫戦死—ミンダナオ
24 3-7 小林袈裟男戦死—比島
〃 5-1 川瀬登戦死—比島
〃 7-1 宮原辰次戦死—比島
〃 5-7 片岡照行戦死—比島
〃 7-2 高山一男戦死—リンガエン湾
〃 2-1 道上正毅戦死—リンガエン湾
〃 6-2 向井好文戦死—リンガエン湾
25 4-5 椎名保戦死—比島
26 1-6 秋田久利戦死—プノンペン
27 4-7 岸安美戦死—比島
27 3-2 栗田稔戦死—比島
〃 2-3 渡辺一郎戦死—レイテ
29 7-8 藤川年則戦死—石垣島
〃 柳義錫戦死
30 8-8 桑野正義戦死—比島

海軍神風特別攻撃隊米艦初攻撃
〃 B29、一〇〇機九州西部空襲
第一二飛行師団（小月）奮戦
26 陸軍特攻隊富嶽隊、浜松出発
27 第四航空軍総攻撃続行
百数十機をもって波状攻撃

11月
1 B29、マリアナ基地より東京を初偵察
2 第二飛行師団レイテ夜間爆撃
百数十機を撃波
6-5 米艦載機、マニラ、バタンガスを始めルソン島全域に来襲
第四航空軍奮戦
10 支那派遣軍、桂林、柳州攻略
11 B29、九州西部に来襲
13 富嶽隊特攻出撃（五機）
西尾隊長自爆、国重准尉体当り、三機帰還

〃 6-4 古屋剛毅戦死—比島
31 5-8 園田忠殉職—仏印
? 2-1 小久保好久殉職—所沢
? 7-7 藤田盛一殉職—鹿屋
? 5-5 細田勅男戦死—台湾沖
2 2-6 伊藤嘉英戦死—オルモック
6 1-7 牛山良平殉職—別府
〃 4-6 松本清一戦死—ネグロス
〃 5-2 金谷只彦戦死—ビルマ
7 2-7 江口秀敏戦死—水戸
9 2-6 大谷元博戦死—南支那海
〃 3-5 流郷裕士戦死—台湾沖
10 2-1 小二田博戦死—レイテ
11 4-8 伊加覚戦死—レイテ
〃 3-2 下前隆戦死—中支衡陽
12 5-3 氷山光義戦死—中支衡陽
14 3-2 山中選戦死—レイテ

| | | | |
|---|---|---|---|
| 22 | 米艦隊、千島松輪島を砲撃 | 16 | 2-8 加藤光良戦死―ネグロス |
| 24 | B29、マリアナ基地より東京初空襲（約一〇〇機） | 16 | 3-2 野原春吉戦死―中支 |
| 〃 | 第二次レイテ総攻撃開始 | 24 | 7-3 金子光雄戦死―千葉 |
| 26-24 | 特攻靖国隊出撃、レイテ突入 | 〃 | 6-6 小林清作戦死―ネグロス |
| | 薫空挺隊、レイテ島に突入 | 〃 | 2-5 福元幸夫戦死―千葉 |
| 27 | 特攻八紘隊出撃、レイテ突入 | 〃 | 4-6 見田義雄戦死―銚子 |
| 29 | B29、東京を夜間空襲 | 27 | 3-7 松本雄三戦死―ニューギニア |
| | | 29 | 5-8 高木司戦死―モロタイ島 |
| | | ? | 5-6 北田信夫戦死―台湾沖 |
| | | ? | 6-3 三浦光男戦死―レイテ |
| 12月 7 | 米軍、レイテ島オルモック上陸特攻勤皇隊（九機）、同右突入、特攻一字隊（二機）、同右突入特攻護国隊（七機）、同右突入特攻八紘隊（二機）、同右突入 | 3 | 4-8 沢田邦雄戦死―セレベス |
| | | 5 | 2-8 田中守戦死―ネグロス |

| | | | |
|---|---|---|---|
| 〃 | | 6 | 4-7 喜安賢太郎戦死―バシー海峡 |
| 〜8 | 第四航空軍、現地で特攻隊編成 | 〃 | 2-6 奥山広二郎戦死―比島 |
| | 旭光隊（七五戦隊、二〇八戦隊より一四名、九九双軽） | 〃 | 5-7 住吉嘉石戦死―ネグロス |
| | 若桜隊（七五戦隊より五名、九九双軽） | 7 | 6-3 小森哲夫戦死―サイパン |
| | 皇華隊（四五戦隊、二〇八戦隊より一五名、二式複戦） | 〃 | 4-3 黒石川茂特攻戦死―オルモック |
| | | 〃 | 1-2 小倉義夫戦死―セブ島 |
| | | 〃 | 3-4 小山勇司戦死―サイパン |
| | | 〃 | 1-6 林長守特攻戦死―オルモック |
| | | 〃 | 3-8 橋本弘三戦死―レイテ |
| | | 〃 | 松川利男戦死―比島 |
| | | 〃 | 若林義安戦死―比島 |
| | | 8 | 6-5 立野音一戦死―中支 |
| | | 〃 | 4-8 八木沢富夫戦死―中支南京 |
| | | 10 | 6-8 南松次戦病死―比島 |
| | | 〃 | 4-4 村上文夫戦死―奄美大島 |
| 13 | B29、名古屋方面に来襲 | 11 | 1-8 高屋善仁戦死―オルモック |

〃 第五飛行師団（比島）現地で特攻隊編成
菊水隊（九五戦隊四七名七機、七四戦隊一七名二機、百式重爆）
14 特攻菊水隊、バナイ湾突入
全機未帰還
18 B29、中支漢口に来襲
19 大本営、レイテ地上決戦放棄決定

12 3-5 門田明戦死―ミンダナオ
13 2-2 木寺宏戦死―ミンダナオ
〃 佐藤正男戦死―ミンダナオ
〃 5-4 清水巌戦死―比島
〃 2-8 四元一男戦死―ネグロス
14 7-5 阿部幸雄戦死―ネグロス
〃 3-4 薄葉公弘戦死―リンガエン
〃 1-6 貞金省三戦死―パナイ島
〃 5-1 三原敏文戦死―ネグロス
〃 5-1 松江秀隆戦死―セレベス
〃 1-8 吉田外二郎戦死―ミンドロ島
16 1-5 名原数男戦死―アピ
17 3-2 鈴木吉三郎戦死―セブ島
〃 6-5 山下親光戦死―セブ島
〃 2-2 川口定則戦死―比島

21 ミンドロ島方面の敵艦船攻撃
特攻殉義隊七機、同右突入
特攻旭光隊三機、同右突入
戦闘機三四機攻撃参加
下旬 第四航空軍攻撃続行
26 米軍、レイテ及びサマール両島の戦闘終了を発表

18 5-5 鈴木正男戦死―ミンドロ島
19 1-1 細村隆次戦死―ネグロス
20 7-2 生藤源一戦死―台湾沖
〃 3-7 大西孝戦死―ミンドロ島
〃 5-1 高橋嶺夫戦死―ミンドロ島
〃 6-5 宮本錫洪戦死―比島
〃 6-4 余村五郎特攻戦死―レイテ
22 4-2 小合節夫戦死―名古屋
23 6-3 金本一由戦死―パレンバン
25 4-5 細川達雄戦死―サイパン
〃 6-8 臼杵三郎戦死―ミンドロ島
26 1-1 安武熊雄戦死―サイパン
27 2-4 色川泰三戦死―広東
27 3-3 畑井清刀戦死―東京
？ 4-7 笠原達夫戦死―比島

| | |
|---|---|
| 昭和一九年における部隊編成等次のとおり<br>1月 教導飛行第九五戦隊を飛行第九五戦隊に改編<br>2月 教導飛行第二〇四戦隊を飛行第二〇四戦隊に改編（戦闘）<br>飛行第一九戦隊編成（戦闘）<br>3月 飛行第五六戦隊編成（戦闘）<br>4月 飛行第五一戦隊編成（戦闘）<br>飛行第五二戦隊編成（戦闘）<br>飛行第五五戦隊編成（戦闘）<br>5月 飛行第七一戦隊編成（戦闘）<br>飛行第七二戦隊編成（戦闘）<br>飛行第七三戦隊編成（戦闘）<br>6月 飛行第五三戦隊編成（戦闘）<br>7月 飛行第一〇一戦隊編成（戦闘）<br>飛行第一〇二戦隊編成（戦闘）<br>飛行第一〇三戦隊編成（戦闘）<br>飛行第一〇六戦隊編成（司偵）<br>8月 飛行第一〇四戦隊編成（戦闘）<br>飛行第一〇五戦隊編成（戦闘） | 19年？<br>3-8 尾崎一行戦死―ニューギニア |
| 飛行第一〇七戦隊編成（戦闘）<br>飛行第一〇九戦隊編成（輸送）<br>10月 飛行第二三戦隊編成（戦闘）<br>独飛一八、五五中隊を基幹として飛行第八二戦隊編成（司偵）<br>飛行第一一〇戦隊編成（重爆）<br>飛行第二〇〇戦隊編成（戦闘）<br>11月 飛行第一〇八戦隊編成（輸送） | 6月 諸学校の軍隊化<br>下志津陸軍飛行学校を<br>　下志津教導飛行師団に<br>明野陸軍飛行学校を<br>　明野教導飛行師団に<br>明野陸軍飛行学校水戸分校を<br>　常陸教導飛行師団に<br>鉾田陸軍飛行学校を<br>　鉾田教導飛行師団に<br>浜松陸軍飛行学校を<br>　浜松教導飛行師団に<br>白城子陸軍飛行学校を |

| 年月日 | 事項 | 日 | 戦死 |
| --- | --- | --- | --- |
| | 宇都宮教導飛行師団に<br>立川陸軍航空整備学校を立川教導航空整備師団に<br>浜松陸軍飛行学校の一部を三方原教導飛行師団に | | |
| 20年 | | 3 | 2-1 小俣博戦死―ミンドロ島 |
| 1月 | | 4 | 1-6 高波吉夫戦死―フスアンガ |
| 2 | 英軍、ビルマのアキャブ占領 | 〃 | 2-5 和多徹二郎戦死―スマトラ |
| 6 | 連合軍艦船群、リンガエン進入<br>特攻皇華隊（二機）同右突入<br>特攻鉄心隊（二機）同右突入<br>特攻石腸隊（一機）〃<br>特攻旭光隊（一機）〃<br>その他襲撃機一三機攻撃実施 | | |
| 7 | 冨永第四航空軍司令官はマニラを撤退してエチアゲに移動 | | |
| 〃 | リンガエン攻防継続<br>特攻若桜隊（三機）同右突入 | 9 | 7-4 石井恒次戦死―モロタイ島 |

| 年月日 | 事項 | 日 | 戦死 |
| --- | --- | --- | --- |
| | 特攻殉義隊 〃 | 12 | 6-4 宇田富福特攻戦死―リンガエン |
| 8 | 特攻皇魂隊（五機）〃 | 13 | 1-5 小林敬市戦死―比島 |
| | 特攻石腸隊（三機）〃 | 14 | 6-3 浦義一戦死―台湾嘉義 |
| | 特攻進撃隊（四機）〃 | 15 | 1-1 伊達一人戦死―台湾嘉義 |
| | 特攻精華隊（三機）のほか三〇戦闘集団の一四機が出動 | 16 | 7-1 山下影行戦病死―沖縄 |
| | | 18 | 4-3 田中了一特攻戦死―バイバイ沖 |
| 9 | 連合軍、リンガエンに上陸 | 19 | 7-3 河田勝二戦死―比島 |
| | 特攻一誠隊（二機）同右突入 | 21 | 1-5 内山弘戦死―台北 |
| 10 | 特攻富嶽隊（一機）〃 | 〃 | 2-1 後藤三郎戦死―台北 |
| | 特攻護国隊（一機）〃 | 24 | 6-4 向井数美戦死―パレンバン |
| | 特攻精華隊（四機）〃 | 〃 | 7-1 森川正戦死―パレンバン |
| | 特攻皇華隊（二機）〃 | 〃 | 7-7 山本博一戦死―パレンバン |
| | 直掩機五機出動 | 〃 | 3-8 山本務戦死―パレンバン |

| 日 | 事項 |
|---|---|
| 13-12 | 第三〇戦闘飛行集団リンガエンに全力特攻攻撃（一戦隊、一一戦隊、二二戦隊、五一戦隊、五二戦隊、二〇〇戦隊） |
| 上旬 | B29、本土空襲激化 |
| 16 | 冨永第四航空軍司令官台湾後退<br>偉い司令官が、、、サッサッ、、、とニゲル！　逃げた男！ |
| 20 | ビルマ、イラワジ会戦開始 |
| 下旬 | 台湾への空襲激化<br>二〇回延三四六機来襲<br>所在飛行隊奮戦 |
| 24 | 米軍、クラーク飛行場占領<br>支那派遣軍、粤漢打通なる |

| 日 | | 氏名 |
|---|---|---|
| 〃 | 4-5 | 篠平八郎殉職―宮崎 |
| 25 | 1-3 | 寺廻勝年戦死―北京 |
| 26 | 2-3 | 石元廣司特攻戦死―スマトラ |
| 〃 | 6-8 | 金丸清興特攻戦死―スマトラ |
| 〃 | 3-1 | 俵吉運特攻戦死―スマトラ |
| 〃 | 7-8 | 滝口誠特攻戦死―スマトラ |
| 29 | 4-7 | 中村正直特攻戦死―スマトラ |
| 〃 | 1-6 | 三浦信一郎特攻戦死―パレンバン |
| 〃 | 4-2 | 田尾俊真戦死―リンガエン湾 |
| 30 | 1-3 | 織田正夫戦死―パレンバン |
| 〃 | 5-3 | 畔柳博戦死―比島クラーク |
| 〃 | 3-8 | 藤井馨戦死―水戸 |

| 日 | 事項 |
|---|---|
| 30 | 米軍、ルソン島サン・アントニオに上陸 |
| 31 | 米軍、マニラ湾ロナスグブ上陸 |
| 2月 1 | B29、シンガポール空襲 |
| 3 | 米軍、マニラに進入 |
| 4 | 米英ソ、ヤルタ会談実施<br>B29、阪神地区空襲 |
| 10 | B29、関東北部空襲<br>レガスピー撤退 |
| 13 | 第四航空軍解体 |
| 15 | B29、名古屋空襲 |
| 16 | 米軍、コレヒドール上陸<br>米機動部隊の艦載機一二〇〇機、関東地区に来襲 |
| 19 | B29、東京空襲（25日もあり） |
| 〃 | 米軍、硫黄島上陸 |

| 日 | | 氏名 |
|---|---|---|
| ？ | 2-6 | 細川哲夫戦死―パレンバン |
| 〃 | 3-1 | 矢敷晴治戦死―リンガエン湾 |
| 〃 | 3-5 | 江口嶺夫殉職―神奈川 |
| 2 | 5-8 | 小原正男殉職―沖縄 |
| 7 | 5-6 | 増田武戦死―北ボルネオ |
| 10 | 7-2 | 上窪明男戦病死―マラン |
| 〃 | 4-6 | 梅原三郎戦死―茨城 |
| 16 | 6-1 | 江良吉雄戦死―茨城 |
| 〃 | 5-4 | 栗原木三夫戦死―千葉 |
| 18 | 3-1 | 川端巌戦死―中支衡陽 |
| 〃 | 2-1 | 西尾重雄戦死―硫黄島 |
| 19 | 7-4 | 五関茂雄戦死―相模 |
| 20 | 2-3 | 松尾昌晴戦死―バシー海峡 |
| 〃 | 3-6 | 松枝嘉時戦死―バシー海峡 |

| 日 | 事項 | 日 | 同期生 |
|---|---|---|---|
| 26 | 連合軍、マニラ旧城内に突入 | 26 | 7-3 渡辺義治戦死―ビルマ |
| 3月 | | | |
| 1 | 米機、南西諸島に来襲 | 1 | 少飛十二期生陸軍軍曹に進級 |
| | 比島、地上戦闘継続 | 1 | 1-5 武一夫戦死―台湾 |
| 4 | B29、東京空襲 | 〃 | 6-5 萩原正彰戦死―台湾沖 |
| 8 | 連合軍、ビルマのマンダレーに | 2 | 7-6 浅場信男殉職―鹿児島 |
| 9 | B29、東京大空襲―二七万七千戸焼失、死傷者約一二万人 | 3 | 3-2 沢田捨夫殉職―香港 |
| 13 | B29、名古屋空襲 | 〃 | 3-5 西川仙三戦死―仏印 |
| | B29、大阪空襲―一三万戸焼失 | 7 | 7-5 小口幸夫戦死―パラワン島 |
| 16 | 米艦艇、千島松輪島砲撃 | 12 | 1-1 遠山聡明殉職―台湾沖 |
| 17 | 硫黄島守備隊玉砕―二万三千名 | 15 | 5-8 石井初男戦死―ボルネオ |
| 18 | ビルマのマンダレー陥落 | 18 | 7-2 栗田真典戦死―九州東方 |
| | 米艦載機、九州南部、四国、阪神、呉に来襲 | 19 | 2-2 小原柳平戦死―遠州灘 |
| | | 〃 | 7-6 高橋政男特攻戦死―沖縄 |
| | | 〃 | 5-3 松岡甲子生戦病死―比島 |

| 日 | 事項 | 日 | 同期生 |
|---|---|---|---|
| 20 | 七戦隊、九八戦隊は九州東方の米機動部隊攻撃 | 20 | 2-5 角田好穂戦死―パナイ島 |
| 23 | 第六航空軍の特攻兵力を二五隊ときめ、更に一六隊の増加配属 | 22 | 2-6 塚原義信戦死―北ボルネオ |
| 26 | 米機動部隊、沖縄諸島を攻撃 | 〃 | 3-4 山形光正戦死―満州鞍山 |
| | 米軍、慶良間列島に上陸 | 25 | 3-1 片山正保戦死―台湾 |
| 〃 | 本土防衛、天一号作戦発令 | 〃 | 6-3 吉田議戦死―ビルマ |
| | 第八飛行師団（台湾）の飛行部隊の態勢は次のとおり | 26 | 2-3 広瀬秀夫特攻戦死―沖縄 |
| | 第九飛行団司令部　石垣 | | |
| | 二四戦隊―一式戦　宮古 | | |
| | 独飛二三中隊―三式戦　石垣 | | |
| | 独飛四一中隊―軍偵　宮古 | | |
| | 誠一七飛行隊―軍偵　石垣 | | |
| | 誠三一飛行隊―襲撃機　〃 | | |
| | 誠三九飛行隊―一式戦　宮古 | | |
| | 誠四〇飛行隊―九七戦　〃 | | |
| | 誠四一飛行隊―九七戦　石垣 | | |
| | 誠一一五飛行隊―九七戦　宮古 | | |
| | 誠一一六飛行隊―九七戦　宮古 | | |

| 月日 | 事項 | 月日 | 戦死者 |
|---|---|---|---|
| | （誠飛行隊は総て特攻機） | 27 | 7-3 西本忠彦戦死—太刀洗 |
| 26 | 誠一七飛行隊、慶良間に突入 大型空母一撃沈、大型空母一、中型空母一、戦艦一撃破 | 28 | 3-3 長沢銀生戦死—セレベス |
| 27 | 誠三二飛行隊（と号武克隊）軍偵九機は嘉手納西方に突入 | 〃 | 1-8 宮沢和喜男戦死—沖縄 |
| 28 | 赤心飛行隊（独飛行四六中隊基幹）五機は那覇西方に突入<br>一一〇戦隊、六〇戦隊の重爆一〇機は沖縄周辺敵艦船攻撃 | 31 | 6-5 池内清戦死—比島 |
| 29 | 誠四一飛行隊扶揺隊五機は那覇西方に突入<br>六五戦隊、六六戦隊、一〇三戦隊は慶良間敵艦船攻撃 | 〃 | 4-3 瓜田忠次特攻戦死—沖縄 |
| 31 | 誠三九飛行隊五機は沖縄沖突入<br>米軍、沖縄の神山、前島に上陸<br>B29、九州各地に来襲 | ？ | 5-7 加藤達夫戦死—宮崎 |
| 4月 1 | 米軍、沖縄本島に上陸 | 1 | 4-6 桂木等戦死—沖縄 |

| 月日 | 事項 | 月日 | 戦死者 |
|---|---|---|---|
| | 一七戦隊、六五戦隊出撃<br>特攻二〇振武隊、二三振武隊出撃<br>比島、地上戦闘継続 | 2 | 7-7 土肥一夫戦死—ネグロス |
| 4 | B29、横浜空襲 | 3 | 1-5 家入史郎戦死—沖縄 |
| 6 | 日本軍、第一次沖縄航空総攻撃開始<br>第六航空軍出撃状況<br>特攻二二振武隊、四四振武隊、六二振武隊、七三振武隊、一特別振武隊、計三五機突入<br>襲撃機一五機、戦闘機五機出撃 | 〃 | 7-1 永田一雄特攻戦死—沖縄 |
| 7 | 特攻四四振武隊、四六振武隊、七四振武隊、七五振武隊の計一八機突入<br>特攻二一振武隊、二二振武隊、二九振武隊、司偵振武隊の各一機突入 | 〃 | 2-1 前田敦美戦死—沖縄 |
| | | 〃 | 5-4 松村正戦死—比島 |
| | | 〃 | 1-5 矢島三郎戦死—沖縄 |
| | | 6 | 7-4 足立次彦特攻戦死—沖縄 |
| | | 〃 | 1-5 三宅柾特攻戦死—沖縄 |
| | | 7 | 3-5 三宅敏男戦死—東京 |
| | | 〃 | 1-8 清水定特攻戦死—沖縄 |
| | | 〃 | 5-2 渡辺三郎戦死—茨城 |

両日の戦果
轟沈二一隻、撃沈一六隻、撃破一八隻、大破炎上三隻
B29、連日本土空襲継続
8 本土防衛のため第一、第二総軍及び航空総軍の戦闘序列下命
12 第二次沖縄航空総攻撃
特攻二十振武隊、四三振武隊六二振武隊、六九振武隊、七五振武隊、一〇三振武隊、一〇二振武隊、一〇四振武隊、司偵振武隊、一特別振武隊、四六振武隊、七四振武隊の計五一機突入
16 第三次沖縄航空総攻撃
特攻四〇振武隊、七五振武隊、七九振武隊、一〇六振武隊、一〇七振武隊、一〇八振武隊、三六振武隊、三八振武隊、四二振武隊、六九振武隊の計五三機突入
17 飛行第六二戦隊機さくら弾突入

9 4-7 堂下清戦死—ネグロス
11 4-1 石川光夫戦死—ネグロス
12 7-4 上野強特攻戦死—沖縄
〃 2-2 太田保戦死—東京
15 6-3 和田純雄殉職—京都
16 2-3 工藤保戦死—沖縄

18 第五航空軍（朝鮮）沖縄戦参加
飛行第一六戦隊（双軽約一〇機）、九〇戦隊（双軽約一〇機）、八二戦隊（司偵二機）
22 第四次沖縄航空総攻撃 八〇振武隊、八一振武隊、三一振武隊、七九振武隊、一〇三振武隊の計三五機突入
22 ソ連軍、ベルリン突入
27 伊ムッソリーニ逮捕、翌日射殺
28 第五次沖縄航空総攻撃
特攻六一振武隊、六七振武隊、七六振武隊、七七振武隊、一〇六振武隊、一〇二振武隊、一〇九振武隊、一〇八振武隊の計三二機突入
30 連合軍、タラカン島上陸

18 2-1 大沢貫一戦死—比島
〃 7-3 柿本逸喜戦死—台湾
19 4-8 合田耕一郎戦死—北海道
20 4-2 川中子敏夫戦死—比島
21 3-6 横尾宏二戦死—奄美大島
22 6-1 伊藤勝士戦死—明野
〃 5-4 田口実戦死—比島
23 1-8 石川文夫戦死—千葉
〃 1-4 滝山重栄戦死—浜松
24 4-8 小山健吾戦死—ネグロス
25 4-6 永野諭戦死—比島
28 7-6 桐山勇特攻戦死—沖縄
29 4-1 井上啓特攻戦死—沖縄
〃 7-4 松浦靖戦死—沖縄

独ヒットラー、ベルリンで自殺

5月

1 比島、地上戦闘継続

2 英軍、ラングーン占領

4 第六次沖縄航空総攻撃 特攻一九振武隊、六〇振武隊、六六振武隊、七八振武隊、一〇五振武隊、一〇九振武隊、一八振武隊、二〇振武隊、二四振武隊、四二振武隊、七七振武隊、一〇六振武隊の計三〇機突入

5 沖縄の第三二軍攻勢頓座

6 知覧から艦船攻撃 特攻四九振武隊、五五振武隊、五六振武隊、五一振武隊の計一一機突入

7 独、連合軍に無条件降伏

9 政府、戦争継続声明

11 第七次沖縄航空総攻撃 特攻四九振武隊、五一振武隊、五二振武隊、五五振武隊、五六振武隊、六〇振武隊、六一振武隊、六五振武隊、七〇振武隊、七六振武隊、四一振武隊、四四振武隊、七八振武隊の計三五機突入

24 義烈空挺隊、米基地に挺身攻撃

25 第八次沖縄航空総攻撃 特攻二六振武隊、二九振武隊、四九振武隊、五〇振武隊、五二振武隊、五四振武隊、五五振武隊、五六振武隊、五七振武隊、五八振武

---

? 2-2 前田聖戦死―沖縄

1 1-6 伊藤十郎戦死―ネグロス

〃 5-1 王丸達司戦死―ネグロス

1 3-8 沢田義信戦死―ネグロス

〃 5-2 津江光治戦死―ネグロス

〃 6-4 山田太吉戦病死―比島

3 7-5 迫平繁雄戦死―比島

4 1-2 秋富末治特攻戦死―沖縄

〃 1-3 小木喜重特攻戦死―沖縄

〃 1-6 重政正男特攻戦死―沖縄

〃 5-2 中島渉特攻戦死―沖縄

4 5-3 雨宮久戦死―比島

5 2-6 宇都宮勲戦死―東支那海

〃 3-8 西岡博司戦死―台湾

〃 7-3 橋本進戦死―台湾

6 1-4 松原一徳戦死―比島

7 6-7 鹿上重信戦病死―比島

8 7-3 石垣文雄戦死―インドシナ

〃 3-3 三堂隆弘戦死―比島

10 2-4 重石要戦死―比島

12 1-4 荻野光雄特攻戦死―沖縄

12 3-3 中野平一戦死―マレー

14 3-2 熱田稔夫特攻戦死―沖縄

〃 7-4 小林仁公戦死―別府

〃 3-7 山下磯一戦死―沖縄

16 5-5 花宮二生戦死―比島

17 4-7 曽谷久雄戦死―ネグロス

20 4-1 邦高敬一戦死―比島

21 1-3 指方久特攻戦死―沖縄

24 1-3 桜井泰二戦死―沖縄

〃 5-6 後藤吉之助戦死―沖縄

〃 5-2 石川高明戦死―沖縄

| 日 | 事項 | 日 | 戦没者 |
|---|---|---|---|
| | 隊、六六振武隊、七〇振武隊、七八振武隊、一〇五振武隊、四三二振武隊、四三三振武隊、六〇振武隊、六一振武隊、飛行第六二戦隊の計六五機突入 | 25 | 2-2 大川実戦死—沖縄 |
| | | 〃 | 4-6 中山義雄戦死—タイ |
| 28 | 第九次沖縄航空総攻撃<br>特攻四五振武隊、四八振武隊、五二振武隊、五四振武隊、五九振武隊、七〇振武隊、二一三振武隊、四三一振武隊、四三二振武隊、四三三振武隊、五〇振武隊、五一振武隊、五五振武隊、五八振武隊の計四三機突入 | 30 | 5-7 加納良哉戦死—比島 |
| | | ? | 7-1 佐野喜三戦死—比島 |
| | | ? | 7-3 芝田豊戦死—ボルネオ |
| 6月 1 | 比島、地上戦闘継続 | 1 | 3-4 大脇忠夫戦死—比島 |
| 3 | 第一〇次沖縄航空総攻撃<br>特攻四八振武隊、一一一振武隊、一一二振武隊、二一四振武隊、四四振武隊、四三一振武隊の計二七機突入 | 3 | 7-7 中島豊蔵特攻戦死—沖縄 |
| | | 〃 | 6-2 松本真太治特攻戦死—沖縄 |
| | | 〃 | 3-2 山下巍戦死—鹿児島 |
| | | 4 | 1-5 石田肇戦病死—イサベラ |
| | | 〃 | 5-5 平静馬戦死—ビルマ |
| | | 〃 | 4-2 肱岡等公傷死—万世基地 |
| 6 | 特攻隊出撃<br>特攻一一三振武隊、一五九振武隊、一六〇振武隊、一六五振武隊、五四振武隊、一〇四振武隊の計二五機突入 | 5 | 6-2 柴田正伍戦死—比島 |
| | | 〃 | 4-4 牧野弘戦死—比島 |
| | | 〃 | 1-1 見崎武戦死—ミンダナオ |
| | | 〃 | 1-6 高山茂男戦死—サラクサク |
| | | 6 | 4-1 宗宮亮平特攻戦死—沖縄 |
| 7 | 特攻六三振武隊の六機突入 | 7 | 2-1 大野正二殉職—コタバル |
| 8 | 特攻隊出撃<br>特攻四八振武隊、五九振武隊、一四一振武隊、一四四振武隊、五三振武隊の計一三機突入 | 8 | 6-8 入田保尚戦病死—マレー |
| | | 9 | 3-7 市川広戦傷死—岩手 |
| | | 10 | 6-4 大塚三郎戦死—比島 |
| | | 〃 | 3-7 川原喜次郎戦死—比島 |
| | | 〃 | 5-5 小路口義治戦死—比島 |
| | | 〃 | 5-6 田原一雄戦死—比島 |
| | | 〃 | 6-1 中村明戦死—ネグロス |
| | | 〃 | 6-3 野口寿郎戦死—比島 |
| | | 〃 | 3-3 細田栄作戦死—比島 |
| | | 〃 | 1-3 山崎悟戦死—比島 |
| | | 12 | 5-7 仲島利光戦死—ネグロス |

| 日 | 事項 |
|---|---|
| 13 | 沖縄の海軍部隊玉砕 |
| 15 | 第一一次沖縄航空総攻撃中止 |
| 中旬 | B29、中小都市焼夷弾攻撃激化 |
| 23 | 第三二軍司令官、牛島満中将自決、組織的戦闘終結<br>爾後、沖縄中部、北部で地上戦闘継続 |
| 24 | 連合軍、ハルマヘラ、テルナテに上陸 |

| 日 | 戦没者 |
|---|---|
| 13 | 5-4 棚町忠幸戦死―比島ネグロス |
| 〃 | 6-6 高橋保清戦死―比島ネグロス |
| 14 | 4-2 清静夫戦病死―比島 |
| 〃 | 5-4 林伸二戦死―ボルネオ |
| 15 | 3-3 磐城俊三戦死―比島 |
| 〃 | 7-2 山本龍夫戦死―ネグロス |
| 19 | 7-3 奥出慎路戦死―比島 |
| 〃 | 5-6 栄福照戦死―比島 |
| 20 | 1-1 千葉三郎戦死―パラワン島 |
| 21 | 1-1 山崎昌三戦死―都城 |
| 23 | 4-6 高田喜内戦病死―比島 |
| 24 | 1-5 松田数雄戦死―ネグロス |
| 〃 | 7-4 森稔戦死―ネグロス |
| 25 | 5-8 真柄貫一戦死―比島 |
| 〃 | 3-2 三田衛戦死―ミンダナオ |
| 25 | 4-8 内倉竜三戦死―パリックパパン沖 |
| 〃 | 4-5 後藤建雄戦死―比島 |
| 30 | 5-5 梶田淳戦死―ミンダナオ |
| 〃 | 4-3 下條普三郎戦死―ミンダナオ |
| 〃 | 5-3 平井四郎戦死―トラック島 |
| 〃 | 2-7 吉田正義戦死―ミンダナオ |

| 7月 | 事項 |
|---|---|
| 1 | 連合軍、パリックパパンに上陸 |
| | B29、P51の本土空襲激化 |
| 5 | 米軍、比島作戦終了を公表 |
| 14 | 米艦、本土沿岸を砲撃<br>爾後、釜石、室蘭、日立多賀、布良、幌筵、父島、串本、野島崎、新宮、浜松、清水等に砲撃を加える。 |
| 中旬 | 比島の航空諸部隊は密林、山岳地帯を彷徨 |
| 17 | ポツダム会談実施 |

| 日 | 戦没者 |
|---|---|
| 1 | 7-4 大石堅覚戦死―比島 |
| 〃 | 7-5 奥泉泰治戦死―比島 |
| 3 | 4-3 金子甲子男殉職―マレーアロルスター飛行場で払暁飛行訓練中 |
| 5 | 7-6 白石与力戦病死―比島 |
| 〃 | 7-5 土井泰戦死―比島 |
| 〃 | 6-2 鶴田兼三戦病死―比島 |
| 6 | 4-6 後藤好雄戦死―比島 |
| 7 | 4-5 川西文夫戦死―比島 |
| 8 | 1-7 新谷武司戦死―比島 |
| 9 | 1-2 鶴丸晴雄戦死―大阪 |
| 〃 | 6-3 元木隆太郎戦死―比島 |
| 10 | 4-6 小田清太戦死―比島 |
| 〃 | 7-6 渡辺寿一戦死―比島 |

| 月日 | 事項 | 日 | 戦没者 |
|---|---|---|---|
| | | 19 | 4-7 伊勢茂由戦死—大阪 |
| | | 20 | 2-4 岡崎勝戦死—比島 |
| | | 〃 | 2-6 工藤修三戦死—比島 |
| | | 25 | 1-2 中村幸一戦死—ネグロス |
| | | 〃 | 2-7 加納外雄戦死—スマトラ |
| | | 〃 | 1-5 門田勇戦死—スマトラ |
| | | ? | 4-4 佐々木敬太郎戦死—ネグロス |
| | | ? | 1-3 松浦哲郎戦死—比島 |
| 8月 6 | B29、広島に原子爆弾投下 死者、行方不明者約二〇万人 | 4 | 7-8 来住野正一戦死 |
| 8 | ソ連、対日宣戦布告 満州、朝鮮、樺太に進攻開始 | 8 | 6-7 石田有一戦病死—比島 |
| 9 | B29、長崎に原子爆弾投下 死者、行方不明者約一二万人 | 9 | 7-1 荻布良三戦死—朝鮮 |
| | 米艦載機一六〇〇機、東北に来襲 | 10 | 2-2 飯田岩雄戦死—比島 |
| | 〃 三〇〇機、九州に来襲 | 〃 | 7-5 金島正喜戦死—比島 |
| | | 〃 | 1-7 岸本健戦死—比島 |
| | | 〃 | 5-7 藤田昇戦死—比島 |
| | | 〃 | 5-2 渡辺丈夫戦死—比島 |
| 10 | ソ連軍、羅津に上陸 | 〃 | 6-5 渡辺亘戦死—比島 |
| 12 | ソ連軍、南樺太安別に上陸 | 〃 | 5-2 宇土正美戦病死—東京 |
| 13 | ソ連軍、清津に上陸 | 12 | 2-4 田中藤吉戦傷死—熊本 |
| | 米艦載機、関東に来襲 | 13 | 1-7 斉藤甲子郎戦死—朝鮮 |
| 14 | B29、高崎、熊谷、福山空襲 | 〃 | 7-2 猿渡広戦死—朝鮮 |
| 15 | 日本 無条件降伏 | 〃 | 3-5 立岩聖白戦死—朝鮮 |
| | 天皇、戦争終結の詔書放送 | 15 | 2-5 松下隆戦病死—比島 |
| 16 | ソ連軍、恵須取に上陸 | 17 | 1-3 丹田安一自決—朝鮮 |
| 17 | ソ連軍、占守島に上陸 | 終戦時 | 5-8 新山道郎自決—台湾 |
| | 東久邇内閣発足 | 20 | 7-6 宍倉慶良次戦病死—比島 |
| | インドネシア独立宣言 | 〃 | 5-7 先田勇戦病死—栃木 |
| 19 | 関東軍降伏 | ? | 4-7 尾西勝六戦死—比島 |
| | マニラで停戦交渉 | | |
| 20 | ソ連軍、真岡に上陸 | | |
| 22 | 樺太方面停戦協定成立 | | |
| 下旬 | 比島の航空部隊は無線放送により終戦を知る | | |
| 23 | 陸海軍復員開始 | | |
| 25 | 樺太方面日本軍降伏 | | |
| 28 | 米軍、日本本土に進駐 | | |
| | 米艦隊、横須賀に入港 | | |
| 30 | マッカーサー、厚木に進駐 | | |
| 9月 1 | ソ連軍、千島を占領 | | |

| 月日 | 一般事項 | 部隊関係 |
|---|---|---|
| 3 | 比島方面日本軍降伏 | |
| 5 | 蘭印方面日本軍降伏 | |
| 6 | ラバウル方面日本軍降伏 | 8 岸本幸夫戦病死—ネグロス |
| 9 | 支那派遣軍降伏 | 9 6-7 森江末吉戦病死—比島 |
| | ボルネオ方面日本軍降伏 | |
| 12 | 南方軍降伏 | |
| 13 | ビルマ方面日本軍降伏 | |
| | ニューギニア方面日本軍降伏 | |
| 16 | 香港方面日本軍降伏 | |
| 10月 9 | 幣原喜重郎内閣発足 | |
| 10 | 政治犯約五〇〇〇人釈放 | |
| 13 | 蔣介石、各部隊に内戦密命 | |
| 17 | 国府軍、台湾に上陸開始 | |
| 24 | 国際連合成立（二〇ヵ国批准） | |
| 11月 1 | 東京日比谷で餓死対策国民大会 | |
| 2 | 日本社会党結成 | 4 2-8 長谷川正次戦病死—中支武昌 |
| 9 | 日本自由党結成 | |
| 16 | 日本進歩党結成 | |
| 20 | ニュールンベルグ国際軍事裁判法廷開廷 | |
| 12月 1 | 陸軍省、海軍省廃止 | 1 5-6 福島光春戦病死—タイ |
| 4 | 離職者一三二四万人と発表 | |
| 7 | マニラの軍事裁判で山下大将に死刑宣告 | |
| 9 | GHQ、農地改革に関する覚書発布 | |
| 17 | 衆議院議員選挙法改正（婦人参政） | 末頃 2-4 橋本宗司戦死—シベリア |

7月

昭和二〇年における部隊編成等次のとおり
飛行第一一一戦隊編成（戦闘）
飛行第一一二戦隊編成（戦闘）

（戦死期日不明　昭和一九～二〇年）

3-6 東一俊戦死—オードネル
3-5 一之瀬不二人戦死—サイパン
7-1 梅山祐四郎戦死—比島
7-1 大久保雅戦死—比島
6-1 尾形尚道戦死—沖縄
5-5 中沢実戦死—満州
5-1 橋本平太郎戦死
1-5 渕上三郎戦死
5-7 堀忠戦死
前田敏夫戦死—北支
7-8 山田徳槌戦死
2-2 塚本勝治戦死（20年）中支老河口
石川沖戦死
1-2 伊藤大膳戦死—ネグロス
2-6 岡田喜代志戦病死—朝鮮
3-1 神山修殉職—ボルネオ
2-4 西村六郎戦死—南方
2-5 藤原豊戦死—ネグロス
5-5 船橋恵智戦死
7-5 前田降男戦死—比島
4-4 山下悟戦死
7-4 黒木平雄戦死

4-3 黒石哲男戦死
1-6 斎藤春次戦死─比島
7-3 佐川勝美特攻戦死
1-5 谷口通義戦死

4-3 小酒哲二戦死
5-1 佐藤賢司郎戦死─中支武昌
6-2 杉島光明戦死

次の名簿、資料、年表は、当時の状況を理解するために、二五七頁から三〇〇頁まで、次の表の通り掲載引用いたしました。
生田惇（まこと）著
『陸軍航空特別攻撃隊史』（昭和五十二年十二月二十日発行）株ビジネス社

## 付録1——特攻隊編成および運用状況（昭和十九年～同二十年八月）

### 比島の部

| 隊名 | 編成担任 | 機種 | 10月～1月 | 突入人員 | 編成根拠 |
|---|---|---|---|---|---|
| 万朶 | 鉾田 | ◎ | ㉑26……⑫―20 | 五 | 陸亜密一〇八九 |
| 富嶽 | 浜松 | ●4 | ㉕28……⑥―12 | 十八 | 陸亜密一〇三七 |
| 八紘第一～十二隊 | | | | | |
| 八紘 | 明野 | 〈1 | [6]→19 ㉗―12 | 十二 | 陸亜密一二三七 |
| 一宇 | 常陸 | 〈1 | [6]→20……⑤―13 | 六 | |
| 靖国 | 51KFD | 〈1 | [8]→19 ㉔―7 | 九 | |
| 護国 | 10FD | 〈1 | [6]→2 ⑦―10 | 八 | |
| 鉄心 | 鉾田 | △ | [6]→16……⑤―6 | 十一 | |
| 石腸 | 下志津 | △ | [6]→16……⑤―8 | 十七 | |
| 丹心 | 明野 | 〈1 | ⑯[20]→6 ⑩―17 | 九 | 陸亜密二一六〇 |
| 勤皇 | 鉾田 | △△ | ⑯[20]→3 ⑦―10 | 十三 | |
| 一誠 | 明野 | 〈1 | ⑯[25]→20 ㉙―9 | 十一 | |
| 殉義 | 常陸 | 〈1 | ⑯[25]→18 ㉑―7 | 九 | |
| 皇魂 | 鉾田 | △△ | ⑯[20]→24……⑥―10 | 五 | |

凡例
- 地名―教導飛行師団
- KFD―教育飛行師団
- FD―飛行師団
- F―戦隊
- 戦飛集―戦闘飛行集団
- ◎―99式双発軽爆撃機
- ●4―4式重爆撃機
- 〈1―1式戦闘機
- △―99式襲撃機
- △△―2式双発襲撃機
- ―・―98式直協偵
- ○―仮編成下令日
- □―編成完結日
- ↓―移動

| 隊名 | 編成担任 | 機種 | 機数 | 2月〜7月 | 突入人員 | 発進基地 | 備考 |
|---|---|---|---|---|---|---|---|
| 進襲 | 下志津 | △ | | ⑯—[30]→23 ㉚—8 | 九 | | |
| 旭光 | 75 | ◎ | | ⑧—⑮—12 | 十 | 現地指揮官特令 | |
| 若桜 | 75F | ◎ | | ⑮⑳—7 | 四 | | |
| 皇華 | 208F | △△ | | ○—㉚—10 | 五 | | |
| 菊水 | 5飛行団 | ●100 | | 14 | 四十七 | | |
| 精華 | 30戦飛集 | ∧ | | ⑰—13 | 三十三 | | |
| その他 | 諸隊 | 各種 | | ⑫—12 | 十 | | |

数—比島到着日
○—最初の特攻攻撃日
┃—作戦
数—隊の消滅日

## 沖縄の部——第六航空軍

| 隊名 | 編成担任 | 機種 | 機数 | 2月〜7月 | 突入人員 | 発進基地 | 備考 |
|---|---|---|---|---|---|---|---|
| 振武十八 | 10FD(水戸) | ∧1 | 十二 | [2]……㉙—4 | 七 | 知覧 | 二〇・一・二九陸亜密八一九カッコ内の部隊は最初の配属先を示す。 |
| 十九 | 10FD(常陸) | ∧1 | 十二 | [2]……㉙—4 | 十 | 知覧 | |
| 二十 | 11FD(柏原) | ∧1 | 十二 | [8]……①—4 | 七 | 知覧—徳之島 | |
| 二十一 | 12FD | ∧1 | 十二 | [8]……⑤—26 | 三 | 知覧—喜界島 | |
| 二十二 | 明野 | ∧1 | 十二 | [14](30FC)…⑥—11 | 四 | 知覧—喜界島—徳之島 | |
| 二十三 | 下志津 | △ | 十二 | [14](30FC)…①—3 | 九 | 知覧—徳之島 | |
| 二十四 | 常陸 | △△ | 九 | [9]…(30FC)……㉙—4 | 六 | 知覧 | |
| 二十六 | 明野 | ∧4 | 十二 | [14](5FA)……㉕—21 | 六 | 知覧—都城東 | |
| 二十七 | 明野 | ∧4 | 十二 | [14](5FA)……22 | 六 | 都城東 | |
| 二十九 | 1FA | ∧1 | 十二 | [11]…(3FA)……⑦—25 | 八 | 知覧—喜界島 | |
| 三十 | 1FA | △ | 十二 | [11]…(3FA)…⑩—15 | 三 | 徳之島—喜界島 | |
| 三十一 | 8FDから | △ | 一 | [9]—22 | 一 | 知覧 | |

| | | | | | | | |
|---|---|---|---|---|---|---|---|
| 三十六 | 一部人員 | ―・ | 二 | [9] ⑯ 27 | 二 | 知覧 | |
| 三十八 | 転属 | ―・ | 一 | [9]―16 | 一 | 知覧 | |
| 四十一 | （4月9日） | 〈97 | 一 | [9]―11 | 一 | 知覧 | |
| 振武 | | | | | | | |
| 四十 | 1FA | 〈97 | 十二 | [11]―（8FD）…16 | 六 | 知覧 | |
| 四十二 | 明野 | 〈97 | 十二 | [14]…⑧―4 | 九 | 喜界島―知覧 | |
| 四十三 | 明野 | 〈1 | 十二 | [14]…⑥ 12 | 八 | 知覧 | |
| 四十四 | 常陸 | 〈1 | 十二 | [9]…⑥―3 | 八 | 知覧 | |
| 四十五 | 鉾田 | △△ | 九 | [14]…28 | 十 | 知覧 | |
| 四十六 | 鉾田 | △ | 十二 | [11]…⑦―15 | 九 | 喜界島・知覧 | 二〇・二・二三陸亜密一六七〇準備発令 |
| 四十八 | 明野 | 〈1 | 十二 | [29]（5FA）…㉘―8 | 八 | 知覧 | |
| 四十九 | 明野 | 〈1 | 十二 | [29]（5FA）―⑥―25 | 八 | 知覧 | |
| 五十 | 明野 | 〈1 | 十二 | [29]…⑳―28 | 十二 | 知覧 | 二〇・三・二〇陸亜密三三七一編成発令 |
| 五十一 | 明野 | 〈1 | 十二 | [29]…⑥―28 | 九 | 知覧 | |
| 五十二 | 常陸 | 〈1 | 十二 | [29]…⑪―28 | 十一 | 知覧 | |
| 五十三 | 常陸 | 〈1 | 十二 | [14]…18 | 八 | 知覧 | |
| 五十四 | 明野 | 〈3 | 十二 | [12]（5FA）㉕―6 | 十 | 知覧 | |
| 五十五 | 明野 | 〈3 | 十二 | [12]…⑥―28 | 九 | 知覧 | |
| 五十六 | 常陸 | 〈3 | 十二 | ⑥―11 | 十 | 知覧 | |
| 五十七 | 明野 | 〈4 | 十二 | [29]…25 | 十一 | 都城東 | |
| 五十八 | 明野 | 〈4 | 十二 | [29]…㉕ 28 | 十一 | 都城東 | |
| 五十九 | 明野 | 〈4 | 十二 | [29]…㉘―8 | 九 | 都城東 | |
| 六十 | 明野 | 〈4 | 十二 | [29]…④―25 | 十 | 都城東 | |
| 六十一 | 常陸 | 〈4 | 十二 | [29]…㉘―25 | 十二 | 都城東 | |
| 六十二 | 下志津 | △ | 十二 | [23]―③―12 | 十 | 万世 | |

| | | | | | | |
|---|---|---|---|---|---|---|
| 六十三 | 鉾田 | △ | 十二 | [23](1FD)……7 | 六 | 万世 |
| 六十四 | 鉾田 | △ | 十二 | [1](1FD)……11 | 九 | 万世 |
| 六十五 | 明野 | (97 | 十二 | [29](5FA)……11 | 三 | 知覧 |
| 六十六 | 明野 | (97 | 十二 | [29]—(5FA)④—25 | 五 | 万世 |
| 六十七 | 明野 | (97 | 十二 | [29]……28 | 六 | 知覧 |
| 六十八 | 常陸 | (97 | 十二 | [23]…⑧9 | 三 | 知覧—喜界島 |
| 六十九 | 明野 | (97 | 十二 | [29]…⑫16 | 四 | 知覧 |
| 七十 | 1FA | (1 | 十二 | (5FA)…⑪—28 | 九 | 知覧 |
| 七十二 | 1FA | △ | 十二 | (5FA)……27 | 九 | 万世 |
| 七十三 | 1FA | △ | 十二 | …6 | 十二 | 万世 |
| 七十四 | 1FA | △ | 十二 | …⑦—13 | 十二 | 万世 |
| 七十五 | 1FA | △ | 十二 | …⑦—16 | 十一 | 万世 |
| 七十六 | 1FA | (97 | 十二 | ……㉘—11 | 九 | 知覧 |
| 七十七 | 1FA | (97 | 十二 | ……㉘—4 | 十 | 知覧—徳之島 |
| 七十八 | 1FA | (97 | 十二 | ……④—26 | 十一 | 知覧—喜界島 |
| 七十九 | 1FA | —・ | 十二 | (8FD)⑯22 | 十一 | 知覧—国分 |
| 振武 | | | | | | |
| 八十 | 1FA | —・ | 十二 | (8FD)…㉒27 | 十二 | 知覧 |
| 八十一 | 1FA | —・ | 十二 | (8FD)…㉒26 | 十二 | 知覧 |
| 百二 | 2FA | △ | 十二 | [5]⑫—28 | 十三 | 万世 |
| 百三 | 2FA | △ | 十二 | [5]⑫23 | 十四 | 知覧 |
| 百四 | 2FA | △ | 十二 | [8]⑫—6 | 十二 | 万世 |
| 百五 | 2FA | (97 | 十二 | [5]㉒—25 | 十一 | 知覧 |
| 百六 | 2FA | (97 | 十二 | [5]⑯—4 | 十三 | 知覧 |
| 百七 | 2FA | (97 | 十二 | [5]⑬16 | 十六 | 知覧 |
| 百八 | 2FA | (97 | 十二 | [5]⑯28 | 十二 | 知覧 |
| 百九 | 2FA | (97 | 十二 | [5]㉒—4 | 九 | 知覧 |

| | | | | | | | |
|---|---|---|---|---|---|---|---|
| 百十 | 5FA | 〈3 | 十二 | (5FA)……26 | 六 | | |
| 百十一 | 5FA | 〈97 | 十二 | (5FA)……3 | 八 | 知覧 | |
| 百十二 | 5FA | 〈97 | 十二 | (5FA)……③10 | 九 | 知覧 | |
| 百十三 | 5FA | 〈97 | 十二 | (5FA)……6 | 十 | 知覧 | |
| 百四十一 | 明野 | 〈1 | 六 | (明野)……8 | 二 | 万世 | 二〇・四発令 |
| 百四十四 | 明野 | 〈1 | 六 | (明野)……⑧11 | 五 | 万世 | |
| 百五十九 | 30FC | 〈3 | 六 | (30FC)……⑥11 | 六 | 知覧 | |
| 百六十 | 30FC | 〈3 | 六 | (30FC)……6 | 三 | 知覧 | |
| 百六十五 | 明野 | 〈3 | 六 | (明野)……6 | 五 | 知覧 | |
| 百七十九 | 30FC | 〈4 | 六 | (30FC)……22 | 五 | 都城東 | |
| 百八十 | 30FC | 〈4 | 六 | (30FC)……1 | 二 | 都城東 | |
| 二百十三 | 51KD | 〈97 | 六 | (1FA)……28 | 二 | 知覧 | |
| 二百十四 | 51KD | 〈97 | 六 | (1FA)……③-10 | 五 | 知覧 | |
| 二百十五 | 51KD | 〈97 | 六 | (1FA)……11 | 一 | | |
| 四百三十一 | 2FA | 〈97 | 十二 | ……㉗3 | 八 | 知覧 | |
| 四百三十二 | 2FA | 〈97 | 十二 | ……㉕28 | 十 | 万世 | |

| 隊名 | 編成担任 | 機種 | 機数 | 2月〜7月 | 突入人員 | 発進基地 | 備考 |
|---|---|---|---|---|---|---|---|
| 四百三十三 | 2FA | ︿97 | 十二 | ……㉕1 | 十 | 万世 | |
| 一特別 | 100FB | ︿4 | | ⑥—12 | 十 | 都城東 | 現地指揮官特命 |
| 司偵 | 6FA | ・— | | ⑦—14 | 七 | 鹿屋—福岡 | |
| 60F | 現地指揮官特命 | ●4 | 一 | 24 | 七 | | 義烈誘導含さくら弾3 |
| 62F | | ●4 | 四 | ⑰—25 | 十六 | 熊本 | |
| 65F | | △ | 一 | 1 | 一 | 万世 | |
| 66F | | △ | 一 | 2 | 二 | 万世・徳之島 | |
| 110F | | ●4 | 二 | 26 | 八 | | |
| 3Fs | | ●97 | 七 | 24 | 二十四 | 熊本 | 義烈空挺 |
| 義烈 | | | | | 八十八 | 熊本 | |

## 第八飛行師団

| 隊名 | 編成担任 | 機種 | 機数 | 2月〜7月 | 突入人員 | 発進基地 | 備考 |
|---|---|---|---|---|---|---|---|
| 誠㋣号飛行隊 | | | | | | | |
| 十五 | 鉾田 | ◎ | 九 | ……31 | 一 | 台中 | 一九・一一・二九陸亜密一三〇八三 |
| 十六 | 2FA | ︿1 | 十二 | ……12 | 一 | 花蓮港 | |
| 十七 | 8FD | △ | 十二 | ……㉖—8 | 八 | 石垣 | |
| 三十一 | 2FA | △ | 十二 | [10]……⑬—19 | 六八 | | 八塊二〇・一・二九陸亜密八一九 |
| 三十二 | 2FA | △ | 十二 | [10]……㉗—28 | 十六 | 沖縄中・新田原 | |
| 三十三 | 明野 | ︿4 | 十二 | [14]……⑯—6 | 八 | 桃園 | |
| 三十四 | 明野 | ︿4 | 十二 | [14]……㉘—9 | 十一 | 台中 | |

| | | | | | | | |
|---|---|---|---|---|---|---|---|
| 三十五 | 常陸 | 〈4〉 | 十二 | [14]…③–9 | 六 | 台中 | |
| 三十六 | 大刀洗 | —・ | 十二 | [14]…6 | 十 | 新田原 | |
| 三十七 | 大刀洗 | —・ | 十二 | [14]…6 | 九 | 新田原 | |
| 三十八 | 大刀洗 | —・ | 十二 | [14]…6 | 七 | 新田原 | |
| 三十九 | 2FA | 〈1〉 | 十二 | [10]…㉛1 | 九 | 徳之島・新田原 | |
| 四十一 | 2FA | 〈97〉 | 十二 | [10]…29 | 四 | 沖縄中 | |
| 七十一 | 1FA | △ | 十二 | …㉔–19 | 七 | 八塊 | 二〇・三・二〇陸亜密三三七一 |
| 百十四 | 8FD | △△ | 九 | [20]…2 | 八 | 宮古 | |
| 百十六 | 8FD | 〈97〉 | 十二 | [20]…28 | 二 | 宮古 | |
| 百十九 | 8FD | △△ | 十二 | □㉒28 | 九 | 桃園 | 二〇・四発令 |
| 百二十 | 8FD | 〈4〉 | 六 | [21]④–12 | 五 | 八塊 | |
| 百二十三 | 8FD | △△ | 六 | [21]③–12 | 四 | 八塊・台中 | |
| 赤心 | 現地指揮官特命 | △ | | ㉗28 | 六 | 沖縄中 | |
| 10F | | ・— | | ③12 | 三 | 台中・八塊 | |
| 17F | | 〈3〉 | | ①–5 | 十五 | 石垣・花蓮港 | |
| 19F | | 〈3〉 | | ⑪–21 | 十六 | 宜蘭 | |
| 20F | | 〈1〉 | | ③–6 | 十六 | 龍潭・宜蘭 | |
| 26F | | 〈1〉 | | ⑫–17 | 八 | 宜蘭・花蓮港 | |
| 29F | | 〈4〉 | | ㉘–6 | 七 | 台中 | |
| 105F | | 〈3〉 | | ③–4 | 十五 | 石垣・宜蘭 | |
| 108F | | ◎ | | ④–17 | 二 | 桃園 | |
| 204F | | 〈1〉 | | ⑳–19 | 九 | 八塊 | |
| 23Fcs | | 〈3〉 | | ㉖–1 | 七 | 石垣・花蓮港 | |

| 部隊番号 | 編成担任 | 機種 | 人員 | 編成月 | 配属先 |
|---|---|---|---|---|---|
| 二十五 | 鉾田 | ◎ | 九 | 二 | 関東地区防衛 |
| 二十八 | 1FA | △ | 十二 | 二 | 関東地区防衛 |
| 四十七 | 浜松 | ●100 | 九 | 二 | 関東地区防衛 |
| 八十二～百一 | 1FA | 95練 | 十二 | 三 | 6FA |
| 百十七～百二十 | 1FA(柏・印旛) | 〈1 | 六 | 四 | 常陸 |
| 百二十一～百二十四 | 1FA(東金・松戸) | 〈1・〈97 | 六 | 五 | 常陸 |
| 百二十五～百三十 | 1FA(柏・松戸・印旛) | 〈1・〈97 | 六 | 六 | 1FA |
| 百三十一～百三十四 | 53KD(京城) | 〈1 | 六 | 五 | 6FA |
| 百三十五～百四十 | 不明 | | | | |
| 百四十一～百四十四 | 明野(富士・天龍) | 〈1 | 六 | 四 | 明野 |
| 百四十五～百四十八 | 明野(関・本地ヶ原) | 〈1 | 六 | 五 | 明野 |
| 百四十九・百五十 | 1FA(伊丹) | 〈3 | 六 | 五 | 1FA |
| 百五十一～百五十四 | 1FA(伊丹・清州) | 〈3 | 六 | 六 | 1FA |
| 百五十五・百五十六 | 51KD(清州) | 〈3 | 六 | 五 | 6FA |
| 百五十七・百五十八 | 51KD(清州) | 〈3 | 六 | 六 | 6FA |
| 百六十一・百六十二 | 30FC(調布) | 〈3 | 六 | 四 | 30FC |
| 百六十三・百六十四 | 30FC(調布) | 〈3 | 六 | 五 | 30FC |
| 百六十六 | 明野(佐野) | 〈3 | 六 | 四 | 明野 |
| 百六十七・百六十八 | 明野(八日市) | 〈3 | 六 | 五 | 明野 |
| 百六十九・百七十 | 明野(八日市) | 〈3 | 六 | 六 | 明野 |
| 百七十一・百七十二 | 1FA(下館) | 〈1 | 六 | 五 | 1FA |
| 百七十三・百七十四 | 1FA(下館) | 〈1 | 六 | 六 | 1FA |
| 百七十五・百七十六 | 52KD(相模) | 〈4 | 六 | 五 | 6FA |
| 百七十七・百七十八 | 52KD(相模) | 〈4 | 六 | 六 | 6FA |

| | | | | | |
|---|---|---|---|---|---|
| 百八十一～百八十四 | 30FC（成増） | ︿4 | 六 | 四 | 30FC |
| 百八十五～百八十八 | 30FC（下館・成増） | ︿4 | 六 | 五 | 30FC |
| 百八十九～百九十四 | 30FC（下館・成増） | ︿4 | 六 | 六 | 30FC |
| 百九十五・百九十六 | 明野（鈴鹿） | ︿4 | 六 | 四 | 明野 |
| 百九十七・百九十八 | 明野（鈴鹿） | ︿4 | 六 | 五 | 明野 |
| 百九十九・二百 | 明野（鈴鹿） | ︿4 | 六 | 六 | 明野 |
| 二百一～二百四 | 鉾田（那須野） | △△ | 六 | 四 | 鉾田 |
| 二百五・二百六 | 鉾田（那須野） | △△ | 六 | 五 | 鉾田 |
| 二百七・二百八 | 鉾田（那須野） | △△ | 六 | 六 | 鉾田 |
| 二百九・二百十 | 53KD（群山） | △△ | 六 | 五 | 6FA |
| 二百十一・二百十二 | 53KD（群山） | △△ | 六 | 六 | 6FA |
| 二百十七～二百二十 | 51KD（加古川・岐阜） | ︿97 | 六 | 六 | 1FA |
| 二百二十一～二百二十四 | 53KD（連浦） | ︿97 | 六 | 五 | 6FA |
| 二百二十六～二百二十八 | 鉾田（那須野） | キ115 | 六 | 六 | 鉾田 |
| 二百二十九～二百三十二 | 30FC（下館・成増・調布） | キ115 | 六 | 五 | 30FC |
| 二百三十三・二百三十四 | 1FA（大正） | △ | 六 | 四 | 1FA |
| 二百三十五～二百三十八 | 1FA（大正・清川） | △ | 六 | 五 | 常陸 |
| 二百三十九～二百四十二 | 1FA（東金・大正） | △ | 六 | 六 | 1FA |
| 二百四十三～二百四十六 | 53KD（平壌・泗川） | △ | 六 | 五 | 6FA |
| 二百四十七・二百四十八 | 53KD（平壌・泗川） | △ | 六 | 六 | 6FA |
| 二百四十九・二百五十 | 1FA（所沢） | ○97 | 六 | 五 | 1FA |
| 二百五十一・二百五十二 | 1FA（八戸） | ○97 | 六 | 六 | 1FA |
| 二百五十三・二百五十四 | 鉾田（那須野） | ○○ | 六 | 五 | 鉾田 |
| 二百五十五・二百五十六 | 鉾田（那須野） | ○○ | 六 | 六 | 鉾田 |
| 二百五十七・二百五十八 | 浜松（富山・三国） | ●97 | 八 | 五 | 浜松 |
| 二百五十九・二百六十 | 52KD（熊谷） | ●100 | 八 | 五 | 1FA |
| 二百六十一・二百六十二 | 52KD（熊谷） | ●100 | 八 | 六 | 6FA |

| | | | | | |
|---|---|---|---|---|---|
| 二百六十三～二百六十六 | 30FC（西筑波） | ●4 | 八 | 五 | 30FC |
| 二百六十七～二百七十 | 30FC（調布） | ・— | 六 | 五 | 30FC |
| 二百七十一・二百七十二 | 30FC（調布） | ・— | 六 | 六 | 30FC |
| 二百七十三～二百七十六 | 52KD（仙台等） | —・ | 六 | 四 | 1FA |
| 二百七十七～二百八十二 | 52KD（仙台等） | —・ | 六 | 五 | 1FA |
| 二百八十三～二百八十八 | 52KD（仙台等） | —・ | 六 | 六 | 1FA |
| 二百八十九・二百九十 | 52KD（仙台等） | —・ | 六 | 四 | 6FA |
| 二百九十一～二百九十四 | 52KD（仙台等） | —・ | 六 | 五 | 6FA |
| 二百九十五～二百九十八 | 52KD（仙台等） | —・ | 六 | 六 | 6FA |
| 二百九十九～三百二 | 52KD（児玉） | 双練 | 八 | 五 | 1FA |
| 三百三・三百四 | 52KD（児玉） | 双練 | 八 | 六 | 1FA |
| 三百五・三百六 | 53KD（咸興） | 双練 | 八 | 五 | 6FA |
| 三百七～三百十 | 53KD（水原） | 双練 | 八 | 六 | 6FA |
| 三百十一～三百三十 | 52KD（狭山・熊谷） | 95練 | 六 | 五 | 1FA |
| 三百三十一～三百四十六 | 51KD（岐阜・加古川） | 95練 | 六 | 六 | 1FA |
| 三百四十七～三百五十六 | 51KD（加古川・岐阜） | 95練 | 六 | 五 | 1FA |
| 三百五十七～三百六十六 | 53KD（太田） | 95練 | 六 | 六 | 6FA |
| 三百六十七～三百七十四 | 51KD（岐阜・京都） | 95練 | 六 | 四 | 51KD |
| 三百七十五～三百八十八 | 51KD（加古川・京都） | 95練 | 六 | 五 | 51KD |
| 三百八十九～三百九十六 | 51KD（岐阜・新潟） | 95練 | 六 | 六 | 51KD |
| 三百九十七～四百 | 52KD（熊谷） | 95練 | 六 | 四 | 52KD |
| 四百一～四百四 | 52KD（熊谷） | 95練 | 六 | 五 | 52KD |
| 四百五～四百十 | 52KD（熊谷） | 95練 | 六 | 六 | 52KD |
| 四百十一～四百十八 | 53KD（太田） | 95練 | 六 | 四 | 53KD |
| 四百十九～四百三十 | 53KD（太田） | 95練 | 六 | 五 | 53KD |
| 四百三十一～四百四十三 | 2FA | 95練 | 十二 | 七 | 5FA |
| 四百四十四～四百四十七 | 2FA | ○97 | | 七 | 5FA |

| | | | | | |
|---|---|---|---|---|---|
| 四百四十八～四百五十二 | 2FA | 〈97 | | 七 | 5FA |
| 四百五十三～四百五十五 | 2FA | 一・ | | 七 | 5FA |
| 四百五十六～四百六十三 | 2FA | 95練 | | 七 | 5FA |

注1　百十七～百二十は台湾で編成されたものと隊番号に重複がある。
2　機種は計画と実行が必ずしも合致していない。

# 付録2——隊別・特攻隊戦没者名簿

## 凡例

〈隊の表示〉

隊の番号だけを示した

4FA—八紘第〇〇隊

6FA—第〇〇振武隊

8FD—誠第〇〇飛行隊

　装備機種を付記した

〈部隊の略号〉

- FA　航空軍
- FD　飛行師団
- F　飛行戦隊
- Fs　独立飛行隊
- Fcs　独立飛行中隊

〈階級の略記〉

- 大　大尉
- 中　中尉
- 少　少尉
- 見　見習士官
- 准　准尉
- 曹　曹長
- 軍　軍曹
- 伍　伍長

〈出身別の略記〉

- 無印　士官候補生
- 少候　少尉候補者
- 特操　特別操縦見習士官
- 幹　幹部候補生を総括
- 少　少年飛行兵
- 昭　召集下士官入営年
- ＃　上記の操縦学生期
- 予下　乙種幹部候補生

（期の不明なものは入隊年を示した）

## 比島方面（昭和十九年十一月七日〜二十年一月十三日）

| 隊名 | 月日 | 場所 | 階級・氏名・出身 | | |
|---|---|---|---|---|---|
| 富嶽 | 11・7 | ラモン湾東方洋上 | 中 山本 達夫 56 | 軍 浦田 六郎 昭14 | |
| 4式重 | 11・13 | クラーク東方400km | 少佐 西尾常三郎 50 | 少 柴田 禎男 57 | 少 米津芳太郎 少候24 |
| | | | 准 国重 武夫 | 曹 島村 信夫 昭11 | 曹 荘司 楠一 昭13 |
| | 11・15 | ミンダナオ北東 | 曹 幸保 栄治 昭13 | 軍 須永 義次 昭14 | |
| | 12・16 | ミンドロ島南方 | 中 石川 廣 56 | 曹 本谷友雄 昭13 | 曹 古沢 幸紀 昭13 |
| | | | 伍 丸山 茂雄 昭16 | | |
| | 1・10 | リンガエン湾 | 大 曽我 邦夫 55 | | |
| | 1・12 | リンガエン湾 | 大 進藤 浩康 54 | 大 根木 基夫 56 | 伍 宇田 富福 少12 |
| 万朶 | 11・12 | レイテ湾 | 曹 田中 逸夫 昭12 | 曹 生田 留夫 | 軍 久保 昌昭 少 |
| 99双軽 | 11・15 | レイテ湾 | 軍 石渡 俊行 | | |
| | 12・20 | レイテ湾 | 軍 鵜沢 邦夫 | | |
| 1（八紘） | 11・27 | レイテ湾 | 中 田中 秀志 56 | 少 藤井 信 57 | 少 森本 秀郎 57 |
| 1式戦 | | | 少 白石 国光 特操1 | 少 道場 七郎 特操1 | 少 馬場 駿吉 特操1 |
| | | | 少 善家 善四郎 幹9 | 少 武内 健一 幹9 | 少 寺田 行二 幹9 |
| | | | 少 細谷 幸吉 幹9 | | |
| | 12・7 | オルモック湾 | 少 粕川 健一 特操1 | | |
| | 12・12 | バイバイ沖 | 少 作道 喜三郎 特操1 | | |
| 2（一宇） | 12・5 | スリガオ海峡 | 少 天野 三郎 57 | 少 大谷 秋夫 特操1 | 少 愛敬 理 特操1 |
| 1式戦 | 12・7 | オルモック湾 | 少 喜田川 等 特操1 | 少 田中 穣二 特操1 | |
| | 12・13 | ミンダナオ海 | 少 小野 正義 特操1 | | |
| 3（靖国） | 11・24 | レイテ湾 | 軍 岡村 義人 少10 | | |
| 1式戦 | 11・26 | レイテ湾 | 少 谷川 昌弘 幹8 | | |
| | 12・5 | レイテ湾 | 少 大坪 明 幹7 | 少 秦 音次郎 幹8 | 伍 河島 鉄蔵 少13 |
| | | | 伍 寺島 忠正 少13 | 伍 石井一十四 少13 | 伍 松井 秀雄 少13 |

| 隊 | 月日 | 場所 | 戦没者 | | |
|---|---|---|---|---|---|
| | 12・7 | オルモック湾 | 伍 五十嵐四郎 少13 | | |
| 4（護国） | 12・7 | オルモック湾 | 中 遠藤 栄 56 | 少 西村 正英 57 | 少 宮田 淳作 57 |
| 1式戦 | | | 少 瀬川 正俊 特操1 | 少 三上 正久 特操1 | 少 牧野 顯吉 幹9 |
| | | | 伍 黒石川 茂 少13 | | |
| | 1・10 | ルソン島西海面 | 伍 田辺 茂雄 | | |
| 5（鉄心） | 12・5 | スルアン島付近 | 中 松井 浩 56 | 少 西山 敬次 57 | 伍 長浜 清 予下10 |
| 99襲 | 12・16 | ミンドロ島付近 | 少 志村 政夫 57 | 少 藤原 義行 特操1 | |
| | 12・18 | ミンドロ島付近 | 曹 長尾 熊夫 | | |
| | 12・29 | ミンドロ島付近 | 少 三木 将司 幹7 | 少 星 一二郎 特操1 | 曹 林 利喜夫 |
| | 1・6 | ルソン島西海面 | 少 岩広 智 特操1 | 曹 小川 武士 | |
| 6（石腸） | 12・5 | スリガオ海峡 | 大 高石 邦雄 54 | 少 石原 哲雄 57 | 少 大井 隆夫 57 |
| 99襲 | | | 少 片岡 正光 57 | 少 下柳田 弘 57 | 少 山浦 豊 57 |
| | | | 少 増田 憲一 少候24 | | |
| | 12・8 | オルモック湾 | 少 伊藤 誓昌 57 | | |
| | 12・12 | バイバイ沖 | 少 井樋 太郎 57 | | |
| | 12・22 | サンホセ付近 | 少 安達 貢 57 | | |
| | 1・5 | ルソン島西海面 | 中 細田 吉夫 56 | 少 杉町 研介 57 | 少 林 甲子郎 57 |
| | 1・6 | サンフェルナンド沖 | 少 岡上 直喜 57 | | |
| | 1・8 | ルソン島西海面 | 少 上野 哲弥 57 | 少 鈴木 敏治 57 | 曹 時田 芳造 |
| 7（丹心） | 12・10 | レイテ湾 | 中 石田 国夫 56 | 少 石村 政敏 57 | 少 梅原 彰 57 |
| 1式戦 | | | 少 大石 栄 特操1 | 少 佐々田真三郎 特操1 | 少 永塚 孝三 特操1 |
| | 12・12 | バイバイ沖 | 少 岡 二男 特操1 | | |
| | 12・17 | ミンドロ島付近 | 少 加治木文男 特操1 | 少 斉藤 行雄 特操1 | |
| 8（勤皇） | 12・7 | オルモック湾等 | 中 山本 卓美 56 | 少 二瓶 秀典 57 | 少 東 直次郎 57 |
| 2式双襲 | | | 伍 林 長守 少12 | 伍 入江 真澄 少13 | 伍 大村 秀一 少13 |
| | | | 伍 片野 茂 少13 | 伍 白石 二郎 少13 | 伍 増田 良次 少13 |
| | | | 伍 勝又 満 予下7 | | |

| 部隊 | 月日 | 場所 | 隊員 | 隊員 | 隊員 |
| --- | --- | --- | --- | --- | --- |
| | 12・10 | レイテ湾 | 曹 湯沢 豊 ♯87 | 軍 北井正之佐 ♯91 | 伍 加藤和三郎 少13 |
| 9（一誠） | 12・21 | ミンドロ島付近 | 少 相川 清司 特操1 | | |
| 1式戦 | 1・4 | キュウヨウ島付近 | 中 都留 洋 56 | 少 石川 誠司 特操1 | |
| | 1・5 | ルソン島西海面 | 少 大河原良之 57 | 少 伊藤 進 特操1 | 少 進藤 龍巳 特操1 |
| | 1・8 | ルソン島西海面 | 少 大原 文雄 特操1 | 少 川野 孝雄 特操1 | 少 山本 正直 特操1 |
| | 1・9 | リンガエン湾 | 少 臼井 秀夫 57 | 少 石橋 嘉郎 特操1 | |
| 10（殉義） | 12・21 | ミンドロ島 | 中 敦賀 真二 56 | 少 日野 二郎 57 | 少 若杉 是俊 57 |
| 1式戦 | | | 軍 山崎 武夫 昭14 | 伍 門倉 好也 昭16 | |
| | 12・22 | ミンドロ島 | 少 樋野三男雄 特操1 | 伍 林 与次 昭16 | |
| | 12・29 | ミンドロ島 | 伍 高宮 芳司 昭16 | | |
| | 1・7 | リンガエン湾 | 少 東 宏 特操1 | | |
| 11（皇魂） | 1・6 | リンガエン湾 | 軍 春日 元喜 | | |
| 2式双襲 | 1・8 | リンガエン湾 | 中 三浦 恭一 56 | 曹 倉知 政勝 ♯90 | 伍 寺田 増生 少13 |
| | 1・10 | リンガエン湾 | 伍 入江千之助 少13 | | |
| 12（進襲） | 12・30 | ミンドロ島付近 | 少 久木元延秀 57 | 少 大石 豊 特操1 | 准 沢田 源二 昭10 |
| 99襲 | | | 軍 天地 孝志 少7 | 軍 向瀬 忠男 少10 | |
| | 1・4 | ルソン島西海面 | 軍 小林 直行 昭13 | | |
| | 1・5 | ルソン島西海面 | 軍 庄村覚太郎 昭14 | | |
| | 1・8 | ルソン島西海面 | 准 小串 金作 昭10 | 軍 新浜 新吉 昭14 | |
| 200F | 11・18 | レイテ湾 | 少 中島 尚文 57 | 少 西 功 57 | 曹 鎌田 一郎 ♯87 |
| 4式戦 | | | 曹 吉野時二郎 ♯89 | | |
| 菊水 | 12・14 | ネグロス島近海 | 中 宮崎 隆 56 | 曹 芦田 岩夫 | 曹 荘田 清 |
| 100式重 | | | 曹 椿 彰 | 曹 別所 福一 | 曹 松下 清馨 |
| （74F） | | | 軍 田畑 十蔵 | 軍 竹本 義雄 | 軍 谷 正春 |
| | | | 軍 不破 次雄 | 軍 安田 末晴 | 伍 泉川 正宏 |
| | | | 伍 中本政次郎 | | |
| （95F） | | | 大 丸山 義正 53 | 大 井之内誠二郎 55 | 中 森 三次 56 |

| | | | | | |
|---|---|---|---|---|---|
| | | | 少 藍原 六弥 | 准 吉野 右吉 | 曹 枝元 辰馬 |
| | | | 曹 加藤 只 | 曹 川之上 要 | 曹 木平 正平 |
| | | | 曹 国広 望 | 曹 小林光五郎 | 曹 小林 忠 |
| | | | 曹 千葉 春雄 | 曹 登藤 文六 | 曹 堂用 清 |
| | | | 曹 戸田佐佳久 | 軍 石井 武夫 | 軍 河井 明 |
| | | | 軍 久美田勝美 | 軍 久保田勝作 | 軍 佐藤 正夫 |
| | | | 軍 篠崎 運秀 | 軍 橋 利雄 | 軍 富田 好之 |
| | | | 軍 樋口 長光 | 軍 丸山多喜男 | 軍 森 基親 |
| | | | 軍 矢代 一平 | 軍 吉永 忠弘 | 軍 渡辺 政雄 |
| | | | 伍 足立 正義 | 伍 阿部 幸夫 | 伍 井手 太藏 |
| | | | 伍 浜平 輝親 | | |
| 旭光 | 12・15 | ミンドロ島南方 | 軍 森 辰四郎 予下7 | | |
| 99双軽 | 12・16 | ミンドロ島付近 | 軍 丸山 芳夫 | | |
| （75F） | 12・21 | バコロド西200km | 軍 小林 智 | | |
| | 12・29 | ミンドロ島南 | 伍 奥村 常雄 | | |
| | 1・6 | ルソン島西海面 | 伍 中村 健三 | | |
| | 1・12 | リンガエン湾 | 少 長 幹男 57 | 軍 大山 豊司 | 伍 石毛 秀夫 |
| | | | 伍 小池 聖 | 伍 笹田 亮一 | |
| 若桜（75F） | 12・20 | レイテ湾 | 伍 余村 五郎 | | |
| 99双軽 | 1・7 | リンガエン湾 | 伍 時本 清舟 | 伍 七楽 吉夫 | 伍 藤沼 喜一 |
| 精華 | 12・17 | ミンドロ島付近 | 伍 松本 一重 少13 | | |
| （30戦闘飛 | 12・20 | サンホセ付近 | 軍 杉浦 光一 | 軍 久永 博 少7 | |
| 行集団） | 1・8 | リンガエン湾 | 少 杉田 繁 特操1 | 少 中森 孝敏 幹 | 伍 中田 了一 少13 |
| 戦闘機 | 1・10 | リンガエン湾 | 少 橋本 精 特操1 | 少 高橋 金吾 幹 | 少 乃村 敏一 幹 |
| | | | 伍 大室喜美雄 少13 | | |
| | 1・12 | リンガエン湾 | 少 林 正信 57 | 少 浅井 四郎 特操1 | 少 大木 健 特操1 |
| | | | 少 太田 義晴 特操1 | 少 鹿児島澄行 特操1 | 少 加藤 昌一 特操1 |

| 隊名 | 月日 | 場所 | 階級・氏名・出身 |
|---|---|---|---|
| | | | 少 小池義太郎 特操1　少 酒井 久雄 幹　曹 上田與志則 ♯91　軍 片江 好 ♯93　伍 小林 拾春 ♯93　伍 遠藤 正七 少13　少 三浦廣四郎 特操1　少 志田新太郎 幹　軍 近江 正 ♯91　軍 植木秀五郎 少10　伍 三堀 一作 少11　少 鎌田 孝 幹　少 中尾孫二郎 幹　軍 小川 定雄 ♯93　軍 渡辺与史夫 少10　伍 田中 二郎 少12 |
| | 1・13 | リンガエン湾 | 少 吉田 修 特操1　伍 梶田七之助 少11 |
| 皇華 | 12・30 | サンホセ付近 | 曹 秦 友善 |
| 2式双襲（208F） | 1・6 | リンガエン湾 | 少 田代浩一郎 特操1 |
| | 1・10 | リンガエン湾 | 中 池内 貞男 56 |
| | 1・12 | リンガエン湾 | 曹 中尾 義一　軍 斉藤 碩二 |
| 諸隊 24F cs | 11・12 | レイテ湾 | 伍 渡辺 史郎 少13 |
| 27F | 12・13 | ミンダナオ海 | 少 平出 英三 特操1　伍 佐藤 正男 |
| 小泉 | 12・21 | バコロド付近 | 少 小泉 康夫 |
| | 1・12 | リンガエン湾 | 准 久住 国男 |

計二五一名　二〇二機

## 沖縄方面

1　第六航空軍（昭和二十年四月一日～七月一日）

| 隊名 | 月日 | 場所 | 階級・氏名・出身 |
|---|---|---|---|
| 18 1式戦 | 4・29 | 沖縄周辺洋上 | 中 小西 利雄 56　少 高村 礼治 特操1　少 楠田 信雄 特操1　軍 井上 啓 少12　少 多田 六郎 特操1　軍 滝 亘 予下 |
| | 5・4 | 沖縄周辺洋上 | 軍 秋富 末治 少12 |
| 19 1式戦 | 4・29 | 沖縄周辺洋上 | 中 四宮 徹 56　少 角谷 隆正 特操1　少 井上 忠彦 幹9 |
| | 5・4 | 沖縄周辺洋上 | 少 平野 俊雪 幹9　少 林 格 幹9　曹 小林 龍 ♯90　曹 島袋 秀敏 ♯90　曹 松原 武 ♯90 |

| 隊 | 機種 | 月日 | 場所 | 氏名 |
|---|---|---|---|---|
| | | | | 軍 向島 幸一 少8 / 軍 阿部 正 予下9 |
| 20 | 1式戦 | 4・1 | 慶良間列島 | 少 山本 秋彦 特操1（徳之島から） |
| | | 4・2 | 慶良間列島北 | 大 長谷川 実 55 / 少 山本 英四 特操1（徳之島から） |
| | | 4・20 | 沖縄周辺洋上 | 少 穴沢 利夫 特操1 / 少 大平 誠志 特操1 / 軍 寺沢幾一郎 少10 |
| | | 5・5 | 沖縄周辺洋上 | 軍 重政 正男 少12 |
| 21 | 1式戦 | 4・5 | 沖縄西方海面 | 軍 須藤 治韶 召下 |
| | | 5・26 | 沖縄周辺洋上 | 中 水川 禎輔 56（喜界島から） |
| 22 | 1式戦 | 4・3 | 徳之島付近 | 少 伊東 信夫 特操1 |
| | | 4・6 | 沖縄南西海面 | 少 立川美喜太 特操1 / 少 西長 武志 特操1 |
| | | 4・7 | 沖縄本島付近 | 少 大上 弘 特操1（喜界島から） |
| | | 4・11 | 沖縄本島付近 | 少 柴田 秋蔵 57（徳之島から） |
| 23 | 99襲 | 4・1 | 慶良間列島南 | 大 伍井 芳夫 少候20 / 准 金子 龍雄 昭11 / 曹 大橋 治男 昭13 / 曹 藤野 正行 少6 |
| | | 4・3 | 沖縄周辺洋上 | 少 前田 敬 特操1 / 少 塩島 清一 特操1 / 少 柴本 勝義 特操1 / 軍 豊崎 儀治 昭14 / 軍 清水 保三 昭16 |
| 24 | 2式双襲 | 4・29 | 沖縄周辺洋上 | 中 小沢 大藏 56 / 少 安部 正也 特操1 / 少 川田 清美 特操1 / 少 福井 与一 特操1 |
| | | 5・4 | 沖縄周辺洋上 | 曹 片柳 経 昭16 |
| 26 | 4式戦 | 5・25 | 沖縄周辺洋上 | 少 梅津 末雄 特操1 / 少 小林 位 特操1 |
| | | 6・21 | 沖縄周辺洋上 | 中 相良 釟郎 57 / 中 木村 清治 57 / 少 永島 福次 特操1 / 少 西宮 忠雄 特操1 |
| 27 | 4式戦 | 6・22 | 沖縄周辺洋上 | 中 川村 勝 57 / 少 奈良 又男 幹7 / 少 熊沢 弘之 特操1 / 少 高橋 毅 特操1 / 少 原田 栞 特操1 / 少 矢口 剛 特操1 |
| 29 | 1式戦 | 4・7 | 中城湾 | 少 中村 実 57 |
| | | 4・8 | 沖縄周辺洋上 | 少 染谷 勇 特操1 / 伍 寺田 実 少13 / 伍 森内 徳龍 少13 |
| | | 4・14 | 沖縄周辺洋上 | 伍 及川喜一郎 少13 / 伍 上川 幟 少13（喜界島から） |
| | | 5・25 | 沖縄周辺洋上 | 伍 益子 博 少13 / 伍 美野 輝雄 少13 |

| 隊 | 機種 | 月日 | 場所 | 氏名 |
|---|---|---|---|---|
| 30 | 99襲 | 4・10 | 沖縄本島付近 | 伍 横尾 賢二 予下（徳之島から） |
| | | 4・13 | 沖縄周辺洋上 | 伍 池田 強 少14（徳之島から） |
| | | 4・15 | 沖縄周辺洋上 | 伍 今井 実 少14（喜界島から） |
| 40 | 97戦 | 4・16 | 沖縄周辺洋上 | 少 石倉 三郎 特操1　伍 岡 清治 少14　伍 片山 淳 少14 |
| | | | | 伍 滝沢 真平 少14　伍 東郷 周一 少14　伍 中上 敬一 少14 |
| 42 | 97戦 | 4・8 | 沖縄周辺洋上 | 少 牛島 久男 特操1　少 尾久 義周 特操1　少 仙波 久男 特操1 |
| | | | | 少 松沢 平一 特操1 |
| | | 4・9 | 沖縄周辺洋上 | 少 猫橋 芳朗 57　少 近藤 幸雄 特操1　少 馬場 洋 特操1 |
| | | 4・16 | 沖縄周辺洋上 | 少 篠田 庸正 特操1 |
| | | 5・4 | 沖縄本島付近 | 少 岩崎 辰雄 特操1 |
| 43 | 1式戦 | 4・6 | 沖縄西方海面 | 少 清沢 守 特操1　少 酒井 忠春 特操1　少 簑島 武一 特操1 |
| | | | | 少 村上 稔 特操1　少 浅川 又之幹 19 |
| | | 4・12 | 沖縄西方洋上 | 少 大野 宗明 特操1　少 岸 誠一 特操1　少 前田 敏 特操1 |
| 44 | 1式戦 | 4・6 | 沖縄西方海面 | 少 小原 幸雄 57　軍 向後新太郎 予下9　伍 足立 次彦 少12 |
| | | | | 伍 中村 利雄 少13 |
| | | 4・7 | 沖縄周辺洋上 | 少 甲斐 玉樹 57　伍 清水 定 少12（徳之島から） |
| | | 5・11 | 沖縄周辺洋上 | 少 岡村 金吾 特操1 |
| | | 6・3 | 沖縄周辺洋上 | 軍 伊藤 俊治 予下9 |
| 45 | 2式双襲 | 5・28 | 沖縄周辺洋上 | 中 藤井 一 少候21　少 小川 彰 57　少 鈴木 邦彦 57 |
| | | | | 少 中田 茂 57　伍 小川 春雄 少13　伍 北村伊那夫 少13 |
| | | | | 伍 興国 茂 少13　伍 一口 義男 少13　伍 宮井 政信 少13 |
| | | | | 伍 伊藤 好久 少15 |
| 46 | 99襲 | 4・7 | 中城湾 | 少 小山 勝実 特操2　伍 伊原佐源治 予下　伍 古川 栄輔 予下 |
| | | | | 伍 堀越 進 予下　伍 渡辺 博 予下（喜界島から） |
| | | 4・11 | 沖縄周辺洋上 | 伍 米山和三郎 少15（喜界島から） |
| | | 4・12 | 嘉手納沖 | 少 森 光 特操2 |
| | | 4・13 | 沖縄周辺洋上 | 伍 小林 貞三 少14 |

| 隊 | 機種 | 日付 | 場所 | 氏名 |
|---|---|---|---|---|
| | | 4・15 | 沖縄周辺洋上 | 伍 中林 稠 少15（喜界島から） |
| 48 | 1式戦 | 5・28 | 沖縄周辺洋上 | 少 鈴木誠一 特操1 / 伍 土屋光男 少13 |
| | | 6・3 | 沖縄周辺洋上 | 少 堀 恒治 57 / 少 柴田信平 特操1 / 軍 中島豊藏 少12 / 軍 松本真太治 少12 |
| 49 | 1式戦 | 6・8 | 沖縄周辺洋上 | 少 中島 章 特操1 / 伍 伊藤甲子郎 少13 |
| | | 5・6 | 沖縄周辺洋上 | 少 伊奈剛次郎 57 / 少 藤 喜八郎 特操1 / 伍 小柳 瞭 少13 |
| | | 5・11 | 沖縄周辺洋上 | 伍 小坂清一 少13 / 伍 高橋定雄 少13 |
| | | 5・25 | 沖縄周辺洋上 | 少 黒川久夫 特操1 / 少 南部吉雄 特操1 |
| 50 | 1式戦 | 5・20 | 沖縄周辺洋上 | 少 斎藤数夫 57 / 少 小木曾亮助 特操1 / 少 多田良政行 特操1 / 少 速水 修 特操1 / 伍 飯高喜久夫 少13 / 伍 大野昌文 少13 / 伍 松崎義勝 少13 / 伍 松尾登代喜 少13 / 伍 柳 清 少13 |
| 51 | 1式戦 | 5・25 | 沖縄周辺洋上 | 少 高橋 瞳 特操1 / 少 藤田典澄 特操1 |
| | | 5・28 | 沖縄本島付近 | 伍 磯田徳行 少13 |
| | | 5・6 | 沖縄西方海面 | 少 鮫島 豊 特操1 |
| | | 5・11 | 沖縄飛行場西海面 | 少 荒木春雄 57 / 少 野上康光 特操1 / 少 光山文博 特操1 / 伍 安藤康治 少13 / 伍 島 仁 少13 / 少 鈴木惣一 少13 / 少 豊田良一 少13 |
| 52 | 1式戦 | 5・28 | 沖縄周辺洋上 | 伍 市川 豊 少13 |
| | | 5・11 | 沖縄周辺洋上 | 軍 下平正人 ♯93 / 伍 田中 勝 少13 / 伍 渡辺幸美 少13 |
| | | 5・25 | 沖縄周辺洋上 | 少 中原常信 57 / 少 荒川宣治 特操1 / 少 谷苗菊夫 特操1 / 少 市川 実 特操2 / 伍 太田増信 少13 |
| 53 | 1式戦 | 5・28 | 沖縄周辺洋上 | 少 横山正雄 特操1 / 伍 小石順一郎 少13 / 伍 林田 務 少13 |
| | | 5・18 | 沖縄周辺洋上 | 少 近間満男 57 / 少 小笠五夫 特操2 / 少 三島芳郎 特操2 / 伍 梅野芳郎 少14 / 伍 土器手茂生 少14 / 伍 星 忠治 少14 / 伍 丸山好男 少14 / 伍 山崎 忠 少14 |
| 54 | | 6・8 | 沖縄周辺洋上 | 伍 河井秀男 少14 |
| | | 5・25 | 沖縄周辺洋上 | 少 葛西 宏 57 / 少 三島邦夫 特操1 / 少 内原京一郎 特操2 |

| 隊 | 機種 | 月日 | 場所 | 階級 | 氏名 | 期 | 階級 | 氏名 | 期 | 階級 | 氏名 | 期 |
|---|---|---|---|---|---|---|---|---|---|---|---|---|
|  | 3式戦 |  |  | 少 | 大越 道明 | 特操2 | 少 | 坂内 隆夫 | 特操2 | 少 | 松本 勲 | 特操2 |
|  |  | 5・28 | 沖縄周辺洋上 | 少 | 中西 伸一 | 特操1 | 少 | 上垣 隆美 | 特操2 | 少 | 高井 政満 | 特操2 |
|  |  | 6・6 | 沖縄周辺洋上 | 少 | 岡本 一利 | 特操2 |  |  |  |  |  |  |
| 55 |  | 5・6 | 沖縄周辺洋上 | 少 | 伊藤 敏夫 | 特操2 | 少 | 北沢 元治 | 特操2 | 少 | 中島 英一 | 特操2 |
|  | 3式戦 | 5・11 | 嘉手納沖 | 少 | 黒木 国雄 | 57 | 少 | 森 清司 | 特操1 | 少 | 鷲尾 克巳 | 特操2 |
|  |  | 5・25 | 沖縄南部洋上 | 少 | 佐伯 修 | 特操1 | 少 | 菊地 誠 | 特操2 |  |  |  |
|  |  | 5・28 | 沖縄周辺洋上 | 少 | 大岩 泰雄 | 特操2 |  |  |  |  |  |  |
| 56 |  | 5・6 | 沖縄周辺洋上 | 少 | 池田 元威 | 特操2 | 少 | 金子 範夫 | 特操2 | 少 | 小山 信介 | 特操2 |
|  | 3式戦 |  |  | 少 | 四家 稔 | 特操1 |  |  |  |  |  |  |
|  |  | 5・11 | 沖縄周辺洋上 | 少 | 朝倉 豊 | 特操2 | 少 | 上原 良司 | 特操2 | 少 | 京谷 英治 | 特操2 |
|  |  | 5・25 | 沖縄周辺洋上 | 少 | 小沢 幸夫 | 特操2 | 少 | 鈴木 重幸 | 特操2 |  |  |  |
|  |  | 6・11 | 沖縄周辺洋上 | 少 | 川路 晃 | 特操1 |  |  |  |  |  |  |
| 57 |  | 5・25 | 沖縄周辺洋上 | 少 | 伊東 喜得 | 57 | 少 | 戸沢 吾郎 | 特操1 | 少 | 唐沢 鉄次郎 | 幹8 |
|  | 4式戦 |  |  | 少 | 吉川 富治 | 幹8 | 伍 | 小林 昭二 | 少14 | 伍 | 志水 一 | 少14 |
|  |  |  |  | 伍 | 高埜 徳 | 少14 | 伍 | 西田 久 | 少14 | 伍 | 山下 孝之 | 少14 |
|  |  |  |  | 伍 | 青木 清二 | 少15 | 伍 | 桟 武夫 | 少15 |  |  |  |
| 58 |  | 5・25 | 沖縄周辺洋上 | 少 | 高柳 隆 | 57 | 少 | 冨永 靖 | 特操1 | 少 | 高田 光太郎 | 特操1 |
|  | 4式戦 |  |  | 少 | 西村 閏二 | 特操1 | 少 | 上田 徳 | 幹9 | 少 | 宮毛 克彦 | 幹 |
|  |  |  |  | 軍 | 国吉 秀俊 | 少9 | 伍 | 今村 岩美 | 少14 | 伍 | 栄 瀧志 | 少14 |
|  |  |  |  | 伍 | 藤山 恒彰 | 少14 |  |  |  |  |  |  |
|  |  | 5・28 | 沖縄周辺洋上 | 少 | 紺田 博 | 特操1 |  |  |  |  |  |  |
| 59 |  | 5・28 | 沖縄本島付近 | 少 | 大竹 俍一 | 特操1 | 伍 | 小川 栄 | 少14 | 伍 | 永添 照彦 | 少14 |
|  | 4式戦 | 6・8 | 沖縄本島付近 | 少 | 野口 肇太郎 | 57 | 少 | 御宮司 秀雄 | 特操1 | 少 | 田中 平一 | 特操1 |
|  |  |  |  | 少 | 芦刈 茂金 | 幹9 | 伍 | 近藤 一一 | 少14 | 伍 | 増岡 武男 | 少14 |
| 60 |  | 5・4 | 沖縄周辺洋上 | 少 | 平柳 芳郎 | 57 | 少 | 柴田 治 | 特操1 | 伍 | 永田 利夫 | 少14 |
|  | 4式戦 |  |  | 伍 | 吉永 成明 | 少14 | 伍 | 田中 治 | 少15 | 伍 | 若杉 正喜 | 少15 |
|  |  | 5・11 | 沖縄周辺洋上 | 少 | 倉元 利雄 | 特操1 | 伍 | 荒 正彦 | 少15 | 伍 | 堀元 官一 | 少15 |

| 隊 | 機種 | 月日 | 戦没地 | 階級 | 氏名 | 期別 | 階級 | 氏名 | 期別 | 階級 | 氏名 | 期別 |
|---|---|---|---|---|---|---|---|---|---|---|---|---|
| | | 5・25 | 沖縄本島付近 | 伍 | 向井　忠 | 少15 | | | | | | |
| 61 | | 4・28 | 沖縄周辺洋上 | 少 | 岡本　勇 | 57 | 少 | 若杉閏二郎 | 特操1 | 伍 | 田中　英男 | 少14 |
| | 4式戦 | | | 伍 | 長谷川三郎 | 少14 | 伍 | 請川　房夫 | 少15 | 伍 | 香川　俊一 | 少15 |
| | | | | 伍 | 篠原穂津美 | 少15 | | | | | | |
| | | 5・11 | 沖縄周辺洋上 | 少 | 橋本　初由 | 特操1 | 伍 | 沖山富士雄 | 少15 | 伍 | 山本　隆幸 | 少15 |
| | | 5・25 | 沖縄周辺洋上 | 伍 | 荒井　武夫 | 少15 | | | | | | |
| 62 | | 4・3 | 沖縄西方海面 | 少 | 坂本　友恒 | 特操1 | 少 | 込茶　章 | 特操1 | 少 | 鈴木　満 | 幹19 |
| | 99襲 | 4・6 | 沖縄本島付近 | 少 | 富沢　健児 | 特操1 | 軍 | 三宅　柾 | 少12 | 軍 | 木谷　実 | 昭16 |
| | | | | 伍 | 坂本　清 | 予下18 | 伍 | 丹羽　修平 | 予下18 | | | |
| | | 4・12 | 沖縄周辺洋上 | 少 | 滝口　尚文 | 特操1 | 曹 | 長倉　潔 | 昭13 | | | |
| 63 | | 6・7 | 沖縄周辺洋上 | 准 | 難波　晋作 | 昭12 | 曹 | 後藤与二郎 | 昭14 | 曹 | 宮　光男 | 昭14 |
| | 99襲 | | | 軍 | 服部　良策 | 少10 | 伍 | 榊原　吉一 | 予下19 | 伍 | 佐々木平吉 | 予下19 |
| 64 | | 6・11 | 沖縄周辺洋上 | 大 | 渋谷　健一 | 少候22 | 少 | 稲垣　忠男 | 特操1 | 少 | 巽　精造 | 幹9 |
| | 99襲 | | | 軍 | 井上　清 | | 伍 | 稲島　竹三 | 昭17 | 伍 | 岸田　盛夫 | 少13 |
| | | | | 伍 | 森　高夫 | 少13 | 伍 | 加藤　俊二 | 予下18 | 伍 | 斎藤　正俊 | 予下18 |
| | | 5・4 | 沖縄周辺洋上 | 少 | 桂　正 | 57 | 少 | 田中藤次郎 | 特操1 | 少 | 石塚糖四郎 | 特操2 |
| 66 | | 5・4 | 沖縄周辺洋上 | 少 | 毛利　理 | 幹9 | 少 | 荒川　英徳 | 特操2 | 少 | 壺井　重治 | 特操2 |
| | 97戦 | 5・25 | 沖縄周辺洋上 | 少 | 後藤　光春 | 57 | 少 | 伊藤　輝友 | 特操1 | | | |
| 67 | | 4・28 | 沖縄周辺洋上 | 少 | 金子　正男 | 57 | 少 | 網代　一 | 特操1 | 少 | 寺田　浩一 | 幹8 |
| | 97戦 | | | 少 | 市川　敏邦 | 特操2 | 少 | 清水　真三 | 幹9 | 少 | 長沢　徳治 | 幹9 |
| 68 | | 4・8 | 沖縄周辺洋上 | 少 | 片山　悦二 | 特操2 | 少 | 山田　勇 | 特操2 | | | |
| | 97戦 | 4・9 | 沖縄本島付近 | 少 | 山口　怡一 | 57（喜界島から） | | | | | | |
| 69 | | 4・12 | 沖縄西方洋上 | 少 | 池田　享 | 57 | 少 | 岡　安明 | 幹8 | 少 | 柳生　諭 | 特操1 |
| | 97戦 | | | 少 | 持木　恒二 | 特操2 | | | | | | |
| | | 4・16 | 沖縄周辺洋上 | 少 | 本島　桂一 | 特操1 | | | | | | |
| 70 | | 5・11 | 沖縄周辺洋上 | 少 | 佐久田　潤 | 幹 | 伍 | 水川　豊 | 少14 | 伍 | 渡辺　輝義 | 少14 |
| | 1式戦 | 5・25 | 沖縄周辺洋上 | 伍 | 三村　竜弘 | 予下 | 伍 | 朝倉　岩次 | 少13 | 伍 | 藤田　文六 | 少14 |

| 番号 | 機種 | 月日 | 場所 |
|---|---|---|---|
| 72 | 99襲 | 5・28 | 沖縄周辺洋上 |
| | | 5・27 | 沖縄南部海面 |
| 73 | 99襲 | 4・6 | 沖縄本島付近 |
| 74 | 99襲 | 4・7 | 中城湾 |
| | | 4・12 | 沖縄本島付近 |
| | | 4・13 | 沖縄周辺洋上 |
| 75 | 99襲 | 4・7 | 中城湾 |
| | | 4・12 | 沖縄周辺洋上 |
| | | 4・13 | 沖縄周辺洋上 |
| | | 4・16 | 沖縄周辺洋上 |
| 76 | 97戦 | 4・28 | 沖縄周辺洋上 |
| | | 5・11 | 嘉手納沖 |
| 77 | 97戦 | 4・28 | 沖縄周辺洋上 |
| | | 4・29 | 沖縄周辺洋上 |

| | | |
|---|---|---|
| 伍　浅見　忠二　少14 | 伍　田片恒之輔　少14 | 伍　河村　英世　少15 |
| 中　佐藤　睦男　56 | 軍　新井　一夫　予下7 | 伍　荒木　幸雄　少15 |
| 伍　千田　孝正　少15 | 伍　高橋　要　少15 | 伍　高橋　峯好　少15 |
| 伍　知崎　利夫　少15 | 伍　早川　勉　少15 | 伍　久永　正人　少15 |
| 少　高田　鉦三　幹7 | 曹　小沢　三木　昭13 | 軍　後藤　正一　予下 |
| 伍　麻生　末弘　少15 | 伍　加覧　幸男　少15 | 伍　木原　愛夫　少15 |
| 伍　後藤　寛一　少15 | 伍　中沢　流江　少15 | 伍　藤田　久雄　少15 |
| 伍　藤井　秀男　少15 | 伍　山本　茂春　少15 | 伍　山中　太郎　少15 |
| 大　伊藤　実　55 | 軍　渡辺　信　予下 | 伍　大畠　寛　予下 |
| 伍　川島　宏　予下 | 伍　川島　清　予下 | 伍　沢口　一夫　少15 |
| 伍　安井　昭一　少15 | | |
| 伍　橋本　圭作　予下 | | |
| 軍　野口　鉄雄　予下 | 伍　竹内　貞一　少14 | 伍　森下　良夫　予下 |
| 伍　山本　了三　予下 | | |
| 中　大岩　覚　少候23 | 軍　宗像　芳郎　予下 | 伍　佐藤　徳司 |
| 伍　福島　保夫 | | |
| 軍　政井　柾一　予下 | 伍　岩田外次郎　少15 | 伍　酒井十四男　少15 |
| 伍　島袋　清　少14 | | |
| 伍　小野田　務　少15 | | |
| 伍　梅村　要二　予下 | 伍　渡辺　岩男　予下 | |
| 中　岡村　博二　56 | 軍　境　忠　少11 | 伍　谷川　武弘　少13 |
| 伍　山口　慶喜　少13 | 伍　中川　芳穂　少14 | 伍　鈴木　敬之　予下 |
| 少　久富　基作　特操1 | 軍　戸次　政雄　少10 | 伍　小島　英雄　少14 |
| 少　須山　佳市　特操1 | 伍　長谷川栄七　少13 | 伍　鈴木　三男　少14 |
| 伍　本間　忠男　少14 | 伍　三枝　英明　少14 | 伍　木村　正碩　少15 |
| 伍　寺尾　正道　少15 | 伍　中　秀夫　少15 | |
| 伍　金子　誓　少14（徳之島から） | | |

| 隊 | 機種 | 月日 | 場所 |
|---|---|---|---|
| 78 | 97戦 | 5・4 | 沖縄周辺洋上 |
|  |  | 5・4 | 沖縄周辺洋上 |
| 79 | 99高練 | 5・11 | 沖縄周辺洋上 |
|  |  | 5・25 | 沖縄周辺洋上 |
|  |  | 5・26 | 沖縄周辺洋上 |
|  |  | 4・16 | 沖縄周辺洋上 |
| 80 | 99高練 | 4・22 | 沖縄周辺洋上 |
|  |  | 4・22 | 沖縄周辺洋上 |
| 81 | 99高練 | 4・27 | 沖縄周辺洋上 |
|  |  | 4・22 | 那覇湾周辺 |
| 102 | 99襲 | 4・26 | 沖縄周辺洋上 |
|  |  | 4・12 | 沖縄周辺洋上 |
| 103 |  | 4・28 | 沖縄周辺洋上 |
|  |  | 4・12 | 沖縄周辺洋上 |

|  |  |  |
|---|---|---|
| 伍 相花信夫 少14 |  |  |
| 少 吉田節郎 幹8 | 少 河野博 幹9 | 少 勝又勝男 特操2 |
| 少 佐藤利男 特操2 | 少 瀬尾努 特操2 | 少 種田実 特操2 |
| 少 湯沢三寿 特操1 |  |  |
| 少 樺島資彦 幹7 | 少 土谷恭三 特操2 | 少 内藤寛次郎 特操2 |
| 田宮治隆 特操2 |  |  |
| 少 山田信義 少候24 | 少 田中富太郎 特操1 | 少 山本研一 特操1 |
| 少 郷田志郎 幹9 | 少 清水義雄 幹9 | 少 二村源八 幹9 |
| 軍 難波武士 昭15 | 軍 川島猪之助 予下 | 軍 佐藤信平 予下 |
| 伍 上野実 予下 |  |  |
| 少 池田保男 特操1 | (国分から) |  |
| 少 杉戸勝平 少候24 | 少 川瀬明 特操1 | 准 高橋弘 昭11 |
| 曹 上成義徳 昭12 | 曹 川上喜一郎 昭12 | 曹 田畑与四郎 昭12 |
| 曹 平木義範 予下 | 軍 五十嵐慎二 少10 | 軍 永瀬一則 昭14 |
| 伍 大友勉 少13 | 伍 中村欽一 少13 |  |
| 曹 渡辺正興 昭13 |  |  |
| 中 片岡喜作 少候21 | 少 中渡俊治 特操1 | 少 牟田芳雄 昭9 |
| 准 大場健治 昭10 | 曹 松田富雄 昭11 | 曹 仲本政好 昭13 |
| 曹 桐生猛 昭14 | 曹 難波隼人 少6 | 軍 岡山勝己 昭14 |
| 軍 白石哲夫 昭16 | 伍 鍋田茂夫 予下 |  |
| 軍 橋本栄亮 少10 |  |  |
| 少 天野重明 幹7 | 少 小松啓一 特操1 | 少 安部静彦 特操2 |
| 少 竹腰肇 特操2 | 曹 佐藤勲 予下5 | 軍 猪瀬弘之 予下 |
| 伍 金沢富士雄 少14 | 伍 中島昭造 少14 | 伍 一木寅彦 少15 |
| 伍 福浦忠正 少15 | 伍 小関真二 予下 | 伍 原田甲子 予下 |
| 伍 山口和三郎 少14 |  |  |
| 少 石切山文一 少候24 | 少 源善正 特操1 | 少 板倉震 特操2 |

| 戦隊 | 機種 | 月日 | 場所 | 氏名 | | |
|---|---|---|---|---|---|---|
| | 99襲 | | | 軍 渡辺 三郎 予下 | 伍 青木 英俊 少14 | 伍 内田 新一 少14 |
| | | | | 伍 滝沢 泉三 少14 | 伍 長屋利左ェ門 少14 | 伍 宗平 誠三 少15 |
| | | | | 伍 城所 一郎 予下 | 伍 矢島 嚆矢 予下 | |
| | | 4・13 | 沖縄周辺洋上 | 伍 岩井 定好 少15 | | |
| | | 4・23 | 沖縄周辺洋上 | 少 大野 一郎 特操1 | | |
| 104 | 99襲 | 4・12 | 沖縄周辺洋上 | 少 小佐野隆広 特操1 | 渡辺佐多雄 特操1 | 少 前田 敏 特操2 |
| | | | | 軍 上林 博 予下 | 伍 梅田 勤 少14 | 伍 江原 道夫 少15 |
| | | | | 伍 加藤 昇 予下 | | |
| | | 4・13 | 沖縄周辺洋上 | 少 長嶺弥三郎 特操1 | 軍 竹政 和夫 少11 | 伍 近藤 佳忠 少14 |
| | | | | 伍 山本 忠義 少14 | 伍 松戸 茂 予下 | |
| | | 4・28 | 沖縄周辺洋上 | 少 五十嵐次郎 特操2 | | |
| | | 6・6 | 沖縄周辺洋上 | 軍 宮川 三郎 予下 | | |
| 105 | 97戦 | 4・22 | 沖縄周辺洋上 | 少 林 義則 幹9 | 少 中川 昌俊 特操1 | 少 渡辺利広 特操1 |
| | | | | 伍 小野 寅藏 少14 | 伍 陣内 政治 少14 | 伍 田淵 哲雄 少14 |
| | | 4・23 | 沖縄周辺洋上 | 伍 日下 弘実 少14 | | |
| | | 5・4 | 沖縄周辺洋上 | 伍 石川 正美 少14 | 伍 山本 儀吉 少14 | |
| | | 5・25 | 沖縄周辺洋上 | 伍 仲西 久雄 少14 | 伍 服部 武雄 少14 | |
| 106 | 97戦 | 4・16 | 沖縄周辺洋上 | 少 石田 耕治 特操1 | 少 清原 勉 特操1 | 少 安田 義雄 特操1 |
| | | | | 軍 丹下 寿雄 少8 | 伍 河東 繁 少14 | 伍 鈴木 勇 少14 |
| | | | | 伍 二宮 淳一 少14 | 伍 松原 徳雄 少14 | 伍 宮之脇 勇 少14 |
| | | 4・28 | 沖縄周辺洋上 | 伍 榎本 孝一 少14 | 伍 藤原 勇 少14 | 伍 尾鷲 二郎 少15 |
| | | 5・4 | 沖縄周辺洋上 | 伍 袴田 治夫 少15 | | |
| 107 | 97戦 | 4・13 | 沖縄西方海面 | 中 大内 清 56 | 少 粟津 重信 特操2 | 少 井口 清 特操2 |
| | | | | 少 北村 早苗 特操2 | 少 若林 富作 特操2 | |
| | | | | (隊号不明) | 伍 森下 良夫 | |
| | | 4・16 | 沖縄周辺洋上 | 少 川村 茂三 特操2 | 少 山本 恵照 特操2 | 軍 細金 政治 予下 |
| | | | | 軍 間中進一郎 予下 | 軍 渡辺 市郎 | 伍 新井 行雄 予下 |

| | | | | | | | | | | | | | | |
|---|---|---|---|---|---|---|---|---|---|---|---|---|---|---|
| | | | | 伍 | 降矢誠二 | 予下 | 伍 | 玉沢和俊 | 予下 | 伍 | 平山厳 | 予下 |
| | | | | 伍 | 橋本孝雄 | 予下 | | | | | | |
| 108 | | 4・16 | 沖縄周辺洋上 | 少 | 小川斉 | 特操1 | 少 | 古賀俊行 | 特操1 | 少 | 真鍋照雄 | 特操1 |
| | 97戦 | | | 軍 | 尾白文四郎 | 少11 | 軍 | 白倉閔治 | 少11 | 軍 | 中村正 | 少11 |
| | | | | 軍 | 渡辺次雄 | 少11 | 伍 | 井花敏夫 | 少15 | 伍 | 土屋嘉光 | 少15 |
| | | | | 伍 | 沼田忠 | 少15 | 伍 | 八下田孝二 | 少15 | | | |
| | | 4・28 | 沖縄周辺洋上 | 軍 | 川又保雄 | 予下 | | | | | | |
| 109 | | 4・22 | 沖縄周辺洋上 | 少 | 菊地繁三郎 | 幹9 | 伍 | 大石安一 | 少14 | 伍 | 助田五郎 | 少14 |
| | 97戦 | | | 伍 | 平塚光雄 | 少14 | | | | | | |
| | | 4・27 | 沖縄周辺洋上 | 軍 | 武田次郎 | 昭15 | | | | | | |
| | | 4・28 | 沖縄周辺洋上 | 伍 | 桐山勇 | 少14 | 伍 | 小林平太郎 | 少14 | | | |
| | | 5・4 | 沖縄周辺洋上 | 伍 | 加藤虎男 | 少14 | 伍 | 槇田鉄男 | 少14 | | | |
| 110 | | 5・26 | 沖縄周辺洋上 | 少 | 田中隼人 | 特操1 | 伍 | 大友昭平 | 少14 | 伍 | 中牟田正雄 | 少14 |
| | 97戦 | | | 伍 | 清沢広 | 少15 | 伍 | 小浦和夫 | 少15 | 伍 | 西村敬次郎 | 少15 |
| 111 | | 6・3 | 沖縄周辺洋上 | 少 | 鈴木泰治 | 幹 | 少 | 掛井義則 | 特操1 | 伍 | 木村賢次 | 少15 |
| | 97戦 | | | 伍 | 近藤豊 | 少15 | 伍 | 中山寛行 | 少15 | 伍 | 松浦孝義 | 少15 |
| | | | | 伍 | 渡リ修一 | 少15 | 伍 | 若松藤夫 | 少15 | | | |
| 112 | | 6・3 | 沖縄周辺洋上 | 少 | 西崎重雄 | 幹9 | 少 | 高村統一郎 | 特操1 | 少 | 福田勝治 | 特操1 |
| | 97戦 | | | 伍 | 新井義雄 | 少15 | 伍 | 北野恒雄 | 少15 | 伍 | 高塚茂久 | 少15 |
| | | | | 伍 | 中野繁利 | 少15 | 伍 | 福田治郎 | 少15 | 伍 | 松村富治 | 少15 |
| | | 6・10 | 沖縄周辺洋上 | 伍 | 杉山龍治 | 少15 | 伍 | 真高郁夫 | 少15 | | | |
| 113 | | 6・6 | 沖縄周辺洋上 | 少 | 高野正治 | 幹 | 少 | 生駒寛彦 | 特操1 | 伍 | 泉田裕 | 予下 |
| | 97戦 | | | 伍 | 菊地秀雄 | 少15 | 伍 | 北沢丈夫 | 少15 | 伍 | 清原鼎実 | 少15 |
| | | | | 伍 | 坂口良介 | 少15 | 伍 | 中島璋夫 | 少15 | 伍 | 羽立光行 | 少15 |
| | | | | 伍 | 村串六郎 | 少15 | | | | | | |
| 141 | 1式戦 | 6・8 | 沖縄周辺洋上 | 少 | 長井良夫 | 57 | 少 | 平原太郎 | 特操1 | | | |
| 144 | | 6・8 | 沖縄周辺洋上 | 少 | 中島秀彦 | 57 | 少 | 岡田義人 | 特操1 | | | |

| | | | | | |
|---|---|---|---|---|---|
| | 1式戦 | 6・11 | 沖縄周辺洋上 | 少 薄井 義夫 特操2 | |
| 159 | | 6・6 | 慶良間西方海面 | 少 高島 俊三 57 | 少 瀬田 克己 特操1 / 少 松原 新 特操2 |
| | 3式戦 | | | 軍 伊川 要三 予下7 | 伍 西野 岩根 少15 |
| | | 6・11 | 沖縄周辺洋上 | 伍 磯部十四男 少15 | |
| 160 | 3式戦 | 6・6 | 沖縄周辺洋上 | 少 豊島 光顕 57 | 少 佐々木鉄雄 特操1 / 少 新井 利郎 特操2 |
| 165 | | 6・6 | 沖縄周辺洋上 | 少 枝 幹二 特操2 | 少 杉本 明 特操2 / 少 中川 勝 特操2 |
| | 3式戦 | | | 少 渡辺 静 特操2 | 少 和田 照次 特操2 |
| 179 | | 6・22 | 沖縄周辺洋上 | 中 金丸 享 57 | 少 江副 保郎 特操1 / 伍 太田外茂行 少13 |
| | 4式戦 | | | 伍 浜田 斉 少14 | 伍 松尾 秀雄 少14 |
| 180 | 4式戦 | 7・1 | 沖縄周辺洋上 | 伍 宇佐美輝夫 少14 | 伍 新田 裕夫 少14 |
| 213 | 97戦 | 5・28 | 沖縄周辺洋上 | 伍 松下 貞義 少13 | 伍 蘆田 慎一 予下 |
| 214 | | 6・3 | 沖縄周辺洋上 | 伍 谷口 積雄 少13 | 伍 深田 末義 少13 / 伍 佐々木 暹 予下 |
| | 97戦 | | | 伍 橋正 豊次 予下 | |
| | | 6・10 | 沖縄周辺洋上 | 伍 金井 良吉 予下 | |
| 215 | 97戦 | 6・11 | 沖縄周辺洋上 | 少 麻生 隆 特操2 | |
| 431 | | 5・27 | 沖縄周辺洋上 | 伍 紺野 孝 少14 | 伍 鮭川 林三 少14 / 伍 橋ノ口 勇 少14 |
| | 97戦 | | | 伍 広岡 賢蔵 少14 | 伍 渡辺 綱二 少14 |
| | | 5・28 | 沖縄周辺洋上 | 少 堀川 義明 幹8 | 伍 金田 光永 |
| | | 6・3 | 沖縄周辺洋上 | 伍 岡沢 実 予下 | |
| 432 | | 5・25 | 沖縄周辺洋上 | 伍 矢内 廉造 | 伍 増渕 松男 少14 |
| | 2式高練 | 5・28 | 沖縄周辺洋上 | 少 舟橋 卓次 特操1 | 軍 瀬谷 隆茂 / 軍 柳田 昌雄 |
| | | | | 軍 若尾 達夫 予下 | 伍 影山 八郎 少12 / 伍 竹田 源造 少12 |
| | | | | 伍 松本 久成 少12 | 伍 一井 福治 少15 |
| 433 | | 5・25 | 沖縄周辺洋上 | 少 三瀬 七郎 特操1 | 少 上島 博治 特操2 / 少 大塚 要 特操2 |
| | 2式高練 | | | 少 大島 浩 特操2 | 少 浪川 利庸 特操2 |
| | | 5・28 | 沖縄周辺洋上 | 少 石川 敏夫 特操2 | 少 倉田 道次 特操2 / 少 本田 勇 特操2 |
| | | | | 少 三浦 宏 特操2 | 少 宮里 松永 特操2 |

| 部隊 | 月日 | 場所 | | | |
|---|---|---|---|---|---|
| | 6・1 | 沖縄周辺洋上 | 少 小柳 善克 特操2 | | |
| 第1特別振武 | 4・6 | 沖縄周辺洋上 | 少 林 弘 57 | 少 田中 二也 幹8 | 少 友枝幹太郎 幹8 |
| 4式戦 | | | 少 林 玄郎 幹8 | 少 浜谷 理一 特操1 | 軍 孖谷 穀昭 15 |
| (101F・102F) | | | 伍 石賀 兵一 少13 | 伍 上津 一紀 少13 | |
| | 4・12 | 嘉手納沖 | 少 伊藤 二郎 幹9 | 伍 斉藤 信雄 少13 | |
| 司偵振武 | 4・7 | | 中 竹中 隆雄 56 | 軍 上原 重発 少9 | |
| | 4・12 | 沖縄周辺洋上 | 少 東田 一男 57 | 軍 中沢 忠彦 少11 | |
| | 5・14 | 沖縄東方洋上空母 | 少 古山 弘 幹8 | 少 山路 実 特操1 | 軍 熱田 稔夫 少12 |
| 60F 4式重 | 5・24 | 沖縄飛行場付近 | 大 杉森 英男 55 | 見 佐藤 淑雄 | 准 鈴木 一男 |
| | | | 准 西原 正博 | 曹 具志堅秀夫 | 曹 山本 辰男 |
| | | | 軍 奈須 政夫 | | |
| 62F 4式重(さくら弾) | 4・17 | 喜界島東方洋上 | 中 加藤幸二郎 56 | 見 吉野 英男 特操3 | 曹 金子 寅吉 |
| | | | 軍 吉永 卓仔 | 伍 大橋 愛志 | 伍 古俣 金一 |
| | | | 兵長 伊藤 実 | 兵長 近藤 和康 | |
| | 5・25 | 那覇西方洋上 | 少 溝田 彦二 57 | 少 福島 豊 | 見 山中 正八 |
| | | | 伍 大川 実 少12 | 伍 田中 弥一 少14 | 伍 高尾 峯望 少14 |
| | | | 伍 山下 正辰 少14 | 伍 永野 和男 | |
| 65F 1式戦 | 4・1 | 沖縄周辺洋上 | 軍 久保 貞二 | | |
| 66F 99襲 | 4・2 | 沖縄周辺洋上 | 中 高山 昇 56 | 軍 飯沼 良一 少10 | |
| 110F 4式重 | 4・26 | 嘉手納沖 | 大 今津 文広 54 | 中 中原 茂弥 56 | 少 足立 悦三 57 |
| | | | 少 吉川 龍男 少候24 | 准 山田 薫 | 曹 青柳 秀雄 少6 |
| | | | 曹 池内 秀夫 | 曹 河村 政雄 | |
| 3Fs(義烈) 97重II | 5・24 | 沖縄中・北飛行場 | 大 諏訪部忠一 54 | 大 久野 正信 少候22 | 中 町田 一郎 56 |
| | | | 少 青井 輝行 | 少 荒谷 猛 57 | 少 川守田啓志 57 |
| | | | 少 小林 真吾 57 | 少 酒井 義男 57 | 少 新妻 幸雄 57 |
| | | | 少 酒井 敏夫 | 少 瀬立 武夫 | 准 中原 正徳 |
| | | | 曹 岡本 秀男 | 曹 木村 正雄 | 曹 長谷川道明 |

曹 藤田長寿
曹 宮岡進二
軍 長瀬嘉男
曹 松尾克己
軍 岡本利正
伍 石川高明
曹 蓑島茂
軍 小林茂
伍 今田文夫

義烈空挺隊 5・24 沖縄中・北飛行場

少佐 奥山道郎 53
少 阿部忠秋
少 辻岡創
少 渡辺祐輔
曹 今村美好
曹 稲津勝
曹 大山清治
曹 新藤勝
曹 松実留四郎
曹 森井徳満
曹 山下武雄
軍 伊藤馨
軍 小寺久土
軍 菅野敏蔵
軍 星権五郎
伍 荒間俊寛
伍 石割正人
伍 大月松雄
伍 加藤逸二
伍 上村親夫
伍 木谷豊二
伍 坂下信也
伍 諏訪芳雄
伍 田村松之助

大 渡辺利夫 55
少 石山俊雄
少 原田宣章
准 宮越春雄
曹 井上洋
曹 石丸愛二
曹 蟹田茂
曹 谷川鉄男
曹 前原軍治
曹 諸井守
曹 横田候四郎
軍 門山操
軍 佐藤啓吾
軍 関三郎
伍 赤羽勇美之助
伍 石塚勇
伍 岩神勉
伍 大島一郎
伍 川崎秀義
伍 菊田千代治
伍 斉藤金作
伍 東海林友一
伍 田中清一
伍 田村幸作

中 宇都木五郎
少 梶原哲己
少 棟方哲三
准 山城金栄
曹 池島欣三
曹 尾身勢二
曹 北島信利
曹 西島菊二六
曹 三浦歳一郎
曹 山本久美
軍 飯田秀臣
軍 金山清
軍 酒井武行
軍 角田信夫
伍 新井卓夫
伍 岩瀬孝一
伍 遠藤重雄
伍 岡本又重
伍 河野博文
伍 木内益美
伍 斉藤愛一
伍 宍戸昇二
伍 高橋房治
伍 田村文人

| | | |
|---|---|---|
| 伍 辻岡 克巳 | 伍 津隈 庄藏 | 伍 豊田 和孝 |
| 伍 中本甚之助 | 伍 馬場本末吉 | 伍 長谷川公十 |
| 伍 広津 吾一 | 伍 藤田 久雄 | 伍 堀添 綴 |
| 伍 松永 鼎 | 伍 宮本 忠一 | 伍 三浦 豊喜 |
| 伍 室井 玉 | 伍 村瀬 孝行 | 伍 村本 静 |
| 伍 山谷藤次郎 | | |

計　七八二名（内空挺八八）六五一機

## 2　第八飛行師団（昭和二十年三月二十六日～七月十九日）

| 隊名 | 月日 | 場所 | 階級・氏名・出身 | | |
|---|---|---|---|---|---|
| 15 99双軽 | 5・31 | 沖縄周辺洋上 | 伍 半田 金三 少13 | | |
| 16 1式戦 | 4・12 | 花蓮港東方洋上 | 軍 上野 強 少12 | | |
| 17 | 3・26 | 那覇南西洋上 | 大 伊舎堂用久 55 | 少 川瀬 嘉紀 特操1 | 少 芝崎 茂 特操1 |
| 99襲 | | | 軍 黒田 釋 少11 | | |
| | 3・29 | 奥武島付近 | 少 安原 正文 幹9 | | |
| | 4・1 | 沖縄周辺洋上 | 少 久保元治郎 特操1 | 伍 有馬 達郎 少15 | |
| | 4・8 | 中城湾 | 伍 林 至寛 少15 | | |
| 31 | 4・22 | 沖縄周辺洋上 | 伍 長谷部良平 少15（6FA転属・知覧から） | | |
| 99襲 | 5・13 | 沖縄周辺洋上 | 中 山本 薫 56 | 少 五十嵐 栄 特操1 | 伍 柄沢甲子夫 予下 |
| | 5・17 | 沖縄周辺洋上 | 少 高畑 保雄 特操1 | 曹 五来 末義 予下 | |
| | 7・19 | 那覇西方 | 少 藤井 清美 幹9 | | |
| 32（武克） | 3・27 | 慶良間北東 | 中 広森 達郎 56 | 少 清宗 孝己 特操1 | 少 林 一満 幹 |
| 99襲 | | | 軍 今西 俟 予下 | 軍 今野 勝郎 予下 | 軍 島田 貫三 予下 |
| | | | 軍 出戸 栄吉 予下 | 伍 伊福 孝 少15 | 伍 大平 定雄 予下 |
| | 4・3 | 沖縄周辺洋上 | 少 小林 勇 幹 | 少 結城 尚弼 特操1 | 軍 時枝 宏 予下 |
| | | | 伍 古屋 五朗 少14 | 伍 佐藤 正 少15 | 伍 佐藤 英実 少15 |

| | | | | | | |
|---|---|---|---|---|---|---|
| 33 | 4式戦 | 4・16 | 嘉手納沖 | 少 持丸多喜夫 特操1 | | |
| | | 4・27 | 嘉手納沖 | 少 福井 五郎 57 | 少 天野 博 特操1 | 少 石原 正嘉 特操1 |
| | | | | 少 内田 雄二 特操1 | 少 橋場 昇 特操1 | |
| | | 5・9 | 那覇西方 | 少 坂口 英作 57 | | |
| | | 6・6 | 沖縄周辺洋上 | 少 草場 道夫 特操1 | | |
| 34 | 4式戦 | 4・28 | 慶良間南方 | 少 桑原 孝夫 57 | 少 安東 愛明 特操1 | 少 中村 嘉明 特操1 |
| | | | | 少 新山 喬夫 特操1 | | |
| | | 5・4 | 嘉手納沖 | 少 金澤 宏 57 | 少 荒木 周作 特操1 | 少 小林 富男 特操1 |
| | | | | 少 砂畑 耕作 特操1 | 少 富山 信也 幹9 | 少 二神 孝満 幹9 |
| | | 5・9 | 那覇西方 | 少 前川 豊 幹9 | | |
| 35 | 4式戦 | 5・21 | 嘉手納西方 | 少 北原 賢一 特操1 | | |
| | | 5・3 | 沖縄周辺洋上 | 少 遠山 秀山 57 | 少 古本 嘉男 特操1 | 少 間庭 福次 幹9 |
| | | | | 伍 塚平 真 少13 | 伍 村山 政雄 少13 | |
| | | 5・9 | 那覇西方 | 少 浅井 良脩 特操1 | | |
| 36 | 98直協偵 | 4・6 | 沖縄西方海面 | 少 北村 正 幹 | 少 住田乾太郎 幹7 | 少 片山 佳典 特操1 |
| | | | | 少 高嶋 弘光 特操1 | 伍 小川 二郎 少13 | 軍 森 知登 昭15 |
| | | | | 軍 貴志 泰昌 少11 | 伍 岡部 三郎 予下 | 伍 細木 章 予下 |
| | | | | 伍 峰 保昌 予下（新田原から） | | |
| 37 | 98直協偵 | 4・16 | 沖縄周辺洋上 | 軍 嶽山留二郎 昭15 }（6FAに転属、知覧から） | | |
| | | 4・27 | 沖縄本島付近 | 曹 下手 豊司 昭14 } | | |
| | | 4・6 | 沖縄西方海面 | 少 柏木 誠一 特操 | 少 小林 敏夫 幹19 | 少 佐々木秀三 幹9 |
| | | | | 軍 小屋 哲郎 昭14 | 軍 藤沢鉄之助 昭14 | 軍 玉野 光一 昭15 |
| | | | | 軍 入江 寛 少11 | 伍 赤峰 均 予下 | 伍 百瀬 恒男 予下 |
| | | | | （新田原から） | | |
| 38 | 98直協偵 | 4・6 | 沖縄西方海面 | 少 喜浦 義雄 特操1 | 少 小野 生三 幹 | 少 蕎麦田水行 幹9 |
| | | | | 曹 高橋 勝見 昭13 | 軍 水畑 正国 昭13 | 軍 石川 寛一 少9 |
| | | | | 軍 松井 大典 少11（新田原から） | | |

| 部隊 | 機種 | 月日 | 場所 | 氏名 |
|---|---|---|---|---|
| | | 4・16 | 沖縄周辺洋上 | 少 宇野 栄一 特操1（6FAに転属、知覧から） |
| 39（蒼竜） | 1式戦 | 3・31 | 沖縄周辺洋上 | 大 笹川 勉 55<br>少 高橋 晋二 特操1<br>伍 瓜田 忠治 少13 |
| | | 4・1 | 沖縄西方洋上 | 少 吉本 勝吉 特操1<br>少 宮永 卓 特操1<br>少 面田 定雄 特操2<br>軍 内村 重二 少10<br>軍 税田 存郊 少11<br>伍 松岡 己義 少11 |
| 41（扶揺） | 97戦 | 3・29 | 嘉手納西方洋上 | 少 高祖 一 特操1<br>軍 小川 真一 少7<br>軍 堀口 政則 昭15<br>伍 大河 正明 少15 |
| | | 5・11 | 沖縄周辺洋上 | 軍 山田 泰治 予下（6FAに転属、知覧から） |
| 71 | 99襲 | 5・24 | 沖縄周辺洋上 | 軍 渡辺 正美<br>伍 押切 富家<br>伍 中山 静雄<br>伍 畠山 正典<br>伍 山本 登<br>伍 湯村 泰 |
| | | 7・19 | 沖縄周辺洋上 | 伍 中島 尚一 |
| 114 | 2式双襲 | 4・2 | 慶良間西方洋上 | 少 竹田 興光 幹8<br>少 原 照雄 幹8<br>少 矢作 一郎 特操2<br>軍 井上 忠雄 少10<br>伍 大井 清三郎 少13<br>伍 藤井 広馬 少13<br>伍 伊藤 喜三 少14<br>伍 馬締 安正 少14 |
| 116 | 97戦 | 4・28 | 慶良間湾内 | 少 五味 大礎 幹<br>伍 大橋 茂 少15（注／本文一九四ページ参照） |
| 119 | 2式双襲 | 4・22 | 粟国島南西方 | 少 竹垣 全 幹7<br>少 溜 洋 幹8<br>伍 岩上 要 少13<br>伍 永久 要 少13<br>伍 山本 茂 少14 |
| | | 4・28 | 久米島西方 | 少 中村 潤 幹8<br>少 森 興彦<br>伍 木原 正喜 少13<br>伍 山沢 四郎 少13 |
| 120 | 4式戦 | 5・4 | 久米島西方 | 少 畠山 富雄 特操1<br>軍 堀田 明夫 少11<br>伍 田中 瑛二 少15 |
| | | 5・12 | 慶良間西方 | 軍 萩野 光雄 少12<br>伍 東局 一文 少15 |
| 123 | 2式双襲 | 5・3 | 沖縄周辺洋上 | 伍 西垣 秀夫 少13 |
| | | 5・4 | 嘉手納沖 | 伍 三越 三郎 少13 |
| | | 5・9 | 那覇西方 | 伍 南出 義光 少13 |
| | | 5・12 | 慶良間西方 | 少 加治木 利秋 幹8 |
| 10F | （偵察者として誘導） | 5・3 | 沖縄周辺洋上 | 見 北原 弘次 |
| | | 5・9 | 那覇西方 | 少 野本 幸平 57 |
| | | 5・12 | 慶良間西方 | 少 碓井 正雄 |

| 部隊 | 月日 | 場所 | 階級 | 氏名 | 出身 | 階級 | 氏名 | 出身 | 階級 | 氏名 | 出身 |
|---|---|---|---|---|---|---|---|---|---|---|---|
| 17F 3式戦 | 4・1 | 沖縄西方洋上 | 中 | 平井 俊光 | 56 | 少 | 児子 国高 | 57 | 少 | 国谷 弘潤 | 特操1 |
| | | | 少 | 勝又 敬 | 幹9 | 少 | 西尾 卓三 | 幹9 | 軍 | 照崎 善久 | 少10 |
| | | | 軍 | 西川 福治 | 予下9 | | | | | | |
| | 5・3 | 嘉手納沖 | 少 | 下山 道康 | 57 | 少 | 斉藤長之進 | 特操1 | 少 | 辻中 清一 | 特操1 |
| | | | 曹 | 原 一道 | ♯91 | | | | | | |
| | 6・5 | 嘉手納沖 | 少 | 稲森 静二 | 特操1 | 少 | 岡田 政雄 | 特操1 | 少 | 佐田 通安 | 特操1 |
| | | | 少 | 富永 幹夫 | 特操1 | | | | | | |
| 19F 3式戦 | 4・11 | 那覇西方洋上 | 少 | 大出 博紹 | 特操1 | 少 | 山縣 徹 | 特操1 | 軍 | 新屋 勇 | |
| | 4・18 | 沖縄周辺洋上 | 少 | 根本 敏雄 | 特操1 | 少 | 倉沢 和孝 | 幹9 | | | |
| | 4・22 | 慶良間湾 | 少 | 渡辺 国臣 | 57 | 少 | 小野 博 | 特操1 | 少 | 坂元 茂 | 特操1 |
| | 4・30 | 沖縄周辺洋上 | 軍 | 栗田 常雄 | 少11 | | | | | | |
| | 5・4 | 宮古南側 | 少 | 長沼不二人 | 特操1 | 軍 | 橋本 郁治 | ♯91 | | | |
| | 5・18 | 嘉手納西方 | 少 | 大立目公雄 | 特操1 | 少 | 飯野 武一 | 特操1 | 少 | 中村 憲二 | 特操1 |
| | 5・21 | 嘉手納西方 | 少 | 沢田 卓三 | 幹9 | 軍 | 細見 儀作 | 少11 | | | |
| 20F 1式戦 | 5・3 | 嘉手納沖 | 少 | 島田 治郎 | 特操1 | 少 | 須見 洋 | 幹9 | 少 | 後藤 常人 | 幹9 |
| | | | 少 | 宮田 精一 | 幹9 | 伍 | 菊井 耕造 | 少13 | | | |
| | 5・29 | 沖縄周辺洋上 | 少 | 石橋 志郎 | 特操1 | 少 | 大野 好治 | 特操1 | 少 | 武本 郁夫 | 特操1 |
| | | | 伍 | 山田 三郎 | 少13 | 伍 | 森 弘 | 少15 | | | |
| | 6・1 | 沖縄周辺洋上 | 少 | 猪股 寛 | 幹9 | 伍 | 芦立 孝郎 | 少15 | | | |
| | 6・6 | 慶良間西方 | 少 | 及川 真輔 | 幹9 | 伍 | 東 勉 | 少13 | 伍 | 遠藤昭三郎 | 少15 |
| | | | 伍 | 吉川 昭孝 | 少15 | | | | | | |
| 誠26F 1式戦 | 4・12 | 花蓮港東方洋上 | 少 | 神田 正友 | 特操1 | | | | | | |
| | 5・13 | 那覇南西 | 少 | 須藤 彦一 | 特操1 | 少 | 藤嶺 圭吾 | 特操1 | 伍 | 高田 豊志 | 少13 |
| | 5・17 | 慶良間東方 | 少 | 稲葉 久光 | 特操1 | 少 | 今野 静 | 特操1 | 少 | 白石 忠夫 | 特操1 |
| | | | 少 | 辻 俊作 | 特操1 | | | | | | |
| 29F 4式戦 | 5・21 | 沖縄周辺洋上 | 少 | 浅野 史朗 | 特操1 | 軍 | 指方 久 | 少12 | 伍 | 浜島 長吉 | 少15 |
| | 6・6 | 沖縄周辺洋上 | 少 | 中島 三夫 | 特操1 | 軍 | 吉森 茂 | 少11 | 伍 | 林田 敏治 | 少15 |

| 隊名 | 月日 | 場所 | 階級・氏名・出身 |
|---|---|---|---|
| 105F 3式戦 | 4・3 | 残波岬南西 | 少 長谷川 済 特操1<br>軍 永田 一雄 少12<br>軍 石田 勝 予下9<br>伍 小川 多透 予下9<br>伍 丸林 仙治 予下9<br>伍 山元 正巳 予下9 |
| | 4・9 | 中城湾 | 中 内藤 善次 56 |
| | 4・11 | 中城湾 | 少 神尾 幸夫<br>軍 増田 利雄 |
| | 4・28 | 慶良間南西 | 中 中村伊三雄 56<br>少 小堀 忠雄 特操1<br>軍 飯沼 浩一<br>軍 溝川 慶三 少11 |
| | 5・4 | 嘉手納西方 | 少 原 仁 特操1<br>軍 中島 渉 少12 |
| 108F | 5・4 | 嘉手納沖 | 見 高村 光春（偵察者として誘導） |
| 99双軽 | 5・17 | 沖縄周辺洋上 | 伍 宮崎 義次 少14 |
| 204F 1式戦 | 5・20 | 嘉手納西方 | 少 栗原 義雄 特操1<br>軍 小林 脩 特操1<br>軍 田川 唯雄 予下10<br>伍 中沢 賢治 少13<br>伍 大塚 喜信 少13 |
| | 7・19 | 那覇西方洋上 | 少 織田 保也 特操1<br>軍 笠原 卓三 昭14<br>軍 塚田 方也 予下10<br>伍 渡井 香 少13 |
| 23F cs 3式戦 | 3・26 | 那覇西方洋上 | 少 阿部 久作 少候<br>軍 岩本 光守 予下9<br>軍 須賀 義栄 予下<br>軍 長野 光宏 少8<br>軍 金井 勇 少11<br>軍 広瀬 秀夫 少12 |
| | 5・1 | 嘉手納沖 | 少 片山 勝義 特操1<br>軍 有吉 敏彦 予下 |
| 赤心隊 | 3・27 | 那覇西方洋上 | 軍 谷川 広土<br>伍 三竹 忍 |
| （46F cs主体） | 3・28 | 慶良間西方 | 少 鶴見国士郎<br>少 上宮 賢了 特操1<br>軍 青木 健次<br>伍 美坂 洋男<br>伍 吉野 芳積 |

計 二四〇名 二三六機（内三〇機は九州から）

## 南西方面（発生順）

第三航空軍（昭和十九年十月十九日～二十年七月二十六日）

| 隊名 | 月日 | 場所 | 階級・氏名・出身 |
|---|---|---|---|
| 第1補充飛行隊 | 10・19 | カーニコバル諸島 | 中 阿部 信弘 56<br>曹 寺沢 一夫 ＃87<br>軍 中山 紀正 少10 |

| | | | |
|---|---|---|---|
| 七生皇楯第2飛行隊 | 1・29 | スマトラ南西海面 | 少佐 加藤仁之<br>大 大橋彦一 54<br>中 福永夏月 少候21<br>准 佐々木豊男<br>准 木藤勇<br>曹 猿谷二司夫<br>曹 多田栄作<br>曹 秋吉辰巳<br>曹 石本日出雄<br>曹 谷川作次<br>曹 柳沢一郎<br>曹 佐伯克己<br>曹 青江隆治<br>曹 大平貞雄<br>軍 岡部清<br>軍 中村繁人<br>軍 福田順次<br>軍 藤野憲秀<br>軍 笹葉一馬<br>軍 村中公一<br>軍 明城周一<br>軍 谷本薫<br>軍 高見士郎<br>軍 松比良栄光<br>軍 岩見弘<br>伍 大石哲夫<br>伍 西原恒次郎<br>伍 高橋仁一<br>伍 滝口誠<br>**伍 金丸清興 少12**<br>**伍 石元廣司 少12**<br>**伍 俵吉運 少12**<br>伍 中村正直 少12<br>伍 三浦信一郎 |
| 71F cs | 3・1 | スマトラ北西サバン沖 | 曹 島田光男<br>軍 吉川春雄 |
| 神翔攻撃隊 | 4・11 | ニコバル諸島沖 | 中 座間重信 56<br>少 杉山達作 幹 |
| 臨時防空戦闘部 | 4・21 | マカッサル | 大 白川良 |
| 七生神雷隊 61F | 6・25 | パリックパパン沖 | 少佐 中島要 53<br>大 古谷正之 少候21<br>大 新道定信 56<br>中 山中嶺一郎 57<br>少 前間久重 幹<br>准 前田正八<br>准 山打一雄<br>曹 加藤清八郎<br>曹 谷義善<br>曹 田中公福<br>曹 中村雅治<br>曹 馬場重夫<br>曹 細江源之助<br>曹 真仲康四郎<br>軍 内倉龍三<br>軍 大栗清一郎<br>軍 加藤与一<br>軍 河村銀之<br>軍 立原源一<br>軍 高田政三<br>軍 根本禎二 |
| 七生昭道隊 | 7・26 | タイのプケット島沖 | 曹 徳永勇夫 乗員養成所4<br>曹 山本玄治 少7<br>伍 大村俊郎 少15 |

| | | | |
|---|---|---|---|
| 三教育飛行隊 99軍偵察機 | | 南方軍最後の特攻隊 | （註・私の比島時代の軍偵の徳永勇夫殿は助教さん、山本玄治曹長殿は班長さん） 筆者元島石盛 |

計七五名　一八機

## 内地および満州（発生順）（昭和十九年十一月二十四日～二十年八月十三日）

| 隊名 | 月日 | 場所 | 階級・氏名・出身 |
|---|---|---|---|
| 47F震天制空隊 | 11・24 | 千葉県銚子上空5km | 伍 見田 義雄 少12　伍 福元幸夫 少12（九十九里）伍 金子光雄 少12（柏） |
| 53F | 12・3 | 三鷹付近 | 軍 澤本 政美 |
| 104F | 12・7 | 奉天上空 | 曹 永田 忠則　軍 明野 吉博 |
| 25F cs | | 奉天上空 | 軍 池田 忍　伍 臼井 獸 |
| 満軍蘭花 | | 奉天上空 | 中 春日 園生 |
| 16F cs | 12・13 | 名古屋付近 | 少 中村 忠雄 少候24 |
| 16F cs | 12・18 | 名古屋付近 | 少 鈴木 茂男 少候23　曹 中村 靖 ♯77（同乗） |
| 16F cs | | 名古屋付近 | 准 古後 武雄 ♯89　伍 関川栄太郎（同乗） |
| 満軍蘭花 | 12・21 | 奉天上空 | 少 西原 成雄 |
| 明野教飛師 | 12・22 | 名古屋付近 | 少佐 広瀬 吉雄 45　大 川上 修 54 |
| 16F cs | | 名古屋上空 | 軍 高橋 秀雄 少7 |
| 53F | 12・27 | 東京付近 | 少 渡辺 泰男 幹 |
| 244F | | 東京付近 | 曹 吉田 竹雄 |
| 55F | 1・3 | 名古屋上空 | 中 代田 実 56 |
| 56F | | 名古屋東方上空 | 中 湧井 俊郎 56 |
| 2震天隊 | 1・9 | 東京付近 | 准 栗村 尊 ♯81　軍 幸満 寿美 ♯91 |
| 5震天隊 | | 小平付近 | 少 丹下 充之 特操1 |
| 2震天隊 | 1・27 | 東京―千葉 | 曹 鈴木 精 |
| 5震天隊 | | 東京―千葉 | 少 高山 正一 57　軍 安藤 喜良 少10 |

| 所属 | 月日 | 場所 | 氏名 |
|---|---|---|---|
| 常陸教飛師 | | 千葉上空 | 軍 小林 雄一 少10<br>伍 鯉淵 夏夫 少14（同乗） |
| 1錬飛 | 2・10 | 北関東 | 少 倉井 利三 少候23 |
| 47F | | 太田付近 | 中 吉沢 平吉 56 |
| 244F | | 筑波山付近 | 伍 梅原 三郎 少12 |
| 53F | 2・19 | 山梨上空 | 少 広瀬 治 特操1 |
| | | 東京上空 | 伍 山田 健治 少13 |
| 56F | 3・17 | 神戸付近上空 | 大 緒方 醇一 53 |
| 1錬飛 | 4・7 | 埼玉県上空 | 中 山本 敏彰 56 |
| 18F | | 田無上空 | 少 小島 秀夫 特操1 |
| 4F | 4・18 | 福岡県上空 | 少 山本三男三郎 幹 |
| | 5・7 | 大分県上空 | 曹 村田 勉 ＃87 |
| 5F | 5・29 | 御前崎上空 | 少 河田 清治 特操1 |
| 82F cs | 6・7 | 阪神上空 | 中 鵜飼 義明 56 |
| 56F | 6・26 | 名古屋上空 | 少 中川 裕 特操1 |
| 246F | | 熊野灘上空 | 大 音成 貞彦 55<br>軍 原 実利 少10 |
| 255（神鷲） | 8・9 | 陸中海岸沖 | 中 吉村 公男 57<br>少 渡辺 秀男 特操2<br>伍 石井 博 |
| 201（神鷲） | 8・13 | 犬吠崎東方洋上 | 中 小川 満 57<br>少 横山 善次 特操2<br>伍 藤田 重喜 |
| 10FD（神鷲） | | 犬吠崎東方洋上 | 少 鶴岡 弘 特操1 |
| 398（神鷲） | | 下田南方洋上 | 曹 本田 続<br>伍 小松 重英 |
| 1錬飛 | | 下田南方洋上 | 軍 後藤 秀男 |

計 五八名 五三機

**【著者略歴】**

**元島石盛（もとしま・せきもり）**

大正13年11月、鹿児島県に生まれる。昭和16年4月、東京陸軍航空学校の第7期生として入校。昭和17年3月、同校卒業。同年4月、宇都宮陸軍飛行学校の少年飛行兵第12期として入校。同年11月、同校生徒課程を卒業。同年12月、任陸軍上等兵。飛行兵として飛行機操縦課程履修。昭和18年9月23日、宇都宮陸軍飛行学校を卒業、同日、熊本県菊池郡泗水村の第三教育飛行隊の九九式軍偵機の操縦未習飛行訓練に移る。同年10月、比島ルソン島バタンガス州のリパ飛行場へ移動。リパ、タルラック、リパ、サンフェルナンド、サン・マルセリーノに移動。南方軍に所属。第3教育飛行隊から第7錬成飛行隊（リパ、サン・マルセリーノからデルカルメン飛行場）、そして最後はマレーのクアラルンプールの第44教育飛行隊で終戦。武装解除、捕虜労働。レンパン島に抑留されて昭和21年7月に復員。最終学歴：熊本語学専門学校本科英語科卒業。著書：『小説 地獄の門』『小説 地獄の門二』（筆名・八筈清盛（やはずきよもり））


# 大空の人柱
〈風防ガラスの中で〉

二〇〇七年三月二五日 第一刷

著者 元島石盛（もとしませきもり）

発行人 浜 正史

発行所 元就出版社（げんしゅう）

〒171-0022 東京都豊島区南池袋四—二〇—九
サンロードビル2F—B
電話 〇三—三九八六—七七三六
FAX〇三—三九八七—二五八〇
振替〇〇一二〇—三—三一〇七八

印刷 中央精版印刷






ISBN978-4-86106-153-0 C0095